PATRICK DUNNE

Die Opferstätte

Buch

Eigentlich interessierte sich die Archäologin Illaun Bowe nur für die Geschichte eines Unglück bringenden christlichen Kreuzes, das auf einer heidnischen Opferstätte errichtet wurde. Aber da entdeckt sie am Strand des irischen Städtchens Kilkee die Überreste eines Mordopfers. Plötzlich befindet sich Illaun mitten in einem Strudel aus Mord, Drogen und einer seit Jahren bestehenden Verschwörung des Schweigens. Einzig ihre Freundin Kim und der attraktive Pilot Barry stehen ihr bei. Ging es bei dem Mord wirklich nur um ein riesiges Immobiliengeschäft, das vor Jahren auf dubiose Weise zustande kam, oder steckt mehr dahinter? Schließlich wurden damals Häuser auf einer uralten Kultstätte errichtet. Da begehen die Verschwörer einen weiteren Mord – und Illaun könnte das nächste Opfer sein …

Autor

Patrick Dunne, geboren in Dublin, studierte zwar Literatur, wollte jedoch ursprünglich Musiker werden. Heute blickt er auf über zwanzig Jahre als renommierter Regisseur und Produzent beim irischen Rundfunk und Fernsehen zurück. Außerdem gehört er zu den erfolgreichsten Autoren Irlands, und auch in Deutschland war bislang jeder seiner Romane auf den Bestsellerlisten vertreten.

Außerdem von Patrick Dunne bei Blanvalet lieferbar:

Die Pestglocke (37506)
Keltengrab (36635)

Patrick Dunne

Die Opferstätte

Roman

Deutsch von Fred Kinzel

blanvalet

Die Originalausgabe erschien 2008 unter dem Titel
»The Godstone« bei Gill & Macmillan Ltd, Dublin.

MIX
Papier aus verantwortungsvollen Quellen
FSC® C014496
FSC
www.fsc.org

Verlagsgruppe Random House FSC-DEU-0100
Das FSC®-zertifizierte Papier *Holmen Book Cream*
für dieses Buch liefert Holmen Paper, Hallstavik, Schweden

1. Auflage
Taschenbuchausgabe Februar 2012 bei Blanvalet, einem Unternehmen
der Verlagsgruppe Random House GmbH, München.

Published by Arrangement with Patrick Dunne
Dieses Werk wurde vermittelt durch die Literarische Agentur
Thomas Schlück GmbH, 30827 Garbsen.

Umschlaggestaltung: bürosüd°
Umschlagmotiv: © plainpicture / Design Pics
Redaktion: Gerhard Seidl
ES · Herstellung: sam
Druck und Einband: GGP Media GmbH, Pößneck
Printed in Germany
ISBN: 978-3-442-37360-4

www.blanvalet.de

Ihr hattet Muß', im Augenblick des Todes,
Der Tiefe Heimlichkeiten auszuspäh'n?
SHAKESPEARE, KÖNIG RICHARD III.

1

Ich glaube, da vorn ist der Abfallhaufen, Illaun«, sagte Mahon.

Wir beide gingen über einen windgepeitschten Kiesstrand in der Shannon-Mündung. Links von uns endete das Küstenweideland abrupt an einer nackten Uferböschung aus sandiger, mit Steinen durchsetzter Erde. Zu unserer Rechten erstreckte sich kabbeliges, graues Wasser bis zur Küste von Kerry, die als verschwommenes Grün in der Ferne erkennbar war. Über uns drohte sich eine gewaltige Regenwolke zu entladen, während wir über die losen Steine stolperten, die mit allerlei Unrat übersät waren, den die Flut herangetragen hatte: Plastikwasserflaschen, rostige Sprühdosen, ein Stück blaues Nylonseil, das an einer Boje befestigt war, die Ringe von einer Sechserpackung Getränke, eine rosa Kinderbadelatsche. Ich musste über die Ironie lächeln – wir bahnten uns einen Weg über einen neuzeitlichen Abfallhaufen, um zu einem prähistorischen zu gelangen.

Einige Kilometer weiter westlich krachten haushohe Atlantikwellen entlang der Halbinsel Loop Head gegen Klippen und brandeten in kleine Buchten und Meereshöhlen. Was bedeutete, dass das Schiffswrack, nach dem Mahon tauchen sollte, im Moment nicht zugänglich war.

Theo Mahon war Meereshistoriker und sah auch aus wie einer. Er trug eine Seemannsmütze und eine marineblaue, zweireihige Jacke, die sich mit Mühe über einen grauen Rollkragenpullover mit Zopfmuster spannte. Der kratzige weiße Bart, der aus seinen wohl gefütterten Backen spross, erinnerte an eine Scheuerbürste, ein Eindruck, der durch das Fehlen eines Schnurrbarts noch unterstrichen wurde. »Ich rasiere mir den Schnauzer ab, wenn ich tauche«, hatte er erklärt. »Sonst sickert immer Wasser in meine Maske.«

Es war Mahon gewesen, der vorgeschlagen hatte, dass wir zur Flussmündung hinausfahren sollten, um Berichte zu überprüfen, ein Muschelhaufen sei infolge eines Zusammenspiels von hohen Gezeiten und rauer See freigelegt worden. Es war September, und der Vollmond war in einer Linie mit Erde und Sonne. Das allein verursachte bereits besonders hohe – und niedrige – Gezeitenstände. Aber wenn man die bevorstehende Tagundnachtgleiche sowie den Umstand, dass der Mond näher zur Erde stand und irgendwie geneigt war, mit berücksichtigte, wurde es noch komplizierter. Ich versuchte schon lange nicht mehr, diese Wissenschaft zu verstehen, aber alles in allem war es offenbar ein Rezept für extreme Gezeiten.

Regen setzte ein und prasselte auf meine Windjacke. Ich zog die Kapuze über den Kopf, doch ehe ich sie festbinden konnte, erfasste der Wind das Zugband und ließ den Knebel gegen mein Gesicht schlagen. Es brannte, obwohl meine Wangen taub waren von der Kälte. Die Witterung war eher wie Ende Januar als wie Frühherbst.

»Da ist er«, sagte Mahon. Der Erdwall, an dem wir entlanggegangen waren, erhob sich etwa drei Meter hoch und lag genauso viel über der normalen Hochwassermarke. Doch da, wo wir beide jetzt standen, war die Fassade der Böschung auf den Strand abgerutscht, und man sah einen Haufen weggeworfener Schalen von Meeresweichtieren, Stücke von Tierknochen, verbrannte Steine und Sand, der mit Spuren von Holzkohle durchsetzt war.

»Es ist tatsächlich ein Muschelhaufen«, sagte ich und fragte mich, welchen Umfang er wohl haben mochte. An solchen Orten waren regelmäßig prähistorische Grillabende veranstaltet worden, die im gesellschaftlichen Leben der nomadischen Jäger und Sammler offenbar eine große Rolle gespielt hatten. Als Folge davon konnten die über Generationen angehäuften Abfallberge eine erstaunliche Größe erreichen.

»Was halten Sie davon, wenn Sie weitergehen und schauen, wie weit der Abbruch reicht?«, sagte ich. Ich hatte bemerkt, dass die Kiesel in der unmittelbaren Umgebung von verwitterter Erde zusammengebacken worden waren, was es leichter machte, einen Halt für die Füße zu finden.

Mahon ging ein kleines Stück, blieb stehen und drehte sich um. »Hier endet er. Und der Muschelhaufen ebenfalls.«

»Dann ist unter der Uferböschung wahrscheinlich noch mehr davon. Wie weit sind Sie von mir entfernt? Fünf Meter?«

Er nickte.

»Vielleicht sollten wir weitergehen und schauen, ob es noch mehr abgetragene Stellen gibt.«

Eine in die Flussmündung drückende Flutwelle lief über die Kiesel zu uns herauf.

Mahon schüttelte den Kopf. »Die Flut kommt. Wir sollten besser kein Risiko eingehen.«

Kiesel klickten und klapperten, als das Wasser zwischen ihnen zurückströmte.

Ich holte meine Digitalkamera aus der Tasche. »Ich mache lieber ein paar Fotos, für den Fall, dass der ganze Abfallhaufen weggespült wird.«

Auf dem Rückweg blieb Mahon plötzlich stehen. »He, sehen Sie sich das an«, sagte er und bückte sich, um etwas von einer Stelle aufzuheben, wo noch viel von dem abgerutschten Erdreich lag. »Das ist von einem Menschen.«

Er legte das Fundstück auf seine breite Handfläche und hielt es mir entgegen. Es war ein kompletter Unterkiefer.

»Das ist wirklich interessant«, sagte ich. »Aber rühren Sie sich erst mal nicht vom Fleck. Ich schaue mich um, ob es noch mehr Knochen gibt.« Ich wollte nicht, dass wir beide darauf herumtrampelten.

Die meisten Muschelhaufen stammen aus der Bronzezeit oder später, aber menschliche Überreste würden darauf hindeuten, dass dieser hier aus der Steinzeit war; manche mesolithischen Gesellschaften bestatteten ihre Toten, indem sie sie den Elementen aussetzten, bis das Fleisch von den Knochen gefault war.

Ich sah keine weiteren Skelettteile herumliegen, aber ich fragte mich jetzt, ob andere der in den Muschelhaufen eingebetteten Knochenfragmente womöglich ebenfalls menschlichen Ursprungs waren.

»Sehen Sie sich das nur gut an«, sagte Mahon, während ich mich ihm vorsichtig näherte.

Ich betrachtete den Unterkiefer, der in seiner Handfläche lag, genauer. Alle Zähne schienen noch vorhanden zu sein, aber sie waren von einer Menge zusammengebackener Erde bedeckt.

Ich untersuchte abwechselnd die beiden Unterkieferäste, die senkrechten Abschnitte, die den Unterkiefer mit dem Schädelknochen verbinden. »Hey, schauen Sie hier«, sagte ich und deutete auf den u-förmigen oberen Teil des rechten Astes. »Sieht aus wie Biss- oder Schnittspuren.«

»Sieht für mich wie angenagt aus«, sagte Mahon, nachdem er einen Blick darauf geworfen hatte. »Höchstwahrscheinlich von Aasfressern.«

»Nanu, was ist das?« Ich hatte mit dem Fingernagel etwas Sand aus demselben Teil des linken Astes gekratzt. Es gab weitere, jedoch tiefere Schnitte im Knochen und – was noch aussagekräftiger war – eines der U-Häkchen war ganz abgetrennt worden.

Die Zerstückelung des verwesten Körpers war der nächste Schritt bei der prähistorischen Leichenentsorgung. Und an Stellen, an denen die Knochen noch von Bändern und Sehnen zusammengehalten wurden, hatte man das Skelett auseinandergeschnitten.

Mahon hielt den Unterkiefer am intakten rechten Ast fest und drehte ihn zu sich herum. »Na, mein Hübscher. Und was hast du uns nach all der Zeit zu sagen?«

»Machen wir lieber ein paar Fotos, ehe wir ihn wegnehmen«, sagte ich. Ich wollte den Fund nicht unnötig bewegen und überlegte bereits, wie wir ihn transportieren konnten.

»Natürlich.« Mahon legte ihn dorthin zurück, wo er ihn gefunden hatte, und trat beiseite.

Ich begann, aus verschiedenen Winkeln Bilder von dem Kiefer und dem Abfallhaufen zu machen. Zum Glück hatte ich den Regen im Rücken – er war nicht heftiger geworden, aber er schien uns waagrecht entgegenzukommen.

Mahon stocherte in dem Abfallhaufen. »So schlecht ist die globale Erwärmung wohl doch nicht, wenn sie uns zu solchen Funden verhilft.«

Selbst als Archäologin erschien es mir nicht als guter Tausch. Ich lenkte das Gespräch in eine leicht andere Richtung. »Aber der Meeresspiegel steigt in diesem Gebiet seit rund zehntausend Jahren, oder?«

»Stimmt. Es gibt sogar einen untergegangenen Wald aus der Steinzeit nicht weit von hier.« Er steckte eine Hand in die Jacke. »Und einer Legende zufolge befindet sich in der Mündung des Flusses eine Kirche im Meer. Wahrscheinlich stand sie früher einmal an Land. Voilà!«, rief er aus und holte einen Zahnstocher hervor.

Ich ließ die Kamera sinken.

»Fertig?«

»Ja. Ich brauche nur noch etwas…« Ich suchte in dem herumliegenden Müll nach einem Transportbehälter. Als ich gerade die abgebrochene Ecke einer Fischkiste ausprobieren wollte, bemerkte ich, dass Mahon den Kiefer wieder in die Hand genommen hatte.

»Damit du auf deiner Reise einen guten Eindruck machst«, sagte er zu ihm und schwang den Zahnstocher. Nachdem er etwas von der festgeklebten Erde gelockert hatte, drehte er den Knochen um und stieß ihn ein paar Mal mit dem Zeigefinger an. »Und ich denke, ein letztes Foto geht auch in Ordnung.« Er hielt den Unterkiefer vor sein Kinn und grinste durch ihn hindurch, dann schob er ihn etwas höher, sodass sein Bart aus ihm herauszuwachsen schien. »*Cheese.*«

Ein bisschen krass, dachte ich, lächelte aber dennoch. Ein wenig Schauspielerei war typisch für den Mann, wie ich allmählich herausfand.

»Ach, kommen Sie, Illaun.« Er merkte mir meine mangelnde Begeisterung offenbar an.

»Also gut.« Ich bedeutete ihm, genau vor der Kamera in die Hocke zu gehen, machte ein Bild und zoomte dann zu einer Nahaufnahme heran. Der Größenunterschied zwischen seinem Gesicht und dem Kiefer war frappant. Der Knochen gehörte offenbar zu einer Frau.

Aber dann sah ich etwas, das mich vor Schreck erstarren ließ.

»Was ist los?«

Ich ließ die Kamera sinken. »Schauen Sie sich die Zähne an, Theo. Da ist etwas…« Ich schluckte. »Da ist etwas, das nicht da sein dürfte…«

»O mein Gott«, sagte er. Plötzlich wusste er nicht mehr, wohin mit dem Stück Mensch, das er in der Hand hielt.

Einer der Backenzähne enthielt eine Metallfüllung.

2

Mahon ging in die Polizeistation in Kilkee, um den Fund abzuliefern, während ich draußen wartete. Das Gebäude dürfte ursprünglich weiß getünchte Wände mit grauen Ecksteinen gehabt haben, aber jetzt war es zitronengelb gestrichen. Vielleicht hatte jemand gedacht, man müsse es der signalfarbenen Tracht der Polizei angleichen, aber wahrscheinlich lag es eher an der Begeisterung für leuchtend bunte Häuser, die für diesen Teil des Landes typisch war.

Regentropfen klatschten lustlos auf die Windschutzscheibe. An der Westküste muss sich der Regen anstrengen, wenn man ihn noch bemerken soll, aber dieser hier schien den Versuch bereits aufgegeben zu haben. Dennoch machte er den grauen Septembernachmittag noch düsterer. Kein Wunder, dass die Häuser so fröhlich bunt angemalt sind, dachte ich. Ein Teil von mir sehnte sich zurück nach Hause, ins County Meath, wo das Sonnenlicht in meiner Vorstellung wie warmer Sirup vom Himmel strömte, wie es immer der Fall gewesen war, wenn wir nach den Sommerferien wieder zur Schule gingen. Ich erinnerte mich an die bittersüßen Nachmittage, an denen ich ins Klassenzimmer gesperrt war, während der Sommer draußen in strahlendem Glanz zu Ende ging.

Ich tröstete mich mit dem Wissen, dass der Regen auf den Felsen rasch trocknete und der frisch gestrichene Ozean die Lebensgeister weckte, wenn die Sonne hier an der Küste von Clare herauskam.

Auf der Karte sieht die Halbinsel Loop Head wie eine verrostete Messerklinge aus – ein fünfzig Kilometer langes Dreieck, das die Shannon-Mündung vom Atlantik trennt. Flach und beinahe baumlos, ist die Landschaft ein Flickenteppich aus rechtwinkligen Feldstreifen voller Binsen, unterteilt von niedrigen Erdwällen und Hecken. Gehöfte sind einzeln oder in Gruppen darüber verteilt und immer gut sichtbar in dem kahlen Gelände, das zum Meer hin sanft ansteigt, um in einer dramatischen Küstenlinie zu enden, mit hohen Klippen und von Wogen umtosten Riffen, düsteren Höhlen und von Möwen beherrschten Felssäulen im Meer. Es sieht aus, als hätte jemand die Seite eines Billardtischs mit einer Axt bearbeitet, der grüne Bezug der Wiesen endet abrupt über einer dunklen Fassade aus Kalksteinschiefer, der teilweise senkrecht ins Meer abstürzt und sich an manchen Stellen in Stufen unter Wasser fortsetzt, um ein an Meerespflanzen und Fischen reiches Riff zu bilden. Aus dem Meeresgrund ragen mächtige Brocken und Felssplitter auf, die dem Angriff widerstanden haben und von Resten des grünen Tuchs bedeckt sind. Etwa in der Mitte dieses Küstenabschnitts führt eine rund einen Kilometer breite Öffnung in der Steilwand wie ein Tor zu der sichelförmigen Sandbucht von Kilkee.

Nach einer schmerzhaften Zeit, in der ich meinen Vater verloren und mich von meinem Verlobten getrennt hatte, legte ich gerade eine kurze Pause ein und war dazu an einen Ort mit glücklichen Erinnerungen zurückgekehrt. Ich befand mich außerdem an einer Art Scheidepunkt meiner Berufslaufbahn, nachdem man mir angeboten hatte, ein archäologisches Museum für das County Meath aufzubauen. Die Entscheidung dafür würde Art und Umfang meines Beratungsunternehmens in den nächsten Jahren bestimmen. Es gab einen neuen Mann in meinem Leben – und sei es auch weit entfernt –, und im

November würde ich vierzig werden. Das bereitete mir keinerlei Kopfzerbrechen, aber es schien wie von allein zu einer Art Meilenstein in meinem Leben zu werden.

Während der letzten fünf Tage hatte mein Handy ausgeschaltet in einer Schublade gelegen; ich hatte mich vergewissert, dass ich in meinem Hotelzimmer über einen Internetzugang verfügte, und meinen Laptop dann im obersten Fach meines Wandschranks verstaut. Ich hatte lange Spaziergänge auf den Klippen unternommen und war beim Riff nahe der Stadt geschwommen und geschnorchelt, hatte das Meer in verschiedenen Stimmungen fotografiert und Skizzen von Anemonen in Felstümpeln angefertigt, in der Absicht, eine Reihe von Aquarellen zu malen, wenn ich nach Hause kam – tatsächlich hatte ich bereits eines mit dem Blick von meinem Hotelbalkon begonnen.

Am Vortag hatte ich eine alte Studienfreundin besucht, die weiter unten auf der Halbinsel ein kunsthandwerkliches Atelier besaß. Mir war nicht klar gewesen, dass Kim Tyrell hier zu Hause war, bis ich vor Monaten ein beschriftetes Werk von ihr – einen beleuchteten Briefbeschwerer – in einer Galerie in Dublin gesehen hatte. Der Besitzer der Galerie hatte mir erzählt, sie sei vor ein paar Jahren dorthin gezogen, nach dem Tod ihres Mannes Jamie, eines hochgelobten Keramikers. Er war anscheinend wegen einer harmlosen Operation ins Krankenhaus gegangen, wo er sich eine Infektion holte, die in einer tödlichen Sepsis endete.

Ich hatte mir Kims Kontaktdaten notiert und ihr eine Woche, bevor ich von Castleboyne aufbrach, eine E-Mail geschickt. Sie hatte mich eingeladen, sie in ihrem Haus nahe dem Dorf Carrigaholt an der Flussmündung zu besuchen. Nachdem ich ein paar Mal falsch abgebogen war, hielt ich vor einem weiß getünchten Cottage mit orangefarbenen Türen und Fenstern.

Geranientöpfe wechselten sich mit Treibholzfunden an den Wänden des Häuschens ab, und ein grüner Kleinwagen stand im gekiesten Hof. Als ich neben ihm parkte, kam Kim um das Haus herum, um mich zu begrüßen. Klein wie ich selbst, aber untersetzter, trug sie ein Batik-Top in Purpur und Weiß und Bluejeans. Ihr weiches, blasses Gesicht war breiter geworden, und ihre dunklen Augen funkelten zwar noch lebhaft, wie ich sie in Erinnerung hatte, waren jedoch von einem Netz von Fältchen umgeben. Ein Schopf dichter Locken krönte immer noch ihr Haupt, auch wenn er jetzt grauer war und einzelne Strähnen wie die Ranken einer Kriechpflanze auf der Suche nach Halt aus ihm sprossen.

Bei einem Lunch mit Quiche aus Ziegenkäse und Pilzen mit Salat plauderten Kim und ich an ihrem Küchentisch. Unsere Gespräche wurden von Zeit zu Zeit unterbrochen, wenn eine ihrer drei Katzen – zwei gescheckte und eine schwarze Halb-Siam – an den Tisch kamen, um mich zu begutachten. Ich erzählte ihr von Boo, meinem großen Maine-Coon-Kater, der selbst für Katzenverhältnisse ein exzentrisches Verhalten an den Tag legt. »Er trinkt das Wasser aus den Gläsern, wenn ich meine Aquarelle male, er leert jede Schublade im Haus auf der Suche nach seiner Spielmaus, und neuerdings lässt er sich vom Hund meiner Mutter ums Haus jagen – und ich rede von einer dänischen Dogge.«

Das amüsierte Kim, und ihr kehliges Lachen war mir sofort wieder vertraut. Sie drängte mir noch eine Portion Quiche auf, und ich willigte gern ein. Sie schmeckte köstlich. »Dann wohnst du also mit deiner Mutter zusammen«, fragte sie, während sie das Stück auf meinen Teller lud.

Ich hatte ihr bereits erzählt, dass mein Vater im Juni gestorben war, nachdem er seit Jahren an Alzheimer gelitten hatte. »Als uns klar wurde, dass mein Vater das Pflegeheim nie mehr verlassen würde, bauten wir ein Büro für mich und eine Wohnung für sie an unser Haus an.«

»Du standest deinem Vater sehr nahe, soweit ich mich erinnere.«

»Ja. Und ich bin mir nicht sicher, ob ich mit seinem Tod wirklich schon fertig geworden bin. Er hinterlässt ein irgendwie … taubes Gefühl.«

Kim nickte. »Ich weiß, was du meinst. Bei mir war es genauso, als James starb.«

»Und ist es inzwischen besser geworden?«

»Eigentlich nicht. Auch nach sieben Jahren nicht. Ich glaube, dass wir über den Tod einer geliebten Person nie hinwegkommen. Es wird mit der Zeit nur ein bisschen weniger schmerzhaft. Ab und an fällt mir ein Foto von James in die Hände, oder ich sehe vielleicht ein Werkstück von ihm, und plötzlich breche ich in Tränen aus. Es ist, als würden wir unsere Trauer in Raten durchmachen, weil wir mit dem ganzen Gefühl auf einmal nicht fertig werden.«

Wir aßen eine Weile schweigend. Dann sprang mir eine der gescheckten Katzen auf den Schoß.

»Wirf sie runter«, sagte Kim.

»Sie stört mich nicht. Ich bin sowieso fertig.«

Kim räumte den Tisch ab, während ich mit der Katze sprach und sie unter dem Kinn kraulte.

»Möchtest du einen Kaffee?«

»Nein, danke.«

»Dann Tee, vielleicht?« Kim hielt zwei Beutel hoch. »Orange Pekoe? Jasmin?«

»Danke, ich brauche nichts.«

Sie legte die Beutel auf die Arbeitsplatte. »Dabei fällt mir ein – warst du nicht mit Finian Shaw zusammen, dem Typ mit dem berühmten Garten, Broomfield oder …«

»Brookfield. Ich habe vor ein paar Monaten mit ihm Schluss gemacht. Zu der Zeit, als mein Vater starb.«

»Gibt es seitdem jemanden in deinem Leben?«

»Na ja, gewissermaßen… Ich habe etwa zur selben Zeit diesen Südafrikaner kennengelernt. Peter ist Pathologe, er sollte der Polizei bei der Aufklärung eines vermeintlichen Ritualmords helfen. Wir haben uns nur über einige Tage hinweg gesehen, es war also keine Zeit, eine intime Beziehung zu entwickeln. Aber wir sind in Kontakt geblieben.«

»In Kontakt geblieben? Das klingt nach Brieffreundschaft.«

»Manchmal fühlt es sich auch so an.«

»Du hast ihn nicht besucht?«

»Noch nicht.«

»Noch nicht«, flüsterte sie für sich und sah aus dem Fenster. Nachdem sie eine Weile über etwas nachgedacht hatte, kam sie wieder an den Tisch. Die Katze beschloss, dass es Zeit war zu gehen, und sprang auf den Boden.

Kim beugte sich vor und schloss beide Hände um meine Hand. »Jamie und ich haben die Gründung einer Familie immer vor uns hergeschoben. Noch nicht, sagten wir, als wir Anfang dreißig waren, noch nicht. Und dann… war Jamie tot.« Sie holte tief Luft, um sich zu sammeln, und drückte gleichzeitig meine Hand. »Ich hatte nicht Kinder haben wollen, nur damit ich sie hatte. Ich hatte sie mit *ihm* haben wollen.« Sie sah mich durch ihre Tränen durchdringend an. »Aber jetzt ist es zu spät. Der Punkt ist, Illaun, wir leben oft, als würden wir nur für das echte Leben üben. Aber das Leben ist nicht etwas, das nächste Woche anfängt, es spielt sich jetzt ab, in jeder Minute, die wir auf der Welt sind. Lass nicht zu, dass ›Noch nicht‹ zu deiner Grabinschrift wird.«

Sie ließ meine Hand los und rieb heftig mit den Handflächen um ihre Augen herum. Dann schluchzte sie kurz und sagte lächelnd: »Du bist früher getaucht, als wir noch auf dem College waren. Warst du schon beim Tauchen, seit du hier bist?«

»Nein«, sagte ich mit Nachdruck. »Ich tauche nicht mehr. Hey – ich würde gern etwas von deinen Arbeiten sehen.« Ich verstand es ebenfalls, das Thema zu wechseln.

In ihrem Atelier auf der andern Seite des Hofs – einem umgewandelten Schuppen, in dem früher Torf gelagert wurde – zeigte mir Kim eine Auswahl an Briefbeschwerern und erklärte mir, wie sie hergestellt wurden. Ehe ich ging, bat ich sie, einen als Geschenk für meine Freundin Fran anzufertigen, und sie machte sich Notizen, während wir den Entwurf besprachen.

Danach unternahmen wir eine kleine Wanderung auf einer Landstraße in der Nähe, pflückten unterwegs Brombeeren und saßen dann fast eine Stunde lang auf einer niedrigen Mauer, um Brachvögel und Austernfischer zu beobachten, die in einem bei Ebbe trockenen Wasserlauf herumstocherten.

»Ich verstehe, wieso es dir hier gefällt«, sagte ich. Nicht ein einziges Fahrzeug war auf der Straße vorbeigekommen, während wir auf der Mauer saßen. Es wehte kaum eine Brise, und man hörte nichts als die Rufe der Stelzvögel.

»Es kann manchmal etwas einsam sein«, sagte sie und blickte in die Ferne. »Besonders im Winter. In den langen, dunklen Nächten wird einem die Entfernung zwischen dir und dem nächsten Haus bewusster.«

»Machst du dir gelegentlich um deine persönliche Sicherheit Sorgen?«

Sie lachte. »Nur wenn ich befürchte, dass der Wind das Haus flachlegt. Man fühlt sich hier in der Gegend nicht persönlich bedroht. Es sei denn … Na ja, eine junge Frau, die ich kannte, ist vor ein paar Jahren verschwunden. Es hieß, sie habe Selbstmord begangen, aber …« Sie schien kurz zu erschaudern. »Ich war mir da nicht so sicher.« Sie glitt von der Mauer. »Lass uns über Carrigaholt zurückgehen. Vielleicht kehren wir im Long Dock noch auf einen Drink ein.«

»Wunderbar«, sagte ich. »Ich habe keine Eile.«

Ich sah Mahon aus der Polizeistation kommen. Der Regen hatte aufgehört, und nach Westen hin klarte der Himmel auf.

»Herrgott im Himmel«, fluchte er und ließ sich schwer in den Sitz fallen. »Von wegen kurz reinschauen und weiterfahren. Ich dachte, ich komme da nie mehr raus. Ich hätte Sie zuerst zu Ihrem Hotel fahren lassen sollen.« Das Ocean Cove war nur drei Minuten zu Fuß entfernt.

»Kein Problem. Was haben sie gesagt?«

»Nachdem ich ihnen ausführlich berichtet hatte, wie wir den Unterkiefer gefunden haben, verstrickten wir uns in eine Diskussion darüber. Ich wies auf den offensichtlichen Umstand hin, dass er jüngeren Datums sein musste. Nicht unbedingt aus unseren Tagen, aber auch nicht aus antiken Zeiten.«

»Und?«

»Der diensthabende Beamte meinte, dass es sich höchstwahrscheinlich um eine ertrunkene Person handelt. Ihre Leichen werden vom Fluss mitgenommen und dann in der Mündung ans Ufer gespült, weil die Gezeiten hier wirken. Er rief den Sergeant dazu, und irgendwie sind wir dann bei einem Gespräch über die Kriminalität in Limerick gelandet. Jedenfalls sagte Sergeant Hynes am Ende, er würde mit seinen Kollegen von der Kripo in Ennis reden. Als ich ging, diskutierten sie darüber, ob sie den Kiefer in Kilkee behalten sollten, für den Fall, dass der amtliche Gerichtsmediziner hinzugerufen wird.«

»Was sie brauchen, ist ein forensischer Archäologe, der sich den Fundort ansieht.«

»Menschliche Überreste – ich hasse es, wenn ich mich mit ihnen beschäftigen muss«, sagte Mahon angewidert.

Sein Umgang mit dem Kieferknochen widersprach dieser Aussage irgendwie. »Das ist auch ein Grund, warum mir das Meer so gefällt«, fuhr er fort. »Fische essen Fleisch. Salzwasser löst Knochen auf. Keine unappetitlichen Überreste.«

Er überging praktischerweise die früheren Stadien einer Leiche im Wasser, aber ich sagte nichts dazu.

»Hm… Vielleicht war dieser Kieferknochen noch intakt, weil er ans Ufer gespült wurde«, fuhr er fort. »Der Polizist könnte recht damit haben, dass es sich um eine ertrunkene Person handelt. Sehen wir uns doch mal die Fotos an, die Sie gemacht haben.« Er rieb die Windschutzscheibe frei, die beschlagen hatte, seit er im Wagen saß. »Sieht aus, als würde es aufklaren. Und die Vorhersage für morgen ist gut. Wir werden tauchen.«

Ich nahm die Kamera aus meiner Tasche und gab sie ihm.

»Die Polizei bittet darum, dass Sie ihr diese Aufnahmen zukommen lassen«, sagte er. »Einmal an die Jungs hier und einmal an einen Detective, der in Ennis sitzt.« Er gab mir einen Zettel mit den handschriftlichen E-Mail-Adressen.

Er klickte sich durch die Bilder und war peinlich berührt, als er zu dem kam, auf dem er den Unterkiefer vors Gesicht hielt. »Ach du Schreck«, sagte er. »Vielleicht lassen wir das hier weg.«

Er ging die Fotos rückwärts durch, bis er eines gefunden hatte, das er genauer untersuchen wollte. »Wir haben uns vielleicht zu sehr auf die Idee versteift, dass es sich um eine vorsätzliche Zerstückelung handelt. Doch wenn das tatsächlich eine ertrunkene Person war, dann könnte die Beschädigung am Knochen auch von Aasfressern im Wasser verursacht worden sein…« Er gab mir die Kamera zurück. »Denken Sie darüber nach.«

Ich betrachtete das Bild, das er ausgewählt hatte. »Ich weiß, was Sie meinen. Die allgemeine Regel in der Archäologie lautet allerdings, wenn der Schnitt nahe dem Gelenk ist, stammt er wahrscheinlich von Menschenhand.«

Mahon zeigte auf den gestutzten Unterkieferast. »Ein Hai oder ein Meeraal könnte ein Stück Knochen so sauber abtrennen. Ich habe gesehen, was …«

»Ich auch«, sagte ich. »Ich fahre besser zum Hotel zurück.«

3

Als Kim und ich am Tag zuvor im Long Dock ankamen, bestellten wir Weißwein, und nachdem sich unsere Augen an das Licht im Raum gewöhnt hatten, betrachteten wir den Boden aus Steinfliesen, die Drucke mit Meeresmotiven an den Wänden und ein Torffeuer, das in einem gemauerten Kamin brannte.

Auf unserem Spaziergang zum Pub war das Thema eines lokalen Bauvorhabens zur Sprache gekommen, und Kim erklärte, sie sei in einem Bürgerkomitee aktiv, das sich gegen den Vorschlag wandte, einen ausgedehnten Windpark zu errichten. Ihr Standpunkt war der, dass Windräder mit ihrer Höhe nicht in das flache Gelände der Halbinsel mit seinen freien Blicken passten. Während des Gesprächs erwähnte sie verschiedene Auseinandersetzungen, die sie im Lauf der Jahre gewonnen und verloren hatten. Die Niederlage, die sie am meisten wurmte, war ein Ferienhaus-Projekt, das fünf Jahre zuvor in Kilkee realisiert worden war.

»Es liegt oben, am George's Head, hinter dem Golfclub«, erklärte sie, nachdem wir uns an einem Tisch am Fenster niedergelassen hatten.

»Ich habe gesehen, wie viel in der Stadt gebaut wird«, sagte ich. »Aber ich habe weiter draußen in Richtung Landspitze nichts Neues außer dem Clubhaus bemerkt.«

»Genau das war das Argument der HFH. Dass man die Ferienhäuser nicht sehen würde.«

»HFH?«

»Head for Heights. Der Name der Bauträgerfirma, aber auch eine Art Slogan für das Projekt. Sie behaupteten, als kleine, exklusive Anlage, die in einer Senke in den Hügeln versteckt liegt, würde das Ganze nicht stören. Aber natürlich sieht man es, wenn man zur Landspitze hinaufgeht. Naturschützer haben für uns argumentiert, auch wenn es sich so einfüge, dass man buchstäblich darüber stolpere, würde es die Landschaft doch für alle Zeiten verändern – mit der unberührten Natur hier oben wäre es vorbei. Dann haben wir die Unterstützung von Archäologen für unsere Sache bekommen – eine vorläufige Erkundung hatte ergeben, dass eine frühmittelalterliche Klostereinfriedung unter der Erde existierte. Die noch nirgendwo verzeichnet war. Damit war die Sache aus unserer Sicht erledigt. Eine Erhaltung war zwingend vorgeschrieben. Aber wir hatten nicht mit der Skrupellosigkeit der Projektentwickler gerechnet. Die Reste wurden über Nacht vernichtet – vorsätzlich.«

»Wie bitte? Das ist ja unglaublich.«

»Mit Bulldozern vom Angesicht der Erde getilgt… Natürlich war den Bauträgern nichts nachzuweisen. Man schob es auf Vandalismus. Und was mich wirklich wütend machte dabei, war, dass ich es hätte verhindern können.«

Die Kellnerin kam mit unserem Wein. Ich gab ihr einen Zwanzig-Euro-Schein, und auf dem Rückweg zur Theke hielt sie inne und sah aus einem der Fenster.

Ich blickte ebenfalls hinaus und entdeckte einen schwarzen Jeep Cherokee auf der anderen Straßenseite stehen. Er zog einen Bootsanhänger mit einem rotblauen Festrumpfschlauchboot, kurz RIB genannt, von Rigid Inflatable Boat. Ein weißhaariger Mann stieg aus dem Jeep, und ich wusste, dass ich ihn schon einmal gesehen hatte. Ein jüngerer Mann in einem roten

T-Shirt und schwarzen Jeans schloss sich ihm an, und sie kamen ins Pub. Der Jüngere verabschiedete sich sofort in Richtung Toilette, während der Ältere an der Bar stehen blieb. Die Kellnerin war mit meinem Wechselgeld zurückgekommen und grüßte ihn von unserem Tisch aus. Als er sich zu uns drehte, um den Gruß zu erwidern, dämmerte mir, wer er war – Theo Mahon. Wir hatten uns im Jahr zuvor getroffen, als ich an einem Seminar über die Archäologie und Schifffahrtsgeschichte des Flusses Boyne teilnahm. Die Kellnerin ging wieder hinter die Theke und plauderte mit ihm, während sie zwei Gläser Stout zapfte. Mahon sah ein paar Mal zu mir herüber, und als er sein Pint bekommen hatte, kam er an unseren Tisch.

»Kennen wir uns?«, sagte er.

»Sie haben letztes Jahr um diese Zeit einen Vortrag auf einem Seminar in Drogheda gehalten. Wir haben uns nachher ein wenig unterhalten. Ich bin Illaun Bowe.«

»Ach ja. Aus Castleboyne, richtig?«

Ich nickte. »Das ist eine Freundin von mir. Kim Tyrell.«

»Theo Mahon. Freut mich, Sie kennenzulernen.«

Sie schüttelten sich die Hand.

Der andere Mann kam ins Lokal zurück, und Theo winkte ihn zu uns. »Dürfen wir Ihnen Gesellschaft leisten?«

Mahons Begleiter holte sein Bier ab, und die beiden nahmen auf den Stühlen gegenüber unserer Bank Platz.

»Das ist Senan Costello aus Kilkee«, stellte Mahon vor. »Er begleitet uns auf diesem Abschnitt unserer Tour. Ortskenntnisse sind unschätzbar.« Er schlug seinem Begleiter auf den Rücken. »Und auf unseren Senan hier kann man sich meist verlassen. Jedenfalls solange er nicht bekifft ist.«

Costello grinste schüchtern. Er hatte schwarzes, strubbliges Haar und einen dichten, kurzen Bart. Seine Zähne waren wie weit auseinandergesetzte Scrabble-Plättchen.

»Was genau machen Sie?«, fragte Kim.

»Wir bereiten einen Bericht über den Zustand der Schiffswracks an der Küste von Clare vor«, sagte Mahon. »Er beruht auf einer Erkundung des Meeresbodens, die vor ein paar Jahren durchgeführt wurde. Wir tauchen zu jedem Wrack hinab, das dabei entdeckt wurde, damit wir seinen Zustand aus nächster Nähe einschätzen können.«

Kim sah mich an, ob ich eine Frage stellen wollte. Als ich es nicht tat, stellte sie selbst eine. »Holen Sie auch Funde nach oben?«

Mahon schüttelte den Kopf. »Nein. Wenn man Artefakte vom Meeresgrund entfernt, stellen sich alle möglichen Probleme ein. Holz zerfällt, wenn es austrocknet. Eisen beginnt sich sofort aufzulösen, wenn es an die Luft kommt.«

»Was eine Konservierung schwierig macht«, sagte ich.

»Illaun hat recht«, sagte Mahon. »Es kann zum Beispiel zehn Jahre dauern, eine einzige Kanone zu konservieren.«

»Jedenfalls sind wir mit der Shannon-Mündung heute fertig geworden«, sagte Costello. »Vierzig Wracks allein von hier bis zum Loop Head, stellen Sie sich das vor.«

»Wo geht es danach hin?«, fragte ich.

»Wir arbeiten uns im Uhrzeigersinn um die Küste«, sagte Mahon. »Morgen ist also die Atlantikseite der Halbinsel dran. Und da wir in Kilkee wohnen, fangen wir in dieser Gegend an.«

»Die Vorhersage ist allerdings nicht sehr gut«, sagte Costello mit düsterer Miene.

»Ist in der Bucht von Kilkee nicht ein Schiff mit Hungerflüchtlingen gesunken?«, fragte Kim.

Mahon nickte. »Die *Edmond*. Es wurde komplett zerstört.«

»Und hundert Leute sind ertrunken«, ergänzte Costello.

»Was ist mit der *Intrinsic*?«, sagte ich. »Ist von der noch etwas übrig?« Ich wusste, dass die Intrinsic Bay nördlich der Stadt ihren Namen von einem Schiff hatte, das dort auf Grund gelaufen war.

»Genau zu der wollen wir morgen hinuntertauchen«, sagte Mahon. »Das Schiff ist 1836 gesunken. Aber viel wird nicht zu sehen sein. Teile davon waren von hier bis Spanish Point über die ganze Küste verstreut. Und der größte Teil der Fracht wurde kurz nach dem Untergang geborgen. Durch Taucher, man stelle sich vor. Was aus historischer Sicht interessant ist.«

»Taucher? Schon damals?« Kim war verständlicherweise überrascht.

»Die Brüder Dean aus London«, sagte Mahon. »Das sind dieselben Burschen, die auch die *Mary Rose* im Solent vor Southampton gefunden haben.«

»Das Kriegsschiff Heinrichs VIII.«, warf ich ein.

»Das war ebenfalls 1836«, fuhr Mahon fort. »Sie hatten gerade erst einen Tauchhelm entwickelt, in den Luft gepumpt wurde, während der Taucher in einem Gummianzug und mit schweren Stiefeln und Bleigewichten angetan über den Meeresboden spazierte. Während des Sommers gelang es ihrer Bergungsfirma, den größten Teil der Fracht aus der *Intrinsic* heraufzuholen. Hauptsächlich Kupfer- und Zinnbarren sowie Zugräder, Eisenbahnschienen und andere Eisengüter.«

»Bis ein Taucher namens Manuel di Lucia aus Kilkee 1979 einen Anker barg, wurde sonst nichts mehr an die Oberfläche gebracht«, sagte Costello. »Aber er hat mir erzählt, dass es noch einen zweiten Anker und anderes versunkenes Gut da unten gibt. Und bei einem Sidescan-Sonar ist außerdem ein merkwürdiges Gebilde sichtbar geworden, das aus einer Rinne ragt. Wie ein Abschnitt vom Brustkasten eines Wals, nur viel größer.«

»Die Spanten eines Schiffsrumpfs vielleicht?«, vermutete ich.

Mahon schüttelte den Kopf. »Nein. Ich tippe auf Eisenbahnschienen. Konkretion kann Dinge verzerrt aussehen lassen.«

Kim blinzelte mich an. »Konkretion?«

»Metallgegenstände werden unter Wasser mit organischen und anderen Stoffen überzogen«, erklärte ich.

»Wir werden festzustellen versuchen, was es ist«, sagte Mahon. »Wahrscheinlich liegt noch mehr solcher Schutt in Spalten und Rinnen herum, aber wir werden nicht alles aufzeichnen können.«

»Falls wir überhaupt zum Tauchen kommen.« Costello wirkte wieder niedergeschlagen.

»Das Gebiet um die Klippen ist selbst unter günstigen Bedingungen gefährlich«, sagte Mahon. »Man kann dort nur bei gutem Wetter tauchen. Wenn Sie mich jetzt entschuldigen wollen.« Er stand auf und ging in Richtung der Toiletten.

»Sie werden sehr enttäuscht sein, wenn es nicht dazu kommt?«, sagte ich zu Costello.

Er trank einen Schluck von seinem Bier. »Ja, aber die Gründe, warum ich da hinunter will, unterscheiden sich von Theos. Als ich ein Kind war, hat mir mein Großonkel Derry nämlich die Geschichte vom Wrack der *Intrinsic* erzählt. Und die hat mich nie mehr losgelassen.«

Hieß das, Senans Großonkel war Derry Costello? Wenn ja, dann war mir klar, wieso der junge Mann so viel über die lokale Geschichte wusste.

»Und was ist so besonders am Wrack der *Intrinsic*?«, fragte Kim.

»Wissen Sie was …« Senan stand auf und ging zur Wand am Ende der Theke. Er ließ den Blick über die Dinge schweifen, die dort hingen, dann nahm er eins von der Wand und brachte es an den Tisch zurück. »Ich muss rasch telefonieren. Lesen Sie sich das durch.« Er legte einen gerahmten Zeitungsausschnitt auf den Tisch zwischen Kim und mich. »Ich komme gleich wieder«, sagte er und ging auf die Straße hinaus.

4

CLARE JOURNAL

TRAURIGES SCHIFFSUNGLÜCK

Die *Intrinsic* aus Liverpool, ein mit fünfhundert Tonnen Fracht beladenes Segelschiff mit Ziel New Orleans, wurde am letzten Januartag als auf See verloren gemeldet. Man nimmt an, dass das Schiff die Nordspitze Irlands umrundet hatte, als es in einen unbarmherzigen Nordweststurm geriet, der sie die gefährliche Atlantikküste hinuntertrieb. Am 31. Januar wurde sie bei Tagesanbruch von der Küstenwache vom Lookout Cliff bei Kilkee gesichtet. Das Segelschiff ritt von zwei Ankern gehalten in der Bucht unter ihr, die Trosse waren zum Zerreißen gespannt und bewahrten es nur mit Mühe davor, von Wellen, welche die halbe Höhe der Klippen erreichten, gegen die Felsen geschleudert zu werden.
Bis Mittag hatte sich eine große Menge auf den Höhen über der Bucht versammelt. Die Menschen konnten nichts tun, als für die vierzehn Seelen an Bord des Schiffs zu beten, das inzwischen ohne Masten war und einzig von seinen Ankern abhing, während es von gewaltigen Wellen, die vielfach über es hinweggingen, vor- und zurückgeworfen wurde. Zuletzt wurde die Belastung zu groß, die Trosse rissen, und das Schiff wurde von der Wut

> des Sturms unter die Klippen getrieben. In diesem Moment sahen die Zuschauer einige Besatzungsmitglieder sowie ein junges Paar an Deck kommen. Doch als sie erkannten, wie hoffnungslos alles war, machten sie sich wieder auf den Weg nach unten, um dort ihr Schicksal zu erwarten. Dabei wurde der Ehemann von einer Welle über Bord gespült. Seine Frau, die ein lavendelblaues Kleid getragen haben soll, fiel sofort betend auf die Knie. Augenblicke später wurde der Gatte von der Dünung an die Schiffswand zurückgetragen. Die Frau warf sich darauf neben ihn ins Meer, und zusammen versanken sie in den Wellen. Eine große Woge, die von den Klippen zurücklief, trug das Schiff wieder vom Land fort, eine weitere hereinkommende Welle brachte es zum Kentern, die Ladung brach durch den Rumpf, und die *Intrinsic* ging unter.

An diesem Punkt legte Kim den Finger auf die Seite. Wir hörten beide auf zu lesen und sahen einander an. »Was hatte ein solches Paar auf einem Frachtschiff verloren?«, sprach Kim meine Gedanken aus.

»Ich glaube, das kann ich beantworten.« Costello war zurückgekommen und hatte sie gehört. »Anscheinend waren sie frisch verheiratet und reisten nach New Orleans, um ein neues Leben zu beginnen. Vielleicht hatten sie Verbindungen zum Kapitän oder zu den Eignern des Schiffs.« Er setzte sich wieder zu uns, trank einen letzten Schluck von seinem Guinness und rülpste dann laut. »Herrje, tut mir leid. Das hat mich jetzt überrascht.« Er lächelte verlegen und zeigte seine großen Zähne. Plötzlich schnellte sein Kopf nach vorn.

»Und das bestimmt auch.« Mahon war zurückgekommen und hatte ihm einen Schlag auf den Hinterkopf gegeben, aber nicht allzu stark. »Führst du deine Manieren vor, ja? Man kann dich nicht einen Moment allein lassen.«

»Ich habe ihnen gerade von der *Intrinsic* erzählt«, sagte Costello und zog den Kopf ein für den Fall, dass ein weiterer Schlag kam. Es wirkte aber wie ein Spiel zwischen ihnen.

Mahon blieb stehen und legte die Hand aufs Herz. »Im Tode vereint«, intonierte er.

Kim seufzte leise. »Trotzdem, was für eine Tragödie. Und wenn die Frau hineinsprang, um bei ihrem Liebsten zu sein, war es kein Selbstmord, oder?«

Costello schnippte begeistert mit den Fingern. »Da liegen Sie völlig richtig, Kim. Mein Großonkel hat mir erzählt, dass die Leute deshalb in der Intrinsic Bay von den Klippen springen. Weil sich der Glaube verbreitet hat, wenn man es dort tue, sei es *kein* Selbstmord, und man komme nicht in die Hölle dafür.«

Kim warf mir einen scharfen Blick zu, ehe sie das Gespräch fortsetzte. »Haben das in letzter Zeit viele Leute getan?«

»Zwei oder drei, während ich aufgewachsen bin. Und dann gab es einen Fall erst vor ein paar Jahren.«

»Lena Morrison?«, sagte Kim.

»Richtig. Sie kannten sie?«

»Ihre Leiche wurde nie gefunden«, gab Kim zur Antwort. Sie war offenbar skeptisch, was die Selbstmordtheorie betraf. Ich nahm an, Lena Morrison war dieselbe Frau, auf die sie zuvor schon angespielt hatte.

»Die Intrinsic Bay, das ist ein seltsamer Ort«, warf Mahon ein. »Es heißt, die Leichen derer, die dort ertrinken, tauchen nie wieder auf.« Er beugte sich über den Tisch und hob den gerahmten Zeitungsausschnitt auf.

Costello nickte. »Sehr vieles, was mit der *Intrinsic* zu tun hat, ist rätselhaft. Was die Leute damals zum Beispiel nicht verstehen konnten, war, wieso der Kapitän den Sturm nicht auf hoher See ausgesessen hat, anstatt an die Küste zu kommen.«

»Das ist gar nicht so rätselhaft«, sagte Mahon. »Er hat vermutlich in der Shannon-Mündung Schutz für die Nacht gesucht und ist zu weit nördlich eingebogen. Man kann sich vorstellen, wie die Sicht bei dem Sturm war.« Er überflog den Artikel.

Mir lag eine Frage auf der Zunge, aber sie nahm nicht recht Gestalt an.

Mahon klopfte auf das Schutzglas über dem Artikel. »Haben Sie den letzten Absatz gelesen?«

»Nein, so weit waren wir noch nicht gekommen«, erwiderte ich.

»Vielleicht hat das zu der Legende geführt, die ich gerade erwähnt habe.« Er gab mir den Rahmen und hielt den Finger auf die Stelle, wo ich anfangen sollte.

Ich las laut vor. »Die ersten Taucher, die in einen Teil der Kabine vordrangen, der auf dem Meeresgrund lag, fanden die Besatzung der *Intrinsic* im Tod zusammengedrängt vor. Fische und riesige Aale schwärmten darüber und taten sich an ihnen gütlich …« Ich hielt inne. Etwas, das ich verdrängen wollte, hatte einen Weg an meiner Abwehr vorbei gefunden.

»Igitt.« Kim verzog das Gesicht.

Ich holte tief Luft und fuhr fort. »Es war ein derart grausiger Anblick, dass sich die Männer weigerten, noch einmal hinunterzugehen, bis Mr. Dean selbst hinabtauchte, um es sich anzusehen. Aber als er wieder nach oben kam, versicherte er ihnen, sie müssten sich getäuscht haben. Und tatsächlich wurden in der Folge weder Leichen gefunden, noch wurden jemals welche an Land gespült.«

»Wie merkwürdig«, sagte Kim.

»Möchte noch jemand etwas trinken?«, fragte Costello.

»Wir sollten lieber gehen, Kim, oder?« Sie hielt mich hoffentlich nicht für unhöflich, aber ich wollte weg.

»Ja, du hast recht. Es ist ein ganzes Stück bis nach Hause.«

»Wo wohnen Sie?«, fragte Mahon.

Sie beschrieb, wo ihr Cottage lag, und erklärte, ich hätte meinen Wagen dort gelassen.

»Ich muss Senan sowieso in Kilkee absetzen, wenn Sie wollen, fahre ich Sie nach Hause.«

Wir dankten ihm, und als wir aufbrachen, fragte mich Mahon, wo ich wohnte. Dann erwähnte er den freiliegenden Muschelhaufen, der mich interessieren könnte, und fügte an, falls das Wetter zum Tauchen zu schlecht sei, würde er mich am nächsten Morgen im Hotel abholen, und wir könnten ihn uns zusammen ansehen.

Ich murmelte eine höfliche, wenngleich vage Erwiderung, aber sie reichte offenbar, um ihn annehmen zu lassen, ich sei interessiert. Aber es war nicht der Muschelhaufen, der mich an diesem Abend auf der Rückfahrt zum Hotel beschäftigte.

5

Fünfzehn Jahre zuvor war ich vor der Isle of Man zum Wrack des Küstenfrachters *Arabella* getaucht. Wie die *Intrinsic* war die *Arabella* von Liverpool gekommen, als sie sank. Aber damit endete die Ähnlichkeit auch schon. Die *Arabella* war mit einer Fracht Souvenirkeramik anlässlich der Krönung von Königin Elizabeth II. auf dem Weg nach Belfast. Es war das Jahr 1953, und das Schiff war gesunken, nachdem es im Nebel mit einem anderen Handelsschiff zusammengestoßen war. Das Wasser drang in den Bugabschnitt, der Frachter sank mit der Nase voran, und als es sich in den sandigen Meeresgrund bohrte, brach der beschädigte Bug ganz ab. Die Ladung ergoss sich auf den Meeresboden, während das Schiff sich auf die Backbordseite legte. Bald brachen der Steuerbordrumpf und die Decks dazwischen ein und rutschten nach vorn, sodass die gesamten Deckaufbauten wie ein Pappkarton in dieselbe Richtung gefaltet wurden.

Da es keine starken Strömungen gab und die *Arabella* in leicht zugänglichen dreißig Metern Tiefe lag, wurde sie schließlich dazu benutzt, angehende Unterwasserarchäologen im Wracktauchen auszubilden.

Ich meldete mich nach meinem Diplom zu dem Kurs an. Brian Pender war mein Tauchlehrer, und es war unser letzter Tauchtag, als er verschwand.

Sechs Taucher waren bereits paarweise entlang einer am Wrack verankerten Leine nach unten gestiegen, waren in den

Bug vorgedrungen und wohlbehalten zum Boot zurückgekehrt. In unserem Kurs wurde häufig Luft durch Schläuche von der Oberfläche geatmet, aber innerhalb des Wracks tauchten wir mit Flaschen. Brian und ich stiegen als Letzte hinab. Während ich über dem Rumpf entlangschwamm, blieb er direkt hinter mir – die angemessene Position für einen Tauchlehrer. Er war jünger als ich, aber ich hatte ihn in den vergangenen Tagen als Profi durch und durch erlebt und hätte ihm mein Leben anvertraut. Ich brauchte das Gefühl, ihm so trauen zu können, denn ich war eine ängstliche Taucherin.

Ich ließ meinen Lampenstrahl über das Wrack wandern und staunte einmal mehr, wie das Meer die widerspenstigsten Materialien verändert. Auch wenn keine Tropffiguren aus Rost wie bei der *Titanic* von dem Schiff hingen, wurde es in etwas völlig anderes verwandelt und diente einem neuen Zweck. Organisches Material bedeckte es wie Raureif. Die Rumpfplatten waren von Entenmuscheln und Hunderten weißer Seesterne besetzt. Gelbe und rosa Anemonen umgaben die Bullaugen, eine stachlige Spinnenkrabbe bahnte sich einen Weg über Klumpen orangefarbener Schwämme, die eine Leiter einhüllten, eine Hecke aus leicht schwankenden Venusfächern besiedelte den Kiel auf ganzer Länge. Und die ganze Zeit sausten Fische in und aus Löchern und Spalten in dem künstlichen Riff.

Meine Betrachtung wurde unterbrochen, weil Brian auf meine Flasche klopfte – man lässt sich unter Wasser leicht ablenken. Aber er wollte mich nicht ermahnen, sondern mir zeigen, was er im Strahl seiner Tauchlampe entdeckt hatte: einen riesigen Meeraal, der aus dem geräumigen Maul des offen liegenden Bugs der *Arabella* genau vor uns glitt.

Er stieg wie eine Rauchfahne auf, dann verschwand er in das dunklere Wasser hinter dem Wrack. Brian fing meinen Blick auf und zeigte mir den erhobenen Daumen. Ich verstand es so, dass wir jetzt zum Bug hinuntertauchen würden. Ich richtete meine Lampe nach unten, um zu sehen, wo wir in den Bug eintauchen würden, und erschrak, als ich einen Vorhang aus Seegras um die Öffnung sah. Ich mochte seine ledrige Umarmung nicht und dachte nicht gern daran, was sich in den wogenden Wedeln verbergen könnte. In dieser Tiefe hatte ich mit keinem gerechnet. Ich würde all meinen Mut zusammennehmen müssen. Angst ist in dieser Tiefe lebensgefährlich.

Ich sah zu Brian hinüber und wartete darauf, dass er die Führung übernahm, aber er achtete nicht auf mich, sondern blickte in die Richtung, die der Meeraal eingeschlagen hatte. Er drehte sich zu mir und machte mir ein Zeichen, zu warten. Dann paddelte er kräftig mit den Schwimmflossen und war nach wenigen Sekunden hinter dem Bug verschwunden.

Ich war verwirrt. Brian hätte nicht einfach so davonschwimmen dürfen. Es passte auch gar nicht zu ihm. War es ein Test für mich? Ich sah auf meine Uhr. Theoretisch lautet die Regel: Eine Minute warten, dann an die Oberfläche zurückkehren und den Taucher als vermisst melden. Ich schwamm langsam einen vollständigen Kreis und hielt nach oben, unten und allen Seiten nach einem Anzeichen von Brian oder seinen Luftblasen Ausschau. Ich war eine einigermaßen erfahrene Sporttaucherin – jedenfalls erfahren genug, um zu wissen, dass das Partnersystem nicht allzu verlässlich ist. Manche Taucher schwammen ihren Partnern vielleicht hinterher, andere trödelten einfach herum, bis sie zurückkamen. Aber ich wusste auch, dass es besser war, auf der sicheren Seite zu bleiben, selbst wenn ich mich dafür von Brian oder den anderen Kursteilnehmern im Boot verspotten lassen musste. Eine Minute später begann ich mit dem Aufstieg. Aber Brian kam nicht nach oben. Und obwohl eine Woche lang intensiv nach ihm gesucht wurde, fand man seine Leiche nicht.

Die Kursteilnehmer und Tauchlehrer kehrten für den Rest des Kurses nach Schottland zurück, aber ich blieb. Brians Eltern waren angereist, und ich versprach ihnen, noch nicht aufzugeben – in meine Entschlossenheit, das Rätsel seines Verschwindens zu lösen, mischten sich Schuldgefühle, weil ich ihn allein zurückgelassen hatte. Ich stellte ein Freiwilligenteam aus ortsansässigen Tauchern zusammen, und wir setzten die Suche fort.

Brian war neun Tage lang im Wasser gewesen, als ich ihn fand. Er trieb mit dem Kopf nach unten zwanzig Meter unter der Wasseroberfläche. Nur der in schwarzes Neopren gekleidete Oberkörper ragte aus den Schlingen eines weggeworfenen Fischernetzes. Es hatte einen mächtigen Knoten auf seinem Rücken gebildet, und von dort breitete es sich wie ein riesiger Umhang in die Dunkelheit unter ihm aus. Er schien es aus der Tiefe heraufzuziehen, als wäre es eine Art Herkulesaufgabe, die er erfüllen musste.

Sein Körper war in Sichtweite des Wracks den halben Weg bis zur Oberfläche hinaufgetrieben. Wie hatten wir ihn an jenem Tag übersehen können? Wie hatten ihn die Suchteams übersehen können, die das Gebiet eine Woche lang durchforstet hatten?

Ich vermutete, dass er sofort seine Tauchausrüstung abgeworfen hatte, als er sich in dem Trawlernetz verfing, aber als er sich befreien wollte, hatte sich das Netz um ihn gewickelt und verhindert, dass er aufstieg. Während ich sorgsam darauf achtete, dass ich mich nicht selbst verhakte, näherte ich mich ihm von vorn und sah, dass seine Maske fehlte. Ich rechnete damit, dass sich sein hübsches Gesicht in eine groteske Fratze verwandelt hatte, aufgebläht durch den Verwesungsprozess. Deshalb schloss ich meine Augen für einen Moment, ehe ich sie wieder öffnete und die Taschenlampe einschaltete. Und genau in diesem Moment hob Brian den Kopf.

Ich fuhr mit einem Ruck zurück, während ein Meeraal unter seiner Brust hervorglitt, wo er Schutz gesucht hatte. Seine Flucht hatte die Kopfbewegung verursacht. Und jetzt folgte der nächste Schock. Brians Kapuze bedeckte noch immer seinen Kopf, sodass der fleischlose Schädel an eine mittelalterliche Darstellung des Todes erinnerte. Doch die Knochen waren noch nicht gänzlich abgenagt. Eine kleine Flotte winziger Fische schwärmte noch um sein Gesicht herum – die Unterwasserentsprechung eines Fliegenschwarms.

Ich dachte, ich hätte das Schlimmste gesehen, was das Meer anrichten konnte, aber erst, als wir Brians Leiche an Land gebracht und aus dem Netz gewickelt hatten, entdeckten wir, dass seine gesamte untere Hälfte fehlte. Und auch im Rest seines Tauchanzugs war nicht mehr viel übrig. Am Ende konnten Brians Eltern dank meiner Entschlossenheit, ihn zu finden, nicht viel mehr als einen Schädel in den Sarg legen, und mich hielt es für alle Zeiten vom Tauchen ab.

6

Als mich Mahon bei meinem Hotel absetzte, ging ich direkt in den Speisesaal und bestellte ein frühes Abendmahl – seit einem aus Tee und Toast bestehenden Frühstück hatte ich nichts mehr gegessen. Bei einem Blick auf die Bucht sah ich, dass der Wind nachgelassen hatte und heller, wolkenloser Himmel die einsetzende Dämmerung verzögerte.

Danach ging ich auf mein Zimmer, duschte und wickelte mich in meinen Bademantel, entschlossen, mich früh mit einem Buch ins Bett zurückzuziehen. Aber erst holte ich meinen Laptop aus dem obersten Schrankfach. Es war mehr als vierundzwanzig Stunden her, seit Kim und ich im Long Dock mit Theo Mahon und Senan Costello geredet hatten. Während ich die Kamera mit dem Notebook verband, beschloss ich, sie anzurufen, um zu hören, wie sie mit dem Briefbeschwerer vorankam, den ich in Auftrag gegeben hatte, und um ihr von dem grausigen Fund in dem Muschelhaufen zu erzählen. Ich geriet an ihren Anrufbeantworter und hinterließ eine Nachricht. Ich nahm an, sie arbeitete – sie hatte mir erzählt, dass es im Atelier keinen Telefonanschluss gab, da es sie nur stören würde und jede plötzliche Bewegung, wenn sie ihre fragilen Glasgebilde zusammensetzte, die Arbeit von Stunden vernichten konnte.

Nachdem ich die Bilder auf den Computer überspielt hatte, wählte ich die besten aus, um sie der Polizei zu schicken, dann öffnete ich mein Postfach und tippte die Adressen ein, die mir Mahon gegeben hatte. Bei einer tauchte der Name *hynes* auf –

offenbar der Sergeant in Kilkee. Der andere war *ivor.nolan*, der Detective in Ennis, der Hauptstadt der Grafschaft. Ich verfasste ein kurzes Anschreiben und wartete dann, bis ich das beruhigende Rauschen hörte, mit dem die Mail samt Anhang in den Cyberspace abhob. Ich hatte bereits bemerkt, dass neue E-Mails eingetroffen waren, und ging sie rasch durch, entschlossen, keine zu öffnen, die etwas mit meiner Arbeit zu tun hatten. Aber neugierig war ich doch.

Es gab nur eine, die ich lesen wollte. Sie war von Peter Groot.

> Ich weiß, ich habe dir dringend empfohlen, den Kontakt mit der Außenwelt für eine Weile abzubrechen, aber ich schreibe dies trotzdem. Hier ist es jetzt Frühling, und der Bleiwurz, den ich für meinen Fensterkasten gekauft habe, beginnt zu blühen. Ich habe ihn gepflanzt, weil er mich an deine Augen erinnert, aber lieber würde ich tatsächlich in sie schauen. Würdest du in Erwägung ziehen, über Weihnachten oder Neujahr hierherzukommen? Ich weiß, ich bin ziemlich direkt, aber Subtilität ist nicht mein Ding.
> Pete
> PS: Bin selbst ein paar Tage nicht erreichbar. Falls man nie wieder etwas von mir hört, vermache ich dir hiermit meinen Blumenkasten.

Ich lächelte und sah auf die Uhr. Das Angenehme an Südafrika ist, dass der Zeitunterschied nur eine Stunde beträgt. Aber da er irgendwo unterwegs war, hatte es wenig Sinn, ihn anzurufen, deshalb schickte ich ihm eine kurze Mail.

Habe nichts dagegen, Weihnachten in Kapstadt zu feiern, wenn ich meine Mutter mitbringen darf. – War nur Spaß!

Hätte auch nichts dagegen, wenn du in meine Augen schaust – aber nur zu Vergleichszwecken. Ich werde darüber nachdenken.

Ich fand, ich hatte mich gerade richtig ausgedrückt, um versucht – und versuchend – zu klingen, aber auch vorsichtig. In Wahrheit ließ Groots Einladung mein Herz rasen, und ich lag da und dachte daran, was passieren könnte, wenn ich sie annahm.

Ich machte das Licht aus, aber sobald sich meine Augen an die Dunkelheit gewöhnt hatten, bemerkte ich ein Leuchten von draußen. Ich stand auf und öffnete die Vorhänge. Es war der Mond, hoch und hell, der das Meer und die Küste mit einer Silberschicht überzog.

Die Flut war höher, als ich sie je gesehen hatte, sie bedeckte den Strand bis hinauf zur Promenade. Doch von einem leichten Kräuseln abgesehen, war die Meeresoberfläche in der Bucht so still und glänzend wie Quecksilber in einer Schale.

Meine Gedanken dagegen waren alles andere als ruhig. Genauso wenig wie mein Körper. Diese Wirkung hatte Peter Groot neuerdings auf mich. Ich fühlte seine Nähe so stark, dass ich unwillkürlich die Hand ausstreckte und den leeren Platz neben mir tätschelte. Weihnachten schien entsetzlich weit entfernt.

7

Am nächsten Morgen stand ich auf dem Lookout Cliff, hoch über der kleinen Bucht, in der die Überreste der *Intrinsic* verstreut lagen. Meer und Himmel trugen ihr jeweiliges Blau und trafen sich in der Ferne in einer deutlich abgegrenzten Horizontlinie, oben der matte Himmelston, darunter die glitzernde See. Es wehte nur eine leichte auflandige Brise, und in der Bucht selbst verursachte die träge Dünung kleine Wellenkämme, die sich erst kurz vor den Klippen zu Brechern aufbäumten.

Von Mahons RIB war nichts zu sehen, obwohl er gesagt hatte, er würde seine Mannschaft mobilisieren, nachdem er mich am Vorabend in meinem Hotel abgesetzt hatte. Dann fiel mein Blick auf eine rosarote Boje, die in den Wellen auf und ab schaukelte. Ich nahm meinen Minirucksack von den Schultern und trat näher an den Rand der Klippe – schlurfte wäre das bessere Wort. Ich war wie eine alte Frau, die sich, ihres Halts unsicher, mit ausgestreckten Händen und vorsichtig tastenden Füßen voranarbeitete. Schließlich beschloss ich, lieber auf allen vieren zu gehen und zum Rand zu kriechen. Dort angekommen, reckte ich den Hals vor und sah ein schwarz-orangefarbenes RIB mit einer Reihe von Hummerkörben darin. Während ich zusah, kam ein Taucher nach oben und stieg in das Boot.

Direkt unter mir sah ich jetzt weiße Gischt, wo die Wellen zurückfluteten, nachdem sie sich an der Felswand gebrochen hatten. Seevögel kreisten im Aufwind wie Papierfetzen. Obwohl nur ein leichter Wind wehte, schien er an Stärke zuzulegen, wenn er auf die Klippen traf, er peitschte über die Kante und drohte mir die Mütze vom Kopf zu blasen. Ich hatte für meinen Morgenspaziergang Stiefel, weiße Shorts und ein T-Shirt mit V-Ausschnitt angezogen, dazu eine leichte blaue Windjacke und eine passende Mütze, um meine Augen vor der Sonne – und vor meinen Haaren – zu schützen. Während ich den Schirm der Mütze herumdrehte, kam in einigen Metern Entfernung ein Trio Möwen mit schwarzen Schnäbeln im Aufwind herangesegelt, sie hingen eine Weile in der Luft und schmierten dann ab wie Kampfflugzeuge.

Ich hörte, wie unten der Außenbordmotor gestartet wurde, und wollte gerade ein Fernglas aus dem Rucksack holen, als ich hinter mir eine Frauenstimme hörte.

»Kann man sich gefahrlos da hinauswagen?« Englischer Akzent. Kultiviert.

Ich drehte mich auf meinem Bett aus hohem Gras um und sah eine Frau zwischen mir und dem Klippenpfad stehen. Sie war groß und dünn, mit kurz geschnittenem blondem Haar und einer übergroßen Sonnenbrille. Ein Kleid mit Blumenmuster flatterte um ihre Beine, und sie kämpfte mit einer langen Strickjacke ohne erkennbare Form, in die sie sich gewickelt hatte. Darunter trug sie eine abgenutzte Ledertasche diagonal über den Leib geschnallt, sodass sie auf ihrer Hüfte saß. Lose sitzende Jesuslatschen komplettierten den Eindruck, den ich mir sofort gebildet hatte – dass sie sich absichtlich nachlässig kleidete, um einen bestimmten Look zu erzielen

»Ich denke schon, aber seien Sie vorsichtig. Die Kanten bröckeln leicht ab. Aber hier scheint alles in Ordnung zu sein.«

Sie rief nach jemandem hinter ihr. Da mich die Sonne blendete, hatte ich niemanden auf dem Pfad bemerkt.

Als ich den Kopf wandte, sah ich das Schlauchboot aus der Bucht steuern und nach Norden, in Richtung Kilkee halten.

Der Begleiter der Frau kam nun ins Bild – ein gelehrt aussehender Mann Mitte vierzig mit schütterem Haar und Brille, der besorgt dreinschaute. Er war angemessener gekleidet als sie, mit Jeans, einem roten Pullover und Wanderstiefeln. »Es ist unnötig, ein Risiko einzugehen, Sarah. Weiter vorn sehen wir, wie es ist.«

Er hatte recht. Ein Stück den Pfad entlang hatte man einen guten Blick auf die Steilwand bis hinunter zum Meer. Aber es ließ ihn wie einen Schlappschwanz klingen, und die Art, wie seine Augen auf die Linsen seiner Brille gemalt zu sein schienen, wirkte diesem Eindruck nicht entgegen.

»Ach, sei doch kein solcher Langweiler, Giles.« Sie begann, sich der Klippe zu nähern.

Da ich sie nicht auf meinem Weg heraufkommen gesehen hatte, nahm ich an, sie waren auf der alternativen Route zur Rückseite des Lookout Cliffs gefahren – über die Straße von der Stadt zum Loop Head. Ein Blick bestätigte es: Ein roter Wagen stand mit blinkender Warnanlage am Eingang zu dem kurzen Pfad, der von der Straße heraufführte.

Sarah klatschte in die Hände. »Wow, das ist ja sensationell.« Sie winkte ihren Begleiter heran. »Komm, Giles – wir legen uns auf den Bauch und schauen über die Klippe. Leb mal ein bisschen, um Himmels willen.« Sie wirkte ein wenig zu sehr begeistert, und einen Moment lang befürchtete ich, sie könnte betrunken sein.

»Mach du nur, ich warte.« Er war verärgert.

Ich beschloss, dass es Zeit war, zu gehen. Ich stand auf und lächelte ihr zu, während ich Platz für sie am Rand der Klippe machte.

»Danke«, sagte sie und schritt forsch an mir vorbei. Sie

hatte vorzügliche, leicht vorstehende Zähne, und als sie ihre Sonnenbrille in die Stirn schob, kamen große braune Augen über scharf geschnittenen Wangenknochen zum Vorschein. Ich schätzte sie auf höchstens dreißig, auch wenn ihre altmodische Kleidung sie älter aussehen ließ.

Ein Gefühl ließ mich innehalten und mich umdrehen, während sie sich dem Rand ein wenig zu selbstbewusst näherte. Plötzlich flog eine Seemöwe über die Steilwand herauf, doch anstatt abzudrehen, schien sie direkt auf Sarah zuzusteuern. Die Frau machte eine Seitwärtsbewegung, um ihr auszuweichen, blieb aber mit der Sandale an einem Grasbüschel hängen und geriet ins Stolpern. In dem Versuch, das Gleichgewicht zu wahren und gleichzeitig abzubremsen, drehte sie sich schließlich mit dem Rücken zur Klippe und versuchte, mit rudernden Armen irgendwo Halt zu finden.

»Sarah!«, schrie ihr Begleiter.

Ich sprang vor, packte sie am Riemen ihrer Tasche und riss sie vom Rand zurück.

Giles eilte an meine Seite und half mit, Sarah zu stabilisieren.

»Puh, das war aber knapp«, sagte sie so ruhig, als wäre es jemand anderem passiert. »Gott sei Dank waren Sie hier«, fügte sie mechanisch an und nickte mir zu, während er sie zum Pfad zurückführte.

»Ja, danke«, sagte Giles.

Mein Herz hämmerte.

»Ich heiße übrigens Giles Kendrick. Und das ist Sarah Baxter.«

»Illaun Bowe.«

»Danke noch mal«, sagte er. Er packte Sarah an den Schultern und schimpfte: »Das wäre nicht passiert, wenn du …«

»Oh, Giles. Nicht jetzt, bitte.«

Er ließ ihre Schultern los und umarmte sie wieder. »Tut mir leid. Ich bin nur selbst ein wenig erschrocken.«

Mit immer noch wild klopfendem Herzen drehte ich meine Mütze nach vorn und ging den Weg zurück, den ich gekommen war, um eine drei Kilometer weite Wanderung fortzusetzen, die mich zu einer Felssäule im Meer führen würde, die als Bishop's Island bekannt war. Nachdem ich den Pfad nach einigen Metern verlassen hatte, ging ich über einen breiten grasbewachsenen Streifen, der am nächsten Klippenabschnitt entlangführte. Bei einem Blick zurück sah ich das Paar in verschiedene Richtungen gestikulieren. Offenbar hatten sie sich noch nicht darauf geeinigt, wohin sie als Nächstes gehen wollten.

Zwanzig Minuten später blickte ich auf Bishops Island hinüber, das einige Steinwürfe von der Klippe entfernt war, auf der ich stand. Die Säule mit ihrer flachen Oberseite erhob sich senkrecht aus dem Meer und war geformt wie ein überdimensionaler Flugzeugträger, dessen Bug mir zugewandt war. Die von Gras bedeckte Entsprechung des Flugdecks war etwa so lang und breit wie ein Fußballplatz. Aus der ebenen Oberfläche ragte nur etwas heraus, das auf den ersten Blick wie ein Haufen Steine aussah. Tatsächlich handelte es sich jedoch um die Reste einer Klosterniederlassung.

Ich streifte meinen Rucksack ab und setzte mich in eine mit schwammartigem Gras gepolsterte Senke, meine Füße ruhten auf einer Steinplatte direkt am Rand der Klippe. Das Meer in dem Kanal zwischen der Insel und mir war aufgewühlt, und ich sah, dass eine unebene Felsplatte direkt unter der Wasseroberfläche daran schuld war, die sich deutlich sichtbar ein gutes Stück vom Fuß der Klippe ins Meer schob.

Ich war erhitzt und durstig von der Wanderung. Ich nahm Mütze und Sonnenbrille ab, schloss die Augen und ließ mir den Wind sanft ins Gesicht blasen. Dann trank ich einen Schluck

Wasser und holte Fernglas und Digitalkamera aus dem Rucksack.

Verlockend nahe und doch außer Reichweite, hat die Klosterruine von Bishop's Island wenig Aufmerksamkeit erhalten. Außer einem belegten Besuch durch einen Altertumsforscher im 19. Jahrhundert gab es nur noch eine professionelle Erkundung durch eine Gruppe von Archäologen, die man per Hubschrauber auf die Insel gebracht hatte und die nur wenige Stunden geblieben waren. Die meisten Beobachter müssen sich damit zufriedengeben, die Ruinen mithilfe von Ferngläsern zu besichtigen.

Das am nächsten liegende Gebilde sah aus wie die Wände einer Trockenmauerkirche, und dahinter befand sich eine runde Bienenkorbhütte. Rechts davon, am Rand der erodierenden nördlichen Steilwand, stand ein einzelner Säulenstein. Ich beabsichtigte, einige Fotos von der Stelle aus zu machen, wo ich gerade war, und dann an der Klippe entlangzugehen, um die Insel aus verschiedenen Winkeln aufzunehmen. Von meinem jetzigen Standpunkt aus wirkte sie täuschend verkürzt, sodass die Ruinen dichter beisammen zu liegen schienen, als sie es in Wirklichkeit taten. Ich stand auf und blickte durchs Fernglas an der Küste entlang den Weg zurück, den ich gekommen war. Das Paar, das ich getroffen hatte, füllte mein Sichtfeld aus. Es war keine fünfzig Meter entfernt.

»Hallo noch mal«, rief Sarah und winkte mir zu. Kendrick hob halbherzig die Hand zum Gruß. Er sah verlegen aus.

Ich winkte mit ebenfalls wenig Begeisterung zurück und setzte mich wieder. Bitte fangt nicht an, euch zu zanken, dachte ich. Und sucht euch euren eigenen Aussichtspunkt.

Aber natürlich kamen sie in *meine* Senke herunter. Wenn sie zu nahe an den Rand geht, dann gib ihr diesmal einen Schubs, flüsterte mir ein kleiner Dämon ins Ohr.

Mensch, Illaun. Warum bist du so empfindlich? Es hatte damit zu tun, dass ich für mich sein wollte. Ich hatte mir eine Auszeit genommen, um der Arbeitsbelastung zu entfliehen … und den Menschen. Aber dann hatte ich Kim Tyrell aufgesucht und Theo Mahons Einladung zur Besichtigung des Muschelhaufens angenommen. In anderen Worten, ich war ein wenig Gesellschaft nicht abgeneigt, wenn es mir passte, deshalb sollte ich es nicht an diesen Fremden auslassen, wenn ich keine wollte. Sarah war allerdings ein bisschen seltsam.

»Das ist Bishop's Island, nicht wahr?«, sagte sie und ließ sich genau über mir ins Gras sinken. Wenigstens schien sie sich beruhigt zu haben. Ich nahm an, ihr war endlich zu Bewusstsein gekommen, was vorhin beinahe passiert wäre.

»Ja«, antwortete ich, ohne das Fernglas sinken zu lassen, und tat beschäftigt.

»Westropp hat darüber geschrieben, deshalb bestand Giles darauf, dass wir uns die Insel ansehen.« Es hörte sich an, als sei es eine lästige Pflicht. Und sie schien sich keine großen Gedanken darüber zu machen, dass ich möglicherweise nicht wissen könnte, wer Westropp war.

Ich setzte das Fernglas ab. »Der Altertumsforscher?«

»Mhm«, sagte sie gleichgültig, schob die Sonnenbrille in die Stirn und wühlte nach etwas in ihrer Tasche.

Der Name war mir geläufig. Thomas Westropp hatte viele der Flurdenkmäler Clares dokumentiert und fotografiert sowie Volkserzählungen aus der ganzen Grafschaft gesammelt. Aber soweit ich wusste, war es ihm nicht gelungen, die Ruinen zu besuchen.

»Studieren Sie die Insel?«, fragte Kendrick und ließ sich neben Sarah nieder. Sie holte ein Buch aus ihrer Tasche und gab es ihm. *Volkskundlicher Überblick über die Grafschaft Clare.*

»Eigentlich nicht. Ich bin Archäologin auf Urlaub, deshalb zieht sie mich unwillkürlich an.«

Kendrick blickte über den Rand des Buchs. »Was denken Sie, wie weit ist es bis da hinüber?«

»Hundert Meter, vielleicht? Die Insel war offensichtlich einmal ein Teil des Festlands, aber soviel ich weiß, wird das in keinen Quellen erwähnt.«

»Mag sein, aber hier gibt es eine von Westropp dokumentierte Geschichte, die zu einer Zeit stattgefunden haben muss, als der Abstand noch nicht so groß war wie jetzt.« Er blätterte in dem Buch, bis er gefunden hatte, wonach er suchte. »Sie erklärt auch, wie die Insel zu ihrem Namen kam.« Er ließ die Augen über eine Seite wandern. »Anscheinend hortete ein gieriger Bischof in einer schweren Hungersnot einen Lebensmittelvorrat für sich selbst auf der Insel, indem er die Lücke auf einer Planke überquerte, die er hinter sich auf die Insel zog, damit niemand sonst hinüberkam. Doch in der Nacht brach ein Teil der Insel ab und stürzte ins Meer, und am Morgen fand er den Rückweg abgeschnitten.« Kendrick lugte zu mir herüber. »Sie können sich also denken, was passiert ist …«

»Er ist verhungert«, sagte Sarah ungeduldig. »Warum hat er nicht versucht, nach unten zu klettern …« Sie zeigte zur am wenigsten steilen Seite der Insel. »Da drüben, zum Beispiel.«

»Dann hätte er schwimmen müssen, und das konnte er vermutlich nicht«, sagte ich.

»Ach so.« Der Gedanke war ihr offenbar nicht gekommen.

»Und es könnte steiler gewesen sein, als es jetzt ist«, fügte Kendrick an. »Wahrscheinlich ist sie mit der Zeit verwittert. Aber wir wissen immer noch nicht, wann das Ereignis stattfand … es sei denn – ich habe eine Idee.« Er suchte eifrig nach einer anderen Stelle in Westropps Buch. »Ich hab's. Hier steht, dass in den Annalen der vier Meister, der mittelalterlichen Chronik Irlands, ein Tsunami an der Küste von Clare im Jahr 804 verzeichnet ist, es könnte also dabei passiert sein.«

»Ein Tsunami?«, fragte Sarah skeptisch.

»Sie haben es natürlich nicht so genannt«, sagte er. »Aber es ist von einem Erdbeben die Rede und dass das Meer anstieg und das Land überflutete. Eintausendzehn Menschen ertranken. Und das noch dazu am Abend vor St. Patrick.«

»Die Verfasser dieser Annalen waren auf ihre Weise gern sehr genau«, sagte ich.

Kendrick lachte. »Vielleicht ist das also in der Nacht passiert, als der Bischof die Planke wegnahm. Man kann sich vorstellen, was ihm durch den Kopf gegangen ist, als er die Welle kommen sah. Sicher dachte er, Gott habe die Sache persönlich genommen.«

Ich lächelte.

»Glauben Sie, dass die Insel noch von Mönchen bewohnt war, nachdem sie vom Festland getrennt wurde? Und war es wirklich ein Kloster oder nur eine Einsiedelei – ein, zwei Mönche, die für sich allein da draußen lebten?«

»Na ja, wenn man bedenkt, dass es auf Skellig Michael dort unten«, ich zeigte in Richtung Kerry, »mindestens sechs dieser Bienenkorbhütten, zwei Kapellen, einen Garten und einen Friedhof gab. Eine kleine Gemeinde auf sehr viel weniger Fläche.«

»Wir waren drüben auf Skellig Michael, nicht wahr, Sarah? Erinnerst du dich noch an die Lunde?«

»Hm«, sagte Sarah. Sie fummelte an den Ärmeln ihrer Strickjacke herum. Wahrscheinlich war ihr zu heiß.

Ein langschnäbliger Tölpel segelte zwischen uns und der Insel vorbei. Er hielt inne, faltete sich dann zusammen wie ein Papierflieger und schoss in die Tiefe. Kendrick und ich beobachteten, wie er ins Meer tauchte und unter Wasser seine Beute verfolgte.

»Eine Sache ist mir an den Klippen hier in der Gegend aufgefallen«, sagte Kendrick dann. »Die Vogelwelt ist spärlicher, als ich erwartet hatte.«

»Das liegt daran, dass die Schiefer zu schnell verwittern, um große Kolonien zu tragen. Aber in der Brutzeit sieht man wahrscheinlich Lunde auf der Insel brüten. Und gerade jetzt fliegen Tausende von Seevögeln auf ihrem Weg ins Winterquartier an der Halbinsel vorbei, für Vogelbeobachter gibt es also genug zu sehen.«

Sarah schob plötzlich ihr Kleid bis an die Oberschenkel hoch, damit ihre Beine etwas Sonne abbekamen. »Das war verrückt – die Sache mit der Möwe vorhin«, sagte sie.

Offenbar langweilte sie die Unterhaltung allmählich. Vielleicht, weil Giles daran interessiert war? Er schien ein ganz angenehmer Mensch zu sein, während sie launenhaft und egozentrisch wirkte.

Ich sagte nichts.

»Wenn man die Geschichte bedenkt«, fuhr sie fort.

Ich schenkte ihr widerwillig meine Aufmerksamkeit. »Welche Geschichte?«

»Von dem Schiffsuntergang.«

»Die *Intrinsic*, meinen Sie?«

»Ja. Und diese Möwe heute ...«

»Ach, Sarah, die ist einfach nur im Aufwind gesegelt«, unterbrach Kendrick. »Daran ist nichts Außergewöhnliches.«

»Außer dass wir beim Einparken im Wagen davon gesprochen haben. Und du weißt sehr wohl, dass die Geschichte Charlotte fasziniert hat. Und dann werde ich von jemandem gerettet, der nicht größer ist als sie. Du musst zugeben, das ist sehr merkwürdig.«

»Wer ist Charlotte?«, fragte ich, in der Hoffnung, dann mehr zu verstehen.

»Charlotte Brontë«, antworteten sie unisono.

»Die von *Jane Eyre*?«

»Ja«, sagte Sarah.

»Sarah forscht ein wenig über Charlottes Aufenthalt in Kilkee. Die Schriftstellerin kam auf ihrer Hochzeitsreise hierher, müssen Sie wissen. 1854.«

»Und starb im darauffolgenden Jahr«, sagte Sarah.

»Ja. Eine sehr traurige Geschichte«, sagte Kendrick. »Sie war schwanger geworden. Aber sie hatte Tuberkulose, und es gab Komplikationen …« Er seufzte. »Jedenfalls schrieb sie einen Brief nach Hause an ihren Vater, während sie in Kilkee war. Der Brief befindet sich jetzt in der Westropp-Sammlung in der Bibliothek von Ennis. Dort haben wir auch das hier gefunden.« Er gab Sarah das Buch zurück, die es wieder in ihre Tasche steckte.

»Wie kam Westropp in den Besitz dieses Briefs?«

»Das ist kompliziert«, erwiderte Sarah. »Zunächst einmal war Charlotte vom Schicksal der *Intrinsic* sehr berührt, weil ihr Mann, ein Geistlicher, einen der Passagiere gekannt hatte – Reverend Sydney Hutchinson. Er und seine neue Frau Matilda waren auf dem Weg nach New Orleans, um der wachsenden Bevölkerung dort ihre seelsorgerischen Dienste anzubieten. Und sie brachten ihre eigene Kirche mit.«

»Aber ich habe gehört, es seien weniger als zwanzig Menschen an Bord gewesen, hauptsächlich Besatzungsmitglieder.«

Sarah schnaubte. »Nein, ich meine eine Kirche – das Gebäude selbst.«

»Es war eine Eisenkirche«, erklärte Kendrick. »Eine gusseiserne. Eine Art früher Fertigbau, nehme ich an. Der Rahmen, aber auch die Säulen, Geländer und Verzierungen waren aus

Eisen vorgefertigt. Und für New Orleans war eine vorgefertigte Kirche ideal, weil es schwierig ist, dort vernünftige Fundamente zu graben … wegen des hohen Wasserspiegels und allem.«

»Und die beiden waren das Paar, das angeblich eng umschlungen ertrunken ist«, sagte ich.

»Ja. Aber um die Geschichte zu beenden …«, sagte Sarah, »… man hat Charlotte erzählt, eine Möwe sei damals in die stürmische See hinabgestoßen und habe einen von Matildas lavendelblauen Handschuhen mit dem Schnabel aufgepickt. Den Handschuh, mit dem sie den Leuten auf dem Lookout Cliff Lebewohl gewunken hatte. Dann stieg die Möwe über die Zuschauermenge auf und ließ ihn auf sie fallen.«

Wir saßen eine Weile schweigend da.

»Das ist unser letzter Tag hier«, verkündete Sarah.

»Morgen fahren wir in einen Ort namens Banagher«, sagte Kendrick.

»Im County Offaly?«, fragte ich. »Das liegt nicht gerade auf der üblichen Touristenroute.«

»Es hat wieder mit den Brontës zu tun«, sagte Sarah. »Charlottes Gatte, der Reverend Arthur Nicholls, war familiär mit Banagher verbunden. Nach dem Tod von Charlottes Vater kehrte Nicholls nach Irland zurück und wohnte in Banagher, bis er 1906 starb. Nicht lange vor seinem Tod gab er Charlottes Brief an ihren Vater an Thomas Westropp weiter.«

»Weil er sich auf die *Intrinsic* bezog?«

»Ja, und auf andere Dinge«, sagte sie. »Nicholls dachte, das müsste einen Altertumsforscher in diesem Teil von Clare interessieren. Aber Westropp schien ihm nicht viel Beachtung geschenkt zu haben. Er schrieb dazu nur eine Randnotiz: ›Viele heidnische Rituale sind bis heute in Clare erhalten geblieben.‹«

»Wissen Sie, was Westropp meinte?«

»Bis zu einem gewissen Grad. Ich bin nach Kilkee gekommen, um einige der unklaren Stellen in dem Brief zu klären.«

»Und?«

»Ich glaube, ich habe herausgefunden, was den Schiffbruch der *Intrinsic* verursacht haben könnte«, sagte sie und schaute in die Richtung der Bucht zurück. »Es hatte mit einem Stein zu tun …«

Sie merkte, dass ich ihrem Blick folgte.

»Entschuldigen Sie, ich muss mir nur rasch etwas ansehen.« Ich stand auf und richtete das Fernglas aufs Meer, etwa auf halbe Entfernung zwischen uns und dem Riff. Ein rotblaues RIB bog in die Bucht ein. Mahon und seine Mannschaft machten sich an die Arbeit.

Ich ließ das Fernglas wieder sinken.

Sarah zupfte am Ärmel ihres Begleiters. Sie wurde allmählich ungeduldig.

»Ich sollte Ihnen eine Kopie von Charlottes Brief geben«, sagte sie unverbindlich, dann stand sie auf und staubte die Rückseite ihres Kleids ab. »Dann würden Sie alles besser verstehen. Komm, Giles.« Sie marschierte den Hang hinauf. Sarah war in Gedanken bereits woanders.

Kendrick winkte mir knapp und lächelte matt, dann lief er ihr hinterher.

8

Es gab nicht viel zu sehen«, sagte ein niedergeschlagener Senan Costello. »Ein paar Halterungen, einige Bullaugen aus Bronze und verschiedene Metallwaren aus der Ladung.«

»Das meiste davon lag in Rinnen und Spalten«, sagte Sally Hurst. »Nur so konnte es in einer derart lebhaften Umgebung überdauern.« Ihre schmalen, beweglichen Lippen meißelten jedes Wort in einem starken Belfast-Akzent heraus. Sie war Unterwasserarchäologin in Mahons Team, etwa in meinem Alter, mit glattem, schwarzem Haar, das zu einem Pferdeschwanz zusammengebunden war und ihr mandelförmiges Gesicht betonte.

»Allerdings haben wir den zweiten Anker gefunden«, gab sich Costello positiv.

»Ja, aber er ist wie das meiste Material durch Ablagerungen mit dem Meeresboden verwachsen. Der kommt so schnell nicht herauf«, dämpfte Mahon seine Freude.

Sally und ich saßen einander im Crabshell-Restaurant gegenüber, Mahon und Costello jeweils neben uns. Mahon hatte um sechs im Hotel angerufen und mich zum Abendessen mit ihnen eingeladen; es würde voraussichtlich ihr letzter Abend in Kilkee sein.

Nachdem ich inzwischen alle Hoffnungen auf ein Einsiedlerleben aufgegeben hatte, nahm ich dankbar an.

Es waren keine anderen Gäste im Restaurant. Das Ende der Saison machte sich bemerkbar. Infolge davon genossen wir jede Menge Aufmerksamkeit von Gus Carmody, dem Eigentümer, und seinem Oberkellner Jonas, die uns Mahon beide vorstellte. Er pflegte einen familiären Umgang mit ihnen, da er im Lauf des Sommers häufig in dem Restaurant gegessen hatte. Außerdem erfuhren wir von Mahon, dass Carmody früher Polizeitaucher gewesen war und bei der Wasserpolizei im Gebiet der Shannon-Mündung Dienst getan hatte, wo sie mehrere Schmugglerringe zerschlugen. Er galt zudem als anerkannter Experte für Tauchplätze rund um die Halbinsel.

»Wie waren die Bedingungen zum Tauchen in der Bucht?«, fragte ich.

»Sehr klar in der vierzig Meter tiefen Senke, die rund um die Bucht verläuft«, sagte Costello. »Aber wo es zum Fuß der Klippen hin ansteigt, hatten wir es mit Gischt zu tun. Man versteht, warum Tauchen dort verboten ist. Außer dass man natürlich Gefahr läuft, an die Felsen geschleudert zu werden, sieht man rein gar nichts.«

»Was war mit dem Rippenbogen des Wals?«, sagte ich.

»Dieses merkwürdige Gebilde?«, sagte Sally. »Es sieht aus wie ein großer Metallgrill oder Zaun, aus dem mehrere lange Spitzen ragen. Sie sind stark überwachsen, sodass sie irgendwie knollig aussehen ...« Sie betrachtete ihre Hände, mit denen sie ihre Beschreibung unterstützt hatte. »Wie die Knochen in einer Hand.«

»Theo hält sie für Eisenbahnschienen«, sagte Costello.

»Niemals.« Sally schüttelte den Kopf. »Es ist alles in einem Stück. Und gebeugt wie ein Baum im Wind.«

»Die Wirkung der Wellen im Lauf der Zeit«, sagte Mahon.

»Wusstet ihr, dass dort unten eine Kirche liegt?«, gab ich mein frisch erworbenes Wissen zum Besten.

»Was?«, riefen alle zusammen.

Ich wiederholte, was mir das englische Paar erzählt hatte.

»Das ist außergewöhnlich«, sagte Mahon. »Wenn es morgen ruhig ist, müssen wir noch mal raus und es überprüfen. Ein letzter Tauchgang in Kilkee.« Er lächelte Gus Carmody an, der an den Tisch gekommen war, um uns Wein nachzuschenken. »Hey, Gus, wusstest du, dass in der Intrinsic Bay eine Kirche liegt?«

Carmody zuckte mit den Achseln. »Ich dachte, das sei im Shannon.« Er war so groß, dass er sich beinahe waagrecht vorbeugen musste, wenn er den Wein nachschenkte, und trug ein frisches, grün kariertes Hemd, über dem ein schmales, aber gerötetes Gesicht mit einem Kranz Baumwollhaar leuchtete. Seine Wimpern waren ebenfalls weiß und betonten noch das Rot des Gesichts, das sich zur Spitze einer Hakennase über einem nach unten gezogenen Mund hin intensivierte.

»Ich meine nicht die Legende von der versunkenen Kirche. Ich meine ein Gebilde aus überwachsenem Eisen aus der Ladung der *Intrinsic*, das nicht weit vom Fuß des Lookout Cliffs steht. Du hast es wahrscheinlich selbst schon gesehen, ohne zu wissen, was es ist.«

Carmody knurrte. »Da wage ich mich nicht rein. Viel zu gefährlich.«

»Aber du weißt verdammt gut, wovon ich rede«, sagte Mahon.

»Und du hast einen Tauchführer über diese Gegend geschrieben, Gus«, ergänzte Costello.

Carmody sagte nichts, sondern wischte nur einen Tropfen Wein vom Tisch, den er verschüttet hatte.

»Aber natürlich hast du deine Hummerfallen dort in der Gegend, nicht wahr, Gus?«, sagte Mahon mit durchtriebener Miene. »Du willst einfach nicht, dass dir jemand den Platz streitig macht.«

Carmody lächelte zum ersten Mal, seit wir im Lokal waren.

»Der beste Hummer an der ganzen Küste. Und natürlich für meine besten Gäste reserviert. Eurer dagegen stammt aus dem Supermarkt.«

Mahon blinzelte ihm zu. »Wirklich? Dann muss ich ihn anzeigen, weil er Eier tragende Weibchen verkauft.« Er hob einen kleinen Haufen Fischeier mit der Gabel an, den er am Tellerrand zusammengeschoben hatte.

»Das ist nur verboten, wenn sie markiert sind«, sagte Carmody und klang plötzlich defensiv.

»Nur die Ruhe, Gus. Ich bin kein Fischereiinspektor.«

Jonas, der Oberkellner, servierte unseren Hauptgang. Im Kontrast zu seinem Arbeitgeber war er klein und zierlich, seine farblose Haut spannte sich wie Pergament über das Gesicht, während sein schwarzes Stiftelhaar schon beträchtlich auf dem Rückzug war. Der kadaverartige Gesamteindruck wurde von den Augen wettgemacht, die von einem verblüffenden Blau waren.

»Waren Sie das da draußen in der Bucht heute Morgen, bevor Theos Mannschaft kam?«, fragte ich Carmody.

»Das war mein Sohn, Michael. Er ist unser Koch. Ich repräsentiere hier nur …« Er senkte den Kopf und spähte aus dem Fenster. »Hmm. Was diese Burschen wohl wollen?«

Ich folgte seinem Blick und sah ein Polizeiauto mit zwei Beamten darin auf den Parkplatz fahren. Carmody ging hinaus, um sie zu begrüßen.

»Die Hummer steigen also nachts aus dieser Senke, aber sie enden in seinen Fallen«, sagte Sally.

»Und der hier ist wirklich köstlich«, sagte Mahon. »Wollen Sie ihn probieren?«, fragte er mich.

»Nein, danke.« Ich hatte in den letzten Jahren den Verzehr von Krustentieren eingestellt, hauptsächlich aus Sorge um ihr Überleben, da sie nicht gezüchtet, sondern wild gefangen werden. Aber ich mache nicht viel Aufheben darum. Es wäre wahrlich heuchlerisch gewesen – immerhin aß ich gerade Kammmuscheln, die sehr gut waren, süß und leicht angebraten und genau richtig im Biss.

»Sie sind nur zimperlich«, verstand mich Mahon falsch. »Weil es Aasfresser sind, mit einer Vorliebe für Menschenfleisch, richtig?« Er wandte sich an Costello. »Hab ich dir mal von dem Jungen erzählt, dessen Leiche Sally und ich geborgen haben, nachdem sie einige Tage lang vor Ballinskelligs im Wasser lag?«

»Theo, nicht beim Essen«, mahnte Sally.

»Komm, erzähl es uns«, sagte Costello.

»An seinem Gesicht hing ein Hummer, und wir hatten ganz schön zu tun, bis wir ihn herunterbekamen, hab ich recht, Sally? Und als wir ihn endlich loshatten, könnt ihr euch nicht vorstellen, was…« Mahon wurde abgelenkt, weil Gus Carmody wieder ins Restaurant kam. Carmody wirkte leicht erschüttert und stützte sich auf das Pult mit den Speisekarten gleich im Eingang. Jonas ging auf ihn zu, aber Carmody scheuchte ihn mit einer Handbewegung zurück, richtete sich auf und setzte seinen Weg in den Raum fort.

Mahon winkte den Wirt an unseren Tisch. »Hoffentlich keine schlechten Nachrichten, Gus?«, sagte er und zog einen Stuhl aus dem Nachbartisch für ihn heraus.

»Sie haben ein verschwundenes Mädchen identifiziert«, sagte Carmody und ließ sich langsam auf den Stuhl sinken. »Anhand von Zähnen, die gefunden wurden. Haben sie mit ihren zahnärztlichen Unterlagen verglichen.«

Mein Magen zog sich zusammen. Mahon warf mir einen Blick zu. Ich wusste, was er Carmody gleich fragen würde.

»Zähne… in einem Kiefer, der draußen in der Shannon-Mündung gefunden wurde?«

Carmody sah ihn stirnrunzelnd an. »Woher …?«

»Wer war sie?« Meine wachsende Beklemmung hatte die Oberhand gewonnen.

»Sie hieß Lena. Lena Morrison. Aus Limerick. Sie verschwand vor fünf Jahren. Hatte den Sommer über einen Job in einer Bar in der O'Curry Street, und am Wochenende hat sie hier im Restaurant Klavier gespielt …«

Es war die junge Frau, von der Kim Tyrell gesprochen hatte, deren Verschwinden ihr so viel Kopfzerbrechen zu machen schien. In diesem Moment fiel mir ein, dass ich noch keine Antwort von Kim bekommen hatte, seit ich ihr am Vorabend eine Nachricht auf dem Anrufbeantworter hinterlassen hatte.

»… hatte man mich hinzugezogen, damit ich half, die Suche zu koordinieren«, sagte Carmody gerade, als ich mich wieder in das Gespräch einklinkte. »Wir gingen von Selbstmord aus, aber wir haben ihre Leiche nie gefunden.«

Jonas brachte Carmody ein Glas Wasser, das er wortlos nahm und austrank.

»Ist sie in der Shannon-Mündung verschwunden?«, fragte Sally.

»Nein. Das ist ja das Merkwürdige dabei.« Carmody sah Mahon an. »Wir dachten, sie sei vom Lookout Cliff gesprungen.«

»In diesem Fall wäre ihre Leiche wohl kaum im Shannon angespült worden«, sagte Sally.

»Ausgeschlossen ist es nicht«, sagte Mahon.

»Nein«, stimmte Carmody zu. »Aber die Vermutungen der Polizei gehen in eine ganz andere Richtung …«

Das Telefon läutete an der Rezeption in der Eingangshalle, und Carmody ging, um das Gespräch anzunehmen, nachdem er Jonas ein Zeichen gemacht hatte, es ihm zu überlassen. Aber erst stellte er den Stuhl zurück, den Mahon ihm herausgezogen hatte. Ich nahm an, das war der Seemann in ihm, der sich in dem geduldigen Bemühen zeigte, das Restaurant ordentlich zu halten – die Tische gewischt, alles geometrisch angeordnet, jedes Möbelstück auf seinem Platz.

Mahon schob seinen Teller von sich. »Mir ist gerade der Appetit vergangen«, sagte er. »Aber zu einem Drink würde ich nicht Nein sagen. Jonas …« Er suchte Blickkontakt mit dem Kellner. »Könnten Sie mir einen Brandy bringen?« Er sah sich am Tisch um. »Noch jemand?«

Niemand wollte einen.

Bis der Kellner mit Mahons Brandy wiederkam und den Rest des Weins ausschenkte, wurde nichts gesprochen am Tisch. »Denken wir nicht mehr daran«, sagte Mahon und hob sein Glas.

Wir tranken halbherzig von unserem Wein.

»Möchte jemand Dessert bestellen?«, fragte Jonas.

Die beiden Männer schüttelten den Kopf.

Sally und ich wechselten einen Blick. Wie die meisten Frauen waren wir dem süßen Abschnitt auf der Speisekarte nicht abgeneigt. Aber in diesem kurzen Blick einigten wir uns darauf, auf ein Dessert zu verzichten.

»Nein, danke«, sagten wir wie aus einem Mund.

»Natürlich essen die Damen ein Dessert«, kam eine Stimme aus der Tür zur Küche. Ich nahm aufgrund der weißen Kochjacke an, dass der junge Mann, der auf uns zukam, Michael Carmody war. Er hatte nicht die Statur oder die kräftigen Gesichtszüge seines Vaters. Sein Gesicht war rund und rotwangig unter den schwarzen Locken, seine Lippen wulstig und feucht wie die eines Babys. Vermutlich war er mehr nach seiner Mutter geraten, aber ich würde es nicht bestätigen können, da ich von Mahon wusste, dass Carmody Witwer war. »Meine Spezialität ist Crème brulée, klassisch einfach zubereitet, mit keinem anderen Aroma als Vanille.« Seine Stimme hatte den hohen, näselnden Klang, den man manchmal im Südwesten des Landes hört. »Hat es Ihnen allen bis jetzt geschmeckt?«

Wir murmelten alle pflichtschuldig ein »Ja, danke«.

Da er spürte, dass etwas nicht stimmte, wandte Michael den Kopf, als sein Vater wieder in den Raum kam. Carmody senior sah ihn ernst an, ehe er zur Küche weiterging und Michael bedeutete, ihm zu folgen.

»Hat Michael Sie in Versuchung führen können?« Jonas glaubte, Sally und ich wären vielleicht schwach geworden.

Sie sah mich an, ehe sie unsere frühere Entscheidung bestätigte. »Sie kommen aus Litauen, habe ich gehört«, sagte sie dann zu ihm.

»Aus Vilnius, ja. Mein Name ist Jonas Zitaras.«

»Wie lange sind Sie schon in Irland?«

Der Kellner zog die Unterlippe nach unten und zuckte mit den Achseln, als wollte er sagen, das spiele keine große Rolle. »Sieben Jahre müssen es jetzt sein.«

Sally sagte, sie sei einmal in Lettland gewesen, und fragte ihn über die Unterschiede zwischen den beiden Ländern aus. Er antwortete mit wenig Wärme oder Humor, blieb aber dennoch stehen und gab ihr ausführlich Auskunft, was ich merkwürdig fand, bis mir dämmerte, dass er die Zeit hier vertrödelte, weil er nicht in die Küche gehen wollte. Costello machte inzwischen Müdigkeit geltend und begann, seinen Anteil an der Zeche auszurechnen, doch Mahon wollte ihn nicht zahlen lassen und bestand darauf, ihn einzuladen. Costello dankte ihm, verabschiedete sich von mir, tippte Sally auf die Schulter und ging. Während des ganzen Mahls war zwischen Costello und dem Kellner kein Wort gewechselt worden, was nicht weiter bemerkenswert gewesen wäre, hätte Costello nicht sonst mit allen Leuten so gern geplaudert.

Ich wollte mich gerade selbst entschuldigen, als Mahon das Gespräch zwischen Sally und dem Kellner unterbrach und noch einen Brandy bestellte. »Auf einem Bein steht man nicht gut«, rief er Zitaras hinterher.

»Wie wahr«, flüsterte Sally und machte mir Zeichen, dass sie bleiben würde, um ihn zum Kilkee Bay Hotel zurückzubringen, in dem sie wohnten. Wenn er am nächsten Morgen zu tauchen beabsichtigte, hätte er streng genommen gar nichts mehr trinken sollen.

Ich sagte gerade Gute Nacht und dankte Mahon für die Einladung zum Essen, als Gus Carmody mit seinem Brandy kam. Carmody drückte sich herum, machte Costellos Platz sauber, schob seinen Stuhl unter den Tisch. Als ich zu Ende gesprochen hatte, sagte er zu Mahon: »Das Eisen in diesem überwachsenen Wrackteil wird wahrscheinlich verrostet sein. Anders ausgedrückt, es ist hohl und kann jeden Moment zerfallen – ihr müsstet vorsichtig sein.« Er mied absichtlich das Thema Lena Morrison.

»Ich verstehe, was du sagen willst, Gus«, sagte Mahon. »Mach dir keine Sorgen.«

Ich stand auf, um zu gehen.

»Hat Ihnen Ihr Spaziergang auf den Klippen heute Morgen gefallen?«, fragte Carmody. Er bezog sich auf unsere Unterhaltung, bevor die Polizei gekommen war.

»Ja. Ich bin bis Bishop's Island gegangen. Dabei fällt mir ein …« Ich wandte mich den beiden anderen zu. »Ich würde gern einen Hubschrauber mieten, der mich auf die Insel bringt, wenn es nicht zu teuer ist. Haben Sie da irgendwelche Kontakte?«

Mahon verwies mich zurück an Carmody. »Da kann Gus Ihnen helfen.«

»Barry McGann«, sagte Carmody und begleitete mich zur

Tür. »Ein Freund von Michael. Hat einen Sechssitzer am Shannon Airport stehen. Ich kann nicht garantieren, dass es billig ist, aber rufen Sie ihn morgen früh an, dann sehen Sie selbst.« Er kritzelte etwas auf seinen Block und riss die Seite ab, die er dann ordentlich faltete und mir gab. »Passen Sie in der Zwischenzeit gut auf bei den Klippen da oben. Man kann nicht vorsichtig genug sein.«

Ich dankte ihm und warf beim Verlassen des Speisesaals einen Blick durch den Eingang der Küche. Zitaras und Michael Carmody wurden davon eingerahmt wie Figuren in einem Gemälde Vermeers. Michael saß auf einem Hocker und beugte sich über einen Tisch; sein Gesicht war gerötet, und er fuhr sich mit den Fingern durchs Haar. Zitaras stand, mit einer Haut blass wie eine geschälte Zwiebel, hinter ihm und sah ausdruckslos zu mir heraus.

Ich stand am Balkongeländer vor meinem unbeleuchteten Hotelzimmer und sah auf die friedlichen Wasser der Bucht hinaus, der Bogen der gelben Lampen an der Uferpromenade spiegelte sich auf der Oberfläche wie Edelsteine um den Rand eines dunklen Spiegels. Kilkees sanft ansteigende Bucht hat bei Ebbe wenig Wasser zu bieten, es ist deshalb kein Handelshafen; es lagen auch keine Fischereiboote an der Pier zu meiner Rechten vertäut, selbst ein Yachthafen mit einem Wald aus Masten fehlte. Auf der Innenseite der Pier war eine Rutsche, die vom Rettungsboot Kilkees benutzt wurde und über die Taucher ihre Schlauchboote zu Wasser ließen. Ein kurzes Stück außerhalb tanzte eine Ansammlung von Hummerbooten und kleinen Freizeitbooten an ihren Ankern auf und ab.

Ich überlegte, dass ein Schiff in Schwierigkeiten heutzutage binnen Minuten vom Seenotrettungsboot oder einem Hubschrauber aus Shannon erreicht würde, um die Menschen an

Bord in Sicherheit zu bringen. Bei diesem Gedanken fiel mir die Frage ein, die ich nicht hatte formulieren können, als Kim und ich im Long Dock mit Mahon und Costello geredet hatten: Hatte es 1836 einen Leuchtturm an der Spitze der Halbinsel gegeben, der den Kapitän der *Intrinsic* in die relative Sicherheit der Flussmündung geleitet hätte? War er aus diesem Grund das Risiko eingegangen, sich in jener Nacht der Küste zu nähern – weil er das Licht am Loop Head sehen wollte?

Ich nahm mir vor, es irgendwann nachzuschlagen. Dann setzte ich mich auf meinen halbdunklen Balkon und ging alles durch, was ich im Restaurant gesehen und gehört hatte. Die Identifizierung von Lena Morrison bedeutete für ihre Familie einen Abschluss, allerdings auch neues Leid. Galt für die Leute, die nach ihr gesucht hatten, das Gleiche? Oder gab es andere Gründe, warum ihr Verschwinden und nun heute Abend die Bestätigung, dass sie ermordet worden war, eine solche Wirkung auf sie hatte?

Es war zu spät, um Kim anzurufen. Ich hatte noch immer nichts von ihr gehört, aber dann fiel mir ein, dass ich mein Handy ja nicht benutzte und dass ich nicht wissen konnte, ob sie in meinem Hotelzimmer angerufen hatte, da es keinen Anrufbeantworter gab.

Ich wollte gerade ins Zimmer gehen und Licht machen, als ich unten am Strand jemanden bemerkte, der am Hotel vorbeiging. Abendliche Spaziergänger waren bei schönem Wetter nichts Ungewöhnliches, aber dieser Mann ging nicht spazieren. Er schritt entschlossen und mit gebeugtem Kopf aus. Es war Jonas Zitaras, der Kellner des Crabshell. Ich sah, wie er der Biegung des Strands knapp oberhalb der Flutlinie folgte. Er hielt Abstand zu den Lichtern der Promenade. Dann bemerkte ich eine Gestalt, die von dort oben kam und auf einen Punkt am Strand vor Zitaras zusteuerte. Bei dem wenigen Licht und der Entfernung konnte ich nicht mit Sicherheit ausmachen, ob sie sich tatsächlich trafen. Zu spät fiel mir das Fernglas ein, und bis ich es auf die Stelle gerichtet hatte, war niemand mehr zu sehen. Dahinter war nur Dunkelheit.

9

Am nächsten Morgen schaltete ich meinen Laptop wieder ein. Sobald ich eine Internetverbindung hatte, begann ich, nach Medienberichten über Lena Morrisons Verschwinden vor fünf Jahren zu suchen. Es gab nicht viel, ein paar knappe Zeilen hier und dort in den Tagen, nachdem man sie zuletzt gesehen hatte, was offenbar an einem Sonntagabend der Fall gewesen war. Der umfangreichste Artikel stammte aus dem *Irish Examiner* und war am darauffolgenden Donnerstag veröffentlicht worden.

VERBRECHEN IM FALL DER VERSCHWUNDENEN AUSGESCHLOSSEN

Die Polizei gibt an, in Zusammenhang mit dem Verschwinden einer jungen Frau am Wochenende nicht nach einem Verdächtigen zu suchen. Die dreiundzwanzigjährige Musikstudentin Lena Morrison war zuletzt gesehen worden, als sie in Richtung des Lookout Cliffs ging, dem höchsten Punkt in der Gegend. Suchkräfte fanden seither einen Gegenstand aus ihrem persönlichen Besitz, der von der vermissten Frau offenbar in der Nähe des Kliffs zurückgelassen wurde. Trotz einer ausgedehnten Suche wurde keine Leiche gefunden. Schlechter werdendes Wetter wird die Taucher voraussichtlich in den nächsten Tagen behindern; ohnehin ist das Gebiet für raue Bedingungen berüchtigt. Die Rettungsdienste haben in den letzten Jahren einen dramatischen Anstieg tödlicher Stürze von den Klippen an der Küste Clares verzeichnet.

Selbstmord wurde nicht ausdrücklich erwähnt, jedoch angedeutet. Es gab keinen Hinweis darauf, worum es sich bei dem »Gegenstand aus dem persönlichen Besitz« handelte.

Eine Stunde später beendete ich gerade mein Frühstück und las in der aktuellen Ausgabe derselben Zeitung über Lena Morrison. Eine Kellnerin, die vorbeikam, bemerkte ihr Bild, als ich die Zeitung umblätterte.

»Sehr traurig, nicht wahr?«, sagte sie und blieb stehen, um meinen Teller abzuräumen.

Wir betrachteten das Foto gemeinsam.

Lena stand an ein Piano gelehnt, sie war schlank und hübsch, mit langen dunklen Haaren. Eine ihrer hochhackigen Sandalen hatte sie auf den Klavierhocker gestellt und den Rock ihres sittsamen schwarzen Kostüms provozierend übers Knie geschoben. Aus dem Bericht erfuhr ich, dass Lena an der Universität von Limerick studiert hatte und eine halbprofessionelle Sängerin und Pianistin gewesen war. Das Foto war ein PR-Bild, das sie kurz vor ihrem Verschwinden aufnehmen ließ. In dem Bericht wurde spekuliert, ihre Leiche sei in einem flachen Grab in der Nähe des Muschelhaufens verscharrt worden, aber Aasfresser hätten das Skelett wahrscheinlich freigelegt und in der Gegend verteilt.

Die Kellnerin beugte sich mit ihrem Stapel Geschirr verschwörerisch zu mir herunter und flüsterte: »Die Frau dort drüben arbeitet an dem Fall. Sie waren gestern bis spät in der Nacht in der Flussmündung draußen.«

Ich blickte in die Richtung, in die sie mit dem Ellbogen wies. Die Frau, um die es ging, war anscheinend in den Speisesaal gekommen, während ich die Zeitung gelesen hatte, und wartete nun auf ihr Frühstück. Ich erkannte das scharf geschnittene Profil. Ich hatte es gerade auf einem Foto gesehen. Ich wendete die Zeitung, um mich zu vergewissern. »Die forensische Archäologin Nuala Langan berät die Polizei bei der Suche nach den sterblichen Überresten von Lena Morrison.«

Ich ließ die Zeitung auf dem Tisch liegen. Auf dem Weg zum Ausgang blieb ich bei der Frau stehen, erklärte, wer ich war und dass ich beim Fund des Unterkiefers dabei gewesen sei.

»Setzen Sie sich doch bitte für einen Augenblick«, sagte Langan. »Ich glaube, Ihr Name taucht in dem Bericht über die Befragung von Mr. Mahon auf. Ich würde gern Ihre Version darüber hören, wie Sie auf das Skelettfragment gestoßen sind.«

Sie hatte etwas von einem Anwalt an sich, was teilweise an ihrer ernsten Miene und dem Nadelstreifenkostüm lag, das sie trug. Außerdem war sie bar jeden Schmucks und hatte das nicht gefärbte, ergrauende Haar zu einem Knoten zusammengebunden. Doch sie war eher für eine Besprechung gekleidet als für eine Suche nach menschlichen Überresten.

Ich nahm gegenüber von ihr Platz und beschrieb, was sich abgespielt hatte.

Sie runzelte die Stirn. »Wieso haben Sie den Knochen nicht an Ort und Stelle gelassen?«

»Die Flut kam, und die Wasserstände sind zurzeit höher als normal. Er wäre weggespült worden. Aber wir haben eine Boje an einen schweren Stein am Strand gebunden, um den Fundort zu markieren, und ich habe Fotos an die Polizei geschickt.«

»Die habe ich gesehen. Mir war nicht klar, dass sie von Ihnen stammen. Das Fragment selbst … Sie haben es nicht direkt aus dem Muschelhaufen gezogen?«

»Nein. Es lag am Strand. Aber es war mit festgebackener

Erde und Sand aus dem abgerutschten Teil gefüllt, also muss es darin gelegen haben, in welcher Tiefe allerdings …« Ich zuckte mit den Achseln. Es ließ sich nicht sagen.

Sie seufzte. »Ich weiß. Aber wenn die Leiche dort begraben worden wäre, müsste mehr von dem Skelett zu finden sein. Was seinerseits wieder ein außerordentlicher Zufall wäre – dass die Leiche ausgerechnet in einem historischen Abfallhaufen verscharrt wurde, meine ich.«

»Es sei denn, die Stelle wurde absichtlich gewählt. Um die Überreste mit weiterem Skelettmaterial zu vermischen – menschlichem, meine ich.«

»Von dem es bisher keine Spur gibt, wie Sie sich denken können. Die andere Möglichkeit ist, dass der Unterkiefer, den Sie gefunden haben, einfach ein verstreuter Knochen ist, der dicht unter der Oberfläche lag, als die Uferböschung abrutschte.«

»Könnte er im Meer gelegen haben und irgendwann von einem Sturm an Land gespült worden sein?«

»Zweifelhaft. Nichts deutet darauf hin, dass er sich in Meerwasser befunden hat.«

Die Kellnerin brachte ihr eine Kanne Tee und Toast. Ich wartete, bis sie gegangen war, und sah mich um, ob jemand in unserer Nähe saß. Aber außer uns war niemand mehr im Frühstücksraum. »Ich habe etwas bemerkt, das wie Schnittspuren aussah, vor allem am linken Unterkieferast«, sagte ich leise.

Langan beugte sich näher zu mir. »Richtig. Scharfe Gewalteinwirkung, einschließlich der Entfernung des Rabenschnabelfortsatzes. Vermutlich mit etwas wie einem Hackmesser.«

»Bei Enthauptungen wird der Unterkiefer häufig beschädigt, oder?«

»Stimmt. Aber ich glaube nicht, dass es zufällig passiert ist. Die Schläge zielten darauf ab, den Massetermuskel zu durchtrennen, der den Unterkiefer mit dem Wangenknochen verbindet. Und das würde darauf hindeuten, dass das gesamte Skelett zerstückelt wurde. Vermutlich wird eine Untersuchung unter dem Mikroskop auch auf der andern Seite Schnittspuren von einem scharfen Instrument zutage fördern, aber im Augenblick sind sie noch schwer von einer Beschädigung durch Aasfresser zu unterscheiden. Es könnte durchaus sein, dass ein Teil des Kiefers über der Erde freilag, während noch fleischliches Gewebe daran hing. Aber wir halten alle diese Informationen fürs Erste vor der Öffentlichkeit geheim, und ich wäre Ihnen verbunden, wenn Sie das respektieren würden.«

»Selbstverständlich. Lässt sich feststellen, ob das Opfer noch lebte, als ihm die Verletzungen zugefügt wurden?« Es war keine morbide Neugier von mir. Ich wollte wissen, ob der scharfkantige Gegenstand auch zu ihrem Tod geführt hatte.

»Nein. Ich kann nicht feststellen, ob die Wunden post oder peri mortem sind.«

»Aber sie sehen mehr wie gezielte Schnitte als wie zufällige Hiebe bei einem Angriff aus.«

»Ja. Sie könnte also irgendwo erdrosselt oder erstochen und dann in Stücke gehackt worden sein, damit sich die Leiche leichter beiseiteschaffen ließ. Die Teile wurden vielleicht in verschiedenen Abschnitten des Ufers flach vergraben und später von Tieren verstreut.«

»Aber bisher sind keine weiteren Leichenteile aufgetaucht?«

Langan schüttelte den Kopf. »Auch keine Kleidung, Metallgegenstände oder Schmuck. Kein Hinweis, dass ein Grab ausgehoben wurde. Wir suchen ein großes Gebiet ab, besonders in den Wiesen und Feldern hinter dem Strand. Ich habe zum Einsatz von Kadaverspürhunden geraten, aber nach fünf Jahren können die Knochen leicht ein ganzes Stück von der

Stelle verschleppt worden sein, wo die Leiche abgelegt wurde. Durch die üblichen Verdächtigen natürlich: Ratten, Füchse, Dachse, Hunde. Und in einem Küstengebiet kann man auch Möwen noch dazu zählen.«

»Soweit ich verstanden habe, besteht über ihre Identität aber kein Zweifel.«

»Nein. Da hatten wir wirklich Glück. Wir fingen bei einem Zahnarzt in Kilkee an und bekamen sofort eine eindeutige Identifizierung. Sie war bei ihm, um sich eine Füllung machen zu lassen, genau die, die noch in ihrem Zahn steckt, wie es der Zufall will.«

»Sind Metallfüllungen bei jemandem aus Lenas Generation nicht ungewöhnlich?«

»Eigentlich nicht. Manche Zahnärzte bevorzugen immer noch Amalgam für Backenzähne. Es hält länger als Kunststofffüllungen, und billiger ist es auch – was bei einer Studentin eine Rolle gespielt haben kann.«

Die Kellnerin kam mit einem Teller Rührei, und ich stand auf, um Langan in Ruhe frühstücken zu lassen.

»Vielleicht könnten wir uns im Lauf des Tages noch einmal treffen?«, sagte ich.

»Das wird nicht möglich sein«, sagte sie. »Ich fahre jetzt nach Ennis, und nach einem Treffen mit der Polizei dort geht es zurück nach Dublin, wo ich meinen Bericht fertigstelle. Danach obliegt es einem der staatlich beauftragten Gerichtsmediziner, die Todesursache festzustellen.«

»Wer ist der ermittelnde Beamte?«

»Detective Sergeant Dermot Rattigan«, sagte sie, und in ihrem Ton schien Missfallen mitzuschwingen. »Er hatte in den vergangenen fünf Jahren mit einer Reihe von Fällen verschwundener Frauen zu tun. Lena ist die erste, die auftaucht – leider tot.«

»Man dachte, sie habe Selbstmord begangen. Sei von den Klippen hier in Kilkee gesprungen.«

»Da sieht man, wie gut dieser Rattigan arbeitet«, bemerkte sie sarkastisch.

»Aber es gab doch sicherlich Anhaltspunkte für einen Selbstmord.«

»Sehr wenige. Sie wurde zuletzt gesehen, als sie die Straße auf der Rückseite der Klippen hinaufging. Niemand schien auf die Idee gekommen zu sein, sie könnte dort oben angegriffen und getötet und ihre Leiche anschließend abtransportiert worden sein.«

»Man hat etwas gefunden, das ihr gehörte, oder?«

»Ja. Ein Armband. Nicht gerade etwas, was jemand abnehmen und zurücklassen würde, der sich mit Selbstmordgedanken trägt, meinen Sie nicht? Schon eher etwas, das verloren geht, während das Opfer getragen wird.«

Ich nickte. Langan formte bereits eine Hypothese, die aber wenig fundiert war. Nicht mehr als die Selbstmordtheorie – es sei denn, es gab Belege, von denen weder sie noch ich wussten.

Ich überließ sie ihrem Frühstück und ging nach oben in den ersten Stock. Mir fiel plötzlich ein weiterer Grund ein, warum möglicherweise nicht mehr von Lena Morrisons Gebeinen in der Flussmündung auftauchten. Und es war der prähistorische Abfallhaufen, der mich darauf brachte. Skelette wurden an solchen Orten nämlich aus einem ganz bestimmten Grund zerstückelt: weil es dann leichter war, die Gebeine zu transportieren, um sie anderswo zu bestatten, wenn die Gemeinschaft von ihrem zeitweiligen Aufenthaltsort an der Küste weiterzog. Als Folge davon handelt es sich bei menschlichen Knochen in Muschelhaufen meist um zurückgelassene Reste: Teile des Schädels, Zähne, kleine Knochen aus Händen und Füßen.

Vielleicht waren Lenas sterbliche Überreste ebenfalls bei dem Abfallhaufen zerteilt worden, damit ihr Mörder sie transportieren konnte, und der Kiefer, den wir fanden, war ein Stück, das liegen geblieben war. Der entscheidende Punkt war also, dass man die Leiche nicht in der Flussmündung abgelegt, sondern von dort *weggebracht* hätte. Die forensische Archäologin hatte diesen Grund entweder zu erwähnen vergessen – oder sie war nicht darauf gekommen, was ich für unwahrscheinlich hielt. Vielleicht hatte sie ihn aus »ermittlungstechnischen Gründen«, wie die Polizei gern sagte, für sich behalten.

Als ich in mein Zimmer zurückkam, holte ich mein Handy aus der Schublade, wie ein bekehrter Revolverheld, der zu der traurigen Einsicht gelangt ist, dass seine Waffe doch ein notwendiges Übel darstellt.

Kim meldete sich sofort.

»Hallo, Kim. Wie geht's?«

»Gut. Ich habe dich gestern Abend angerufen. Ich war in Ennis bis … Stimmt etwas nicht?« Ihr war an meinem Tonfall etwas aufgefallen.

»Anscheinend hast du es noch nicht gehört. Du hast doch neulich Lena Morrison erwähnt.«

»O nein. Hat man ihre Leiche gefunden?«

»Zumindest genug davon, um sie identifizieren zu können.« Ich beschrieb, wie Mahon und ich in der Flussmündung über das Schädelfragment gestolpert waren.

»Ich habe nie geglaubt, dass sie vom Lookout Cliff gesprungen ist. Aber hat sie … war es …?«

»Selbstmord? Nein. Wie es aussieht, wurde sie ermordet.«

Kim blieb zunächst stumm. »Ich glaube, ich habe es die ganze Zeit gewusst«, begann sie dann. »Erinnerst du dich, dass ich sagte, ich hätte die Zerstörung der Klosterreste auf dem George's Head verhindern können – es war Lena, die mir den entsprechenden Tipp gegeben hatte. Sie sprach mich nach unserer ersten öffentlichen Versammlung wegen der Windparkgeschichte in der Stadtbibliothek an und hat mir von einer Unterhaltung erzählt, die sie ein paar Nächte zuvor im Crabshell während einer Musikpause zufällig mitgehört hatte. Zwei der HFH-Investoren besprachen einen Plan, jemanden anzustellen, der die Reste beseitigen sollte. Eine fünfstellige Summe wurde genannt. Die Person, die sie im Auge hatten, brauchte Geld, um ein Unternehmen zu gründen, eine Anzahlung für ein Haus zu leisten oder etwas in dieser Art. Jedenfalls wollte sie die beiden Männer nicht nennen, deren Gespräch sie mitgehört hatte, aber sie kannte den Mann, den sie für die Drecksarbeit anzuheuern gedachten, und sie wollte versuchen, es ihm auszureden. Aber noch am selben Wochenende wurde die Anlage zerstört. Und am Montag hieß es, Lena habe sich das Leben genommen, indem sie vom Lookout Cliff gesprungen sei.«

»Hat sie gesagt, wie der Mann hieß?«

»Nein. Sie nannte überhaupt keine Namen. Aber ich werde in meiner HFH-Akte nachsehen. Vielleicht habe ich mir ein paar Notizen von meinem Gespräch mit Lena gemacht.«

»Hast du nach ihrem Verschwinden mit der Polizei Kontakt aufgenommen?«

»Natürlich, und sie kamen und haben mich befragt. Ich habe ihnen erzählt, was ich dir auch erzählt habe, aber abgesehen von dem, was in der Zeitung stand, hörte ich nichts mehr über den Fall.«

»Weißt du noch, wer dich damals befragt hat?«

»Es waren zwei. Pauline O'Sullivan von der Polizeistation in Kilkee und ein Detective aus Ennis – ein gewisser Rattigan.«

»Und sie ließen nie mehr etwas von sich hören.«

»Nein. Ich bin Pauline ein paar Monate später zufällig über

den Weg gelaufen, und sie gab zu, selbst ein wenig verwirrt zu sein von dem Fall. Aber mehr bekam ich nicht aus ihr heraus. Ich schätze, jetzt, da sie wegen Mordes ermitteln, werden sie alle Hinweise noch einmal prüfen.«

»Ja, das vermute ich auch.« Sollte ich ihr sagen, dass Rattigan der ermittelnde Beamte war?

»Ach, übrigens, um ein fröhlicheres Thema anzuschneiden, ich werde diesen Briefbeschwerer morgen Abend für dich fertig haben. Sagen wir nach vier?«

Kim hatte aus eigenem Antrieb das Thema gewechselt. Ich würde es fürs Erste dabei belassen. »Ausgezeichnet. Ich komme dann vorbei.«

Ich legte auf. Die Zeitung lag neben dem Telefon. Ich schlug sie auf und betrachtete noch einmal Lenas Foto. Sie trug kein Armband.

Als ich die Zeitung niederlegte, flatterte ein gefaltetes Stück Papier auf den Boden. Es war der Zettel mit der Telefonnummer des Hubschrauberpiloten, den mir Gus Carmody gegeben hatte. Warum nicht, sagte ich mir. Ruf diesen – ich schaute auf die Notiz – Barry McGann an, mal sehen, was passiert.

»Ah, ja. Gus sagte, dass Sie vielleicht anrufen. Ein bisschen verrückt sind Sie schon, oder?«, eröffnete mir McGann, nachdem ich erklärt hatte, wer ich war.

Er hatte diesen beruhigenden Bariton der Piloten, den sie anscheinend zusammen mit ihrer Fluglizenz erwerben, und er machte seine Eingangsbemerkung weniger ärgerlich.

»Die Insel wurde schon angeflogen«, sagte ich. »Aber vielleicht erfordert es ein fortgeschrittenes Können seitens des Piloten.« Ich konnte ebenso gut austeilen wie einstecken.

»Das ist nicht das Problem«, erwiderte er. »Ich rede davon, dass Sie bereit sind, einen Haufen Geld auf den Kopf zu hauen, nur um ein paar Stunden auf einem Felsen zu verbringen. Aber das ist Ihre Sache. Wie Sie meinen Worten entnehmen können, kommen Maschinen wie meine nicht gerade billig, aber wie es der Zufall will, muss ich morgen ein paar Golfer nach Kilkee fliegen. Ich könnte Sie abholen, wenn ich die abgesetzt habe, Sie auf die Insel fliegen und wieder holen, bevor ich die Golfer nach Shannon zurückfliege. Es wäre also, als würden Sie sich ein Taxi teilen, das die bezahlen. Andernfalls müssten Sie einen Kredit aufnehmen. Außerdem höre ich, dass Sie gut aussehen, und einer attraktiven Frau tue ich immer gern einen Gefallen.«

An dieser Stelle hätte ich das Gespräch am liebsten sofort beendet, aber ich bekam nun mal eine einmalige Chance geboten und würde es sicher mein Leben lang bereuen, wenn ich ablehnte. Und da ich meinen Aufenthalt in Kilkee nicht über Sonntag – der in zwei Tagen war – ausdehnen wollte, stimmte das Timing genau.

»Die Wettervorhersage ist gut …«, fuhr er fort, während ich noch zögerte. Wieso musste es dieser Typ sein, und warum ein sechssitziger Hubschrauber? Alles, was ich brauchte, war eins dieser kleinen Dinger, die aussehen wie eine Libelle, die gerade eine Blase macht. »Es soll ein heißer Tag werden, Sie müssten also genügend Sonnencreme mitbringen, um …«

»Okay, wunderbar«, platzte ich heraus, ehe er noch etwas sagte, was mich wirklich abschreckte. Wenigstens würde ich nicht viel Zeit mit ihm verbringen müssen.

»Hinter dem Crabshell, das beim Golfclub liegt, wie Sie wissen, gibt es einen Hubschrauberlandeplatz. Ich lande dort um acht Uhr dreißig, und ich hole Sie gegen vier wieder von der Insel ab.«

Ich dankte McGann und beendete das Gespräch. Es störte mich, bei ihm in der Schuld zu stehen, deshalb hatte ich vor, den angemessenen Preis für einen Flug zur Insel zu ermitteln und ihm einen entsprechenden Scheck zu schicken, wenn ich wieder zu Hause war.

Doch jetzt musste ich überlegen, was ich mitnehmen sollte, wenn ich an einem heißen Tag fast acht Stunden vom Festland abgeschnitten sein sollte. Ich begann, eine Liste zu schreiben, damit ich nichts Wichtiges vergaß. Als ich sie fertig hatte, war mir klar, dass ich einen größeren Rucksack brauchen würde. Besser, ich ging sofort los, um einen zu besorgen.

10

Nachdem ich eine Stunde durch die Läden spaziert war, hatte ich einen neuen Rucksack mit zwei großen Flaschen Wasser und einer Flasche Orangensaft darin. Außerdem würden meine Kamera und mein Fernglas darin Platz finden, der Zeichenblock, Stifte, eine Kelle und ein Maßband, Sonnenbrille, Sonnencreme, Lippenschutz, Wischtücher und eine lange Ersatzhose plus langärmligem Hemd, falls mir die Sonne zu stark wurde. Ein Lunchpaket würde ich mir vom Hotel machen lassen.

Als ich an einem Musikladen vorbeikam, fiel mir ein, dass ich ein paar neue CDs für die Heimfahrt am Sonntag gebrauchen könnte. Also ging ich hinein und wühlte in den Verkaufstischen. Ich habe eine Schwäche für die Singer-Songwriter aus der Country-Ecke, aber es gab so gut wie keine in dem Laden, und auch in Sachen Rock oder Folkrock beschränkte sich die Auswahl im Wesentlichen auf Hitparadentitel. Zuletzt ging ich lustlos einen Tisch mit Sonderangeboten verschiedener Sammelalben und halb vergessener Künstler durch. Das Cover einer aus vier Sängerinnen bestehenden Vokalgruppe namens Gyna sprang mir ins Auge. Ich erinnerte mich vage als Marketingidee an sie – todschick und gleichzeitig anzüglich –, hatte ihre Musik aber nie gehört. Die dritte von links auf dem Cover hatte eine unheimliche Ähnlichkeit mit Sarah Baxter, nur dass ihr Haar lang war und ihre wohlgerundete Figur in einem roten Kleid steckte, das so eng anlag wie ein Hochglanzanstrich.

Ich ließ das Booklet aus der CD gleiten und sah auf die Rückseite, wo die Mitglieder von Gyna aufgezählt waren. Es war tatsächlich Sarah.

Ich lächelte für mich, kaufte das Album und verließ den Laden. Wollten sie und Kendrick nicht heute nach Banagher fahren? Vielleicht würde ich sie noch sehen, ehe sie Kilkee verließen.

Ich ging weiter die Straße entlang, bis ich an eine breite Kreuzung kam. Links von mir, nur fünf Gehminuten entfernt, lag das Ocean Cove. Rechts, den Hügel hinauf, war der Marktplatz. An bestimmten Tagen wurde dort ein Markt abgehalten, und heute war einer davon. Da ich noch ein Geschenk für meine Mutter brauchte, schlenderte ich in diese Richtung. Ich hätte eins von Kims Glaskunstwerken für sie kaufen können, aber sie war nicht scharf auf noch mehr »Staubfänger«, wie sie solche Dinge nannte.

Die Marktbuden wurden von gestreiften Planen in Bonbonfarben bedeckt, minzegrün und weiß, blau und weiß, rosa und weiß. Darunter gab es Kleidung, Gemüse, Uhren; ich staunte über die Vielfalt an Handyetuis, stolperte über gebrauchte Elektrowerkzeuge und spielte mit dem Gedanken, mir eine Angelrute zu kaufen.

Aber nachdem ich bei den meisten Buden vorbeigeschaut hatte, kaufte ich doch nichts; was immer ich suchen mochte, ich wusste, hier würde ich es nicht finden. Reine Neugier ließ mich vor einem Stand verweilen, der irgendwie esoterisch aussah: Kerzen, Räucherstäbchen, Anhänger, Armreife und Zubehör für weiche Drogen – Bongs und Zigarettenpapier, ein paar andere Wasserpfeifen.

Dann bemerkte ich auf dem Boden neben einem der Tische einige Steinmetzarbeiten, darunter eine Reihe grün gefärbter, dicklippiger »keltischer« Steinköpfe.

Niemand bediente an dem Stand, aber durch die Plastikplanen auf der Rückseite der Bude sah man einen weißen Kombi mit offener Tür. Ich nahm an, dass der Inhaber gerade noch einige Waren holte.

Ich wollte gerade weitergehen, als Jonas Zitaras, der bleiche Kellner aus dem Crabshell, durch die Planen schlüpfte und einen Stapel Schachteln auf den Tisch stellte.

»Ah«, sagte er, als er mich erkannte. »Wie geht's?«

»Gut. Gehört der Ihnen?«, fragte ich und sah mich an dem Stand um. Es passte irgendwie nicht zusammen.

»Ja. Ich bin am Tag Händler und abends Kellner. Um sich ein Leben in Irland leisten zu können, braucht man mehrere Einkommensquellen.«

Ich lächelte. »Vor allem, wenn einige der Jobs saisonabhängig sind.«

Er begann, die Schachteln zu öffnen. »Haben Sie etwas gesehen, das Ihnen gefällt? Ich könnte Ihnen einen guten Preis machen.«

Er holte einige Halsbänder mit Anhänger heraus und hängte sie an ein senkrecht stehendes Brett an einem Ende des Tischs. Auf manchen der Steinanhänger waren Kreuze mit drei Querbalken, auf anderen runenartige Symbole. Auch Schmuck aus Bernstein und Silber war ausgestellt. Auf einem kleinen, handgeschriebenen Schild stand OSTSEE-BERNSTEIN. Ich bemerkte, dass in einigen Stücken Insekten eingeschlossen waren.

»Diese keltischen Köpfe auf dem Boden – sind die echt? Ich meine, sind sie antik?«

»Wo denken Sie hin! Ich weiß, dass Sie Archäologin sind. Ich weiß auch, dass es verboten ist, solche antiken Artefakte zu verkaufen.«

»Aber nachdem man sie mit Joghurt bestrichen und ein paar Monate in der Erde begraben hat, sehen sie echt aus.«

»Und was ist falsch daran? Ich verkaufe sie als Gartenverzierung.«

»An Leute wie mich vielleicht. Aber vielleicht halten manche Leute sie tatsächlich für echt.«

»Dann sind es Idioten und haben es verdient, wenn sie ihr Geld loswerden.«

»Da ist allerdings was dran. Die hier interessieren mich auch …« Ich befühlte eine der Bernsteinketten und sah auf das Preisschild. »Sie sind billig. Sie sind nicht echt, oder?«

»Bernstein kommt in Litauen viel vor. Aber man könnte ein echtes Stück wie dieses nicht zu einem so niedrigen Preis kaufen. Das ist wiederhergestellter Bernstein, aus Spänen, die in den Werkstätten abfallen. Die mit den Insekten drin sind rein künstlich.«

»Wie interessant. Was ist damit?« Ich zeigte auf die Steinanhänger. »Diese Zeichen sind mir nicht bekannt.«

»Das sind die Symbole von Romuva, meiner Religion. Sie werden feststellen, dass auch der Bernstein diese Zeichen enthält.« Er zeigte auf eins der Muster. »Die heilige Eiche, zum Beispiel.«

Ich sah nun, dass das, was ich für ein Kreuz gehalten hatte, ein stilisierter Baum mit drei Astreihen und einer Flamme war, die oben aus ihm drang.

»Romuva?«

»Es ist eine wiederbelebte Form des vorchristlichen Glaubens meiner Heimat. Wussten Sie, dass Litauen als letztes Land Europas christianisiert wurde?«

»Nein. Wird Romuva von vielen Leuten praktiziert?«

»Es gibt nicht so viele Mitglieder, aber darauf kommt es nicht an. Wir sind ein katholisches Land, aber die vorchristlichen Anschauungen und Gebräuche gehören wesentlich mit zu unserer Kultur.«

»Wie hier vielleicht auch.«

»Sie sind seit dem fünften Jahrhundert christlich, glaube ich. Wir waren noch tausend Jahre länger frei von christlichen Einflüssen.«

»Und war das notwendigerweise gut?«

Er zuckte mit den Achseln und öffnete eine weitere Schachtel. Was ihn anging, verstand es sich von selbst. »Sie haben sicherlich von der litauischen Archäologin Marija Gimbutas gehört?«

»Ja. Und ich stimme mit ihren Ansichten nicht unbedingt überein.«

»Sie glauben nicht, dass es die Kultur einer weiblichen Gottheit gab, als Friede und Harmonie auf der Welt herrschten? Das ist doch zweifellos auch ein keltischer Glaube?« Er wandte den Blick kurz von mir. Eine potenzielle Kundin war zu uns gestoßen.

»Das ist eher Wunschdenken«, sagte ich.

Die Frau befühlte einen Anhänger und schien Zitaras unbedingt etwas fragen zu wollen.

»Aber danke, dass Sie mich über die Vergangenheit Ihres Landes aufgeklärt haben«, fügte ich an. »Ich werde ein wenig über das Thema nachlesen müssen.«

Ich verabschiedete mich und verließ den Markt.

Als ich am nahe gelegenen Hotel Stella Maris vorbeikam, sah ich Giles Kendrick davor Gepäck in sein Auto laden.

»Reisen Sie jetzt ab?«, fragte ich.

»Ja.« Er sah aus, als wäre ihm ausgesprochen unwohl zumute. »Äh… Sarah ist schon vorausgefahren… mit dem Bus.«

»Nach Banagher?«

»Nach Limerick.« Er schlug die Heckklappe seines Wagens zu. »Dann weiter nach Banagher.« Er wischte sich die Hände ab und angelte in den Taschen seiner Jeans nach den Wagenschlüsseln.

»Verstehe. Sagen Sie noch einen schönen Gruß von mir.«

Er öffnete die Fahrertür. »Wird gemacht.«

»Eine Frage noch. Hat Sarah einmal in einer Gruppe namens Gyna gesungen?«

Kendrick erstarrte für einen kurzen Moment, dann schlüpfte er in den Wagen.

Ich ging zum offenen Fenster und sah hinein. Ein Mietwagenvertrag lag im offenen Handschuhfach. Kendricks Brille reflektierte das Sonnenlicht, deshalb konnte ich seine Augen nicht sehen, aber in seinem Kiefer zuckte ein Muskel. Er drehte den Kopf zu mir und lächelte aufgesetzt. »Ja, hat sie.« Er ließ den Motor an und schaute in den Rückspiegel. »Auf Wiedersehen«, sagte er und zwang einen Lkw zum Bremsen, als er auf die Straße hinausfuhr. Kendrick hatte überhaupt nicht auf den Verkehr geachtet.

Ich fragte mich, was ihn so durcheinandergebracht hatte. War ihm die Vergangenheit seiner Freundin peinlich?

In meinem Hotelzimmer packte ich die restlichen Sachen, die ich am nächsten Tag brauchen würde, in den Rucksack. Es war erst kurz nach Mittag, und da ich für den Nachmittag nichts geplant hatte, legte ich mich aufs Bett und erledigte ein paar Telefonanrufe.

Als Erstes rief ich Muriel Blunden an, die Grabungsleiterin des Nationalmuseums. Wir beide hatten im letzten Jahr eine unwahrscheinliche Beziehung aufgebaut, größtenteils über das Telefon. Sie hatte einen halb beruflichen, halb privaten Charakter und fühlte sich an, als hätte ich eine ältere Schwester, die rauchte, fluchte und immer mit den falschen Männern im Bett landete. Doch trotz ihrer katastrophalen Bilanz mit Männern hatte sie es auf sich genommen, als meine Kummerkastentante zu fungieren, seit ich im Frühsommer eine langjährige Beziehung beendet hatte.

Diesmal hoffte ich, das Gespräch an diesem speziellen Thema vorbeizuleiten. Und angesichts der Entwicklung der letzten Tage hatte ich genügend mit ihr zu besprechen.

»Schiffswracks und Muschelhaufen – und ich dachte, Sie wären dorthin gefahren, um sich eine Weile von der Archäologie zu erholen«, sagte sie, als ich zu Ende erzählt hatte.

»Wie Sie wissen, entkommt man der nirgendwo. Auf dem Mond, vielleicht … Aber nicht einmal dort, wenn ich darüber nachdenke.«

»Sie haben es sogar geschafft, jemanden aufzugabeln, den ich auch mal kannte – Theo Mahon, Ihr Experte für Schiffswracks. Inzwischen bestimmt selbst ein ziemliches Wrack.«

Ach du meine Güte! Es klang nach einer weiteren Liaison Muriels, die ein böses Ende genommen hatte.

»Dann erzähle ich ihm also, Sie hätten sich liebevoll nach ihm erkundigt.«

»Wenn Sie das machen, kriegen Sie nie wieder eine Grabungsgenehmigung.«

»Ich glaube, ich habe verstanden. Deshalb rasch weiter – ich würde gern Ihr Gedächtnis auf die Probe stellen. Es gab eine archäologische Stätte auf einer Landspitze hier, die vor etwa fünf Jahren zerstört wurde. Eine Klosteranlage. Läutet da etwas bei Ihnen?«

Nach einigen Sekunden Pause hörte ich sie mit den Fingern schnippen. »Ja, und ob. Soweit ich mich erinnere, hatten die Behörden eine Baugenehmigung erteilt, weil das Projekt das Landschaftsbild nicht beeinträchtigte. Unter Vorbehalt der üblichen archäologischen Prüfung, natürlich. Und man erwartete nicht, dass da etwas auftauchte – nirgendwo war eine archäologische Stätte verzeichnet. Aber siehe da, eine geophysikalische

Erkundung ergab, dass unter einer Schicht Deckerde etwas lag, ein Stück wurde freigelegt und eine frühmittelalterliche Stätte kam zum Vorschein, wahrscheinlich sechstes Jahrhundert. Wir haben rasch einen Konservierungsbescheid durchgeboxt. Die Planung hätte gestoppt werden müssen. Doch dann, o Wunder, verschwand die archäologische Stätte über Nacht. Die Ringmauern, die Kirche und die Steinhütten der Mönche wurden zu Schutt, steinerne Grabplatten und Kreuzwegstationen zertrümmert und alles, was an Erde möglicherweise noch Artefakte oder menschliche Überreste enthielt, wurde per Bulldozer ins Meer geschoben. Es war nichts mehr übrig.«

»Und doch erlaubte man den Weiterbau des Projekts?«

»Wir konnten die Projektentwickler nicht mit der Zerstörung der Stätte in Verbindung bringen. Die örtliche Polizei behauptete hartnäckig, es sei das Werk betrunkener Halbstarker gewesen, die eine Planierraupe gestohlen hatten, von da kam also keine Hilfe. Wir hätten jemanden gebraucht, der die Urheber verpfiff, damit wir die Verbindung beweisen konnten. Aber niemand meldete sich.«

Weil die Person, die es hätte tun können – Lena –, tot war, und die, der sie sich anvertraut hatte – Kim –, nichts beweisen konnte.

»Danach konnten wir im Grunde nichts mehr tun«, fuhr Muriel fort. »Außer für ein kleines Störmanöver sorgen. Es gab ein Steinkreuz, das die Zerstörung wundersamerweise überlebt hatte und am höchsten Punkt der Stätte noch an seiner ursprünglichen Position stand. Wir brachten also die Behörden dazu, den Weiterbau nur zu gestatten, wenn die Bauherren garantierten, dass dem Kreuz nichts geschah. Dann rief ich mein Pendant in der Kulturerbe-Verwaltung an und machte einen Vorschlag. Ich dachte, verdammt, wir können nicht zulassen, dass sie tun, als hätte die historische Stätte nie existiert. Sie mussten das Kreuz gut sichtbar in der Mitte einer Rasenfläche innerhalb des Eingangs aufstellen und eine Tafel daran anbringen, auf der stand, dass vor dem Bau der Anlage ein Nationaldenkmal an dieser Stelle mutwillig zerstört worden sei. Jeder Besucher kann es nun lesen.«

»Und damit waren sie einverstanden? Das überrascht mich.«

»Ihnen war klar, wir wussten, dass sie letzten Endes verantwortlich waren für das, was geschehen war. Und sie wollten die Kulturerbeverwaltung und das Nationalmuseum nicht ständig bei anderen Projekten im Nacken sitzen haben. Es war nur ein kleiner Preis, den sie bezahlten. Aber lassen wir dieses ganze Archäologiezeug einmal beiseite. Haben Sie etwas von Ihrem Südafrikaner gehört?«

Meinem? Es klang, als sei er ein Gefangener. Was von der Wahrheit weit entfernt war, was Peter Groot anging. Wahrscheinlich streifte er eher frei durch den Busch.

»Wir haben ein paar Mal gechattet.«

»Chatten? Wie grässlich.«

»Was stört Sie daran? Es ist wie eine Unterhaltung.«

»Bei der man den Tonfall nicht hört. Bei der er das Gespräch unter einem Vorwand beenden kann, und Sie wissen nicht, ob er lügt – Sie wissen noch nicht mal, wo er sich gerade aufhält. Obwohl ich zugeben muss, dass ich SMS früher auch für eine schlechte Idee hielt, bis ich herausfand, wie fies man es einsetzen kann.«

Ich wollte nichts von Muriels SMS-Aktivitäten hören. »Ich muss leider Schluss machen, Muriel. Ein paar Leute treffen und so. Danke für die Informationen.«

Ich wollte gerade meine Freundin Fran anrufen, als ich in der Nähe kurz die Sirene eines Rettungswagens hörte. Ich schaute aus dem Fenster und sah, wie er die Kreuzung überquerte. Ein Stück weiter bog er von der Straße zur Bootsanlegestelle am Kai ab.

Ich lief auf den Balkon und blickte aufs Meer hinaus. Ein rotblaues RIB raste auf die Küste zu. Es sah aus wie das von Theo Mahon.

11

Vielleicht hat einer von ihnen die Taucherkrankheit, dachte ich, während ich aus dem Hotel eilte. Hatte Mahon am Abend zuvor weitergetrunken? Ein hoher Blutalkoholspiegel hätte ihn anfälliger für die Dekompressionskrankheit gemacht.

Ich ging über den Parkplatz in Richtung Rettungswagen. Dessen Mannschaft hatte bereits eine Trage herausgefahren und wartete oben auf der Bootsrutsche damit. Ein Polizeiauto schoss an mir vorbei und kam neben der Ambulanz zum Stehen. Ich wandte den Kopf und sah Leute herbeilaufen, die sehen wollten, was los war.

Als Erste stieg Sally Hurst aus dem RIB, und ich konnte erkennen, dass sich Senan Costello an Bord bückte, um das Ende einer Plane aufzuheben. Dann entdeckte ich zu meiner Erleichterung Theo Mahons Mütze, der am anderen Ende anpackte. Damit waren alle Mannschaftsangehörigen wohlauf. Wenn sie also jemanden in der Plane transportierten, wer war es?

Ich passierte den Rettungswagen gerade noch, bevor einer der Polizisten Stellung bezog, um die Leute hinter mir am Näherkommen zu hindern. Ich folgte dem zweiten Beamten – einem Sergeant – zum Ende der Bootsrutsche, blieb aber zurück, als er mit der Besatzung des Rettungswagens sprach.

Die drei Taucher trugen nun die Plane die Rutsche herauf, Costello und Sally gingen vorn und streckten den freien Arm aus, um das Gleichgewicht zu wahren, während Mahon sich mit rotem Gesicht hinter ihnen abmühte. Sie trugen ein totes Gewicht. Die beiden Sanitäter sagten etwas zu dem Trio, als es sich näherte. Mahon schüttelte langsam den Kopf, seine Miene war ernst. Die tropfende Plane wurde samt ihrer Last vorsichtig abgesetzt, die Taucher ließen sie los, und ein Körper wurde sichtbar, den ich nur teilweise erspähte, da die Sanitäter niederknieten, um ihn zu untersuchen.

Was ich sah, war die Kleidung einer Frau und etwas Dunkles, Glänzendes, das ihren Kopf bedeckte. Einen Moment lang dachte ich, es sei ihr Haar, das im Gesicht klebte, aber dann schnippte es einer der Sanitäter fort, als sie die Frau auf die Tragbahre legten, und ein breiter Streifen leuchtend brauner Tang klatschte auf den Beton.

Ich konnte das Gesicht der Frau jetzt sehen. Ihr Teint war bläulich bis purpurn, als hätte sie angefangen, mit dem Ozean zu verschmelzen. Auch die lavendelfarbene Kleidung der jungen Braut auf der *Intrinsic* kam mir in den Sinn. Die Tote, die in den Rettungswagen verladen wurde, war Sarah Baxter.

Ich war wie benommen.

Was war geschehen? Und wo war Kendrick?

Als die Ambulanz wegfuhr, verließ Mahon den Sergeant, der in sein Handy sprach, und kam zu mir.

»Wir haben sie unter der Klippe gefunden. In diesem Eisengebilde verfangen. Ich weiß noch nicht, wer sie ist.«

»Aber ich weiß es. Sie heißt Sarah Baxter.«

Mahon legte das Gesicht in Falten, als er versuchte, den Namen unterzubringen.

»Sie war diejenige, die mir von der gusseisernen Kirche erzählt hat.«

Mahons bärtiger Kiefer klappte nach unten. »Das ist ja mehr als seltsam.« Er drehte sich um. Die anderen waren beim Cherokee und entledigten sich ihrer Taucherkluft. Mahon winkte Sally zu uns herüber.

»Ich habe das Boot gesteuert«, sagte er. »Sally und Senan haben die Rinne in der Nähe dieses Gebildes erforscht – das sich als die Beine einiger auf dem Kopf stehender Bogen herausstellte, ein Rahmen für eine Reihe von Fenstern wahrscheinlich. Sie fanden noch andere Dinge, Säulen, Geländer und dergleichen, alles unter einer Menge Riementang verborgen, und dann…« Sally kam zu uns. »Erzähl Illaun, wie ihr die Leiche der Frau gefunden habt.«

»Mein Gott, ich bin so erschrocken. Senan und ich schwammen gerade an einem hervorstehenden Eisenteil vorbei, einer Art Turmspitze, da kam sie aus dem Seegras um das Ding herum, ich schwöre es. Sie trieb wie eine Erscheinung auf uns zu, den Kopf an die Schulter gelegt.« Sally setzte einen Gesichtsausdruck auf, der unter weniger tragischen Umständen komisch gewirkt hätte. »Wir sind sofort aufgetaucht und haben es Theo erzählt.«

»Ich ging ins Wasser, und wir machten uns daran, sie zu holen. Die arme Frau hing an dem Gestänge, ihr Kleid hatte sich in der Spitze verfangen. Ich vermute, sie ist von der Klippe gestürzt, bis in diese Tiefe gesunken und hängen geblieben. Ich habe keine Ahnung, ob sie ausgerutscht ist, ob sie gesprungen ist oder jemand sie gestoßen hat, aber ich glaube nicht, dass sie ertrunken ist. Ihr Kopf saß in einem komischen Winkel auf dem Hals, ich denke, sie hat sich das Genick gebrochen, als sie auf das Wasser geprallt ist.«

Ich dachte daran, wie Sarah am Tag zuvor beinahe über den Rand der Klippe gestürzt wäre.

»Ich habe ihren Freund vor einer kleinen Weile oben in der Stadt getroffen«, erklärte ich.

»Man muss es ihm sagen. Wissen Sie, wo sie wohnen?«

»Ja, schon … Aber er ist … fort.«

Mahon schaute verwundert drein. Der Sergeant hatte sein Gespräch inzwischen beendet und kam zu uns.

Mahon stellte ihn als Sergeant Hynes vor, ein rotgesichtiger Mann mit grau werdendem, dichtem Schnauzer und ebensolchem Haar auf dem unbedeckten Kopf.

»Wir wissen wahrscheinlich, wer sie ist«, sagte Mahon. »Illaun hier wird es erklären.«

Hynes berührte seinen Schnauzer an den Seiten, wo er sich vom Mund abwärts zog. »Eine Besucherin, richtig?«

Ich wusste nicht, ob er mich oder Sarah meinte. Ich erzählte ihm kurz, wie ich sie und Kendrick auf meinem Spaziergang kennengelernt hatte, und berichtete von meiner Begegnung mit ihm vorhin vor dem Stella Maris.

»Banagher?«, wiederholte Hynes. »Wieso sollte er nach Banagher fahren?«

Es war zu kompliziert, um es auf die Schnelle zu erklären.

»Hat er Kilkee schon verlassen?«, fragte er.

»Ich glaube ja.«

Sergeant Hynes runzelte die Stirn. »Wir werden Straßensperren errichten müssen. Eine Meldung im Lokalradio verbreiten. Wir fragen im Hotel nach Informationen, vielleicht haben sie sogar eine Handynummer. Wissen Sie, was für einen Wagen er fährt?«

»Er ist rot, mit einer Heckklappe. Die Marke weiß ich nicht.«

Hynes dankte mir, ging zum Polizeiauto zurück und nahm auf dem Beifahrersitz Platz. Sein Gesichtsausdruck war der eines Mannes, der im Augenblick lieber eine Runde Golf gespielt hätte.

»Will jemand einen Drink?«, fragte Mahon.

Die anderen beiden nickten bedrückt.

»Ich komme später dazu«, sagte ich.

Als ich zum Ocean Cove zurückging, raste das Polizeiauto an mir vorbei. Sergeant Hynes sprach aufgeregt in das Funkgerät.

Ich musste ebenfalls ein paar Gespräche führen.

Ich wollte gerade die Straße überqueren und schaute nach links und rechts, als ich Gus Carmody in einen silbernen Lexus steigen sah, der an der Straße oberhalb der Bootsrutsche stand. Zusammen mit anderen Leuten hatte er alles von dort oben beobachtet.

Detective Inspector Matt Gallagher war an seinem Schreibtisch in Drogheda, als ich anrief. Wir beide hatten uns im vergangenen Jahr gut kennengelernt. Außerdem war er mit meiner besten Freundin zusammen.

»Na, was tut sich so in Clare? Waren Sie auf irgendwelchen Musikertreffen?«

»In diesem Teil der Grafschaft ist nicht so viel los, was traditionelle Musik angeht«, sagte ich. »Hier gibt es andere Attraktionen. Morgen zum Beispiel besuche ich eine Klosterruine auf einer Felssäule im Meer.«

»Mann, da bin ich aber neidisch.«

»Per Hubschrauber.«

»Das könnte mir allerdings auch gefallen. Also, was haben Sie auf dem Herzen?«

»Ich brauche einen Rat. Und ein paar Informationen.«

Gallagher stöhnte. »Sie sind doch nicht wieder in etwas hineingeraten, Illaun?«

In der Folge einer Mordermittlung vor ein paar Monaten, bei der ich eine Rolle gespielt hatte, musste er Fran versprechen, mich davon abzuhalten, die Nase weiter in Polizeiangelegenheiten zu stecken.

»Könnte sein«, sagte ich.

Gallagher seufzte. »Okay, schießen Sie los.«

»Eine Frau, die ich erst vor ein paar Tagen kennengelernt habe, wurde tot aufgefunden. Kurz bevor man sie fand, hat ihr Partner die Gegend verlassen. Er kann natürlich vollkommen unschuldig sein, aber ich weiß, was die beiden hier taten, und ich frage mich, ob ich es Sergeant Hynes erzählen soll.«

Ich erzählte ihm von Sarahs Recherchen.

»Also, zunächst einmal kann man unmöglich sagen, in welche Richtung eine Ermittlung gehen wird – falls es überhaupt eine gibt –, ehe die Ergebnisse der Obduktion bekannt sind. Aber was immer Sie tun, erzählen Sie diesem Hynes bloß nichts von Unterwasserkirchen und irgendeinem Stein, der ein Schiff versenkt hat.«

Er hatte natürlich recht. Ich wusste nicht einmal mehr, wieso ich überhaupt auf den Gedanken gekommen war.

»Sie sagten, Sie brauchen Informationen. Worüber?«

»Über einen anderen Fall.«

»Oh, nein. Bitte.«

»Ein gewisser Theo Mahon und ich haben vor zwei Tagen in der Shannon-Mündung einen Teil eines weiblichen Schädels gefunden. Das führte dazu, dass eine junge Frau, die vor fünf Jahren in dieser Gegend verschwand, identifiziert wurde. Ihr Name war Lena Morrison. Die Ermittlung in ihrem Fall scheint ziemlich halbherzig gewesen zu sein. Ich würde gern mehr über den verantwortlichen Beamten wissen. Er heißt Dermot Rattigan, soviel ich weiß. Und er bearbeitet die Sache immer noch, obwohl inzwischen ein Mordfall daraus geworden ist.«

Gallagher räusperte sich. »Ich habe gehört, dass der Fall wieder aufgerollt wird. Allerdings hatte ich keine Ahnung, dass es Ihren Bemühungen zu verdanken ist. Ich kenne Rattigan. Er ist Detective Sergeant, glaubt aber, man habe ihm ungerechterweise eine Beförderung verweigert, deshalb setzen sie ihn gelegentlich auf aufsehenerregende Fälle an. Er kommt sich dann wichtig vor und lässt die Polizeiführung eine Weile in Ruhe. Mein Rat ist, halten Sie sich fern von ihm. Wann kommen Sie zurück?«

»Am Sonntag.«

»Ich rate Ihnen, fliegen Sie zu Ihrem Kloster, schlafen Sie sich morgen Nacht gut aus und fahren Sie am Sonntag frühzeitig zurück. Vergessen Sie die andern Geschichten dort unten. Ich bin überzeugt, sie sind in keiner Weise irgendwie romantisch, tragisch oder edel. Sie sind viel eher schmutzig und gemein. Lassen Sie sich nicht hineinziehen. Und wie Sie wissen, dreht mir Fran den Kragen um, wenn sie glaubt, ich hätte auch nur über die Fälle gesprochen mit Ihnen.«

Das war sehr wahrscheinlich. Ich würde einer Unterhaltung mit Fran fürs Erste aus dem Weg gehen müssen. Sie hatte ein Näschen dafür, wenn ich etwas im Schilde führte. Wir beendeten das Gespräch an diesem Punkt. Ich blickte auf das Telefon in meiner Hand. Es hatte sich in den letzten Stunden klammheimlich wieder in mein Leben geschlichen. Ich dachte an Gallaghers Rat, schaltete es aus und stopfte es in meinen Rucksack.

12

Nachdem ich ein kleines Stück die Straße auf der Rückseite des Golfplatzes hinaufgegangen war, kam ich an ein offenes Tor in Form einer Tiara, das von den schmiedeeisernen Worten *George's Heights* überragt wurde. Die Abendsonne in meinem Rücken ließ mehrere Terrassen mit Villen im spanischen Stil orangefarben leuchten, die wie die Stufen eines Amphitheaters aus einer Senke in der Landspitze anstiegen. Bei den meisten waren die Jalousien zugezogen, aber nicht, um die Bewohner vor dem grellen Licht zu schützen – niemand schien in den Häusern zu wohnen. Nirgendwo war ein Fenster offen, in den Zufahrten standen keine Autos, man sah keine Kinder spielen, und niemand ging spazieren. Die Anlage wirkte so verlassen wie eine Filmkulisse nach den Dreharbeiten.

Während des Spaziergangs vom Hotel hier heraus hatte ich versucht, über die Ereignisse der letzten vierundzwanzig Stunden nachzudenken. Zwei Frauen, die nichts gemeinsam hatten, waren im Abstand von fünf Jahren gestorben, und doch waren ihre Schicksale miteinander verbunden. Es war, als hätte sich die Intrinsic Bay ein neues Opfer geholt, nachdem man ihr ein anderes verweigert hatte. Und der angebliche Selbstmord schien sich jetzt als Mord zu entpuppen. Sollte Sarahs Tod trotz Kendricks merkwürdigem Verhalten tatsächlich Selbstmord gewesen sein und auf diese Weise das Gleichgewicht wiederhergestellt haben? Es konnte sich außerdem schlicht um einen Unfall handeln, Sarah konnte ausgerutscht und von den Klippen gestürzt sein. So oder so war es durchaus möglich, dass Kendrick von ihrem Schicksal noch gar nichts wusste. Und doch legte sein Verhalten, als ich ihn auf der Straße getroffen hatte, den Schluss nahe, dass er etwas zu verbergen hatte.

In der Zwischenzeit würde sich die Ermittlung in Sachen Lena vermutlich auf die Frage konzentrieren, wer ein Motiv hatte, sie zu töten. Schloss das die Bauträger mit ein oder die Person, die die historische Stätte zerstört hatte?

Und würden die Schnittspuren auf dem Schädelfragment dazu beitragen, ihren Mörder ausfindig zu machen? Nur wenn man ein Werkzeug fand, das man mit den Spuren vergleichen konnte. Und dann bräuchte man einen Verdächtigen und müsste beweisen können, dass er im Besitz dieses Werkzeugs gewesen war. Das war alles höchst unwahrscheinlich. Lenas Mörder würde sich also wegen des Funds des Skelettfragments keine großen Sorgen machen. Vielleicht sah die Sache anders aus, wenn man ihre restlichen Knochen auch noch fand.

Ich setzte meinen Weg zu einem steilen, grasbewachsenen Hügel in der Mitte eines Kreisverkehrs fort, wo die Straße in eine Reihe von Sackgassen abzweigte. Der Hügel – mehr kamm- als kuppelförmig – wurde von einer Steinsäule gekrönt, die als Einzige das Zerstörungswerk überlebt hatte, durch das der Bau der Anlage erst möglich geworden war. Von meinem Standplatz aus würden es viele Leute vermutlich für eine moderne Skulptur halten; ein Monolith mit geraden Seiten, der an einen Grabstein erinnerte. Eine kleine Vertiefung war etwa auf drei Viertel der Höhe in den Stein gehämmert worden, und es gab weitere Markierungen, die aber schwer auszumachen waren, weil sie auf der von der Sonne abgewandten Seite lagen.

Es erforderte ein wenig Anstrengung, den Hang hinaufzusteigen, die Säule war also bis zu einem gewissen Grad zumindest von beiläufig zugefügter Beschädigung geschützt. Schwer atmend und die Hände in die Hüften gestützt, erreichte ich den Gipfel, der breiter und flacher war, als ich erwartet hatte. Ich sah mich nach der »Mea-Culpa-Tafel« um, die Muriel erwähnt hatte. Sie war nicht da. Aber spielte es überhaupt eine Rolle? Ich konnte mir nicht vorstellen, dass viele Leute die Anstrengung auf sich nahmen, das Artefakt zu besichtigen.

Die Säule war brusthoch, ihre Oberfläche von einer raueren Struktur, als es von unten den Anschein gehabt hatte, und sie war mit Zeichen bedeckt, die sie in die Kategorie der »Kreuzsäulen« verwiesen – ein Ausdruck für christliche Kreuze, die nicht kreuzförmig sind, sondern bei denen das Kreuz in den Stein gemeißelt ist. Wo sich die Arme des Kreuzes trafen, war eine Vertiefung von der Größe einer Grapefruit, die sich als Loch herausstellte, das durch den Stein gebohrt worden war. Die Arme selbst endeten jeweils in einem spiegelverkehrten D, das an die Gabel eines Schraubenschlüssels erinnerte, aber in etwa den Durchmesser der runden Öffnung hatte. Innerhalb jeder Gabel konnte ich mit Mühe ein verwittertes Knotenmuster ausmachen, das als *Triquetra* bekannt ist: drei sich überschneidende Kreise, als Symbol der Dreieinigkeit. Obwohl nur wenige Flechten auf der Oberfläche wuchsen, deutete die Verwitterung des Steins darauf hin, dass er eine beträchtliche Zeitlang der Luft und den Elementen ausgesetzt gewesen war. Auf einer Seite sah man etwas, das wie Brandspuren aussah und wahrscheinlich auf einen Ginsterbrand zurückzuführen war, der dem Stein irgendwann zu nahe gekommen war.

Aus reiner Neugier legte ich eine Hand auf die leicht gewölbte Oberseite des Steins und schob den anderen Arm in das Loch. Es war groß genug, um meinen Arm bis zur Schulter aufzunehmen.

Bei der Höhe, auf der man den Stein platziert hatte, und

mit seinem ungehinderten Blick auf die Küste fragte ich mich, ob man ihn von einem andern Ort aus sehen sollte, oder ob er möglicherweise auf etwas wies, das in der Ferne lag. Die untergehende Sonne, die genau rechts von mir auf Augenhöhe stand, erschwerte das Schauen, wenn man die Augen nicht abdeckte. Aber wenn ich in die Hocke ging, um durch das Loch zu spähen, schirmte mich die Säule von dem grellen Licht ab, und ich konnte Bishop's Island in drei Kilometer Entfernung im Südwesten deutlich sehen. Seine zentrale Position in der Öffnung ließ mich nicht daran zweifeln, dass es der beabsichtigte Fokus des durchlöcherten Steins war.

War der Stein ein Beispiel für ein vom Christentum vereinnahmtes heidnisches Artefakt? Ein Symbol für das, was Jonas Zitaras als einen Wandel von einer sorgenfreien, matriarchalischen Gesellschaft zu einer patriarchalischen ansehen würde, die von Sünde und Strafe überzogen wird? Ich war als Mensch und Archäologin skeptisch gegenüber Behauptungen, es habe irgendwo, irgendwann auf Erden eine gutmütige, auf eine Göttin ausgerichtete Kultur existiert, wie sie Marija Gimbutas aufstellte. Aber wie viele Theorien, die zu Einfluss in der Welt gekommen sind, wurde sie trotz der Entlarvung durch die Gelehrten von ihren Anhängern eifrig propagiert. Die nicht greifbare »keltische« Gesellschaft des vorchristlichen Irlands wurde gelegentlich für ähnliche Theorien vereinnahmt, trotz aller Hinweise, dass ständig Kriege geherrscht hatten und Gewalt verherrlicht worden war.

»Kann ich Ihnen helfen?«

Ich drehte mich um und sah nach unten. Die barsche Frage war von einem Mann gekommen, der auf der Steinumrandung des Hügels stand. Er war aus einem weißen Kombi gestiegen, der am Rand des Kreisverkehrs stand und die Aufschrift O'MEARA SECURITY trug.

»Ich sehe mich nur um«, sagte ich. »Soviel ich weiß, ist das immer noch ein freies Land.«

»Das ist Privatbesitz hier.« Von meinem erhöhten Standpunkt aus sah ich, dass er fettiges schwarzes Haar über einen kahl werdenden Schädel gekämmt hatte, aber was ihm oben fehlte, machte er durch lange Koteletten und einen Schnauzer, der sich bis zum Kinn hinunterzog, wieder wett.

»Und das hier ist ein nationales Denkmal und gehört dem Volk«, sagte ich und kam halb gehend, halb rutschend den Hügel herunter.

»Und wir sind dafür verantwortlich.«

»Sehen Sie den Vorschlaghammer?«, sagte ich und zeigte ihm meine leeren Hände, während ich auf die Steinumrandung trat. Obwohl er auf der Straße stand, überragte er mich immer noch. Er war übergewichtig, und behaarte, rosa Haut schimmerte durch die Öffnungen seines weißen Hemds, das mit einem blauen Gittermuster verziert war. Ich war seinen Achseln nahe genug, um zu merken, dass er es mit der Körperpflege nicht allzu genau nahm.

»Also, was geht Sie das Ding an?«

»Das wiederum geht *Sie* nichts an.«

»Sehr witzig«, sagte er. »Sie kommen sich ziemlich schlau vor, was?«

Ein Hauch von Aggression mischte sich nun in seine schalen Ausdünstungen.

»Mr. O'Meara, nicht wahr?«, sagte ich nach einem Blick auf sein Fahrzeug.

»Was spielt es für eine Rolle, wer ich bin?« Er zeigte zum Ausgang. »Machen Sie, dass Sie verschwinden.«

Ich verschränkte trotzig die Arme. »Waren Sie das, der die Ruinen zerstört hat?«

Er blinzelte verwirrt. Aber es war schwer zu sagen, ob es

an meiner Äußerung lag oder an der Tatsache, dass ich immer noch hier war.

»Wie lange sind Sie schon im Geschäft? Etwa fünf Jahre, richtig?«

Er nickte, zu verdutzt, um zu erwidern, ich solle meine Nase nicht in seine Angelegenheiten stecken.

»Man hat Sie also bezahlt, die Stätte hier zu zerstören, und jetzt bezahlt man Sie dafür, sie zu beschützen.« Ich drohte mit dem Zeigefinger. »Also, das nenne *ich* schlau.« Ich machte auf dem Absatz kehrt.

»Was zum … Warten Sie, Misses«, rief er hinter mir her.

Ich ging weiter.

»Warten Sie kurz. Bitte.«

Ich verlangsamte und gab ihm Gelegenheit, aufzuholen.

Er atmete schwer. »Ich wusste nicht, worum es Ihnen ging …« Er schüttelte heftig den Kopf. »Ich schwöre bei Gott, ich hatte mit der Entweihung nichts zu tun.« Er sah sich nervös um. »Ich hätte so etwas auf heiligem Boden nie getan. Was allerdings erst bekannt wurde, als es die Archäologen entdeckt haben.«

»Was ist mit dem Stein?« Ich wies mit einem Kopfnicken in die Richtung. »Wusste man, dass er hier ist?«

»Ich habe Derry Costello einmal davon reden hören.«

»Den Aalmann?«

O'Meara blinzelte mich wieder an. Da erst wurde mir klar, dass ich einen Spitznamen benutzt hatte, den wir ihm als Kinder gegeben hatten.

»Ich meine … war das der Mann, den man an den Pollock Holes immer nach Krabben suchen sah?«

O'Meara lächelte. Mehrere Zähne fehlten ihm. »Das war er. Und ist er immer noch.«

»Freut mich zu hören, dass er noch lebt.« Es war mindestens zwanzig Jahre her, seit ich ihn zuletzt gesehen hatte, und damals hätte ich ihn auf über siebzig geschätzt.

»Unkraut vergeht nicht, wie es so schön heißt. Jedenfalls habe ich ihn im Scotts eines Abends sagen hören, dass der Stein absichtlich versteckt wurde, bevor sie dann irgendwann anfingen, alle diese Dinge aufzuzeichnen.«

»Er war also nie auf irgendwelchen Karten.«

»Aber warum man nicht wollte, dass er gefunden wird, hat er nicht gesagt. Sie könnten ihn selbst fragen. Er schaut immer noch gelegentlich bei Scotts rein.«

Je länger wir uns unterhielten, desto umgänglicher wurde O'Meara.

»Bevor ich gehe – wissen Sie zufällig, wer die Ruinen abgetragen hat?«

»Nein.« Er runzelte die Stirn. »Aber das waren Profis.« Er meinte es nicht bewundernd, sondern in dem Sinn, dass dafür bezahlt worden war. »Es gab keine Berichte von einem gestohlenen Bagger in der Gegend, und er wurde nicht irgendwo auf freiem Feld stehen gelassen, wie es sinnlos betrunkene Jugendliche wohl tun würden. Ich vermute, er wurde auf einem Tieflader hier angekarrt, verrichtete sein Werk und wurde danach in den Bauhof zurückgebracht, aus dem er kam.«

Ich warf einen Blick auf die Ferienhäuser. »War es die Sache wert?«

»Ich glaube nicht, dass die Leute, die hierherkommen, viel darüber nachdenken«, sagte er.

»Im Moment sind nicht viele Besitzer da.«

»Nein. Die Schule hat wieder angefangen.«

»Kann man welche von den Häusern mieten?«

»Nur eine Handvoll. Heute hat sich sogar jemand einquartiert.«

Fünf Minuten später ging ich auf dem Rückweg zum Hotel

an dem öffentlichen Parkplatz nahe dem George's Head vorbei. Eine Wolke verhüllte die Sonne, aber gewaltige Lichtsäulen strömten dahinter hervor und sammelten sich wie Suchscheinwerfer auf dem Meer. Bishop's Island war als Silhouette noch zu erkennen, ihr kistenförmiger Umriss deutlich von diesem Teil des Festlands aus. Und obwohl ich im Vergleich zum Vortag tatsächlich ein beträchtliches Stück von ihr entfernt war, ließen sie das Licht und die Perspektive als weiter draußen im Meer liegend erscheinen, als es in Wirklichkeit der Fall war. Zum ersten Mal, seit ich erwogen hatte, die Insel zu besuchen, spürte ich ein Gefühl der Beklemmung.

13

Für einen Freitagabend war das Scotts praktisch menschenleer. Vielleicht verbreitete die dicht gedrängte Gruppe der Taucher in der Ecke nahe des Kamins eine düstere Stimmung, die andere Trinker abhielt. Oder es lag einfach nur am Saisonende. Mahon blickte auf, als ich hereinkam, und ich machte ihm ein Zeichen, ich würde an der Bar etwas bestellen – ob sie auch etwas wollten? Er fragte die anderen, und alle schüttelten den Kopf. Ich sah mich um, während ich darauf wartete, dass der Barkeeper aus dem Nebenraum zurückkam, wo der Kommentar eines Fußballspiels dröhnte. Den Anfeuerungsrufen nach saßen da drüben mehr Leute als hier bei uns.

Das Scotts war früher einmal fast so karg wie eine Mönchszelle gewesen: ein Heiligtum des zivilisierten Trinkens und Redens, ein Pub von beinahe puritanischem Gehabe – strikte Einhaltung der Sperrzeiten, keine Dinge wie Fernsehgeräte oder Musikberieselung, keine Duldung von flegelhaftem Benehmen oder Leuten, die ein Glas nicht festzuhalten wussten. Es war von den beiden Scott-Brüdern Bill und John mit der Disziplin eines Hochseeschiffs geführt worden, ihre Ordnungsliebe hatte sich in der kühlen, marineblauen Holztäfelung widergespiegelt und mit dem Läuten einer Handglocke zur Schließungszeit einen exzentrischen Ausdruck gefunden. Aber so war es gewesen, ehe ich zwanzig wurde. Die Brüder waren lange tot, die gestrichene Verkleidung war abgerissen worden, der Trinkbereich auf zwei Bars ausgedehnt, wo ein

Barkeeper mit rasiertem Schädel, Ohrringen und Armen voller Tätowierungen Bier zapfte. Und in der anderen Bar feuerten die Fans lautstark ihre Spieler an, begleitet vom Lärm des Stadions und der Stimme eines aufgeregten Kommentators. Es war, als hätten Meuterer das Schiff übernommen.

An der Theke, wo ich stand, saßen zwei junge Pärchen an einem Ende auf hohen Hockern beisammen, und am andern starrte ein einzelner Jugendlicher mit einem struppigen Bart in sein Bierglas. Als der Barkeeper wiederkam, bestellte ich ein stilles Wasser und wollte mich eben mit Glas und Flasche auf den Weg machen, als einer aus dem Quartett links aufstand, um zur Toilette zu gehen. Durch die entstandene Lücke bemerkte ich einen älteren Mann, der für sich allein saß. In meiner Vorstellung hatte ich nach dem »Aalmann« Ausschau gehalten, sonnengebräunt und stattlich, mit einem breiten Lächeln im Gesicht und blitzenden Augen. Die Person dort hinten mit der wächsernen Haut und der säuerlichen Miene war tatsächlich Derry Costello, aber nur ein Schatten des Mannes, den ich gekannt hatte.

Und in der modernisierten Version des Scotts mit seiner Lautsprechermusik, dem Flachbildfernseher und dem jungen Publikum wirkte er fehl am Platz wie ein Fisch außerhalb des Wassers – oder besser gesagt, wie ein Fisch, der einst mit seinesgleichen ein Riff bewohnt hatte, in dem er sich nun als Letzter seiner Art wiederfand.

Ich ging ans Ende der Theke und quetschte mich hinter den Leuten vorbei, die dort saßen. Derry war der Kopf auf die Brust gesunken. Seine Hände lagen auf den Knien, ein Glas Whiskey in der einen, ein kleiner Krug mit Wasser in der anderen. Ein altes Schild mit einer Zigarettenreklame hing an der Wand hinter ihm. Früher war es einmal echte Werbung gewesen, jetzt war es eine kitschige Dekoration.

»Mr. Costello?«

Er blickte auf und legte den Kopf schief, unsicher, ob er tatsächlich seinen Namen gehört hatte.

»Derry?«

Er wandte langsam den Kopf und blinzelte mich irritiert an.

»Ich heiße Illaun Bowe. Ich bin früher mit meiner Familie in den Ferien immer hierhergekommen.«

Er nickte und lächelte schwach.

»Kann ich mich einen Moment mit Ihnen unterhalten?« Ich musste noch näher zu ihm rutschen, da der vierte aus der Gruppe zurückkam und wieder auf seinen Hocker kletterte.

Er goss Wasser in sein Glas und stellte den Krug auf die Theke. »Es wäre mir ein Vergnügen«, sagte er. Es war schwer festzustellen, ob er es sarkastisch meinte. Seine Miene blieb mürrisch.

Ich erklärte, ich sei Archäologin und oben an der Ferienanlage gewesen, wo das Säulenkreuz stand, und es interessiere mich, wieso es nie in den offiziellen Karten der Grafschaft aufgetaucht sei. »Und ich glaube, dass Sie etwas darüber wissen.«

Er lächelte endlich ein richtiges Lächeln, und es ließ seine Augen glänzen. »Sie wollen also etwas über den Gottesstein wissen?« Seine Stimme war brüchig vor Alter.

»Der Gottesstein?«

»So wurde er genannt. Was glauben Sie, wie alt er ist?« Er trank einen Schluck aus seinem Glas.

»Genau lässt sich das nur schwer sagen. Frühchristlich, er könnte also bis zu fünfzehnhundert Jahre alt sein.«

»Sie halten ihn also auch für ein christliches Objekt.«

»Er ist das, was wir ein Übergangsobjekt nennen. Er könnte ursprünglich sogar heidnisch gewesen sein.«

»Sie sind ein kluges Kind.«

»Eigentlich nicht.«

»Angenommen, ich würde sagen, der Stein wurde unter Verschluss gehalten, weil er einen Hauch Heidentum an sich hatte?« Er trank noch einen Schluck Whiskey und wartete auf ein Stichwort.

»Fahren Sie fort.«

»Ich weiß nur, was ich als Kind von meiner Großmutter gehört habe. Es geht auf die Zeit der großen Hungersnot zurück. Bis dahin war der Stein auf der Landspitze gestanden und von den Leuten in der Gegend sehr verehrt worden. Sie bezeichneten ihn als ›Gottesstein‹, und sie besiegelten Geschäfte, indem sie sich die Hände durch ihn hindurch schüttelten, was auch Paare einschloss, die heiraten wollten. Man glaubte außerdem, er besäße die Fähigkeit, Mensch und Tier zu heilen. Aber er hatte auch eine dunkle Seite an sich, es hieß nämlich, er könne Stürme auf See auslösen. Jedenfalls gab es nach der Hungersnot eine große Kampagne, die Leute in diesem Teil von Clare zu bekehren. Und der Glaube an die Kräfte des Steins wurde von den Bekehrern als heidnische Götzenverehrung angesehen, die sie mit aller Macht ausrotten wollten. Die englischen Zeitungen schilderten es sogar als Beispiel, wie stark primitiver Aberglaube an den Rändern der Britischen Inseln noch immer gedieh …« Er wartete, bis ein Hustenanfall vorüber war. Dann kippte er den Rest seines Whiskeys hinunter und stellte das Glas auf die Theke. Ich fing den Blick des Barkeepers auf, und er schenkte ihm neu ein.

»Nun kam es dazu, dass zu dieser Zeit mehrere protestantische Missionarsschulen auf der Halbinsel gebaut wurden, aber ein gewisser Pfarrer Meehan aus einem der Dörfer an der Flussmündung konnte den örtlichen Großgrundbesitzer nicht dazu bringen, dass er ihm ein Stück Land zur Verfügung stellte, auf das er eine Kirche bauen konnte. Der Priester war jedoch ein findiger Mann, und er kam auf die Idee einer tragbaren Holzkapelle – die kleine Arche wurde sie genannt –, die bei Ebbe auf den Strand hinausgefahren wurde, sodass er und der Altar vor der Witterung geschützt waren und seine Schäfchen die Messe in einer Art Niemandsland besuchen konnten. Es war ein Zustand, den alle rechtschaffen denkenden Menschen, Protestanten eingeschlossen, als ungerecht empfanden, aber er hielt mehrere Jahre lang an, während die Leute in der Gegend sich in dieser Zeit allmählich von den Praktiken in Zusammenhang mit dem Stein distanzierten. Sie dachten wahrscheinlich, und wohl zu Recht, dass der Stein die Bekehrer nur in ihren Bemühungen ermutigte, während er gleichzeitig der Forderung nach einem katholischen Gotteshaus nicht diente. Die Kirche wurde zuletzt doch gewährt. Der Stein wurde inzwischen unter Erde und Rasenstücken verborgen und war bald vergessen – aus den Augen, aus dem Sinn, wie es so schön heißt.«

»Aber wenn der Stein, wie Sie sagen, nach der großen Hungersnot versteckt wurde, wäre das in den 1850ern gewesen.«

»So ist es«, sagte er.

»Hm…« Seine Geschichte stimmte nicht mit der Chronologie der Kartografie in diesem Teil Irlands überein: Die Vermessung von Clare hatte mehr als zehn Jahre zuvor stattgefunden – und von dem Stein war keine Rede gewesen. Er war also bereits versteckt gewesen. Aber ich hatte nicht die Absicht, mit ihm zu streiten. »Danke für die Information, Mr. Costello.« Ich sah zu den Tauchern hinüber. »Ich gehe mal lieber zu meinen Freunden.«

»Ihr Vater ist vor ein paar Monaten verstorben, soviel ich weiß.«

Ich war überrascht. Ich dachte, er hätte keine Ahnung, wer ich war und würde sich auch nicht an meinen Vater erinnern.

Er musste Fotos in der Zeitung gesehen haben. P.V. Bowe war als Schauspieler durch eine Rolle in einer Fernsehserie in ganz Irland bekannt gewesen.

»Das stimmt. Er ist am ersten Juni gestorben.«

»Es tat mir leid, das zu hören. Und er war auch noch ein relativ junger Mann.«

»Siebenundsechzig.«

»Zwanzig Jahre jünger als ich.« Er nahm seinen grimmigen Gesichtsausdruck wieder an, das Licht in seinen Augen erlosch. Als ich mich an den Barhockern vorbeiquetschte, hörte ich ihn hinter mir murmeln: »Vielleicht wäre ich besser auch vor zwanzig Jahren abgetreten.«

Die andern saßen auf zwei Bänken mit hohen Lehnen an einem rechtwinkligen Tisch. Sally Hurst und Senan Costello auf der einen, Theo Mahon auf der anderen Bank. Gelegentlich wehte ein Hauch Torf von dem rauchigen Feuer im Kamin herüber.

Alle drei schienen ihren eigenen Gedanken nachzuhängen.

»Gibt es etwas Neues von der Polizei?«, fragte ich, als ich Platz nahm.

»Ja«, sagte Mahon. »Sie hatten recht, was die Identität der Frau angeht. Man hat ihren Pass und ein paar andere Dinge gefunden. Natürlich muss sie noch offiziell identifiziert werden, aber es gibt praktisch keinen Zweifel mehr.«

»Anscheinend war sie seit rund zwölf Stunden tot«, sagte Costello. »Also muss sie irgendwann in der Nacht ins Wasser gegangen sein.«

»Gott sei Dank war ihr Gesicht relativ unverletzt«, sagte Sally.

»Allerdings hatte sie Narben an den Armen«, ergänzte Costello.

»Alte Narben«, sagte Mahon mit Nachdruck.

»Wir hätten ihre Leiche niemals gefunden, wenn sie nicht an dieser Eisenspitze hängen geblieben wäre«, sagte Sally.

»Sie meinen, weil sie ins Meer hinausgespült worden wäre?«, fragte ich.

»Nein. Nach meinen Beobachtungen in den zwei Tagen hier wird alles, was in der Bucht treibt, gegen den Fuß der Klippen gespült. Sie wäre in kürzester Zeit in Stücke gerissen worden.«

»Wir sind jetzt definitiv fertig hier«, sagte Mahon. »Niemand bringt es über sich, weiterzumachen. Gleich morgen früh reisen wir ab.«

»Ich habe Sie mit meinem Großonkel reden sehen«, sagte Costello. »Von dem habe ich viel über die Geschichte unserer Gegend erfahren.«

»Hat er Ihnen einmal von dem Gottesstein erzählt?«

Costello schüttelte den Kopf. »Ich glaube nicht. Was ist das?«

»Warum sollte ich es einem wie ihm erzählen?«, unterbrach uns Derry, ehe ich antworten konnte. Er war unbemerkt zu uns herübergekommen. »Er hat alle meine Geschichten gestohlen.«

Der Neffe lachte. »Sei froh, dass sich jemand für deine ollen Kamellen interessiert.«

Derry gab ihm einen Klaps hinters Ohr. »Ich mach mich dann mal auf den Weg«, sagte er. »Ich habe von der jungen Frau gehört. Fürchterliche Sache. Aber soviel ich weiß, war sie nicht lange im Wasser. Und das ist noch eine Gnade.«

»Wie wahr«, sagte Mahon.

»Draußen in Poulatemple war das, oder?«

Mahon schaute verdutzt. Ich hatte ebenfalls noch nie von dem Ort gehört.

»So hieß die Intrinsic Bay ursprünglich, vor dem Schiffsunglück«, erklärte der Alte.

»Ach so, verstehe«, sagte Mahon. »Ja, dort haben wir sie gefunden.«

»Und rechtzeitig dazu, nicht wie das arme Mädchen in der Flussmündung.« Derry schaute sich um, als wollte er sich vergewissern, ob Einheimische in der Nähe waren. »Eins der kleinen Geheimnisse von Loop Head, was?«, sagte er, dann sah er mich aus irgendeinem Grund durchdringend an und fügte hinzu: »Die toten Knochen, die verstreut danebenlagen.«

Etwas klingelte bei mir – es stammte aus einem Stück, wahrscheinlich Shakespeare, aber ich brachte es im Augenblick nicht unter.

»Eine schöne Zeit noch hier«, sagte er, und seine Miene hellte sich wieder auf.

»Ich bin nur noch morgen hier… und besuche Bishop's Island.«

Derry stutzte. »Sie werden doch wohl nicht hinaufklettern, oder?«

Ich lachte. »Nein, das würde ich nicht riskieren. Ich werde von einem Hubschrauber abgesetzt.«

»Ich kannte einen Mann, der hinaufgeklettert ist, ob Sie es glauben oder nicht. Ende der 1930er. Sie waren zu zweit, junge Burschen damals. Der, den ich kannte, O'Reilly hieß er, kam an dem Morgen, an dem sie sich dazu verabredet hatten, frühzeitig an. Da von seinem Freund – ein Gibson, glaube ich – nichts zu sehen war, kletterte er zum Fuß der Klippen hinunter und schwamm zur Insel hinüber. Dann begann er, nach oben zu steigen. Schließlich traf auch Gibson ein, und auch er schwamm hinüber. Aber als er am Fuß der Insel ankam, schaute er nach oben und erkannte, was für eine furchterregende Aufgabe es war, die senkrechte Wand und die scharfen Felsen, die aus ihr ragten, bezwingen zu wollen. Und doch war sein Freund O'Reilly oben und sah zu ihm hinunter. ›Wie soll ich da nur je hinaufkommen?‹, ruft Gibson nach oben. ›Folge den Blutspuren!‹, schreit O'Reilly zurück.«

»Großer Gott«, rief Sally aus.

Derry lächelte. »Es war nicht so schlimm, wie es klingt. Er hatte sich nur den großen Zeh an einem Stein aufgerissen.« Er legte mir die Hand auf die Schulter. »Sie kennen sicher alle den Vater dieser Frau aus dem Fernsehen«, sagte er. »Aber ich erinnere mich daran, wie er Gedichte rezitiert hat und Texte von Shakespeare.« Er sah sich in der Kneipe um und lächelte wehmütig. »Hier, in diesem Raum.«

Der alte Mann schüttelte mir warm die Hand und ging. Die Zeile, die er zitiert hatte, war wahrscheinlich eine, die er mit meinem Vater in Verbindung brachte.

Die Gruppe verfiel wieder in Schweigen.

»Poulatemple? Habt ihr das gehört?‹«, sagte Mahon schließlich.

»Ursprünglich vermutlich ›Poll an teampaill‹«, sagte Costello.

»Und das heißt?«, fragte Sally.

»Poll – das Loch. Teampaill – von der Kirche. Das Loch, wo die Kirche ist«, erklärte Costello.

»Und so wurde es genannt, *bevor* die Eisenkirche auf den Grund sank«, sagte Mahon.

»Ich bin froh, dass wir abreisen«, sagte Sally. »Diese Bucht hat etwas an sich …« Sie schauderte.

14

Ich fuhr zum Parkplatz an den Pollock Holes, am anderen Ende der Stadt von meinem Hotel aus gesehen. Hier war der Startpunkt des Klippenwanderwegs, und es war nicht weit von der Stelle, wo ich als Kind immer geschwommen und geschnorchelt war.

Es war Ebbe, aber selbst in der Dunkelheit konnte man die Wellen sehen, die am äußeren Rand des Riffs aufschlugen wie Betttücher, die in einer windigen Nacht über die Wäscheleine flattern. Diese flache Felsplatte vor der Küste schützt die Bucht von Kilkee vor der wütenden See, in der die *Intrinsic* sank.

Das Riff liegt bei jeder Ebbe frei, und in diesen Zeiten erlernte ich das Schnorcheln in natürlichen Schwimmbecken, die auf seiner Oberseite zurückbleiben – den Pollock Holes. In den kleineren Tümpeln suchten mein Bruder Richard und ich auch nach Einsiedlerkrebsen und Seesternen. Und wir lernten, uns nicht vor dem verknoteten Blasentang oder den langen Streifen von Seegras zu fürchten, die an den Rändern der Rinnen wuchsen, die ins Meer hinausführten. Nur die Dickichte aus Riementang waren uns nicht ganz geheuer.

Und dann kam der Tag – ich war fünfzehn –, da durften wir vom Riff selbst losschnorcheln, in den äußeren Teil der Intrinsic Bay hinaus. Aber bei dieser Gelegenheit ist etwas passiert, es war eine dieser plötzlichen Veränderungen im Wesen der See, die sie zu deinem Feind machen.

An diesem Morgen herrschte bereits eine beträchtliche Dünung, aber nun brachen sich die Kronen auch noch. Dann setzte eine kalte Strömung ein, die uns allmählich von der Flutrinne im Riff wegführte, durch die wir in die offene See hinausgelangt waren und durch die wir auch wieder zurückzukommen gedachten. Mein Vater begann uns zu der Rinne zurückzuführen, aber inzwischen war Gezeitenwechsel, und rund um den Eingang krachten und schäumten Wellen. Alles, was ich unter mir und ringsum sah, waren Unterwasserfelsen, die sich aus dem Meeresboden erhoben, gesäumt von gewaltigen Riementangfeldern, die wie ein Chor lautlos kreischender Medusen in der grünen Düsternis umherwirbelten. Ich war starr vor Angst, zu keiner Bewegung mehr fähig. Mein Vater schob seine Maske hoch und schwamm zurück, um mich zu retten, während Richard Hilfe holen ging.

Das Problem war jetzt, dass ich meine Maske und den Schnorchel nicht abnehmen wollte, denn wenn ich unter Wasser nichts sah, konnte ich dem Seetang und den Steinen nicht ausweichen und wusste nicht, wo ich meine Füße aufsetzen konnte. Andererseits war es der Anblick des wogenden Tangs und der brodelnden Wellen, der mir Angst machte. Mein Vater konnte mich nicht überreden, den Schnorchel aus dem Mund zu nehmen, damit er mich wie ein Rettungsschwimmer auf dem Rücken in Sicherheit schleppen konnte – sobald ich waagrecht lag, würde ich durch den Schnorchel Wasser aufnehmen. Deshalb legte er den Arm um mich und führte mich behutsam zu einem Felsvorsprung, wo Richard und meine Mutter inzwischen warteten. Sobald wir das Riff erreichten, spürte ich die lederartige Berührung des Tangs, der an mich klatschte und nach mir griff. Mein Vater drängte mich, alle Kraft zusammenzunehmen und hindurchzuschwimmen, aber ich konnte meine Beine buchstäblich nicht bewegen. Ich langte nach unten und ertastete zu meinem Entsetzen die Maschen eines Fischernetzes, das sich um mich gewickelt hatte. Als ich versuchte, es wegzuziehen, schluckte ich Wasser und fing an zu husten. Der Schnorchel fiel mir aus dem Mund, ich schrie, ich würde festsitzen, und mein Vater erkannte, dass er handeln musste.

Er rief den beiden auf dem Felsen zu, und dann hob er mich so weit aus dem Wasser, wie er konnte. Ich streckte die Hände aus, und es gelang ihnen, mich auf das Riff zu ziehen. Während ich weinte und nach Luft rang, befreiten mich Richard und meine Mutter aus dem Netz, das unsichtbar unter Wasser getrieben war. Es stellte sich als ein Stück nicht größer als ein Kaminvorleger heraus, aber es hätte gereicht, mich zu ertränken.

Zum Teil war meine spätere Taucherausbildung der Versuch, die Angst zu überwinden, die sich an jenem Tag in mir festgesetzt hatte, und bis zu dem Zwischenfall mit Brian Pender war es mir weitgehend gelungen. Danach gab ich das Tauchen ganz auf. Ich liebte das Meer immer noch und ich konnte darin schwimmen und schnorcheln. Aber der Gedanke, aus irgendeinem Grund in die Intrinsic Bay zu gehen, erfüllte mich mit Furcht, deshalb konnte ich Sally Hursts Empfindungen gegenüber der Bucht vollkommen verstehen.

Während ich dort in meinem Wagen saß und auf das von Wellen gepeitschte Riff hinaussah, fragte ich mich, ob Sarah Baxter von hier zu ihrem Spaziergang in den Tod aufgebrochen war. Oder war sie über die Straße zum Loop Head zum Lookout Cliff gelangt? Zu Fuß oder im Wagen? War sie in letzterem Fall selbst gefahren oder – bereits tot oder sterbend – hingefahren worden?

Rechts von mir, auf der andern Seite der Bucht von Kilkee, hing der Erntemond wie ein Lampion über der Walrückensilhouette von George's Head. Er stand noch zu tief, um viel

Licht zu geben. Die wenigen anderen Fahrzeuge auf dem Parkplatz waren leer, soweit ich es im Dunkeln erkennen konnte.

Die Leute gingen zu allen Tageszeiten auf den Klippen spazieren, aber abends blieben sie normalerweise auf dem Weg. Was hatte Sarah dort hinaufgeführt? War sie entschlossen gewesen, sich in die Tiefe zu stürzen, oder hatte sie nur den Halt verloren, nachdem sie vom Pfad abgewichen war? War sie allein gewesen oder in Begleitung? Von Giles oder jemand anderem? Hatte es einen schrecklichen Unfall gegeben – oder war sie gestoßen worden?

Mit einer Taschenlampe ausgerüstet, stieg ich aus und ging den Wanderpfad hinauf. Ich hatte beschlossen, ihren Weg nachzugehen, um vielleicht zu verstehen, was passiert sein könnte. Es erschien mir natürlich, das zu tun, und ich stellte mir vor, dass Angehörige von ihr dasselbe tun würden, wenn sie nach Kilkee kamen.

Der Pfad stieg zunächst sanft an. Ich warf einen Blick nach rechts. Das Riff war genau unterhalb von mir, eine dunkle Fläche, von Spitzen aus Gischt gesäumt. Ich hörte den klagenden Ruf eines Brachhuhns über das Geräusch der Wellen hinweg, und ich wusste, dass er von einem Felsvorsprung weit draußen auf dem Riff kam – einem Sammelpunkt für Nachtvögel, ob bei Ebbe oder Flut.

Thomas Westropp, der Altertumsforscher und Volkskundler, dürfte diesen Pfad ebenfalls gegangen sein. Er begann seine Arbeit Jahrzehnte nach den Ereignissen, die Derry Costello umrissen hatte, deshalb hatte er den Gottesstein selbst nicht wahrnehmen können. Aber hatte er die Geschichte seiner Existenz, wie Costello sie erzählte, aufgezeichnet? Vielleicht nicht. Ich vermutete, dass etwas daran nicht stimmte.

Irland war im Verlauf des 19. Jahrhunderts vermessen und kartografiert worden, und dazu hatte die Erfassung aller möglichen alten Bauwerke und Denkmäler gehört. Ich wusste, dass dies für die Grafschaft Clare im Jahr 1839 geschehen war. Das Säulenkreuz wäre dabei sicher verzeichnet und die dazugehörige Klosteranlage entdeckt worden. Und doch wurden sie übersehen. Warum? Es konnte nur daran liegen, dass der Stein damals bereits verborgen war – fünfzehn Jahre *vor* der Zeit, die Derry Costello ins Spiel gebracht hatte.

Es war nicht ungewöhnlich für Irland, dass man Erzählungen hörte, denen zwar die richtigen Fakten zugrunde lagen, die sich aber nicht viel um deren Abfolge oder um zeitliche Lücken dazwischen scherten. Aber ich wurde das Gefühl nicht los, in diesem Fall seien die Fakten der einen Geschichte absichtlich dazu benutzt worden, eine andere zu stärken. Sarah Baxter hatte in Zusammenhang mit dem Schiffbruch der *Intrinsic* einen »Stein« erwähnt, der drei Jahre vor der Vermessung Clares versunken sei. Hatte sie sich auf den Gottesstein bezogen? Aber wie könnte er etwas mit einem Schiffbruch zu tun gehabt haben? Es sei denn, man glaubte wirklich, dass er die Macht hatte, Stürme zu erzeugen.

Ich grübelte eine Weile vor mich hin, bis ich bemerkte, dass der Pfad steiler wurde. Eine Fledermaus flatterte genau über meinen Kopf. Ich hielt einen Moment inne und verfolgte ihren unregelmäßigen Flug vorbei am Mond und über die Felder auf der anderen Seite des Klippenpfads. Ich wollte gerade weitergehen und überlegte, die Taschenlampe einzuschalten, da der Weg nahe am Rand des Kliffs vorbeiführte. Doch ehe ich sie einschalten konnte, sah ich, wie sich ein Stück vor mir etwas bewegte. Eine Gestalt kam den Weg herunter, etwa zwanzig Meter vor mir. Die Silhouette kam mir irgendwie bekannt vor. Ich musste den Weg rasch verlassen.

Zum Glück war ich an einer Stelle, wo eine Reihe treppenartiger Felsplatten Richtung Meer hinunterführten. Ich stieg nach unten, kauerte mich etwa drei Meter vom Pfad entfernt nieder und hoffte, dass ich nicht gesehen worden war.

Ein Mann in Parka und Wollmütze erreichte die Stelle, wo ich gestanden hatte. Ich hielt den Atem an und betete. Ohne erkennbares Zeichen, dass er mich bemerkt hatte, setzte der Mann seinen Weg nach unten fort. Ich schlich aus meinem Versteck und sah ihn im Dunkeln verschwinden. Es war Giles Kendrick.

Ich war unschlüssig, was ich tun sollte. Da ich kein Handy bei mir hatte, konnte ich niemanden verständigen. Ich würde ihm folgen müssen.

Sein Wagen sprang an, als ich noch einige Meter vom Parkplatz entfernt war. Ich begann zu laufen und wäre fast über einen Stein gestürzt, der auf den Weg gekullert war. Gleichzeitig schaltete er das Licht ein und fuhr los. Nun knipste ich endlich meine Lampe an und vergewisserte mich, dass mir keine Hindernisse im Weg lagen. Ich holte meine Wagenschlüssel heraus und entriegelte das Fahrzeug, während ich darauf zulief. Ich stieg ein, ließ den Motor an und schaltete das Licht an.

Giles Kendrick stand mit der Hand auf der Kühlerhaube vor mir.

15

Wir verharrten beide einige Sekunden reglos. Dann ging Kendrick zur Beifahrerseite.

Ein rascher Blick in den Rückspiegel zeigte mir, dass kein Fahrzeug hinter mir stand.

Kendrick war an der Tür.

In meiner Angst gelang es mir nicht, den Rückwärtsgang einzulegen, dafür drückte ich Kupplung und Gaspedal gleichzeitig durch. Der Motor heulte auf.

Kendrick riss die Tür auf. »Stellen Sie den verdammten Motor ab«, sagte er mit heiserer Stimme.

Ich fand den ersten Gang, der Wagen machte einen Satz nach vorn, aber Kendrick packte den Haltebügel am Dach und schwang sich halb auf den Sitz. Mit offener Tür kurvten wir über den Parkplatz. Die Innenbeleuchtung war an, und er entdeckte die Taschenlampe, die ich auf den Sitz geworfen hatte. Während er sich mit einer Hand weiter an dem Bügel festhielt, griff er mit der anderen nach der Lampe und schlug sie heftig auf meine Knöchel am Lenkrad. »Los, schalten Sie ihn aus!« Er hob die Lampe erneut, um einen zweiten Schlag zu landen.

Ich bremste scharf, aber der Schwung beförderte ihn nur sicherer auf seinen Sitz.

Er schlug die Tür zu, und das Innenlicht ging aus.

Ich stellte den Motor ab.

Mein Atem ging stoßweise.

Er schaltete die Innenbeleuchtung wieder ein.

Ich hielt mir die schmerzende Hand.

»Tut mir leid, dass ich das tun musste«, sagte er und streckte die Hand nach meiner aus.

Ich zog meine Hand rasch fort und langte nach dem Türgriff, bereit, aus dem Wagen zu springen. Aber welche Chance hatte ich, ihm zu entkommen? Und womöglich machte es ihn noch wütender, wenn ich zu fliehen versuchte. Ich sah ihn zornig an. »Rühren Sie mich nicht an.«

Kendrick legte die Lampe beiseite und hob beschwichtigend beide Hände. »Hören Sie mir nur einen Moment zu.« Er lehnte sich an die Beifahrertür. »Bitte.«

Ich wandte ihm das Gesicht zu, behielt die Hand aber am Türgriff. Bei der geringsten Bewegung von ihm würde ich mein Heil in der Flucht suchen.

»Als ich eben zum Parkplatz kam, fuhr gerade ein Wagen los. Ich blieb zurück, bis er außer Sicht war, und dann bemerkte ich Ihre Taschenlampe. Ich versteckte mich neben dem Weg, und als ich Sie vorbeilaufen sah, nahm ich an, Sie seien mir gefolgt und würden zur Polizei gehen.«

Ich schüttelte den Kopf. »Ich war nur spazieren.«

»Nachts? Ganz allein?«

»Ich kenne diese Gegend seit meiner Kindheit. Ich hatte nie einen Grund, mich zu …«

»Fürchten? Bis jetzt, meinen Sie? Glauben Sie mir, von mir haben Sie nichts zu befürchten.«

»Ach, ja? Warum verstecken Sie sich dann vor der Polizei? Haben Sie Sarah getötet?«

»Nein. Aber ich versuche herauszufinden, wer es war.« Er zog seine Mütze vom Kopf.

»Wann haben Sie erfahren, dass ihre Leiche gefunden wurde?«

»Das Hotel hatte meine Handynummer. Der Sergeant rief

an und sagte es mir. Wollte natürlich wissen, wo ich sei. Ich habe einfach das Handy ausgeschaltet.«

»Heute Morgen … Sie sagten, Sarah sei mit dem Bus weggefahren …«

»Das war gelogen. Wir hatten einen fürchterlichen Streit. Ich war mir sicher, dass ihn das ganze Hotel gehört hatte – zumindest Sarahs Beitrag –, und sie würden es der Polizei erzählt haben. Ich musste verschwinden, bevor ihre Leiche gefunden wurde.«

»Dann wussten Sie also bereits, dass sie tot war? Aber wie?« *Weil er sie getötet hat, Illaun, deshalb.* Die Stimme in meinem Kopf war wie ein Rauchmelder, den ich zu ignorieren versuchte, während mir das Zeug bereits in der Lunge brannte.

»Von SMS, die sie mir letzte Nacht geschickt hat. Ich habe sie erst heute Morgen gesehen. Ich habe versucht, sie zu erreichen, aber es war zu spät. Dann bin ich hier herausgelaufen und habe den Wagen gefunden. Ich konnte mir denken, wohin sie gegangen war … um …« Seine Stimme versagte.

»Sind Sie selbst die Klippen hinaufgegangen?«

Er sah mich sonderbar an.

»Um sie zu suchen, meine ich.«

»Ja, ich war oben. Aber ich wusste, dass es zu spät war, um sie zu retten.«

»Vor wem zu retten? Wer, glauben Sie, hat sie von der Klippen gestoßen?«

»Nicht wer, sondern *was*.« Ein manisches Funkeln war in seinen Augen, von der Brille vergrößert.

Mein Gefühl der Beklemmung war so stark, dass mir das Atmen schwerfiel. »Ich denke, Sie sollten zur Polizei gehen und erzählen, was passiert ist, Giles. Ich bin mir sicher, man wird Ihnen glauben.«

»Das ist absoluter Quatsch, und Sie wissen es. Sie halten

mich offenbar selbst für verrückt, welche Chance hätte ich dann bei der Polizei?«

»Ich versuche ja zu verstehen, was Sie sagen. War nun noch eine Person an Sarahs Tod beteiligt oder nicht?«

»Ja. Und das hier beweist es…« Er wühlte in seiner Tasche. »Sie kennen die Bank auf dem Weg hinauf zum Lookout Point? Wo man sitzen und auf die Bucht hinunterschauen kann. Das hier steckte zwischen dem Sitz und der Betonauflage.«

Das Scheinwerferlicht eines Wagens, der in den Parkplatz bog, strich über die Fenster.

Kendrick öffnete die Hand und zeigte mir eine Traube grüner Bernsteinperlen.

»Ich weiß nicht, ob ich Ihnen folgen kann«, sagte ich.

Er ließ das Halsband an seinen Fingern baumeln. Die Lichter des Wagens, der jetzt hinter uns parkte, ließen die Bernsteinperlen leuchten, und ich sah, dass mehrere Symbole in sie gebrannt waren. Eins davon war unverkennbar die heilige Eiche der Romuva.

Kendrick schielte nervös in den Außenspiegel. »Sarahs Halsband. Ich glaube, sie wollte, dass es gefunden wird.«

»Warum?«

»Wer immer es ihr gab – verdammt, das ist die Polizei!« Er schaltete die Innenbeleuchtung aus.

Ich sah den unbeleuchteten Streifenwagen im Rückspiegel. Ich bewegte mich nicht, um keine Reaktion von Kendrick zu provozieren. Bestimmt würde ich gerettet werden, wenn ich Ruhe bewahrte.

Plötzlich schlang er die Arme um mich. »Tun Sie, als würden wir uns küssen«, sagte er und vergrub das Gesicht in meinem Haar.

Ich war so verdutzt, dass ich mich im ersten Moment nicht wehrte.

Der Streifenwagen hielt neben uns, und der Beamte auf dem Beifahrersitz leuchtete mit einer Taschenlampe in mein Fenster.

Ich wollte Kendrick wegstoßen, aber er presste mich mit seinem Gewicht gegen die Tür. Ich versuchte, den Kopf abzuwenden, aber er wölbte die Hand um meinen Hinterkopf und hielt mich fest.

Der Polizist schaltete die Lampe aus, der Streifenwagen setzte zurück und fuhr dann langsam an dem einzigen anderen Auto auf dem Parkplatz vorbei. Es war nicht das, in dem ich Kendrick am Morgen gesehen hatte.

Er hob den Kopf. »Ich habe ein anderes Auto gemietet. Mir war klar, dass sie nach dem ersten suchen würden.«

Der Streifenwagen war auf dem Weg zurück in die Stadt.

Kendrick lockerte seine Umarmung, und ich stieß ihn von mir.

»Ich hoffe, das war nicht allzu unangenehm«, sagte er.

»Ich finde nichts von alldem angenehm. Lassen Sie mich einfach gehen.«

»Damit Sie der Polizei alles sagen können? Kommt nicht infrage.« Er steckte das Halsband weg.

»Was sagen? Dass Sie abstreiten, Sarahs Tod verursacht zu haben? Dass Sie eine Limousine fahren, keinen Kombi? Das wird sie schwer beeindrucken. Was sie interessiert, ist, wo Sie sich versteckt halten, und das kann ich ihnen nicht sagen, oder? Außerdem werden Sie nur Aufmerksamkeit erregen, wenn Sie versuchen, mich festzuhalten.«

Kendrick grübelte darüber.

»Also gut«, sagte er. »Geben Sie mir Ihr Handy.«

»Ich habe es nicht bei mir. Sonst hätte ich es schon benutzt, als ich Sie oben auf dem Pfad sah.«

»Dann geben Sie mir Ihre Autoschlüssel. Wir fahren in meinem Wagen zu Ihrem Hotel. Ist Ihr Zimmer von außen zu sehen?«

»Ja. Wieso fragen Sie?«

Er antwortete nicht. Wir stiegen in seinen Wagen, und er fuhr zum Ocean Cove. Bis er davor hielt, wechselten wir nicht ein Wort.

»Welches Zimmer ist Ihres?«

»Das dort. Im ersten Stock.« Ich zeigte darauf.

»Gehen Sie direkt nach oben und schalten Sie das Licht dreimal ein und aus. Wenn ich Ihr Signal nicht sehe, sehen Sie Ihr Auto nie wieder.«

16

Auf dem Weg nach oben begriff ich, dass sich Kendrick ein wenig mehr Zeit erkauft hatte, indem er mich davon abhielt, ins Hotel zu stürzen und die Person am Empfang zu bitten, die Polizei zu rufen. Um mich davon zu überzeugen, dass ich recht hatte, ließ ich das Licht aus, als ich ins Zimmer kam, und schob die Tür zum Balkon auf. Von Kendricks Wagen war vor dem Hotel nichts mehr zu sehen. Ich ging zurück ins Zimmer und schaltete das Licht ein. Im selben Moment rief jemand von der Hotelrezeption an, um mir mitzuteilen, meine Wagenschlüssel seien am Empfang abgegeben worden.

Ich setzte mich einen Moment aufs Bett und rieb mir die Knöchel. Trotz seines aggressiven Verhaltens glaubte ich Kendricks Behauptung, er habe mit Sarahs Tod nichts zu tun. Und obwohl ich froh war, ihn los zu sein, hätte ich gern gewusst, was er sonst noch zu sagen hatte. Er schien zu glauben, dass der ursprüngliche Besitzer des Halsbands wusste, was Sarah zugestoßen war, oder sogar dafür verantwortlich war. Handelte es sich dabei um Jonas Zitaras?

Und was hatte es mit diesem merkwürdigen Zusammenhang zwischen Lena Morrison und Sarah Baxter auf sich, dass in beiden Fällen ein Schmuckstück auf den Klippen gefunden wurde? – War das wirklich nur Zufall?

Es erschien mir wenig sinnvoll, der Polizei etwas davon oder von meiner Begegnung mit Kendrick zu erzählen. Früher oder später würden sie ihn ohnehin kriegen.

Ich wollte gerade zu Bett gehen, als mir die Papiertasche vom Plattenladen ins Auge sprang. Ich stellte den Laptop auf den Schreibtisch und legte die CD von Gyna ein. Während ich mir das Album anhörte, sah ich einige der fossilen Websites und Geisterblogs an, die der nicht mehr existierenden Band gewidmet waren. Ich wollte sehen, was sie über Sarah Baxter sagten.

Die Fotos auf ihrer vermutlich ersten eigenen Site zeigten die vier Bandmitglieder mit extravaganten Frisuren und stark geschminkt; auf einem Gruppenfoto waren sie mit durchsichtigen, gazeartigen weißen Kleidern zu sehen, auf einem anderen in eng sitzendem schwarzem Satin mit jeder Menge Dekolleté. Die Vorsilbe *Gyn*, so wurde erklärt, gehe letztendlich auf ein indogermanisches Wort zurück, von dem auch »queen« stammte, und das Ziel der Gruppe sei es, »die Göttin im Lied zu feiern und so dazu beizutragen, dass ihr rechtmäßiger Platz in der westlichen Kultur wiederhergestellt wird. Und wo es Lücken in der auf die Göttin ausgerichteten Musiküberlieferung gibt, haben wir uns auf unsere Fantasie und unser musikalisches Wissen gestützt, um diesen Mangel auszugleichen.«

Während ich zuhörte und gelegentlich die Komponisten nachsah, wurde mir klar, dass es sich größtenteils um Eigenkompositionen handelte, und keine sehr guten dazu: Es war fad, uninspiriert und wenig anregend. Die Lieder waren alle einem gewissen Andrew Samwell-Wright zugeschrieben, der auch der Produzent der CD war. Ich hatte den Verdacht, Gyna war ein plumper Versuch, mit einem bestimmten Trend Kohle zu machen.

Die Gruppenmitglieder hatten jeweils ihren eigenen Blog begonnen, aber sie waren mit ihren Einträgen nicht sehr weit gekommen. Sarah beschrieb sich als »wie eine Sternschnuppe einem patriarchalischen, männlich dominierten Universum entkommen«, in dem »die weibliche Sexualität viel zu lange unterdrückt wurde«, aber »damit wir uns nicht falsch verstehen, von Zeit zu Zeit lasse ich mich gern richtig verwöhnen«.

In dieser Art ging es weiter – forsch und schrill, und irgendwie altbacken.

Auf der Gyna-Seite gab es keine Rezensionen des Albums, aber ich entdeckte andernorts einige – größtenteils ablehnend. Dann stieß ich auf einen Artikel aus einem Online-Musikmagazin, das von Dissonanzen in der Gruppe sprach, bevor sie noch zu ihrer ersten Tour durch Großbritannien aufbrachen. »Da das Verhalten gewisser Bandmitglieder bereits einige ihrer Live-Auftritte gefährdet hat, fragt man sich, wieso die gerade dem College entschlüpften Gyna gleich auf eine anstrengende landesweite Tour geschickt werden mussten.«

Es waren Live-Auftritte aufgeführt, unter anderem bei einem sogenannten »Hexenfest«, aber eine Reihe von Konzerten war offenbar mit der Begründung abgesagt worden, dass »Sarah unpässlich« sei.

Gyna war anscheinend eingegangen, bevor die Gruppe richtig begonnen hatte.

Aber ich hatte etwas in Erfahrung gebracht. Auch wenn Sarah nur einen Bruchteil von dem »Göttinnen«-Gerede der Gruppe unterschrieb, hatten sie und Zitaras etwas gemeinsam, was ihren Glauben anging. Nahm Kendrick an, dass heidnische Anschauungen irgendwie eine Rolle bei ihrem Tod gespielt hatten?

Ich beendete meine Recherche in Sachen Gyna, aber da ich den Laptop schon anhatte, beschloss ich, meine E-Mails nachzusehen. Zu meiner Überraschung fand ich eine Antwort von Peter Groot vor.

Hey – ich dachte, du wärst von der Außenwelt abgeschnitten. Verdammte E-Mail, es geht nicht mit ihnen, es geht nicht ohne sie. Wie mit Männern, was?
Jedenfalls, was unsere kleine Zusammenkunft betrifft: Sagte ich Weihnachten? Wie wär's mit November?
Folgendes ist nämlich passiert. Heute kam eine Einladung an Mr. und Mrs. Groot – davon gab es erst eine in meinem Leben: meine Mutter –, an einer einwöchigen Konferenz auf Teneriffa teilzunehmen, Beginn am 10.11. Konferenzthema ist der versunkene Kontinent – ja, tut mir leid, Atlantis.
Ich vermute, du rümpfst die Nase bei der Vorstellung, eine Touristeninsel zu besuchen, und erst recht bei dem Gedanken an die Spinner am Rand deines Berufsfelds.
Aber bist du nicht neugierig? Etwa, wieso ein bloßer Pathologe zu einer Veranstaltung eingeladen wird, die eher in dein Fach schlägt?
Gib es schon zu: Du bist neugierig.
Die Antwort: Mumien. Die vertrockneten Überreste des vorspanischen Guanche-Volks. Faszinierend. Umstritten. Bekannt für ihren trockenen Humor!
Mrs. Groot und ich sind eingeladen, sie aus einem Grund zu untersuchen, zu dem ich noch nicht ganz vorgedrungen bin. Zu der rundum finanzierten Reise – Hotels, Restaurants, Ausflüge, Unterhaltung – gehört auch unbeschränkter Zugang zu allen Museen auf der Insel, darunter das Museo Arqueológico und Thor Heyerdahls Pyramidenpark in Guimar.
Für jemanden, der erwägt, selbst ein Museum aufzubauen – hast du das schon entschieden? –, könnte es eine einzigartige Gelegenheit sein, etwas zu lernen. Muss ich noch mehr sagen?
Pete.

Mumien. Na, wenn das kein Weg ist, das Herz einer Frau zu erobern, dachte ich.

Es stimmte, dass ich überlegte, die Einladung zum Aufbau eines archäologischen Museums anzunehmen, und in der Anfangsphase des Projekts würde der Besuch verschiedener moderner Museen rund um die Welt zu den Attraktionen des Jobs gehören. Die Aussicht, meine Recherchen und ein Wiedersehen mit Peter Groot verbinden zu können, machte die Reise nach Teneriffa zu einem attraktiven Vorschlag, aber es war wohl kaum ein Grund, das Jobangebot anzunehmen. Sollte ich Peter jetzt hinhaltend antworten, bis ich weiter darüber nachgedacht hatte? Er würde es wohl kaum begrüßen. Subtilität war nicht sein Ding, wie er selbst gesagt hatte. Aber es hieß, vorschnell gegenüber dem Stadtrat zu handeln, wenn ich mich benähme, als hätte ich den Job bereits. Es gehörte sich, ihnen zuerst Bescheid zu geben – *falls* ich den Posten annahm. So oder so gingen mir zu viele andere Dinge im Kopf herum, als dass ich es jetzt entscheiden konnte.

17

Subtilität war auch nicht das Ding von Barry McGann. Aber Peter Groot war ein Muster an Zurückhaltung im Vergleich zu ihm.

Seine ersten Worte an mich waren: »Gus hat mir erzählt, dass Sie nicht übel aussehen. Aber er hat nichts davon gesagt, dass Sie ein bisschen klein geraten sind.«

Ich hatte das Knattern des Hubschraubers gehört, als ich das Hotel verließ, und er war über mich hinweggerattert, als ich die Straße zum Crabshell hinaufging. Bis ich die Rückseite des Restaurants erreicht hatte, hatte McGann den eleganten, kirschroten Helikopter bereits gelandet, und seine Passagiere waren auf dem Weg zum Golfclub. Die Cockpit- und Kabinentüren waren offen, und er lehnte mit verschränkten Armen draußen am Rumpf. Der Firmenname lief in Weiß mit Streifen oben und unten über den ganzen Heckausleger – *Helicopters for Hire.*

McGann sah umwerfend gut aus – freches Lachen, gemeißeltes Kinn und Augen wie dunkle Schokolade –, und er dehnte seine Worte mit dem Selbstvertrauen eines Mannes, der es wusste. Ich wurde an Gesichter in einer Fotosammlung erinnert, die ich kürzlich in einem alten Koffer meines Vaters gefunden hatte: PR-Bilder aufstrebender junger Schauspieler, mit denen er in verschiedenen Stücken aufgetreten war, die meisten davon – Stücke wie Schauspieler – längst vergessen. Und McGanns Uniform aus blauer Hose, tadellos weißem

Hemd und blaugoldenen Epauletten auf den Schultern verstärkte den Eindruck einer Person, die eine Rolle spielte.

»Gibt es Ihnen das Recht, die Leute anzusprechen, wie Sie wollen, wenn Sie jemanden im Hubschrauber transportieren?«

»Nein. Ich sage immer und überall, was mir beliebt.«

»Tja, vielleicht wäre es besser für Sie, Sie würden sich ein paar Umgangsformen aneignen.«

»Wirklich?« McGann errötete. Mein Stachel hatte gesessen. Vielleicht ist er nicht an Leute gewöhnt, die ihm Widerstand leisten, dachte ich. Es zeigte jedenfalls, dass er unsicher war. »Und hält mein Mangel an Umgangsformen Sie davon ab, mit mir zu fliegen?« Er richtete sich ganz auf, und ich sah, dass er selbst nicht der Größte war, aber er war schlank und wohlproportioniert.

»Nicht, wenn Sie versprechen, aus meinem privaten Luftraum zu bleiben.«

Er grinste. »Sie sind ein bisschen eine Schlaumeierin, was?« Er blinzelte. »Aber ich kann munteren Frauen nicht widerstehen. Kommen Sie.«

Er wies mich an, einen Fuß auf eine Stufe parallel zu den Kufen zu stellen. »Von hier hinten werden Sie eine ungehinderte Aussicht nach allen Seiten haben«, sagte er und half mir in die Kabine, wo es eine Reihe mit vier Sitzen gab. »Und ich komme nicht in Versuchung, meine Hand auf Ihr Knie zu legen.«

»Ich hatte keine Sightseeingtour vor«, sagte ich kühl.

»Ich nenne es lieber einen Himmelsritt«, sagte er. »Fünf Minuten, kein Vorspiel.«

Ich nahm den Sitz am linken Fenster, da die Küstenlandschaft größtenteils von dieser Seite zu sehen sein würde, aber ich konnte auch durch das andere Fenster blicken und ebenso vorn hinaus. Er schloss die Kabinentür, kletterte auf seinen

Sitz und drehte sich um, um mich zu instruieren, wie man Gurt und Kopfhörer benutzte, wie man das Mikrofon bediente und wie man gefahrlos ausstieg.

Die Rotorblätter begannen sich zu drehen, als ich nach draußen blickte und Michael Carmody bemerkte, der uns ein Stück entfernt beobachtete. McGann bemerkte ihn zur gleichen Zeit und zeigte ihm den erhobenen Daumen. Carmody schüttelte langsam den Kopf, dann wandte er sich wieder in Richtung Restaurant.

Wir hoben ab, und es schien nur Sekunden zu dauern, bis wir hoch über der Küste waren. Meine Erinnerungen und Bilder vom Vortag verblassten angesichts der Szenerie unter mir – einer vertrauten Landschaft, die durch den Blickwinkel und die Höhe, aus der ich sie sah, fremdartig wirkte. Ich sah, wie sich die Halbinsel von einer Seite zur andern neigte, von den schroffen Höhen der Atlantikküste zu den sanfteren Linien der Flussmündung in der Ferne mit ihrer Kette von kleinen Häfen und Anlegestellen. Dahinter, jenseits der breiten Shannon-Mündung, erhob sich das gebirgige Kerry.

Wir flogen aufs Meer hinaus und beschrieben dann einen Kreis, und für einen Moment schien ich seitlich hoch über dem Ozean zu hängen. Die Fläche unter mir sah weniger wie gewelltes Wasser aus als wie die mit silbergrauen Rüschen besetzte Haut eines gebratenen Fischs. Es war schwer zu glauben, dass sich darunter das Äquivalent eines zweiten Planeten abspielte.

McGann flog von Norden her über George's Head und hielt sich dann parallel zur Küste, mit Kilkee links von uns. Ich verstand auf Anhieb, warum die sandige Bucht ein so ruhiger Hafen war. Sie war das klassische Beispiel eines geschützten Strands, mit einem äußeren und inneren Verteidigungsring; der äußere wurde von den krabbenartigen Zangen von

George's Head und dem Riff gegenüber gebildet. Dahinter lief die Küstenlinie von beiden Seiten spitz zu, bis sie am Edmond Point auf einer Seite und dem felsigen Bereich rund um den Kai auf der anderen ihre engste Stelle erreichte. Dann öffnete sie sich wieder, um die wie eine Muschel geformte Bucht mit ihrem Strandbogen zu bilden.

Als wir über das Riff flogen, meldete sich McGann über die Sprechanlage. »Man sieht mehr vom Riff über dem Wasser als sonst. Ein sehr niedriger Gezeitenstand, unterstützt von einem ablandigen Wind.«

»Hey, ich sehe mein Auto«, sagte ich wie ein leicht abzulenkendes Kind. Es war der einzige Wagen auf dem Parkplatz.

McGann neigte den Hubschrauber und steuerte auf den Parkplatz zu. Ich fühlte mich wie in einer Szene von *Black Hawk Down* – eine schwindelerregende Perspektive, die Menschen nur durch die Errungenschaft des Fliegens zugänglich ist.

»Wie kommt es, dass Sie Ihr Gefährt dort zurückgelassen haben?«, fragte er.

Ich musste überlegen. »Ich war gestern Abend auf den Klippen und bin über die Straße zurückgelaufen. Es war schon zu dunkel, um den Pfad zu gehen.«

»Sie sind gestern Abend zu den Klippen hinaufgegangen?«

»Es war noch hell, als ich aufgebrochen bin.« Ich wollte es nicht weiter vertiefen. »Hey, das ist ja fantastisch …«

McGann flog jetzt ziemlich tief, sodass mir die hohe Geschwindigkeit bewusst wurde, mit der wir unterwegs waren. Plötzlich schossen wir über die sechzig Meter hohen Klippen hinaus und begannen, die Intrinsic Bay zu überqueren. Es war im Wortsinn atemberaubend. Und von diesem Aussichtspunkt aus sah man, wie die Klippen mit zahlreichen Löchern und Höhlen durchsetzt waren; einige davon gingen geradewegs durch den Fels und bildeten Bogen.

Als wir wieder landeinwärts flogen, sah ich grüne Wiesen unter einem klaren blauen Himmel, die dunklen Klippen und Landspitzen stachen deutlich aus dem Meer, das jetzt wie ein Saphir funkelte. Aber etwas war merkwürdig an dieser markanten Trennung von Meer und Küste. Es war nicht nur die veränderte Perspektive. Was war anders?

Dann dämmerte es mir. Wahrscheinlich zum ersten Mal in meiner Erfahrung fehlte der spitzenartige Besatz aus Gischt entlang der Felsküste der Halbinsel. Anstelle von Wellen, die sich an den Klippen brachen, säumte ein Streifen hell gefärbter Felsen den Wasserrand. Wie McGann gesagt hatte, war die Ebbe niedriger als gewöhnlich und legte die unterseeische Küstenlinie frei.

Entlang der Klippen in der Intrinsic Bay war auf dem Streifen zwischen Wasser und Land eine weitere Linie aufgetaucht: ein glänzender Besatz aus selten freiliegendem Seetang, der von den Felsen hing. Es gab nur eine Abweichung von seiner horizontalen Linie: Nicht weit vom Fuß des Lookout Cliffs hing ein Vorhang aus Seegras wie die Stangen eines Fallgitters an dem aufwärts strebenden Bogen einer unterseeischen Öffnung.

Bishop's Island lag nun vor uns, aber wir schwenkten wieder nach Westen aufs Meer hinaus, wobei McGann die Maschine gleichzeitig höher zog.

Von oben sah Bishop's Island wie ein Stück vom Festland aus, das sich gelöst hatte und ein wenig abgetrieben war. Es stand außer Frage, dass es früher eine Landspitze gewesen war, aber natürlich hatte sie sich nicht bewegt – das Meer war zwischen ihr und dem Festland eingedrungen. Und mein Gefühl sagte mir, dass es passiert war, nachdem sich die Mönche dort niedergelassen hatten, nicht vorher. Warum sollten sie einen praktisch unzugänglichen Ort besetzen, der nur einen

Steinwurf vom Land entfernt war, um auf diese Weise extrem abgeschnitten zu sein, während ihnen die erstrebte Abgeschiedenheit gleichzeitig fehlte, da ihr Treiben für jeden sichtbar war, der vorbeikam?

Früher als erwartet, schwebten wir nur wenige Meter über der Mitte der Insel.

»Ich habe mich vorhin umgesehen«, sagte McGann. »Direkt unter uns ist ein kahler Fleck. Es ist ein Stück von den Ruinen entfernt, aber ich würde lieber hier landen als auf dem Gras.«

Damit setzte er den Helikopter auf. Keine drei Minuten später flog er über die Intrinsic Bay zurück. Ich war allein auf Bishop's Island.

Von meinem Standpunkt sah es jedoch aus, als ginge das Festland nahtlos weiter. Und von den Klosterruinen war nichts zu sehen. Mein erster Gedanke war, dass McGann einen Fehler gemacht und mich auf einer nahen Landspitze abgesetzt hatte. Dann setzte ich mich in Bewegung, und jetzt fiel mir auch ein, dass die Insel zum Meer hin abfiel. Bald sah ich die Ruinen etwa fünfzig Meter entfernt und dahinter die Klippen, auf denen ich einige Tage zuvor gesessen war.

18

Eine knappe Stunde später hatte ich eine erste Inspektion der Ruinen abgeschlossen. Die vom Festland aus sichtbaren Gebäude waren eine kleine, aus Trockenstein errichtete Kirche ohne Dach und eine teilweise eingestürzte Bienenkorbhütte. Aus der Nähe betrachtet, erkannte man deutlich, dass die Steinkirche ursprünglich dem berühmten Gallarus-Oratorium in Kerry ähnlich gewesen war, mit seiner Bauweise, die an ein kieloben liegendes Schiff erinnerte. Die Bienenkorbhütte hatte dieselbe Form wie die berühmten Behausungen auf Skellig Michael, aber sie war in einem schlechten Zustand. Wahrscheinlich hatte sie zwei oder drei Mönchen Platz geboten.

Aber es gab auch Überreste von weiteren Gebäuden und Mauern. Dazu einige aufrecht stehende Grabsteine, eine flache Grabplatte im Innern der Kirche und eine nicht beschriftete Steinsäule gefährlich nahe an der nördlichen Steilwand. Die Menge der Ruinen legte die Vermutung nahe, dass es sich nicht um eine Einsiedelei gehandelt hatte, sondern um ein kleines Kloster – wenn auch eines mit stark asketischen Werten.

Die frühen irischen Mönche wurden von den Wüstenklöstern Ägyptens inspiriert. Kleine Gruppen von Männern oder Frauen verließen ihr Zuhause und siedelten an abgelegenen Orten wie diesen, nur dass sie statt Hitze, Sand und Trockenheit Regen, Kälte und Sturm zu ertragen hatten. Manchmal lebten einzelne Mönche isoliert in Höhlen oder Felsunterständen. Häufig befanden sich diese Orte aber in Reichweite des Klosters, sodass der Einsiedler ernährt oder gepflegt werden konnte, wenn er krank war.

Nachdem ich meine Neugier fürs Erste befriedigt hatte, ging ich zu der Seite hinüber, die dem Festland gegenüberlag. Das Gras unter meinen Füßen war büschelig und uneben, und die Erde war durchlöchert von etwas, das ich für verlassene Höhlen von Lunden hielt, die sich jahreszeitlich bedingt im offenen Atlantik aufhielten. Ich musste also vorsichtig auftreten, als ich mich einem Abschnitt des Randes näherte, wo ein langer, grasbewachsener Hang nach unten verlief, ehe er zu einer senkrechten Steilwand abfiel.

Ich legte mich auf den Bauch und kroch über das Gras, bis ich in die Tiefe blicken konnte. Der Felssockel, der dem Fuß der Klippen entsprang, lag jetzt vollständig frei und spannte sich über zwei Drittel der Meerenge zwischen Insel und Festland. Wenn der Meeresspiegel im frühen Mittelalter nur einige Meter niedriger gelegen hatte, war noch mehr von der Felsplatte bei jeder Ebbe zu trockenem Land geworden. In diesem Fall war die Frage unerheblich, wann die Landbrücke zum Festland eingebrochen war. Die Mönche hatten auf andere Weise zu ihrem Kloster gelangen können, ehe der ansteigende Meeresspiegel diesen Weg schließlich unmöglich gemacht hatte.

Die beiden Jungen, von denen Derry Costello gesprochen hatte, dürften bei ähnlichen Bedingungen wie diesen hinübergeschwommen sein, und ich stellte mir vor, wie sie sich die Steilwand hinaufmühten, um den grasbewachsenen Hang zu erreichen, auf dem ich lag. Es gab auch Berichte aus dem 19. Jahrhundert von Bauern, die ihre Schafe auf die Insel getrieben hatten, um sie hier oben grasen zu lassen, aber wie das gegangen sein sollte, überstieg meine Vorstellungskraft.

Ich kehrte zu den Ruinen zurück und fotografierte sie von innen und außen. Eben wollte ich die kleine Kirche verlassen, als mir auffiel, dass die Erde rund um die Grabplatte in der Mitte aussah, als sei sie frisch umgegraben worden. Ich kniete nieder und sah, dass die Platte auf einer Seite vor Kurzem eingesunken war. Ich fragte mich, was daran schuld sein mochte, und konnte mir nur vorstellen, dass kreuz und quer verlaufende Höhlen von Lunden unter dem Stein das Erdreich geschwächt und den Stein zum Absinken gebracht hatten.

Ich ging nach draußen und setzte mich mit dem Rücken zu einem überwachsenen Hügel aus Mauerwerk, das vielleicht einmal der Sockel einer Wand gewesen war. Ich holte meinen Zeichenblock hervor, doch ehe ich mich an ein paar Skizzen machte, beschloss ich, etwas Sonnencreme aufzutragen. Als ich mich eben eincremte, bemerkte ich, dass ich beobachtet wurde. Ein Mann und eine Frau hatten sich drüben auf dem Festland an derselben Stelle niedergelassen wie ich vor zwei Tagen. Trotz des heißen Tages trugen sie grüne Anoraks und waren mit Fernglas *und* Teleskop ausgerüstet, beide direkt auf mich gerichtet. Ich ärgerte mich darüber, so eingehend studiert zu werden, deshalb gab ich ihnen umgehend in gleicher Münze zurück und starrte meinerseits mit dem Fernglas zu ihnen hinüber. Wobei ich dann entdeckte, dass sie gar nicht mich beobachteten, sondern aufs Meer hinausschauten – Vogelbeobachter, die Seevögel auf ihrer herbstlichen Wanderung sehen wollten.

Ich kümmerte mich nicht weiter um sie und begann, die Ruinen ringsum zu skizzieren. Dabei fiel mir ein, dass der Chor, in dem ich sang, einmal anlässlich einer Priesterordination das

»Mönchsgebet« gelernt hatte, ein frühes irisches Gedicht, das vertont worden war:

Ich stehe heute auf und blicke aufs Meer,
Die Sonne an meiner Schulter,
Das süße Joch des Erlösers auf dem Rücken.
Über mir singt die Feldlerche,
Wale stöhnen in der Tiefe,
Vom Süden kommt ein warmer Wind.

Doch bald wird Winter sein:
Krachende Wellen, Regennässe, eisige Gischt
Und das Heulen des Winds.
Lieber Gott beschütze uns auf unserm Felsen,
Doch sollten wir ins Meer gespült werden,
Dann fang uns auf in Deinen Netzen.

Das Gedicht war mir eben wieder in den Sinn gekommen, weil es die spirituelle Wechselwirkung mit der Natur zusammenfasste, die ein Mönch an einem Ort wie Bishop's Island empfunden haben musste. Und doch war der Gedanke, auf diesem kahlen Felsen zu überwintern, erschreckend. – Konnte es sein, dass die Niederlassung nur während des Sommers bewohnt gewesen war, nicht das ganze Jahr über?

Gegen Mittag nahm ich einen Imbiss zu mir. Während ich meine Sandwiches aß, schaltete ich zum Zeitvertreib mein Handy ein, nur um festzustellen, dass es kein Netz gab. Was sollte ich also tun, wenn ich hier strandete? Zu Touristen auf dem Festland hinüberrufen? Ich sah auf die andere Seite, aber die Vogelbeobachter waren weitergeradelt. Ich entdeckte sie auf der Küstenstraße, wo sie bald darauf aus dem Sattel stiegen, als diese hinter dem Lookout Cliff anstieg.

Ich stopfte die Plastiktüte von meinen Sandwiches in den Rucksack zurück und holte einen Apfel hervor, den mir das Hotel zusammen mit zwei Bananen eingesteckt hatte. Als der Apfel aufgegessen war, hatte ich kein Problem damit, den Butzen wegzuwerfen, da ich wusste, er würde anderen Geschöpfen als Nahrung dienen, etwa den beiden schwarzen Alpenkrähen, die ich nahe der Steinsäule mit ihren roten Schnäbeln im Boden picken sah. Das brachte mich zu der Frage, ob die Mönche einen Abfallhaufen betrieben hatten. Klösterliche Mülldeponien finden sich häufig in der Nähe des Refektoriums, aber hatte ein solches Gebäude auf Bishop's Island jemals existiert? Es könnte natürlich aus Holz oder Grasnarbe gewesen sein, und man würde nichts mehr davon sehen. Aber der Abfallhaufen würde überdauern. Von allem, was ich ringsum gesehen hatte, war ich am stärksten von einem Erdhügel angetan, der in Form und Höhe anders war als die übrigen grasbewachsenen Erhebungen, denen eingestürztes und überwachsenes Mauerwerk zugrunde lag. Ich schlenderte zu ihm hinüber, kauerte nieder und begann vorsichtig, in der weichen, feuchten Erde zu scharren, nachdem ich ein postkartengroßes Stück Rasen mit meiner Kelle abgetragen hatte. Ich zerkrümelte die Erde zwischen Daumen und Zeigefinger, bis ich auf etwas stieß, das wie ein Stück Gräte aussah. Ich wusste, dass Reste von Fischen an einem solchen Ort nichts Ungewöhnliches waren – Seevögel trugen sie auf die Insel, um sie zu verspeisen.

Ich stocherte ein wenig weiter, und nach ein paar Minuten fand ich die zerbrochene Schale einer Strandschnecke. Meine Hoffnung wuchs. Doch nun hielt ich inne. Was tat ich hier eigentlich? In gewissem Sinn scharrte ich nur ein, zwei Handvoll Erde beiseite. Andererseits machte ich mich an einem Nationaldenkmal zu schaffen, was vielleicht verzeihlich war für jemanden, der es nicht besser wusste, aber unentschuldbar bei einem Archäologen. Ich dachte darüber nach. Obwohl ich streng genommen für jede Art von Grabung eine Genehmigung des Nationalmuseums brauchte, glaubte ich, mein Vorgehen rechtfertigen zu können – möglicherweise fand ich etwas, das mehr Interesse von offizieller Seite an der Archäologie von Bishop's Island wecken würde.

In der nächsten Stunde kamen weitere Schalenstückchen ans Licht, ebenso ein Knochen, der möglicherweise von einem Vogel stammte. Und dann tauchte etwas auf, das ich zunächst für ein Stück hartes, braunes Plastik hielt. Ich lachte leise bei der Vorstellung, dass es sich hier womöglich um ein Sammellager von allem möglichen Krimskrams handelte, den eine unternehmungslustige Seemöwe angeschleppt hatte, während die Archäologin glaubte, eine frühmittelalterliche Abfallgrube entdeckt zu haben. Der steife, paddelförmige Gegenstand war dünn und flach, etwa so lang wie meine Hand, aber schmaler. Ich kratzte die restliche Erde fort und sah, dass ein Muster eingebrannt war. Ich identifizierte den Gegenstand als ein Stück Tierknochen, möglicherweise das Schulterblatt eines Schafs.

Das Muster war eine keltische Triquetra, ähnlich dem auf der Kreuzsäule am George's Head. Ich drehte den Knochen um, und auf der andern Seite waren drei kleine Kreuze, schlichte Pluszeichen, etwa im gleichen Abstand voneinander, die von oben nach unten oder von einer Seite zur anderen verliefen, je nachdem, wie man das Teil hielt.

Das Schulterblatt war ein Probe- oder Motivstück. Ein Muster für Metallarbeiten, illustrierte Handschriften oder andere Kunstgegenstände auf Knochen auszuprobieren, war charakteristisch für irische Künstler in der frühchristlichen Zeit. War die Triquetra hier geübt worden, um später in die immer noch leere Steinsäule auf Bishop's Island gemeißelt zu werden – die Säule, die in nicht allzu ferner Zukunft unweigerlich ins Meer stürzen würde?

Ich fotografierte das Stück an dem Ort, wo ich es gefunden hatte, mit einem Bleistift als Maßstab danebengelegt. Dann packte ich es in feuchte Erde und steckte es in die leere Sandwichtüte, die ich in einem eigenen Fach meines Rucksacks verschloss. Ich würde den Fund und die Existenz des Abfallhaufens den zuständigen Behörden melden müssen, es eilte allerdings nicht – Bishop's Island war nicht in Gefahr, von Besuchern überrannt zu werden.

Ich hatte mich gerade ein letztes Mal in den Ruinen umgesehen, als ich McGanns Hubschrauber kommen hörte. Während das Knattern der Rotorblätter lauter wurde, blickte ich durch mein Fernglas in Richtung George's Head, das drei Kilometer weiter nördlich lag. Ich konnte so eben den grasbewachsenen Hügel vor den Ferienhäusern sehen, die Säule darauf befand sich genau gegenüber von der, hinter der ich stand. Falls der Stein auf Bishop's Island ursprünglich entsprechend beschrieben werden sollte, warum war das Vorhaben nicht ausgeführt worden? Hatte man das Unterfangen aufgegeben, als die Landspitze vollständig vom Festland abgetrennt wurde? Wenn ja, dann waren wir wieder bei der Theorie der plötzlichen Katastrophe, wie in den Annalen der vier Meister eine beschrieben wird. Eines Nachts ließ eine Verschiebung der Platten entlang des Mittelatlantischen Rückens einen Tsunami auf die Küste zurasen, der an Höhe gewann, als er sich der Insel näherte, möglicherweise in einem Winkel, die Welle türmte sich auf und traf den Landvorsprung von der Seite, ließ die bröckelnde Verbindung zum Festland einstürzen und schnitt die Insel für alle Zeiten ab.

Ich war so in Gedanken, dass ich mich leicht benommen

dem Hubschrauber näherte, der an derselben Stelle gelandet war wie zuvor. Deshalb überraschte es mich, als ich jemanden vom Passagiersitz im Cockpit steigen sah. Und meine Überraschung wurde noch größer, als ich Jonas Zitaras erkannte.

19

Jonas ist auf den Flug mitgekommen«, sagte McGann, während Zitaras mir an Bord half. »Ihr seid euch schon begegnet, soviel ich weiß.«

»Ja. Sind Sie vom Crabshell abgeflogen?«

»Ja, ich war früher als erwartet zurück, deshalb habe ich mich dort ein Weilchen niedergelassen und mit Michael geplaudert. Wie war Ihr Tag?«

Zitaras schloss die Cockpittür und schnallte sich neben McGann an.

»Gut. Ich habe vielleicht eine Verbindung zwischen der Insel und George's Head gefunden.«

»Was für eine Verbindung?«

»Es hat mit einem Steinkreuz zu tun.«

»Dem vor George's Heights?«, fragte McGann.

»Das die Zerstörer übrig gelassen haben«, ergänzte Zitaras.

»Genau das«, sagte ich und widmete mich dem Ausblick durch das Fenster, als McGann abhob.

»Die Golfer haben gefragt, ob sie bis nach dem Abendessen im Crabshell bleiben können. Ich sagte, kein Problem – die Maschine kann bei Nacht fliegen. Und solange Sie zahlen, was am Ende des Tages auf dem Taxameter steht. Sie sagten, natürlich.«

»Na, wunderbar.«

Er warf einen Blick über die Schulter.

»Da ich keine Lust habe, ihnen bei ihren Golfgesprächen

zuzuhören, wollte ich Sie fragen, ob Sie mir vielleicht Gesellschaft leisten. Jonas hat versprochen, uns fürstlich zu bewirten. Hab ich recht, Johnny?«

Zitaras brummte etwas.

»Was meinen Sie?«, fragte McGann.

Ich hatte halbwegs vorgehabt, aus reiner Neugier wieder ins Crabshell zu gehen, und abgesehen davon, dass ich meinen Briefbeschwerer von Kim Tyrell abholen wollte, hatte ich für den Abend noch nichts vor. Aber würde ich McGanns unangenehme Art aushalten, sein flegelhaftes Gehabe?

»Warum nicht? Um welche Zeit?«

»Meine amerikanischen Freunde gehen gern früh zu Bett, deshalb essen sie um sieben. Passt Ihnen das?«

Wenn ich mich auch nur im Geringsten zum Ausgehen zurechtmachen und einen ruhigen Blick auf das Probestück werfen wollte, würde ich die Fahrt zu Kim auf den nächsten Tag verschieben müssen. Es wäre kein Problem für mich gewesen, aber ich würde bei ihr nachfragen müssen.

»Das müsste in Ordnung sein. Falls es ein Problem gibt, sage ich Bescheid.« Ich hatte eine Frage an Zitaras. »Ist heute nicht Markttag? Sind Sie nicht an Ihrem Stand?«

»Um den kümmert sich jemand anderes. Immer nur arbeiten und keinen Spaß haben ist auch nicht gut.«

McGann hatte die direkte Route genommen und setzte bereits zur Landung an. Als wir aufsetzten, sprang Zitaras heraus und schob mir die Kabinentür auf. Bevor ich ausstieg, versicherte ich McGann, wie sehr ich mich über die Gelegenheit zum Besuch der Insel gefreut hätte. Er gab mir seine Visitenkarte für den Fall, dass ich ihn anrufen musste.

Ich dankte Zitaras, stieg aus und warf mir meinen Rucksack über die Schulter. Das Erste, was ich bemerkte, war das Gefühl des harten Bodens unter den Füßen. Das Zweite war ein

Glockenspiel von Handynachrichten, die eintrafen, da ich wieder ein Netz hatte.

Als ich an der Giebelseite des Crabshell vorbeiging, sah ich den Cherokee des Tauchteams neben der Küchentür des Restaurants stehen. Senan Costello saß hinter dem Steuer und blätterte ein Bündel Geldscheine durch. Er sah zu mir herüber und nickte. Ehe ich um die Ecke des Gebäudes bog, schaute ich zurück und sah Jonas Zitaras in Richtung Küche eilen.

Beim Anblick des Cherokees fiel mir ein, dass ich meinen Wagen immer noch vom Parkplatz bei den Pollock Holes holen musste. Bis ich beim Hotel war, hatte ich mehr oder weniger entschieden, ihn noch eine Nacht dort zu lassen. In diesem Moment fuhr Costello vorbei. Ein paar Meter vor ihm verlangsamte ein Wagen, um einen Lkw aus der Hotelzufahrt fahren zu lassen, und Costello musste bremsen. Ohne zu zögern, lief ich ihm nach und winkte mit den Armen. Er ließ das Fenster auf der Beifahrerseite hinunter.

»Könnten Sie mir einen Gefallen tun? Mein Wagen steht bei den Pollock Holes. Würden Sie mich hinfahren?«

»Springen Sie rein«, sagte er.

»Ich habe Sie oben beim Crabshell gesehen«, sagte ich und legte meinen Sicherheitsgurt an, während er beschleunigte und den Weg zur Circular Road einschlug, der uns um die Stadt herum zum Parkplatz führen würde.

»Äh … ja. Theo wollte Jonas neulich Abend ein Trinkgeld geben, aber er hatte nicht genug dabei, deshalb bat er mich, es ihm auf meinem Heimweg vorbeizubringen. Theo geht es nicht sehr gut. Er muss gestern Abend irgendwas Falsches gegessen haben.«

»Er ist noch in Kilkee?«

»Nein. In Spanish Point.«

»Klar, Sie wohnen in Kilkee. Hatte ich vergessen. Wohnt Jonas ebenfalls hier?«

»Ja. Er hat irgendwo hier in der Gegend eine Wohnung.« Wir waren in der Nähe der katholischen Kirche. Hatte Jonas in jener Nacht einfach nur eine Abkürzung nach Hause genommen?

»Und wo wohnen Sie selbst?«

»Gleich da oben«, sagte er und zeigte zur ersten Straße rechts, da wir an einen Kreisverkehr kamen. Es war die Abzweigung nach Carrigaholt, wo wir uns zum ersten Mal begegnet waren. »Meine Mutter hat mir einen Hof und ein paar Garagen überlassen, damit ich mir mein Geschäft einrichten konnte. Ich vermiete mein Boot, fahre Taucher hinaus, verleihe Ausrüstung.«

»Sie haben heute früh Schluss gemacht.«

»Wir sind heute Morgen rausgefahren, aber Theo hat den Tauchgang am Nachmittag abgesagt, weil ihm nicht wohl war. Sally hat ihn zu einem Arzt gebracht, und ich bin nach Kilkee zurückgekommen.«

Ich wühlte in meinem Rucksack und fand meine Wagenschlüssel, die ich am Morgen beim Verlassen des Hotels an der Rezeption abgeholt hatte. »Sind Sie jetzt nicht mehr oder weniger fertig mit ihnen?«

»Ja. Mit diesem Teil der Küste bin ich nicht allzu vertraut. Aber sie haben mich gebeten, mit ihnen zu tauchen, weil dieser Experte für die Wracks der spanischen Armada erst am Montag kommen kann. Was auch nichts macht – Theo ist sowieso nicht zu viel imstande.«

In meinem Hotelzimmer leerte ich den Rucksack aus, wobei ich sehr sorgsam mit dem Motivstück aus Knochen umging. Es war möglicherweise tausend bis fünfzehnhundert Jahre alt, wahrscheinlich demineralisiert und entsprechend spröde. Zum

Schluss holte ich mein Handy aus dem Rucksack. Ich ging die Nachrichten durch: einige SMS von Fran vom Vorabend und eine von Trevor Symes, einem Eiszeitgeologen, der an einer interdisziplinären Erkundung eines Gebiets mit mir arbeitete, das der Grafschaftsrat von Meath eventuell unter Denkmalschutz stellen wollte. In der SMS teilte er mir nur mit, dass er mir eine Kopie seines Berichts zur Information als E-Mail geschickt hatte.

Dann gab es drei Nachrichten auf der Mailbox. Die erste war von meiner Mutter, die wissen wollte, ob ich am Samstag oder Sonntag zurückkam, da sie mir gern etwas zu essen vorbereiten würde. Die zweite war von Dominic Usher von der Stadtverwaltung in Castleboyne, der fragte, wann sie mit einer Entscheidung rechnen dürften, ob ich das Museumsprojekt übernehmen würde. Ich hatte ihnen bereits mitgeteilt, dass ich eine Pause einlegen und ihnen antworten würde, wenn ich wieder zurück war. Komisch, dass sie im selben Moment ungeduldig wurden, in dem Pete mir seinen Vorschlag unterbreitet hatte. Wenn ich mich unter Druck gesetzt fühle, neige ich dazu, mich zu verschanzen oder gar in die Gegenrichtung zu gehen. Aber für den Augenblick würde ich ohnehin nichts unternehmen in der Angelegenheit – Usher war ein Mensch, der von Montag bis Freitag arbeitete.

Diese beiden Nachrichten waren vom Vortag. Die dritte war von heute Morgen und stammte von Kim Tyrell. »Hallo, Illaun. Kim hier. Ich glaube, ich habe einen Weg gefunden, HFH mit der Zerstörung der Klosteranlage in Verbindung zu bringen. Im Lichte dessen, was Lena Morrison zugestoßen ist, dürfte sich die Polizei sicherlich dafür interessieren.«

Ich rief Kim sofort zurück, erhielt jedoch keine Antwort. Ich hinterließ eine Nachricht, dass ich es heute Abend nicht mehr zu ihr hinaus schaffen würde, und ob es in Ordnung sei, wenn ich morgen käme. Und natürlich würde ich gern über die Sache mit Head for Heights mit ihr reden.

Als Nächstes rief ich meine Mutter an, entschuldigte mich, dass ich mich nicht früher gemeldet hatte, und teilte ihr mit, dass ich erst spät am Sonntag kommen würde. Wie es ihre Art war, hatte sie in Erwartung meiner Rückkehr für einen der beiden Tage ein Schmorgericht gemacht, das ich nur aufzuwärmen brauchte, wenn ich da war.

Nach einer ausgiebigen Dusche wickelte ich mich in ein Handtuch und setzte mich von Kissen gestützt ans Kopfbrett des Betts. Ich hatte die inzwischen trockene Erde, die an dem Motivstück haftete, bereits abgebürstet und hielt den Knochen nun in verschiedenen Winkeln, während ich das Muster des unbekannten Künstlers abzeichnete. Tatsächlich fertigte ich die Skizze einer Skizze an. Der Knochen durfte möglichst wenig bewegt werden, deshalb war es am besten, das Motiv abzuzeichnen und ihn dann wegzulegen.

Das Liniengewirr war fein und kompliziert, aber die Kreuze auf der anderen Seite waren schlicht und grob ausgeführt. Eine Weile dachte ich, sie hätten vielleicht überhaupt keine religiöse Bedeutung, sondern markierten lediglich eine Stelle, wo die Arbeit beginnen sollte.

War das Motivstück benutzt worden, um ein Muster für die unbeschriebene Steinsäule auf der Insel zu üben? Es war eine Möglichkeit und würde die beiden Orte auf jeden Fall verbinden. Tatsächlich hatte die Triquetra auf dem Motivstück die Verbindung bereits bestätigt. Und doch war der Stein auf Bishop's Island nicht nur unbeschrieben, es fehlte ihm auch das Loch in der Mitte. Was eher dafür sprach, dass der Stein auf dem George's Head ein einmaliges Übergangswerk mit heidnischem Ursprung war. So oder so hatte ich kaum mehr einen Zweifel, dass die Gemeinschaft auf der Insel und die auf dem George's Head Geschwistereinrichtungen gewesen waren.

Und das brachte mich auf eine neue Idee. Wenn man die Kreuze nicht von oben nach unten, sondern von links nach rechts betrachtete, stellten sie dann Positionen dar? Genauer gesagt die relativen Orte in der Landschaft von nicht nur zwei, sondern *drei* miteinander verbundenen Klostergemeinschaften? Es würde die keltische Vorliebe für Triaden widerspiegeln, wie sie im Muster der Triquetra zum Ausdruck kam, das seinerseits die Dreieinigkeit abbildete – drei in einem. Und soviel ich wusste, wäre es archäologisch einmalig.

Nachdem ich die Muster abgezeichnet hatte, legte ich Motivstück und Zeichenblock beiseite und ging zum Schrank, um einmal mehr meine begrenzte Auswahl an Abendgarderobe zu begutachten.

20

Die vier amerikanischen Golfspieler saßen an einem Tisch beim Fenster, McGann und ich an einem andern. Wir waren die einzigen Gäste. Auf der andern Seite der Bucht hatte sich ein Dunstschleier über das Riff gelegt, der die Küste dahinter, einschließlich Bishop's Island, vor dem Blick verbarg. Die Sonnenscheibe war dahinter so problemlos zu betrachten wie eine Glühbirne hinter einem Lampenschirm.

Die Golfer waren allesamt große, übergewichtige Männer, ich staunte jedoch, wie ihre Hosen und Pullover so großzügig geschnitten waren, dass sie weniger korpulent wirkten.

Inzwischen war mir klar, dass sie wahrscheinlich gar keinen Wert auf McGanns Gesellschaft gelegt hätten – sie schienen ganz zufrieden damit zu sein, die Ereignisse des Tages und Anekdoten von früheren Schlachten Revue passieren zu lassen.

Carmody senior war irgendwo unterwegs, deshalb spielte Zitaras den Oberkellner für die Amerikaner und schien die Rolle zu genießen. Bei der einzigen Gelegenheit, bei der Michael Carmody aus der Küche gekommen war – um sich persönlich um unsere Bestellung zu kümmern –, hatte er sogar ängstlich gegenüber Zitaras gewirkt. Und er benahm sich auf jeden Fall unterwürfig, was McGann anging.

»Michael, deine Empfehlungen, bitte«, sagte McGann, nachdem er sich geweigert hatte, in die gedruckte Speisekarte oder auf die Wandtafel zu schauen.

»Der Seebarsch ist gut…«

»Gut reicht uns nicht, wir wollen das Beste. Fang noch mal an. Sei positiv.«

Carmody blickte zur Tafel. »Ich würde die gedämpften Muscheln als Vorspeise empfehlen, gefolgt von dem gebackenen Seebarsch… oder für dich, Barry, den Lammrücken.«

McGann blinzelte mir zu. »Michael weiß, dass ich kein großer Freund von Fisch bin. Aber Muscheln bin ich nicht abgeneigt. Wie steht es mit Ihnen?«

Ich bestellte die Muscheln und den Seebarsch.

Er deutete verschwörerisch in Richtung der Amerikaner, und Carmody beugte sich zu ihm hinab, um zu hören, was er zu sagen hatte. »Erzähl ihnen, dass ich bei meinem dritten Glas Wein bin.«

Carmody lachte, aber er war nicht mit vollem Herzen dabei. Irgendetwas schien ihn zu belasten.

Unter den Golfern brach großes Gelächter aus, als Zitaras auf etwas antwortete, was sie ihn gefragt hatten. Carmody nutzte die Ablenkung aus, um sich zu entfernen.

»Jonas weiß, wie man sich beliebt macht«, sagte ich.

»Ja. Er hat einen trockenen Humor.«

»Ich meine nicht nur seine Persönlichkeit.«

»Ich glaube, ich weiß, worauf Sie hinauswollen. Weil Jonas der Typ ist, der einem Dinge besorgen kann…« Er blinzelte. »Falls Sie verstehen, was ich meine.«

»Was, zum Beispiel?«

»Schmuck?«

»Ich habe gesehen, was er verkauft. Nichts für mich.«

»Ich würde sagen, Sie sind jemand, der Kunst zu schätzen weiß, Bildhauerei, solche Dinge.«

»Nicht mehr als andere auch. Aber noch einmal, was Jonas verkauft, interessiert mich nicht.«

»Was dann?«

»Haben Sie mal von Kim Tyrell gehört? Eine Freundin von mir, die in Glas arbeitet. Sie hat ein Atelier draußen an der Carrigaholt Road. Ich hole mir morgen sogar ein Werk von ihr ab.«

»Macht sie Briefbeschwerer und solche Dinge?«

»Ja. Sie haben ihre Sachen also gesehen?«

»O ja«, sagte er, lehnte sich zurück und streckte die Hand nach einem Ständer aus, in dem Werbebroschüren für Aktivitäten und Veranstaltungen in der Gegend steckten. Er zog eine heraus und legte sie vor mich auf den Tisch. Sie war von Kims Studio und zeigte Fotos einiger ihrer Werke.

»Da. Wie gesagt, ich habe ihre Sachen gesehen.«

Wir lachten beide.

Inzwischen waren unsere Vorspeisen fertig, und wir lehnten uns zurück, als Zitaras sie an den Tisch brachte.

McGann trug immer noch seine Pilotenuniform, obwohl mir aufgefallen war, dass er einen Fliegeroverall angehabt hatte, als er und Zitaras mich abholten.

Er sah, dass ich sein nach wie vor makelloses Hemd betrachtete. Es war entweder ein Ersatzhemd, oder er hatte es ausgezogen und den ganzen Tag an einem Bügel hängen gehabt.

»Reine Schau«, sagte er und zupfte an einer der Epauletten. Ich bemerkte, dass er einen Kratzer auf dem Handrücken hatte.

»Was ist mit Ihrer Hand?«, fragte ich.

»Verdammt. Ich habe vergessen, Ihnen die hier zu geben.« Er ließ seine Hand sinken und tastete hinter seinem Stuhl umher. Dann zog er einen kleinen Strauß weißer Rosen hervor und überreichte ihn mir. »Aus Gus Carmodys Garten. Aber nicht ohne Kampf.« Er hielt noch einmal die Hand in die Höhe.

»Danke«, sagte ich, schnupperte daran und legte sie zur Seite.

»Sie mögen Blumen?«

»Wer mag sie nicht?«

»Sicher, wenn sie ihren Zweck erfüllen.«

»Was meinen Sie damit?«

»Blumen lassen Frauenherzen schmelzen«, sagte er. »Ich hoffe, ich habe bei Ihrem einen Anfang gemacht.«

»Versuchen Sie es mal mit einem Schweißbrenner«, sagte ich und griff mit einem süßlichen Lächeln nach Messer und Gabel.

»War nur Spaß«, sagte er.

Er schnalzte mit den Fingern in Richtung Zitaras.

»Was soll das?«, sagte Zitaras mit finsterer Miene und schnalzte zurück.

»Entspann dich, Johnny. Du bist jetzt nicht im Lakeside. Können wir unseren Wein bitte haben?«

Zitaras machte kurz eine Geste mit zwei Fingern in Richtung McGann und ging den Wein holen. Es war eine halbe Flasche Weißwein. Und sie war für mich. McGann würde keinen trinken.

»Was ist das Lakeside?«

»Ein Restaurant. Zwischen Kilrush und Ennis. Nicht weit von Killadysert.«

»In der Nähe der Flussmündung also.«

»Ja. Wurde erst vor ein paar Jahren eröffnet. Sie kennen sich ziemlich gut aus in diesem Teil von Clare, oder?«

»Meine Familie hat hier immer Urlaub gemacht, als ich ein Kind war.«

Er stieß den Daumen in Richtung Fenster. »Diese Sache mit Bishop's Island. Was ist so toll dran?«

Ich schaute hinaus. Der Nebel war halb über die Bucht gekrochen, von der Sonne war nichts mehr zu sehen. »Es ist eine wirklich aufregende Phase der irischen Geschichte. Religiöse Ideen aus dem Nahen Osten mischten sich mit der einheimischen Kultur und brachten etwas Einzigartiges hervor. Wir können einige der Ergebnisse heute in den Metallarbeiten und Manuskripten aus der Zeit sehen, aber damals tat sich viel mehr, was wir gar nicht vollständig verstehen. Ein Ort wie Bishop's Island verrät uns etwas über diese Zeit, aber er erinnert uns auch daran, wie wenig wir wissen.«

Zitaras kam mit dem Wein und schenkte mir ein.

»Glauben Sie, Leute wie mein Freund Jonas haben viel zur irischen Kultur beizutragen?«, fragte McGann und blinzelte ihm zu.

»Das haben sie zweifellos. Und Jonas hat auch noch einen anderen Glauben.«

McGann lachte. »Den hat er allerdings.«

Zitaras schaute böse und ließ die Flasche auf dem Tisch stehen.

»Und sagten Sie, das sei Ihr letzter Abend? Könnte man Sie nicht überreden, noch einen Tag zu bleiben?«

Ich zuckte mit den Achseln. »Warum sollte ich?«

»Weil Sie sonst vielleicht etwas verpassen würden, was Sie Ihr Leben lang bereuen.«

Den Spruch hatte ich seit dem College nicht mehr gehört. Mir wurde fast nostalgisch zumute.

»In archäologischer Hinsicht, meine ich.«

Schlau.

»Kommt drauf an. Woran denken Sie?«

»Wie wäre es mit einem ganzen Tag? Wir würden mit einem Flug die Shannon-Mündung entlang über die Klosterruinen auf Scattery Island beginnen, dann nach links schwenken, am Mount Brandon vorbei und über die Blaskets, bis hinunter nach Skellig Michael, anschließend zurück aufs Land, für einen Stopp zum Auftanken und Mittagessen. Daraufhin würden wir nach Clare zurückkehren, rasch eine Runde um das Burren drehen und am Ende über die Cliffs of Moher und die Aran Islands fliegen, um Dun Aonghusa aus der Luft zu sehen. Wären Sie interessiert?«

McGann wusste, was er tat. Er hatte alle richtigen Knöpfe gedrückt, wenn sich jemand auch nur halbwegs für die Landschaft und Archäologie von diesem Teil Irlands interessierte.

»Und wo ist der Haken?«

»Kommen Sie heute Abend mit mir nach Shannon.«

Bis dahin hatte er sich gut geschlagen.

»Kommt nicht infrage.«

»Verstehen Sie mich nicht falsch. Es ist nur so, dass es in puncto Treibstoff und Flugzeit sinnvoll wäre.«

»Ja, klar. Die Antwort lautet trotzdem nein.«

»Okay, dann zu Plan B.«

»Ich wusste nicht, dass es einen Plan B gibt. Oder einen Plan A, was das angeht.«

»Na ja, um ehrlich zu sein, gibt es auch keinen. Wie wäre es also damit: Wenn Sie aus irgendeinem Grund entscheiden sollten, morgen oder den Tag darauf noch zu bleiben, rufen Sie mich an, und wir machen dieselbe Tour. Nur dass Sie frühmorgens nach Shannon fahren und mich dort treffen können. Wenn wir zurück sind, können Sie entscheiden, ob Sie nach Hause fahren oder über Nacht bleiben. Und zwar bleiben, wo Sie wollen, ganz nach Ihrem Belieben. Ist das fair?«

Es war Zeit, mit dem Geplänkel Schluss zu machen. »Fair? Keine Ahnung. Aber reden wir über etwas anderes. Kannten Sie Lena Morrison?«

»Natürlich. Sie hat hier gearbeitet.«

»Kannten Sie sie gut?«

Er fuchtelte abwehrend mit der Hand. »Lena und ich kamen gut miteinander aus, aber Michael war derjenige, der richtig auf sie stand.«

In diesem Moment kam Zitaras mit unserem Hauptgang.

»Ich glaube, Johnny hatte auch eine Schwäche für sie«, sagte McGann und lächelte zu ihm hinauf.

»Was redest du jetzt wieder?«, fragte er müde.

»Lena Morrison. Du hast sie toll gefunden.«

»Sie war ein nettes Mädchen.«

»Ich ziehe Jonas gern wegen Frauen auf. Er ist seiner Ehefrau sehr treu, obwohl sie aus irgendeinem Grund immer noch in Vilnius wohnt.«

»Sagt Ihnen der Name Sarah Baxter etwas, Jonas?«

Zitaras schob die Unterlippe vor, schüttelte den Kopf.

»Sie wurde gestern tot in der Intrinsic Bay gefunden.«

»Ich habe gehört, dass jemand gefunden wurde. Aber ich kannte sie nicht.«

»Wie sieht es mit einer Gruppe namens Gyna aus? Haben Sie von der einmal gehört?«

Er zuckte mit den Achseln. »Nein.«

»Ich glaube, sie hätte Ihnen gefallen. Musik, die auf eine Göttin ausgerichtet ist.«

»Wieso fragen Sie mich das alles?«

»Auf dem Pfad zu den Klippen hinauf wurde ein Halsband gefunden, das Sarah gehört hatte. Auf den Steinen waren Romuva-Zeichen.«

Zitaras klappte der Kiefer herunter. Gegenüber von mir hielt McGann beim Schneiden seines Lamms inne.

Dann rief einer der Amerikaner nach dem Kellner, und er verließ unseren Tisch.

McGann begann wieder zu essen, aber ich merkte ihm an, dass ihm nicht wohl in der Haut war.

»Was um alles in der Welt hatte das jetzt zu bedeuten?«, sagte er schließlich. »Und was hat es mit diesem ›Romuva‹ auf sich?«

Ich hatte das Gefühl, McGann machte sich Sorgen, es könnte bei ihrem merkwürdigen Spiel etwas geben, wo Zitaras die Nase vorn hatte.

»Das ist ein heidnischer Glaube aus Litauen. Zitaras ist ein Anhänger davon.«

»Jonas? Pah.« Er grinste höhnisch über die Idee, schien aber gleichzeitig erleichtert zu sein. »Jonas ist nur ein Anhänger von sich selbst. Ich wette, das hat er Ihnen bei seinem Marktstand erzählt.«

Ich nickte.

»Wenn Johnny glaubte, ein Pakt mit dem Teufel würde ihm helfen, etwas zu verkaufen, würde er sofort einen schließen.« Er klang jetzt beinahe verächtlich.

»Ich halte es für möglich, dass er der Frau, die gestorben ist, das Halsband geschenkt hat.«

»Geschenkt? Jonas? Ausgeschlossen. Verkauft, ja. Und wahrscheinlich für sehr viel mehr, als es wert war.«

»Finden Sie es nicht merkwürdig, dass ein Halsband, das Sarah gehörte, und ein Armband, das Lena Morrison gehörte, auf den Klippen gefunden wurden?«

»Es ist ein unwahrscheinlicher Zufall, zugegeben. Aber worauf wollen Sie hinaus? Dass Jonas der Hohepriester von so etwas wie einem Selbstmordkult ist?« Er verdrehte die Augen und blähte die Nüstern.

»Lena Morrison hat nicht Selbstmord begangen.«

»Habe ich auch gehört. Warum interessieren Sie sich so für sie?«

»Archäologen versuchen immer, menschliche Überreste zu interpretieren.«

»Soviel ich gehört habe, ist nicht viel von ihr übrig, was man interpretieren könnte.«

»Aber genug, um eine begründete Vermutung anzustellen.«

»Worüber?«

»Darüber, wo sie gestorben ist.«

»Ach ja? Und wie lautet Ihre begründete Vermutung?«

»Ich glaube, sie wurde drüben in der Flussmündung getötet. Und dann wurde ihre Leiche zerstückelt und woanders hingeschafft.«

»Tatsächlich?« McGann legte sein Besteck auf den Teller. Er schien das Interesse an seinem Essen verloren zu haben.

»Bringt Sie das aus der Fassung?«

Er wandte den Kopf zum Fenster und legte die Hände ans Gesicht. Ein Wagen bog mit eingeschalteten Scheinwerfern in die Einfahrt.

»Da ist Gus«, sagte er tonlos. »Er kommt von der Messe heim.«

21

Die Golfer drängten kurz darauf zum Aufbruch, und McGann musste sich fügen. Ehe er zum Hubschrauberlandeplatz auf der Rückseite ging, erneuerte er sein Angebot eines Rundflugs. Ich wurde vor einer Antwort bewahrt, weil Michael Carmody in diesem Moment aus dem Lokal kam und zu uns sagte, er gehe auf ein paar Drinks in die Stadt. Nachdem ich seine Kochkunst gelobt hatte, erwähnte ich, ich würde zum Ocean Cove laufen, und er schlug vor, dass wir zusammen gingen.

»Ich bin froh um die Begleitung«, sagte ich, als wir die Straße entlanggingen.

»Man kann nicht vorsichtig genug sein heutzutage«, ließ er die Warnung seines Vaters bei meinem ersten Besuch erneut anklingen.

Ich ergriff die Gelegenheit. »Nach dem, was mit Lena passiert ist, meinen Sie?«

Er sah mich scharf an. »Wir wissen eigentlich gar nicht, was mit ihr passiert ist, oder?«

»Das stimmt. Noch nicht, jedenfalls. Aber ich habe gemerkt, dass alle im Restaurant erschüttert waren, als sie die Neuigkeit hörten.«

»Ja. Es war schlimm genug, als wir dachten, sie habe sich selbst getötet. Aber jetzt …«

»Barry sagt, Sie waren scharf auf sie.«

Carmody lachte nervös. »So, sagt er das? Barry sagt viel, wenn der Tag lang ist.«

»Sie meinen, Sie waren es nicht?«

Carmody blieb stehen. »Ich versuche, Lena seit fünf Jahren zu vergessen. Und ich war nahe dran, ich war fast darüber hinweg. Aber jetzt ist alles wieder aufgerissen.« Er schien den Tränen nahe zu sein.

»Ich verstehe.« Wir gingen schweigend weiter. Ich dachte darüber nach, dass seine Reaktion zwar von Herzen kommen mochte, aber doch nur um *ihn* ging.

»Gute Nacht«, sagte er knapp, als wir vor dem Hotel ankamen.

»Nacht«, sagte ich und widerstand dem Drang, etwas von Selbstmitleid zu murmeln. Wer war ich auch, mir ein Urteil anzumaßen? Wenn Trauer in Raten verabreicht wurde, wie Kim bemerkt hatte, wer wollte es Michael Carmody verübeln, wenn er glaubte, genug bezahlt zu haben?

In der Hotelhalle musste ich mich entscheiden: Aufzug oder Treppe. Auf dem Weg zum Aufzug hörte ich eine Stimme.

»Entschuldigen Sie.«

Ich sah nach links. Die dunkelhaarige Empfangsdame winkte mich zu sich. Ich änderte den Kurs und ging hinüber. Sie beugte sich über den Tresen und ermunterte mich mit einer Kopfbewegung, noch näher zu kommen. Ich las das Namensschild auf dem grauen Jackett: Keira.

»Die Polizei hat uns gebeten, eine Warnung an unsere weiblichen Gäste weiterzugeben«, sagte sie mit leiser Stimme. »Besonders an allein reisende Damen. Sie sollten es vermeiden, nachts ohne Begleitung unterwegs zu sein, und niemals zu Fremden ins Auto steigen.« Keira hatte ihren Text in fast einwandfreiem Polizeijargon gelernt.

»Wieso? Was ist los?« Ich schauspielerte ein bisschen.

»Ich fürchte, das darf ich Ihnen nicht sagen.«

Ich hatte den Eindruck, ich würde nur an Informationen

kommen, wenn ich weiter mitspielte. »Mein Gott, treibt sich etwa ein Mörder herum? Bitte sagen Sie mir die Wahrheit«, flehte ich.

Keira war aufrichtig bestürzt. »Ähm ... eine junge Frau ist verschwunden. So wie es jetzt aussieht, wurde sie entführt und getötet. Es ist allerdings fünf Jahre her ...«

Zeit, wieder ernst zu werden. »Haben Sie sie gekannt?«

»Nicht im engeren Sinn. Sie hat in einer Bar gearbeitet, in die ich manchmal gegangen bin. Und ich habe sie einmal im Crabshell Klavier spielen sehen. Sie war sogar in der Nacht, in der sie verschwand, dort oben gewesen, deshalb muss sie auf dem Heimweg hier vorbeigekommen sein.«

»Was glaubt man, ist ihr zugestoßen?«

Keira vergewisserte sich, dass niemand in der Nähe war. »Es heißt, sie wurde oben bei den Klippen ermordet und ihre Leiche dann in der Flussmündung abgeladen. Ihr Mörder hatte also ein Auto und kannte sich aus in der ...« Sie zog sich plötzlich zurück und beschäftigte sich mit einem Formular. Ein Paar hatte die Bar verlassen und kam den Zimmerschlüssel holen.

Ich dankte ihr und stieg in den Lift.

Es war Nuala Langan gewesen, die forensische Archäologin, die mir eingegeben hatte, Lena könnte oben auf den Klippen ermordet und ihre Leiche von dort fortgeschafft worden sein. Nährte diese Ansicht jetzt Überlegungen der Polizei, der Mörder könnte erneut zuschlagen? Wenn ja, war ich ein ziemliches Risiko eingegangen, als ich nachts allein dort hinaufspaziert war. Und es verlieh Gus Carmodys Warnung, allein auf den Klippen herumzulaufen, einen leicht düsteren Unterton.

Aber ich war an der Stelle in der Flussmündung gewesen, wo die Leiche angeblich abgelegt worden war – oder jedenfalls ganz in der Nähe –, und der Mörder hätte übermenschliche

Kräfte gebraucht, um sie über die Wiesen dorthin zu schleppen; über die felsige Küste wäre es gänzlich unmöglich gewesen. Hatte es vielleicht mehr als einen Tatbeteiligten gegeben? Es hätte immer noch eine beträchtliche Aufgabe dargestellt, besonders nachts. Und dann hätten sie die Leiche noch zerstückeln und begraben oder verteilen müssen – was alles zu ihrer Entdeckung hätte führen können. Wäre Lenas Leiche dagegen in der Flussmündung zerstückelt worden, hätte sie von dort etappenweise und zu jeder Tages- und Nachtzeit fortgeschafft werden können. Es wäre auch eine mögliche Erklärung für den vereinzelten Kieferknochen gewesen – ein Tier konnte ihn genommen haben, ehe der Mörder wiedergekommen war, um den Rest zu holen. Und es würde meine wachsende Überzeugung stärken, dass sie dort überhaupt ermordet worden war.

Ehe ich in meinem Zimmer Licht machte, ging ich auf den Balkon hinaus, um in klarer Luft nachzudenken.

Was sollte ich von Barry McGann halten? Der Typ hatte offenbar gern alles unter Kontrolle, aber er schien damit eine gewisse Unsicherheit zu verbergen. Es gab außerdem keinen Zweifel, was er in Bezug auf mich im Sinn hatte, und es weckte undeutlich einen tierischen Teil von mir. Oder vielleicht war ich auch entsprechend stimuliert, weil ich erst kürzlich zweimal von Peter Groot gehört hatte.

Ich fragte mich nicht zum ersten Mal, wieso Frauen von Männern wie Barry McGann angezogen werden. Muriel Blunden war eine Serientäterin in der traurigen Kunst, sich den Falschen zu angeln. In populärwissenschaftlichen Artikeln hieß es, Frauen fühlten sich zu Männern mit offenkundig männlichen Zügen hingezogen, auch wenn sie spürten, dass es sich um riskante Typen handelte. Dem stand jedoch die Theorie gegenüber, dass Frauen instinktiv nach verlässlichen fürsorglichen Männern strebten, die zu einer lebenslangen Bindung bereit waren, da es eine lange und anstrengende Aufgabe war, Kinder großzuziehen.

Aber warum endeten so viele Frauen in gewalttätigen Beziehungen? Ich wusste mit Bestimmtheit, dass der Mann, mit dem ich mein Leben teilen wollte, zivilisiert und freundlich sein würde. Natürlich sollte er auch attraktiv und sexy sein, und der Mann, mit dem ich drei Monate zuvor Schluss gemacht hatte, war all das gewesen. Aber eben auch starr in seiner Lebensweise, festgefahren. Und Fran zufolge war er ohnehin eine Vaterfigur gewesen. Im Rückblick erschien es mir jetzt natürlich, dass das Ende meiner Beziehung zu Finian mit dem Tod meines Vaters zusammengefallen war. Was Frans Theorie zu widersprechen schien. Ich fand es außerdem merkwürdig, dass die beiden Frauen, deren Rat ich in diesen Dingen suchte, in ihrem Leben selbst unglückliche Entscheidungen in Bezug auf Männer getroffen hatten. Aber das hatte ich auch. Und es war nicht Finian gewesen.

Die einzige Gewalt, die mir in einer Beziehung je begegnet war, war von einem Mann ausgegangen, der einige Jahre jünger war als ich. Und das Schlimmste war, dass ich, bevor wir zusammenkamen, wusste, dass er launisch war und zu Wutausbrüchen neigte. Solche Menschen in sein Leben zu lassen, ist, als würde man ein Fenster für einen Vampir offen lassen und hoffen, nicht gebissen zu werden.

Fröstelnd vor Kälte ging ich ins Zimmer zurück, schloss die Balkontür und zog die Vorhänge zu.

Ich erwachte im Dunkeln und streckte die Hand nach der Nachttischlampe aus. Sie war nicht da. Ich befand mich an einem fremden Ort. Mein Herz raste. Ein schwaches Licht vom Fenster half mir, mich zu orientieren. Ich war in meinem Hotelzimmer, dessen Grundriss ich noch nicht verinnerlicht hatte.

Aber warum war ich aufgewacht?

Ein Klopfen an der Tür. Da war es wieder. Jemand war vor meinem Zimmer. Auf dem Fernsehgerät konnte ich die Uhrzeit in roten Ziffern ablesen: 23:42. Unwahrscheinlich, dass es jemand vom Hotelpersonal war.

McGann?

Ein neuerliches Klopfen und eine gedämpfte Männerstimme.

Ich zog meinen Bademantel an, ging zur Tür und spähte durch das Guckloch.

Ich sah eine Wollmütze. Dann hob der Mann das Gesicht. Es war Giles Kendrick.

Ein Rinnsal Blut lief unter seiner Kopfbedeckung hervor und die Stirn hinab.

Ich trat erschrocken von der Tür zurück. Was war da los?

»Lassen Sie mich hinein … bitte.«

»Nein! Warum sind Sie hierhergekommen?«

»Ich wurde angegriffen … Typen … hinter mir her.«

»Ich kann nicht«, krächzte ich. Meine Kehle war trocken.

»Bitte … sie werden mich umbringen.«

Die Geschichte wurde mit jedem Augenblick bizarrer. Ich hatte die Wahl, ihn draußen seinem Schicksal zu überlassen oder das Risiko einzugehen, ihn ins Zimmer zu lassen.

Ich öffnete die Tür, und Kendrick stolperte an mir vorbei in den Raum.

Ich lugte in den Flur hinaus. Es war niemand zu sehen. Ich schloss die Tür und sperrte zweimal ab.

»Sind Sie schwer verletzt?«

Er zog die blutgetränkte Mütze vom Kopf, befühlte die Wunde mit der Hand und betrachtete das frische Blut an seinen Fingern. Es begann, auf den Boden zu tropfen. Mir fiel auf, dass seine Brille fehlte.

»Tut mir leid, ich mache eine Schweinerei in Ihrem Zimmer.«

Ich stieß die Badezimmertür auf und schaltete das Licht an. »Gehen wir hier rein. Setzen Sie sich, damit ich Sie ansehen kann«, sagte ich, schnappte mir ein paar Papiertücher und schob ihn ins Bad.

Er setzte sich auf den Rand der Wanne, und ich untersuchte seinen Kopf und das Gesicht. Das Blut schien aus einer offenen Wunde direkt über seiner Stirn zu kommen. Ich wies ihn an, die Papiertücher darauf zu drücken, während ich ein Handtuch anfeuchtete und ihm das getrocknete Blut aus dem Gesicht wischte. Es gab Anzeichen, dass man ihn verprügelt hatte, unter anderem eine stark geschwollene Oberlippe.

»Kann sein, dass Sie ein paar Stiche brauchen. Ansonsten ist Ihr Gesicht nicht allzu schlimm verletzt. Wie sieht es mit dem Rest von Ihnen aus?«

»Ich habe mich zusammengerollt wie ein Igel. Meine Arme und Beine dürften voller Prellungen sein, aber damit kann ich leben.«

»Sie sollten sich lieber erst mal hinlegen«, sagte ich und zeigte zum Schlafzimmer. »Damit die Kopfwunde zu bluten aufhört.«

Kendrick folgte mir hinaus, und ich legte ihn auf das Einzelbett neben meinem Doppelbett.

»Also, auf welche Abenteuer waren Sie aus, Meister Igel?«, sagte ich und setzte mich auf den Rand meines Betts.

»Ich meine es ernst«, stöhnte er. »Diese Leute sind bösartig.«

»Gleichwohl leben Sie noch. Und wer sind die überhaupt?«

»Straßenhändler. Ich habe den ganzen Tag Märkte in Ennis und Kilrush und zuletzt wieder hier besucht. Es scheint überall einen Stand zu geben, der solchen Schmuck verkauft, wie ich ihn Ihnen gezeigt habe. Ich habe jeden der Stände eine Stunde lang oder länger observiert. Aber als ich nach Kilkee kam, hatte ich das Gefühl, dass die Kerle hier bereits von den anderen vorgewarnt worden waren.«

»Kerle? Wie viele?«

»Zwei. Osteuropäer, würde ich sagen. Sie begannen miteinander zu reden, sobald sie mich erblickten. Also ging ich in ein Pub auf der anderen Straßenseite, wo ich sie im Auge behalten konnte. Ich habe gewartet, bis sie den Stand abgebaut und ihr Zeug in einen Lieferwagen geladen hatten. Dann fuhr ich hinter ihnen her zu einem Wohnblock in der Nähe der Kirche. Sie ließen den Lieferwagen dort stehen, warfen den Schlüssel in einen Briefkasten und gingen zu einer Kneipe. Ich wartete eine Weile, bis ich ihnen folgte und mich in eine Ecke setzte, wo ich dachte, man würde mich nicht sehen. Aber einer von ihnen hat mich erkannt, als er aufs Klo ging. Ich verließ das Pub sofort, aber sie kamen mir nach und zerrten mich in eine Gasse. Während sie mich schlugen und traten, kam jemand vorbei und stellte sie zur Rede, und ich stand auf und rannte fort. Sie liefen mir nach, aber ich entkam ihnen unten am Hafen. Als ich vor dem Hotel ankam, stieg gerade eine Gruppe von Leuten aus einem Minibus. Ich latschte einfach mit, und plötzlich war ich auf der Treppe und dann vor Ihrem Zimmer.«

»Woher wussten Sie, dass es meins ist?«

»Als ich neulich nachts die Wagenschlüssel für Sie abgab, hat die Dame an der Rezeption aus Versehen Ihre Zimmernummer genannt.«

»Giles … was genau hatten Sie eigentlich im Sinn?«

»Als ich zu Ihrem Zimmer kam? Ich weiß nicht … ich …« Seine Stimme verlor sich. Er hatte Mühe, die Augen offen zu halten.

»Nein. Ich meine, was haben Sie heute getrieben? Bei den Marktständen?«

»Ich wollte sehen, ob welche von ihnen mit Drogen handeln – au!« Er hatte sich auf die Seite gerollt, aber sein Brustkorb schmerzte offenbar.

»Ich nehme an, Sie wollten keine für sich selbst besorgen – in diesem Fall wäre es einfacher gewesen, zu fragen. Dann hat es wohl mit Sarah zu tun.«

»Ja. Aber es ist kompliziert. Kann ich es Ihnen morgen früh erklären?«

Kendrick war so traumatisiert, dass er mit mir redete, als wären wir alte Freunde.

»Soll ich Ihnen ein Zimmer besorgen?«

»Nein. Das Bett hier reicht mir.« Er begann wegzudösen.

Ich schüttelte ihn an der Schulter. »Sie können hier nicht bleiben, Giles.«

Er fing zu schnarchen an.

Was sollte ich tun? Ich wollte ihn hinauswerfen, aber ich brachte es nicht übers Herz, ihn zu wecken. Es war sonderbar. Ich hätte es mir zweimal überlegt, jemanden wie Barry McGann in mein Zimmer zu lassen, geschweige denn in das Bett neben meinem, verletzt oder nicht. Aber von Kendrick fühlte ich mich nicht bedroht. Ich fragte mich, ob sich das Verlässlicher-älterer-Mann-Syndrom in mir wieder rührte. Die Tatsache, dass ich ihn für schwul hielt, hatte nichts damit zu tun. Am Ende führte ich es einfach auf den Instinkt zurück, der einem sagt: Dieser Mann gehört zu den Guten.

Ich ging wieder ins Bett, fand jedoch keinen rechten Schlaf. Die Männer, die Giles Kendrick verprügelt hatten, hatten vermutlich den Stand für Zitaras gehütet. Von einem oder mehreren Händlern in den anderen Städten war die Nachricht gekommen, dass dieser merkwürdige Typ sie ausspioniert hatte.

In gewissem Sinn konnte man verstehen, dass die Männer in Kilkee ihn sich vorknöpfen wollten. Aber eins musste ich Kendrick lassen: Obwohl Zitaras es abstritt, wirkte es nun noch wahrscheinlicher, dass er wusste, wer Sarah war. Und der Grund, warum er mich angelogen hatte, war der, dass er ihr Drogen verkauft hatte.

Wie McGann gesagt hatte, war Zitaras ein Typ, der alles Mögliche beschaffen konnte. Und ich hatte Senan Costello – dem Theo Mahon zufolge Marihuana nicht fremd war – dabei gesehen, wie er sehr viel mehr als ein großzügiges Trinkgeld für ihn vorbereitete.

Verwirrend daran war nur eines: Wie konnte Zitaras seinen Drogenhandel vor der Nase eines Expolizisten betreiben, der als der Schrecken der Drogenschmuggler im ganzen Shannon-Gebiet gegolten hatte?

22

Ich habe Sarah in einem Krankenhaus kennengelernt. Wir wurden beide wegen Halsverletzungen behandelt. Ich hatte einen Autounfall gehabt. Sie hatte Unkrautvernichtungsmittel geschluckt.«

Kendrick und ich saßen draußen auf dem Balkon und tranken Tee, dank der Beutel und des Kessels, der zum Zimmerservice des Hotels gehörte. Der Gedanke, Unkrautvernichtungsmittel zu trinken, ließ mich die Tasse absetzen.

»Sie hat einen sehr wohlhabenden, aber auch sehr bohemehaften Hintergrund – Eltern, die glaubten, ihre Liebhaber mit nach Hause bringen und sie ihr und ihrem Bruder Julian vorstellen zu müssen. Promiskuität war normal. Sarahs Vater verführte sie, indem er ihr weismachte, Inzest würde in allen fortschrittlichen Zivilisationen praktiziert. Alkohol und Drogen waren jederzeit verfügbar. Einer der Liebhaber ihrer Mutter, der bei ihnen wohnte, zeigte ihnen, wie man Heroin rauchte, als sie noch Teenager waren. Und so war Sarah mit siebzehn zwar eine sehr talentierte Sängerin und Musikerin, aber sie war auch heroinabhängig. Außerdem hatte sie die Angewohnheit, sich selbst zu verletzen – ritzte sich die Arme mit Rasierklingen oder Glasscherben auf. An ihrem achtzehnten Geburtstag nahm sie eine Überdosis, aber Julian fand sie rechtzeitig und brachte sie ins Krankenhaus. Die Bemühungen ihres Bruders, sie zu retten, machten großen Eindruck auf sie, und sie kam von ihrer Sucht frei.

Sie ging aufs College, studierte englische Literatur und sang und spielte in ihrer Freizeit mit drei anderen Mädchen – Madrigale, Musik aus dem Mittelalter und der Renaissance. Sie traten auf Jahrmärkten, bei Weihnachtskonzerten und solchen Gelegenheiten auf. Dann entdeckte sie jemand von einer Plattenfirma, der auf der Suche nach einer sexy Girl Group war, die man zu einem vermarktbaren Produkt zwischen Pop und Klassik formen konnte. Sie wurden unter Vertrag genommen und erhielten einen hohen Vorschuss, nahmen ein Album und ein Video auf und wurden auf eine große Werbetournee geschickt. Es war das denkbar schlechteste Umfeld für jemanden wie Sarah. Von allem anderen abgesehen, hatte sie Gewichtsprobleme. Es gab eine Menge Druck, der Rolle entsprechend auszusehen. Sie rauchte viel. Begann, Kokain zu konsumieren, um dem Heroin aus dem Weg zu gehen. An dem Tag, an dem die Platte erschien, gab ihr dann jemand von der Plattenfirma zur Feier des Tages eine Tüte Heroin. Sie beschloss, es ein letztes Mal zu nehmen und mit Julian zu teilen. Er erwischte eine Überdosis und starb noch in derselben Nacht.

Danach ging es rasant abwärts mit ihr, bis sie schließlich aus der Band flog, weil sie Auftritte und Proben versäumte. Eines Wochenendes fuhr sie nach Hause und versuchte, sich mit Unkrautvernichtungsmittel umzubringen. Es gelang ihr nicht, aber durch eine dieser Fügungen des Schicksals inhalierte sie versehentlich etwas davon und ruinierte sich die Stimmbänder. Sie würde nie wieder singen. Ich traf sie, während sie sich im Krankenhaus erholte. Ich hatte mir den Hals bei einer Massenkarambolage auf der Autobahn verletzt und versuchte, mein Sprachvermögen wiederzuerlangen, ohne das ich meine Laufbahn als Universitätsdozent nicht fortsetzen konnte. Meine Stimme wurde nie wieder so kräftig wie zuvor, aber es reicht, um über die Runden zu kommen. Jedenfalls war Sarahs

Mantra damals Tag für Tag, dass sie im Leben gescheitert sei und beim Sterben ebenfalls. Aus irgendeinem Grund kam mir eines Tages Charlotte Brontë in den Sinn, und ich fuhr Sarah an, sie solle mit ihrem Gejammer aufhören. Ich weiß noch, wie sich meine Stimme anhörte... Ich war so wütend, aber alles, was ich herausbrachte, war ein heiseres Krächzen... Sie nannte mich immer Mister Kröte...« Seine Stimme versagte. »Entschuldigen Sie...« Er gab sich Mühe zu lächeln.

»Schon gut«, sagte ich. »Lassen Sie sich Zeit.«

»Und Sie haben mich Meister Igel genannt«, sagte er vorwurfsvoll.

»Vielleicht bringen Frauen das Tier in Ihnen zum Vorschein.«

»Ich glaube, ich sollte erklären«, sagte er mit der Miene eines Mannes, der im Begriff ist, ein dunkles Geheimnis zu enthüllen. »Sarah und ich waren Gefährten... kein Liebespaar, wenn Sie wissen, was ich meine.«

Ohne seine Brille musste Kendrick den Kopf von einer Seite zur anderen neigen, um mich scharf zu sehen – es war eine ähnliche Technik, mit der man diese beiden Kugeln in einem Plastikgehäuse in die jeweiligen Löcher kriegt.

»Ich verstehe.« Es stimmte, auch wenn ich es nicht gänzlich verstand.

»Jedenfalls«, begann er von neuem, »machte ich eine Bemerkung über Charlotte Brontës kurzes Leben. Dass es ihr, nach Sarahs Begriffen, ›geglückt‹ sei, jung zu sterben. Aber, sagte ich, es wäre wesentlich lustiger für Charlotte gewesen, wenn sie ihren Erfolg noch erlebt hätte; wenn sie ihr Kind hätte aufziehen können, anstatt zu sterben, bevor es zur Welt kam. Irgendwie wurde das zu einem Wendepunkt in Sarahs Leben. Tatsächlich wurden die Brontës zu einer Art Obsession für sie, vielleicht weil sie eine sonderbare Familie waren, aber auf andere Weise als ihre eigene. Ich ermutigte sie, aufs College zurückzugehen, ihren Abschluss zu machen und einen Master über einige Aspekte der Brontës anzufügen, was sie tat – im Lauf der Zeit. Sie war oft dem Selbstmord nahe, und es gab längere Abschnitte im Krankenhaus. Aber sie hielt sich von harten Drogen fern. Sie sagte immer, falls sie sich je tötete, würde es nicht durch eine Überdosis sein. Für sie hätte es ihre Schuld irgendwie verschlimmert, wenn sie denselben Weg wie Julian gegangen wäre. Doch traurigerweise hat Heroin sie am Ende nun doch besiegt.«

»Wollen Sie damit sagen, sie starb an einer Überdosis?«

»Nicht direkt. Sie war seit mehr als einem Jahr clean gewesen, aber in der Nacht, in der sie starb, entdeckte ich, dass sie sich wieder etwas gespritzt hatte. Ich vermute, es ging seit dem Tag, als wir in Kilkee angekommen waren. Da hatte ich gesagt, ich wolle mich entspannen und ein wenig lesen, also war sie allein losgezogen. Ein paar Stunden später kam sie zurück und zeigte mir das Bernsteinhalsband. Als ich fragte, woher sie es habe, war ihre Antwort: ›Von jemandem, der weiß, was ich brauche.‹ Von da an waren es teils ihre Stimmungsschwankungen, teils, weil sie die Arme nicht unbedeckt ließ – außer sie war für sich, wie in der Dusche und so. Sie hatte sie in der Öffentlichkeit schon immer bedeckt gehalten, um die Narben zu verstecken, wo sie sich selbst aufgeritzt hatte, und einige Geschwüre von den Spritzen. Aber diesmal war es anders – sie verbarg sie vor *mir*. Wir hatten an dem Abend, bevor sie starb, früh etwas gegessen – allerdings hatte sie sowieso keinen Appetit gehabt. Aber als wir zurückkamen, wurde sie schläfrig, und nachdem sie eingeschlafen war, wühlte ich in ihrer Tasche und fand das Heroin und eine Spritze. Sie wachte auf, und ich stellte sie zur Rede. Wir stritten, und dann ging sie. Und irgendwann danach setzte sie sich ihren letzten Schuss.«

»Aber wie kam es dann, dass sie von den Klippen gefallen ist – wenn es wirklich so war?«

»Sie ist nicht gefallen, Illaun. Ich weiß es. Ich glaube, irgendwo in ihrem Kopf war sie zu Bertha geworden, Rochesters verrückter Frau, die in *Jane Eyre* von den Zinnen von Thornfield House springt.«

Das Telefon auf dem Nachttisch läutete.

Ich hob ab.

»Hier ist die Rezeption. Ich wollte Sie nur erinnern, dass die Frühstückszeit bald endet.«

»Danke, ich komme gleich runter.« Ich legte auf. Komisch, dachte ich und sah auf die Uhr – es war erst halb zehn. Aber vielleicht galten sonntags andere Zeiten. »Wie kommen Sie darauf?«, wandte ich mich wieder an Kendrick.

»Ich sagte ja schon, dass sie mir einige SMS geschickt hat.« Er zog sein Handy aus dem Jackett. »Sie können sie selbst lesen.« Er drückte ein paar Tasten und reichte mir dann das Gerät.

Ich bin wahnsinnig – ganz wahnsinnig: In meinen Adern fließt Feuer, und mein Herz schlägt schneller, als ich zählen kann.

»Gehen Sie zur nächsten.«

Indem ich jung sterbe, entfliehe ich großen Leiden.

»Sie klingen fast… frohlockend«, sagte ich.

Kendrick nickte mit einem traurigen Lächeln.

»Aber warum sollte sie Selbstmordgedanken hegen, wenn sie high war?«

»Ich glaube, sie war im Zustand eines Überschwangdeliriums. Ich weiß, das klingt viktorianisch – und wie angemessen, könnte man sagen –, aber es bedeutet, die Person wird von ihrer allzu großen Begeisterung fortgerissen und ist unmöglich vom einmal eingeschlagenen Kurs abzubringen.«

»Hat sie sich nun selbst getötet oder nicht?«

»Ja. Ich glaube, sie war sowohl euphorisch *als auch* in Selbstmordstimmung, als sie anfing, mir SMS zu schicken. Und sobald sie dann wieder herunterkam, wurden die Selbstmordgedanken verstärkt. Selbstmordneigungen haben bei Süchtigen oft mehr mit einem Gefühl der Hoffnungslosigkeit als mit Depression zu tun. Das weiß ich von ihr. Hier ist noch eine SMS.«

Ich sah mir die letzte an.

Leser, ich habe ihn getötet.

»Es sind alles Zitate aus *Jane Eyre*«, sagte er. »Die letzte ist eine Anspielung auf die berühmte Zeile aus dem letzten Kapitel: ›Leser, ich habe ihn geheiratet.‹ Ich glaube, sie konnte das Schuldgefühl über Julians Tod nicht mehr ertragen und wollte dem Schmerz ein Ende machen. Aber wenn Sarah schuldig ist, dann auch derjenige, der sie in dieser Nacht mit Heroin versorgt hat. Ich will ihn ihren Schmerz fühlen lassen.«

»Ich glaube wirklich, Sie sollten zur Polizei gehen wegen dieser Geschichte. Sonst bringen Sie sich in Lebensgefahr.« Ich beschloss, ihm lieber nicht zu sagen, dass er meiner Ansicht nach mit Jonas Zitaras auf der richtigen Spur gewesen war.

Kendrick stand auf. »Ich werde es mir überlegen. In der Zwischenzeit – ich weiß, Sarah wollte, dass Sie den Brief lesen, den Charlotte über Kilkee geschrieben hat. Der Ordner ist im Wagen. Wenn Sie möchten, können wir ihn holen gehen.«

»Okay.« Ich öffnete die Tür und blickte den Flur auf und ab. Ein Zimmermädchen nahm einen Satz Handtücher von einem Wagen vor einem frisch geräumten Zimmer. Aber ich sah niemand Verdächtigen herumlungern.

»Kommen Sie«, sagte ich.

Kendrick schlug vor, dass wir getrennt nach unten gingen, da es dann weniger peinlich für mich wäre, falls uns das Personal am Empfang sah und anschließend von der Polizei befragt wurde. Er nahm den Aufzug, und ich ging über die Treppe und stritt mit mir selbst, ob man Zitaras irgendwie zur Verantwortung ziehen konnte für das, was mit Sarah geschehen war. Sie war immerhin ein erwachsener Mensch und wusste, was sie tat. Sollte er – was höchst unwahrscheinlich war – jemals zugeben, ihr Heroin verkauft zu haben, würde er darauf mit Sicherheit hinweisen. Es wäre besser, wenn man Kendrick ganz von ihm abbringen und dazu überreden könnte, sich zu stellen.

Aber ich musste ihm nicht weiter zusetzen. In der Hotelhalle wartete Sergeant Hynes auf ihn.

Als Kendrick aus dem Lift stieg, näherte sich Hynes und sprach ihn an. Ich bemerkte, wie Keira, die Empfangsdame, hinter ihrem Tisch hervorschaute, und erriet, dass sie ihn für den Sergeant identifiziert hatte. Ich war inzwischen am Fuß der Treppe angelangt und wollte eben zu ihnen gehen, als Keira – mit missbilligender Miene – in meine Richtung nickte. Eine Polizistin trat hinter einer Säule hervor und stellte sich mir in den Weg.

»Illaun Bowe?«, fragte sie.

»Ja, das bin ich.«

»Pauline O'Sullivan. Ich wäre Ihnen sehr verbunden, wenn Sie mit mir aufs Revier kommen würden.«

Ihr Tonfall irritierte mich.

»Natürlich …« Ich warf einen Blick über die Schulter und sah, wie Hynes Kendrick aus der Tür des Hotels führte. Draußen wartete ein Streifenwagen, und ein weiterer Beamter stand vor dem Eingang. »Aber eigentlich würde ich Ihnen lieber hier alles erklären.«

»Ich biete Ihnen keine Wahl an«, sagte O'Sullivan in eisigem Ton. »Wir würden uns im Zusammenhang mit dem Tod von Sarah Baxter gern mit Ihnen unterhalten.«

23

Auf dem Revier vernahmen sie uns in getrennten Zimmern. Nachdem sie es als »informelles« Gespräch bezeichnet hatte, saß mir O'Sullivan fast eine Stunde lang gegenüber und nahm meine Angaben auf: wer ich war, woher ich kam, wann ich in Kilkee eingetroffen war, wo ich seither gewesen war und was ich getan hatte. Ich umriss meine Aktivitäten grob, ließ aber die Begegnung mit Kendrick auf dem Parkplatz aus, da ich dachte, es würde ein schlechtes Licht auf ihn werfen.

O'Sullivan und ich kamen ganz gut miteinander aus und hatten sogar ein paar Mal gelacht, bis sie mich fragte, wie lange ich Sarah Baxter und/oder Giles Kendrick schon gekannt hatte, *bevor* ich sie in Kilkee traf. Bis ich die Folgerungen aus dieser Frage verarbeitet hatte, wollte sie wissen, wie viele Nächte Kendrick in meinem Zimmer geschlafen hatte. Erst dann begriff ich, dass die Polizei die Sache aus einem völlig anderen Gesichtswinkel betrachtete und dass ich eine Verdächtige in einem vermeintlichen Mordfall war. Ich überlegte, ob ich meine Aussage revidieren sollte, als O'Sullivan das Zimmer verließ. Zwanzig Minuten später kam sie in Begleitung eines Bullen von Mann wieder, der ein kurzärmliges Hemd von der Größe einer kleinen Markise trug. Er hatte schwabbelige, nach unten gezogene Lippen und einen massigen Schädel, der eins war mit seinem Hals.

Der Stuhl ächzte, als er sich mit der letzten Seite von

O'Sullivans Notizen darauf niederließ. Sie hatte auf einem Stuhl an der Wand ein Stück entfernt Platz genommen.

Der Detective las die Notizen zu Ende und musterte mich von oben bis unten. »Sie und er haben es also jede Nacht in Ihrem Zimmer getrieben, seit Sie die andere los waren. Konnten es wohl nicht erwarten, sich auf ihn zu stürzen, was?« Er sah mich aus winzigen Knopfaugen an.

Ausnahmsweise war ich sprachlos.

»Ich heiße übrigens Rattigan. In einem andern Fall, den ich bearbeite, tut sich gerade nicht viel, deshalb habe ich gesagt, ich schau mir den hier mal an. Glasklare Sache, soweit ich sehe.« Er sah zu O'Sullivan hinüber, um ihren Blick aufzufangen. »Sie mögen die letzten zwei Tage die Beine breitgemacht haben, aber jetzt werden Sie sie schließen müssen.«

O'Sullivan hatte gerade rechtzeitig weggeblickt.

Ich sprang auf und packte die Tischkante mit beiden Händen. »Was fällt Ihnen ein, Sie unverschämter Flegel. Ich muss mir das nicht anhören.«

O'Sullivan schnellte von ihrem Stuhl hoch und legte mir die Hände auf die Schultern.

Ich setzte mich wieder.

Rattigan verschränkte die Arme – was ein schwieriges Manöver für ihn war – und grinste höhnisch. »Bestreiten Sie, dass dieser …«, er schaute in seine Unterlagen, »… Kendrick die letzte Nacht in Ihrem Zimmer verbracht hat?«

»Nein. Er wurde auf der Straße angegriffen und floh in das Hotel. Ich habe ihm ein Bett für die Nacht überlassen.«

Rattigan schnaubte. »Bestreiten Sie, dass er Freitagabend eine gewisse Zeit in Ihrem Zimmer verbracht hat, am selben Tag, an dem seine frühere Freundin tot aufgefunden wurde?«

Ich schüttelte heftig den Kopf. »Er war auf keinen Fall zu irgendeiner anderen Zeit in meinem Zimmer.«

Der Detective stützte sich auf den Tisch. »Warum hat er dann am Freitagabend einen Schlüsselbund, der Ihnen gehört, beim Verlassen des Hotels an der Rezeption abgegeben?«

»Es war nicht beim Verlassen des … ach, das ist doch lächerlich.«

»Nach Aussage Ihres Freundes Kendrick hat er in einem Ferienhaus in George's Heights gewohnt. Da hat er vielleicht seine Tage verbracht. Aber wie es aussieht, musste er auch dort nicht auf Ihre Gesellschaft verzichten. Wenn ich nicht irre, waren Sie Freitagabend in der Gegend. Aber offenbar konnten Sie es nicht erwarten, wieder übereinander herzufallen, denn später haben Sie sich auf dem Parkplatz von Pollock Holes getroffen, was die Beamtin O'Sullivan und ihr Kollege bezeugen können, die in dieser Nacht auf Streife waren. Erzählen Sie uns, was Sie gesehen haben, Pauline.«

O'Sullivan hüstelte. »Als wir auf den Parkplatz fuhren, standen dort zwei Fahrzeuge; wie wir nachfolgend ermittelt haben, war eins davon von Giles Kendrick gemietet worden.«

»Um das ursprünglich gemietete Auto zu ersetzen«, sagte Rattigan. »Nicht nur, damit man ihn nicht entdeckte, sondern auch, weil er wusste, dass die Verleihfirma den anderen Wagen reinigen und so alle Spuren vernichten würde, dass das Opfer darin transportiert wurde. Fahren Sie fort, Pauline.«

»In dem Range Rover, der Miss Bowe gehört und der durch die Firmenaufschrift auf der Tür leicht zu identifizieren war, saßen zwei Personen, die ich heute Morgen im Hotel Ocean Cove als Illaun Bowe und Giles Kendrick identifizierte.«

»Und was trieben sie in diesem Fahrzeug?« Rattigan sah mich höhnisch an. »Sehen Sie sich vor, Miss Bowe. Das könnte ein bisschen zu hart sein für Ihre zarten Ohren.«

O'Sullivan hüstelte wieder. »Ihr Verhalten war intimer Natur.«

»Das ist Polizeijargon für alles von Schmusen bis Bumsen«, sagte Rattigan. »Und mir persönlich ist es egal, was Sie getrieben haben, außer dass Ihre Behauptung, Sie hätten nichts miteinander, damit einen Dreck wert ist. Und damit nicht genug, Sie haben nach dieser Begegnung bei den Pollock Holes Ihren Wagen stehen lassen und sind mit Kendrick in dessen Auto zum Hotel gefahren. Ihr Höschen muss inzwischen mächtig feucht gewesen sein, was?«

Der Mann war widerlich, aber ich war bis zu einem gewissen Grad von der Beobachtung abgelenkt, wie man durch falsche – oder auch vorsätzlich falsche – Interpretation der Sachlage einen Fall gegen jemand völlig Unschuldigen zusammenbasteln konnte. Es war, als würde ich alles aus der Ferne betrachten und wäre nicht wirklich davon betroffen.

Rattigans Stuhl knarrte wieder, als er sich zurücklehnte. »So wie ich es sehe, hatten Sie und Kendrick schon seit einiger Zeit vor, das Opfer zu beseitigen. Also haben Sie einen Plan ausgeheckt – sie nach Kilkee zu locken und es wie Selbstmord aussehen zu lassen.«

»Hoho. Eine ziemlich drastische Lösung. Er hätte doch einfach die Beziehung beenden können.«

»Vielleicht wollte sie nicht mitspielen.«

»Dann hätte er sie immer noch sitzen lassen können. Das ist sehr viel weniger schmutzig als Mord.«

Rattigan schlug mit der feisten Hand auf den Tisch. »Ich weiß, wie Sie es getan haben. Also halten Sie den Mund und hören Sie zu.«

Ich lächelte und schüttelte ungläubig den Kopf.

»Kurz nachdem die beiden anderen ankommen, treffen Sie sich alle wie zufällig, damit das Opfer später keinen Verdacht schöpft, wenn Sie sich im Hotel über den Weg laufen und er vorschlägt, Sie drei könnten zusammen ausgehen. Aber er hat sie bereits unter Drogen gesetzt. Sie kurven also eine Weile in der Gegend herum, bis die Droge wirkt, und dann fahren Sie von hinten zum Lookout Cliff hinauf, zerren die Frau auf den Pfad und werfen sie ins Meer. Danach setzt Kendrick Sie in Ihrem Hotel ab und fährt nach George's Heights. Am nächsten Morgen sind Sie hilfreich zur Stelle, um das Opfer zu identifizieren und Sergeant Hynes zu erzählen, Kendrick habe die Gegend verlassen, was nicht stimmt. Wir haben einen Zeugen, dass Sie später in George's Heights waren, und eine Polizistin, die Sie beide am selben Abend intim miteinander gesehen hat. Außerdem haben wir eine Hotelangestellte, die gestern Abend Dienst hatte, als sie bemerkte, dass ein Mann, der kein Hotelgast war, die Treppe hinaufging, und ihn als denselben Mann wiedererkannte, der bei früherer Gelegenheit Ihre Wagenschlüssel am Empfang abgegeben hatte. Nachdem sie sein Foto heute Morgen in der Sonntagszeitung gesehen hatte, verständigte sie die hiesige Polizei. Durch deren umsichtiges Vorgehen wurden Sie beobachtet, wie Sie gemeinsam das Zimmer verließen, aber getrennt nach unten gingen – erneut, um Ihre Beziehung zu verschleiern. Sie sehen also, Miss Bowe, worauf das alles hinausläuft. Ich glaube, es wäre am einfachsten, Sie würden auf der Stelle gestehen. Pauline wird eine neue Aussage von Ihnen aufnehmen.«

»Ich verstehe, was Sie meinen«, täuschte ich vor, mich geschlagen zu geben. »Aber eins muss ich erst noch klarstellen. Sie sagten, Sarah sei unter Drogen gesetzt worden. Womit, genau?«

»Der vorläufige toxikologische Bericht lässt auf eine hohe Konzentration von Morphium in ihrem Blut schließen«, meldete sich O'Sullivan hilfreich zu Wort.

Rattigan sah sie zornig an.

»Morphium, hm?« Kendrick hatte nicht gelogen. »Ich bin

nicht allzu sehr vertraut mit dem Thema, aber ist Heroin nicht eine Form von Morphium?«

»Und wenn es so wäre?«, sagte Rattigan.

»Ich hätte nicht gedacht, dass jemand, der eine andere Person mit Drogen außer Gefecht setzen will, sagt: ›Heroin – jawohl, das ist genau das Richtige!‹ Ist es nicht sehr viel wahrscheinlicher, dass Sarah die Droge selbst genommen hat?« Ich blickte absichtlich zu O'Sullivan hinüber.

Sie öffnete den Mund. »Es gab …« Weiter kam sie nicht, dann brachte Rattigan sie zum Schweigen, indem er mit der Hand auf den Tisch schlug.

»Und wenn schon? Falls sie sich selbst ins Koma befördert hat, umso besser für Sie«, sagte er. »Dann mussten Sie die Gelegenheit nur noch ausnutzen.«

»Und wie sollte das aussehen? Haben wir sie an der Rezeption vorbei aus dem Hotel getragen, oder was?«

»Vielleicht hat sie sich auf einer der Bänke am Klippenweg einen Schuss gesetzt.«

»Wissen Sie, dass das wahrscheinlich das Einzige ist, womit Sie bisher richtig liegen?« Und es würde das Halsband erklären, das gefunden wurde, dachte ich. »Und jetzt möchte ich, dass Sie etwas tun, bevor wir hier weitermachen.«

Rattigan war sich nicht sicher, ob er gewonnen hatte oder nicht. »Ihnen einen Rechtsbeistand besorgen?«

»Ich möchte, dass Sie einen Freund von mir anrufen.« Ich holte mein Handy hervor. »Ich gebe Ihnen seine Nummer.«

»Sie haben sich also entschieden, nicht zu kooperieren?«

»Nein, ich habe entschieden, dass es an der Zeit ist, hier zu verschwinden. Sarah Baxter hat sich selbst getötet – Ende der Geschichte. Wie wär's also, wenn Sie sich darum kümmern würden, den Mörder von Lena Morrison zu suchen? Oder sind Sie der Sache nicht gewachsen?«

»Sie halten sich für eine ganz Schlaue, was?«

»Fragen Sie das diesen Mann hier. Das ist seine Nummer.« Ich las sie ihm vor. »Sie werden mit Detective Inspector Matt Gallagher sprechen.«

24

Es dauerte eine Stunde oder länger, aber zuletzt war ich wieder auf dem Weg in mein Hotel. Meine Begegnung mit Rattigan war schmerzhaft gewesen, aber nichts im Vergleich zu dem, was ich von Gallagher abbekam. Zuvor gab es ein langwieriges Wortgefecht zwischen ihm und Rattigan, das sich größtenteils außerhalb meiner Hörweite abspielte. Dann kam O'Sullivan herein und sagte, Gallagher wolle mich ungestört sprechen und ich solle ihn zurückrufen.

»Ich glaub's einfach nicht, Illaun«, waren seine ersten Worte.

Ich krümmte mich innerlich. »Ich weiß. Aber ehrlich, ich habe meine Nase nicht in die Sache gesteckt, ich bin einfach hineingeraten.«

»Ach ja?«

So knapp wie möglich erklärte ich ihm, was passiert war, seit ich zuletzt mit ihm gesprochen hatte.

»Sie wissen aber, wieso Rattigan die Sache an sich gerissen hat?«, sagte er. »Weil er mit dem Fall Lena Morrison nicht weiterkommt, und plötzlich fällt ihm ein Mord, der als Selbstmord getarnt wird, in den Schoß. Er wird nicht lockerlassen, Illaun. Aber ich habe mich weit aus dem Fenster gelehnt, und er lässt Ihnen etwas mehr Leine. Sie dürfen gehen, vorausgesetzt, Sie bleiben in der Gegend, solange es Rattigan für angebracht hält. Ihr Freund Kendrick wird allerdings den ganzen Tag zur Vernehmung in Haft bleiben. Davon lässt sich Rattigan nicht abbringen, und ich kann es ihm nicht verübeln – Kendrick klingt sehr verschlagen. Sie dürfen ihn übrigens nicht sehen.«

»Was sagt er bis jetzt?«

»Mehr oder weniger, was Sie mir auch erzählt haben – dass er wusste, man würde ihn verdächtigen und dass er frei sein wollte, um herauszufinden, wer seine Freundin mit Heroin versorgt hat. Was sowieso eine Dummheit war.«

»Aber es hätte seiner Sache genützt. Das Merkwürdige dabei ist, ich glaube, ich weiß, wer der Drogenhändler ist.«

»Herrgott noch mal, Illaun. Lassen Sie einfach die Finger davon – bitte. Sonst kann ich Rattigan nicht in Schach halten. Und wenn er losgelassen wird, verspeist er Sie zum Frühstück.«

»Okay, Matt, ich halte mich bedeckt. Und danke für Ihre Hilfe. Nur eins noch – erzählen Sie Fran nichts.«

»Tja, das geht leider nicht. Sie sitzt die ganze Zeit neben mir und hat alles gehört.«

Ich krümmte mich wieder. »Kann ich kurz mit ihr sprechen?«

Ich hörte die beiden reden, dann wurde das Telefon übergeben.

»Ich habe mich schon gewundert, warum ich nichts von dir höre«, sagte sie. »Und wenn es dann so weit ist, muss ich erfahren, dass du in Schwierigkeiten steckst.«

»Es tut mir leid, Fran. Aber wie dir Matt erklären wird, ist das alles über mich hereingebrochen. Ich habe es nicht darauf angelegt.«

»Hm. Da bin ich mir nicht so sicher. Jedenfalls werden Matt und ich jetzt versuchen, unser erstes gemeinsames Wochenende seit Monaten weiter zu genießen. Wir sehen uns, wenn du nach Hause kommst.«

Sie war wirklich sauer auf mich, weil ich ihre kostbare Zeit mit Gallagher ruiniert hatte. Heute ging auch alles schief. Und jetzt musste ich den Aufenthalt in meinem Hotel für wenigstens eine Nacht verlängern. Ich überlegte, ob ich auschecken und mir etwas anderes suchen sollte, aber der Gedanke gefiel mir nicht. Sie würden vielleicht nicht darauf erpicht sein, mich als Gast zu haben, aber ich würde die Stellung halten.

Ich würde die Wahrheit einfach ein wenig strecken.

Zu meiner Erleichterung war eine andere Frau am Empfang, und ich bat sie, mir den Manager zu holen. Als er aus seinem Büro kam, erklärte ich ihm, es habe ein Missverständnis gegeben. Der Mann, der jetzt in Haft sei, habe versucht, mich von seiner Unschuld zu überzeugen, und es sei mir gerade gelungen, ihn dazu zu überreden, dass er sich stellen müsse, als die Polizei eintraf. Der Manager akzeptierte meine Geschichte und bestätigte meine Buchung. Wenigstens war das geklärt.

Erst als ich in mein Zimmer kam, sah ich auf die Uhr. Es ging auf eins zu, und das Grummeln in meinem Magen erinnerte mich daran, dass ich noch nicht gefrühstückt hatte.

Nachdem ich rasch geduscht und mich umgezogen hatte, fuhr ich in die Stadt und parkte in der Hauptstraße vor einem terracottafarbenen Gebäude mit zwei großen Erkerfenstern mit dunkelblauem Rahmen. Es war ein Restaurant namens The Pantry.

Vor der Auslage, wo man sein Essen wählte, standen die Leute Schlange, aber ich war bereits so hungrig, dass es keinen großen Unterschied mehr machte, ob ich warten musste. Schließlich durfte ich mir einen Meeresfrüchteeintopf, dunkles Brot und einen Beilagensalat bestellen, mit Tee und einem Scone obendrauf. Ich zahlte und hielt nach einem freien Tisch Ausschau. Es gab keine Plätze, aber eine Frau mittleren Alters, die mit ihrem Mann in der Nähe eines Fensters gesessen hatte, machte mir Zeichen, dass sie im Begriff seien zu gehen.

Ich dankte ihr und setzte mich.

Die Kombination von mildem Wetter und einem Herbstfest, für das überall in den Schaufenstern Werbung gemacht wurde, hatte viele Tagesausflügler in die Stadt gelockt. Eine Broschüre mit den Festveranstaltungen lag auf dem Tisch, und ich blätterte sie durch, während ich wartete. Die Freiluftkonzerte auf dem Stadtplatz hatte ich an den vergangenen Abenden verpasst, ebenso eine Hundeschau und einen Wettkampf im Sandburgenbauen am Samstagnachmittag. Pferderennen am Strand hatte man wegen der später einsetzenden Flut auf Sonntagvormittag angesetzt; sie waren gerade zu Ende gegangen, während die Krönung der Festkönigin an diesem Abend den eher kargen Veranstaltungskalender beschließen würde. Alles hatte so eine Ausstrahlung von Saisonende, dass es mir fast unnatürlich vorkam, über das Wochenende hinaus zu bleiben. Ich erinnerte mich an Barry McGanns Worte: »Sollten Sie aus irgendeinem Grund beschließen, bis morgen oder übermorgen zu bleiben…« Damals hatte ich das für sehr unwahrscheinlich gehalten. Sollte ich mich bei ihm melden? Besser nicht.

Es gab jede Menge Dinge, mit denen ich mich beschäftigen konnte, angefangen bei den Zeichnungen von dem knöchernen Motivstück, die ich angefertigt hatte. Und ich sollte bald bei Kim Tyrell vorbeischauen, um meinen Briefbeschwerer für Fran abzuholen, die in ihrer momentanen Stimmung wahrscheinlich versucht sein würde, ihn mir über den Schädel zu hauen.

Meine Bestellung kam, ich faltete die Broschüre zusammen und machte mich ans Essen. Der Eintopf war gut, seine Wärme durchströmte mich und ließ meine Wangen glühen.

Als ich aufgegessen hatte, fing ich den Blick einer Bedienung auf, und sie brachte meinen frischgebackenen Scone und eine kleine Kanne Tee. Ich holte meinen Zeichenblock und einen Stift aus dem Rucksack und betrachtete die Zeichnungen noch einmal, besonders die drei Kreuze. Ihre unebene Anordnung interessierte mich. Kreuz eins und drei waren auf einer Höhe, aber Nummer zwei in der Mitte saß tiefer – ich zog eine Linie von diesem zu den beiden andern und erhielt ein V mit dem tieferen Kreuz als Spitze. Wenn es sich hier um geografische Bezüge handelte, Positionen in der Landschaft, dann waren eins und drei möglicherweise die Gemeinschaften von George's Head und Bishop's Island. In diesem Fall stellte Kreuz zwei eine Niederlassung dar, die zwischen den beiden lag, aber näher am Meeresspiegel.

Und es musste etwa in der Gegend der Intrinsic Bay sein. Oder Poulatemple, wie es vor dem Schiffbruch genannt wurde. Der irische Ortsname bezog sich auf eine Kirche oder einen Tempel, was sich auch ganz allgemein als heilige Stätte interpretieren ließ, so wie »*poll*« oder Loch eine kleine Höhle oder einen Felsunterstand bedeuten konnte. Solche Orte wurden häufig von Einsiedlern als Wohnsitz gewählt.

Ich trank meine zweite Tasse Tee und verließ das Restaurant, um zu Kim Tyrell zu fahren. Aber erst musste ich telefonieren.

Auf dem Gehsteig kam mir eine schnatternde Schar schlanker junger Frauen in eng anliegenden Abendroben entgegen, alle aufwändig frisiert und geschminkt. Die Festköniginnen.

Ich schnappte Bruchstücke ihrer Unterhaltung auf.

»Und er: ›Kommt nicht infrage, Tracy.‹ Und ich darauf: ›Hey, wofür hält der sich?‹«

»Ich weiß. Weil ich so: ›Was willst du machen?‹, und Rob nur: ›Egal … irgendwas.‹«

Ich runzelte die Stirn über ihre verkümmerte Sprechweise, aber dann rief ich mich selbst zur Ordnung. *Du wirst wie deine Mutter, Illaun.*

Ich lächelte über die Erkenntnis, aber es war beunruhigend. Ich hielt mich für jung und hip, und jetzt entdeckte ich langsam, dass ich doch schon einer älteren Generation angehörte. Vermutlich würde es solche Momente häufiger geben, wenn ich vierzig geworden war.

Ich setzte mich in den von der Sonne gewärmten Range Rover und holte mein Handy hervor.

Trevor Symes, der Geologe, der mir eine SMS wegen seines Berichts geschickt hatte, war überrascht, von mir zu hören, vor allem an einem Sonntag. Ich erklärte, es habe nichts mit der Untersuchung zu tun, sondern ich bräuchte seinen Sachverstand wegen etwas anderem.

»Es geht auch nicht direkt um Eiszeitgeologie, aber ich bin überzeugt, dass Sie mir helfen können. Ich bin auf der Halbinsel Loop Head in Clare. Ich weiß, dass der Meeresspiegel seit der letzten Eiszeit hier angestiegen ist, aber ich bin mir nicht sicher, in welchem Ausmaß. Können Sie mich da aufklären?«

»Ich werde es versuchen. Eine Sache, die mir sofort einfällt – vor zwölftausend Jahren befand sich der Rand des Eisschilds nur wenige Kilometer nördlich von dort, wo Sie jetzt sind. Und das Eis band so viel Wasser, dass die Küstenlinie der heutigen Loop-Head-Halbinsel fast fünfzig Kilometer weiter draußen im Atlantik lag. Dann fing das Eis zu schmelzen an.«

Ich selbst fing ebenfalls zu schmelzen an. Ich öffnete das Fenster, damit die Hitze entweichen konnte. »Und mit welcher Geschwindigkeit steigt das Meer seitdem?«

»Ich wusste, Sie stellen die schwierigen Fragen. Gehen wir erst ein bisschen zurück. Der Meeresspiegel ist in den letzten zwanzigtausend Jahren weltweit um mehr als hundertzwanzig Meter gestiegen.«

Ich rechnete rasch im Kopf. »Das würde bedeuten, sechs Meter alle tausend Jahre. Kommt das hin?«

»Nein. Und zwar weil der größte Teil des Anstiegs, unterstützt durch die Eisschmelze, bis vor etwa sechstausend Jahren stattgefunden hatte. Seither steigt der Meeresspiegel wesentlich langsamer, aber die Geschwindigkeit kann von allen möglichen lokalen Ereignissen beeinflusst werden. Der Meeresboden kann absacken, Erdbeben und Tsunamis können Küstenlinien verändern, dann haben wir das Wirken der Wellen, Stürme, Erosion und so weiter. Es gibt auch Orte, wo Land als Folge von Vergletscherung in Relation zum Meer tatsächlich ansteigt. Und beides kann gleichzeitig passieren, selbst in einem kleinen Land wie Irland. Grob gesagt hebt sich der Norden der Insel, während der Süden langsam versinkt. Deshalb gibt es erhöhte Strände in Donegal und versunkene Wälder in der Shannon-Mündung.«

»Und manches davon ist passiert, als es schon Menschen gab. Aber was mich eigentlich interessiert, ist die frühe geschichtliche Zeit.«

»Und genau da wird mein Bild unscharf, fürchte ich. Ich habe ein paar unzusammenhängende Fetzen im Kopf – ein Anstieg von weniger als tausend Metern pro Jahrtausend seit der Jungsteinzeit an manchen Orten, über zwei Meter an anderen.«

»Hm. Ich weiß, es ist ein ganz anderes Fachgebiet, aber es gibt Volkserzählungen und mittelalterliche Dokumente, die sich auf ein Ereignis beziehen, das den Meeresspiegel im frühen Mittelalter verändert hat. Es gibt zum Beispiel die Legende von einer versunkenen Kirche in der Shannon-Mündung. Einen Bericht, der klingt, als habe ein Tsunami die Küste zu Beginn des neunten Jahrhunderts überflutet. Und es gibt eine Klosterinsel hier in der Nähe, die jäh vom Festland abgetrennt worden zu sein scheint. All das deutet auf einen plötzlichen Anstieg des Meeresspiegels hin. Was halten Sie von solchen Dingen?«

»Ich würde auf jeden Fall schauen, ob es dafür überprüfbare Belege gibt. Aber wenn ich es wissenschaftlich nicht verifizieren kann, würde ich einen Bogen darum machen.«

»Ohne Beweise also, aber ein solches Ereignis mutig mit eingerechnet – um wie viel, glauben Sie, könnte das Meer in diesem Gebiet während der letzten fünfzehnhundert Jahre gestiegen sein?«

»Mein Instinkt sagt mir, nicht mehr als zwei Meter. Aber falls es ein geologisches Ereignis gegeben hat, wie von Ihnen beschrieben, würde ich es riskieren, auf drei hinaufzugehen.«

»Danke, Trevor, das ist wahrscheinlich alles, was ich brauche.«

»Wozu?«

»Um selbst ein bisschen was zu riskieren.«

Ich wollte eben losfahren, als ein Trio von Festköniginnen an meinem offenen Fenster vorbeikam.

»Dad sagt, der Mörder treibt sich immer noch herum und könnte heute Abend beim Festball sein.«

»Er wollte dir nur Angst machen, damit du nicht an dem Wettbewerb teilnimmst.«

»Allerdings war es um diese Jahreszeit, dass sie ermordet wurde.«

»Es heißt, er arbeitet in einer Metzgerei, so wie sie zerlegt war.«

»Das stimmt. Und Rob meint, daran würden wir ihn erkennen, wenn wir mit ihm tanzen – an dem Fleischgeruch.«

»Ja, *krass*!«

Lenas Tod wurde zu einer Legende in der Stadt, weil sich mit der echten Angst dann leichter umgehen ließ. Indem er jemanden tötet, spukt ein Mörder in den Köpfen vieler anderer Menschen herum.

25

Senan Costellos Haus war leicht zu finden. Es war ein Gehöft, das sich früher einmal ein ganzes Stück außerhalb der Stadt befunden hatte, aber nun an deren Rand lag. In einem geräumigen Hof standen einige Anhänger mit Booten darauf, ein Pick-up und der Jeep des Tauchteams. Aus der offenen Tür eines Nebengebäudes drang ein flackernder blauer Schein. Ich parkte am Straßenrand und ging in den Hof. Ein Hund kam heraus, um mich anzubellen.

Als ich mich dem Nebengebäude näherte, sah ich innerhalb der Tür Funken stieben.

Costello trug eine Schutzmaske und arbeitete mit einem Schweißgerät an etwas, das wie der Rahmen eines Anhängers aussah. Er hielt inne, als er mich bemerkte, und schob die Maske hoch.

»Hallo«, sagte er mit einem Lächeln und zeigte seine fliesenartigen Zähne. »Was kann ich für Sie tun?«

»Wie ist die Wettervorhersage?«

Der Hund begann, an mir hochzuspringen.

»Ins Haus, Buster.« Costello zeigte zum Wohngebäude.

Buster lief davon.

»Ein Wechsel bahnt sich an. Der Wind wird bis morgen früh auf Südwest drehen. Er wird vermutlich auffrischen, und es wird eine hübsche Dünung geben.«

»Wie sieht es mit diesen extremen Gezeitenständen aus?«

»Das legt sich jetzt allmählich. Der letzte extreme Tiefstand wird heute Abend zwischen neun und zehn sein. Danach werden die schwerere See und der niedrigere Luftdruck den Wasserspiegel so hoch treiben, dass bei Ebbe kein großer Unterschied mehr ist. Aber genau aus demselben Grund könnte es in den nächsten Tagen noch ein paar Mal eine sehr hohe Flut geben.«

»Sie würden also sagen, nach heute Abend wird es für einige Zeit gefährlich sein, in der Intrinsic Bay zu tauchen. Am Fuß der Klippen, meine ich.«

»Absolut.« Er lachte. »Wieso? Sie denken nicht zufällig daran, es zu versuchen, oder?«

»Doch, genau das tue ich.«

Costello legte sein Schweißgerät beiseite. »Puh.« Er schüttelte den Kopf. »Hey – sagten Sie nicht ...«

»Dass ich nicht mehr tauche? So ist es, und wenn ich mich nicht irre, wird das, was ich vorhabe, keine allzu große Herausforderung darstellen. Können Sie uns heute Abend da hinausfahren?«

»Sicher. Was ist mit Ihrer Ausrüstung?«

»Ich habe Anzug, Flossen, Maske, Schnorchel. Den Rest müsste ich vorher noch irgendwo auftreiben.«

»Ich finde bestimmt einen Lungenautomaten und einen Atemregler für Sie.« Er musterte mich von Kopf bis Fuß. »Und ich statte Sie mit einer Sauerstoffflasche und allem anderen aus. Mit wem werden Sie tauchen?«

»Mit Ihnen.«

Costello grinste und kratzte sich am Kopf. »Wieso wollen Sie so nahe an den Klippen tauchen?«

»Ich glaube, dort gibt es eine Unterwasserhöhle. Die möchte ich finden.«

»Hört sich riskant an.«

»Ich werde keine Risiken eingehen, Senan. Glauben Sie mir,

so tapfer bin ich nicht. Ach ja – ein anständiges Messer werde ich auch brauchen.«

»Richtig, und Sie bekommen natürlich eine Taschenlampe von mir. Treffen wir uns an der Bootsrutsche, wo wir neulich hereingekommen sind … sagen wir um neun? Und wenn es Ihnen recht ist …« Er schaute ein bisschen verlegen drein. »Ich würde es begrüßen, wenn Sie heute Abend gleich bezahlen könnten. Bevor wir rausfahren.«

»Sicher. Kein Problem.«

Wir einigten uns auf eine Summe, und ich überließ ihn wieder seiner Arbeit.

Während der Fahrt war es warm genug, dass ich die Fenster aufmachen und die frische Luft einatmen konnte. Zinnoberrote Blumen leuchteten wie Feuer an manchen Abschnitten der Böschungen und Hecken. Ich erinnerte mich, dass Vater uns erklärt hatte, es handle sich um Montbretia, eine entflohene Gartenpflanze. Damals hatte ich den Eindruck, er meinte es vorwurfsvoll, doch inzwischen hatte ich gelernt, dass viele seiner Beobachtungen genau das waren – Beobachtungen, keine Urteile.

Die andere farbenfrohe Pflanze, die es in Hülle und Fülle in den Heckenreihen gab, war der hoch aufragende Blutweiderich. Zwischen diesen lebhaften Farben und Formen blühte, wie schon seit dem Frühsommer, immer noch das cremefarbene Mädesüß. Der Zusammenprall der Farben erinnerte an die Bauernhäuser, die über die Landschaft verstreut waren. Und genau diesen Mix aus Farbtönen hatte Kim für den gläsernen Briefbeschwerer verwenden wollen, den sie für mich anfertigte.

Nachdem ich etwa zehn Kilometer gefahren war, verlangsamte ich. Es gab nur wenige Orientierungspunkte entlang der überraschend geraden Straßen auf der Halbinsel, und zu Kims

Haus ging es eine kleine Seitenstraße hinunter, die leicht zu übersehen war. Sie hatte an einem Pfosten an der Abzweigung ein kleines Holzschild angebracht, aber das wurde, wie sie mir glücklicherweise mitgeteilt hatte, durch die trompetenförmigen Blüten einer Winde verdeckt. Als nützlicheren Hinweis hatte ich mir einen verkrüppelten Baum gemerkt, dessen Krone durch die vorherrschende Windrichtung zu einem flachen Keil geformt worden war. Nach diesem hielt ich nun Ausschau und sah ihn zu meiner Erleichterung fünfzig Meter voraus über die Hecken ragen. Unmittelbar dahinter bog ich links ab, dann die zweite rechts, auf einen Feldweg mit einem Grasstreifen in der Mitte.

Und schließlich war ich vor Kims Cottage. Ich fuhr durch das Tor und parkte neben dem Haus hinter ihrem grünen Van. Als ich ausstieg, hörte ich Lerchen in den nahen Wiesen. Meine Ankunft hatte auch die Aufmerksamkeit einiger Anwohner geweckt – auf einer der Weiden betrachteten mich eine Stute und ihr Fohlen neugierig, eine Herde besorgt dreinblickender Rinder glotzten von einer anderen herüber. Die Wiesen fielen zur Flussmündung hin ab, und in der Ferne sah ich das Wasser im Sonnenlicht glänzen. Das Fohlen kam, noch etwas unsicher auf den langen Beinen, auf mich zu; es erinnerte mich an die Festköniginnen, die ich zuvor auf der Straße gesehen hatte. Dann wurde es von etwas erschreckt und hüpfte zurück, um sich hinter seiner Mutter zu verstecken.

Ich beendete meine kurze Träumerei und rief nach Kim. Es überraschte mich nicht, dass sie nicht herausgekommen war, um mich zu begrüßen. Bei ihrer Arbeit gab es Momente intensiver Konzentration, wenn sie die winzigen Glasstücke ihrer Miniaturskulpturen zusammensetzen musste. Doch ein rascher Blick ins Fenster ihres Ateliers verriet mir, dass sie dort nicht war.

Ich folgte dem breiten Kiesstreifen zur Rückseite des Hauses – Kim hatte mir erzählt, sie würde den Vordereingang kaum benutzen – und sah, dass die Tür weit offen stand. Als ich darauf zuging, knirschte etwas unter meinem Fuß. Ein Blumentopf, einer von zweien, die links und rechts neben der Tür gestanden hatten, lag zerbrochen auf dem Boden, die Erde war über den Kies verstreut, die Geranie, die sie enthalten hatte, lag welkend in der Sonne.

Ich spürte, wie sich meine Kehle zuschnürte.

»Kim?«, sagte ich und klopfte sacht.

Keine Antwort. Ich stand im Eingang. »Hallo?«

Nichts.

Ich ging hinein.

Es gab weitere unheilvolle Zeichen. Im Wohnzimmer war eine Tischlampe zerbrochen und ein Sessel umgekippt. Ich rief erneut ihren Namen und ging vorsichtig in die Küche. Neben der Spüle stand benutztes Frühstücksgeschirr. Der Tisch war sauber und leer. Dahinter eine Anrichte, zwischen dieser und dem Kamin eine Nische mit Regalfächern voller Zeitungen und Zeitschriften. Auf einem der unteren Fächer stand ein Aktenschränkchen, dessen einzige Schublade offen war. Doch während ich langsam um den Tisch ging, bemerkte ich, dass mich von einem Zeitschriftenstapel herab ein paar gelber Augen beobachteten.

Die schwarze Katze miaute heiser, als ich mich näherte. Ich erinnerte mich nicht an ihren Namen, aber ich machte beschwichtigende Geräusche und hob die Hand, um sie zu streicheln. Sie fauchte mich an. Ich zog die Hand zurück. Die Katze fühlte sich in die Enge getrieben. Ich reckte den Hals, um in die Schublade zu sehen. Sie war vollgepackt mit Hängeregistern, alphabetisch beschriftet. Zwischen einigen der Register war etwas mehr Platz, und ich sah, dass eines davon weder Aktendeckel noch Schriftstücke enthielt. Ich streckte die Hand aus, um das Register herauszuziehen.

Die Katze fauchte wieder und fing an, sich zur Flucht zu sammeln – oder vielleicht auch zum Kampf. Ich kam ihr zu nahe. Ich konnte gerade so drei handgeschriebene Großbuchstaben auf dem grünen Etikett des offenen Ordners erkennen. HFH.

Head for Heights, nahm ich an.

Ich verließ die Küche und erkundete den Rest des Hauses. Kim war nicht im Schlafzimmer, wo ich sie klopfenden Herzens zu finden glaubte. Eine weitere Katze von ihr – ein entspannteres Exemplar – lag ausgestreckt auf dem Bett, das nicht gemacht war. Sonst wirkte jedoch nichts ungewöhnlich. Auch im Bad schien alles an seinem Platz zu sein. Ich ging wieder ins Freie, blieb einen Moment auf der Eingangstreppe stehen und versuchte, aus der Situation schlau zu werden. Hatte es einen Einbruch gegeben? Befand sich Kim in diesem Augenblick in derselben Polizeistation, in der ich zuvor gewesen war, und gab die Beschreibung eines Einbrechers ab, den sie in der Nacht überrascht hatte? Aber ihr Wagen stand vor dem Cottage.

Erst jetzt bemerkte ich, dass der intakte Geranientopf auf der andern Seite der Tür auf einem Betonsockel stand. Falls der zerschellte Topf auch auf so einem gestanden hatte, war im näheren Umkreis nichts davon zu sehen. Meine Angstgefühle verstärkten sich, und meine Eingeweide schienen sich zu verknoten.

Ich ging zum Atelier hinüber und schaute noch einmal durch das Fenster hinein. Mein Briefbeschwerer stand abholbereit auf einem Regalbrett, mit einem blauen Pappkarton daneben. Ich versuchte es an der Tür. Sie war unverschlossen. Vorsichtig ging ich hinein und sah mich um. Alles war ordentlich. Es sah aus, als hätte Kim mein Stück vollendet und dann sauber gemacht.

Ich warf einen Blick in den Van, dann spazierte ich zur Vorderseite des Hauses, um dort nachzusehen. Ich bemerkte, dass die Lerchen noch immer zirpten, das Fohlen nun übermütig um seine Mutter herumtollte und das Vieh zufrieden vor sich hin kaute. Es war, als befänden sie sich in einem Paralleluniversum, in dem alles seinen normalen Lauf ging, während sich in meiner Welt das Gefühl breitmachte, dass etwas Schreckliches geschehen war.

Es war Zeit, die Polizei anzurufen.

Kims Telefon stand auf einem Tisch in der Diele. Ich griff zum Hörer und wollte eben die Notrufnummer wählen, als ich Kims dritte Katze, eine getigerte, draußen über den Kies springen sah. Genau an der Grenze zu einer kleinen Wiese auf der Rückseite des Häuschens kauerte das Tier sich nieder und schnupperte an etwas. Dann ließ es seine Zunge ein paar Mal hervorschnellen und setzte seinen Weg ins hohe Gras fort. Und als das Gras zur Seite gedrückt wurde, fiel mein Blick für einen winzigen Moment auf etwas.

Ich legte den Hörer nieder und ging nach draußen. An der Stelle, wo die Katze angehalten hatte, schien ein Tropfen getrockneter Teer auf dem Kies zu kleben. Doch in der Mitte, wo er am dicksten und noch feucht war, leuchtete er rot.

Die Grashalme dahinter wiesen ebenfalls dunkle Blutflecke auf. Ich wollte nicht weitergehen, aber ich musste. Ich betrat die Wiese auf dieselbe Weise, wie ich mich dem Rand des Lookout Cliffs genähert hatte – vorsichtig, die Arme ausgestreckt, wie um die Balance zu halten, die Augen zum Boden gerichtet. Trotz meiner Angst spürte ich den Hammer, ehe ich ihn sah. Ich stieß mit der Seite meines Turnschuhs dagegen, es war ein Klauenhammer mit einem schwarzen Griff. Ich hob ihn nicht auf.

Noch ein Schritt vorwärts.

Die Katze war in der Nähe. Sie wurde zwar vom hohen Gras verdeckt, aber ich hörte sie schnurren.

Noch ein Schritt.

Kim lag auf dem Rücken. Der schwere Betonsockel hatte ihr die Schädeldecke eingedrückt wie eine Eierschale und war dann auf ihr Gesicht gefallen.

Ihr blutgetränktes Haar breitete sich wie Seegras um ihren Kopf aus, und die Katze nagte an etwas, das sich darin verfangen hatte.

26

Eine Stunde später saß ich noch ganz benommen in meinem Wagen. Polizisten aus Kilrush und Ennis sowie aus Kilkee bewachten den Eingang zum Cottage und hatten den Tatort mit Absperrband umgeben, während sie auf die Ankunft eines Gerichtsmediziners warteten.

Ivor Nolan, ein Detective aus Ennis mit rotbraunem Haar, saß auf dem Beifahrersitz. Wir gingen meinen Bericht durch, und er versuchte, alle Einzelheiten aus mir herauszukitzeln, die ich womöglich vergessen hatte. Er war vermutlich der Beamte, dem ich meine Fotos von dem Abfallhaufen per E-Mail geschickt hatte, aber das schien sehr lange zurückzuliegen und spielte jetzt überhaupt keine Rolle.

Irgendwann gingen zwei Beamte am Wagen vorbei, und ich hörte einen von ihnen das Wort Einbruch sagen. Nolan sah an meiner Reaktion, dass ich mitgehört hatte.

»Sie glauben nicht, dass es ein Einbruch war, oder?«

»Nicht in dem Sinn, dass jemand Geld oder Wertsachen stehlen wollte. Kim besaß ja auch gar nicht viel, was sich zu rauben gelohnt hätte. Deshalb dachte ich, als ich den leeren Ordner sah, die fehlende Akte könnte das Ziel gewesen sein.«

»Hm. Wir werden das Haus danach durchsuchen. Vielleicht hat sie die Akte ja selbst aus irgendeinem Grund herausgenommen?« Er formulierte es als halbe Frage, um mich aus der Reserve zu locken, falls ich etwas wusste.

Und tatsächlich wusste ich, dass Kim sie vor Kurzem herausgenommen hatte. Doch irgendwie hatte ich das Gefühl, die Polizei würde sie nicht finden. Ich hatte bisher nichts von meiner Unterhaltung mit Kim über das Bauprojekt am George's Head gesagt. Ich hielt es für das Beste, vorläufig nur zu berichten, was ich beobachtet hatte. Ich war aus einem triftigen Grund, den ich auch beweisen konnte, beim Cottage gewesen, und angesichts der Umstände konnte ich es mir nicht leisten, die Sache zu komplizieren.

»Sie sagen, Ihre Freundin war Witwe und hat allein gelebt. Gab es einen Mann, hatte sie einen Freund oder ...?«

»Nicht dass ich wüsste. Aber wie ich schon sagte, wir hatten in den letzten Jahren nicht viel Kontakt.«

»Wie sieht es mit Feinden aus? Wurde sie von irgendwem bedroht?«

Ich schüttelte den Kopf. »Keine Ahnung. Aber sie machte nicht den Eindruck.«

»Wussten Sie, dass sie gegen eine Reihe von Bauvorhaben hier in der Gegend ins Feld gezogen ist?«

Zum ersten Mal ließ er erkennen, dass er etwas von Kims politischen Aktionen wusste.

»Sie hat es erwähnt.«

»Glauben Sie, die fehlende Akte hat etwas mit einer dieser Protestaktionen zu tun?«

Ich wollte nicht lügen. Und ich musste es auch nicht, denn wie aus dem Nichts war Detective Sergeant Rattigan an Nolans Fenster aufgetaucht.

»Ich übernehme ab hier, Ivor«, sagte er schroff. »Die Dame hilft uns bereits bei den Ermittlungen in einem andern Fall. Wir müssen feststellen, ob es einen Zusammenhang gibt.«

Nolan sah mich überrascht an. »Das hätten Sie aber ruhig sagen können.«

Es hatte keinen Sinn, es ihm erklären zu wollen.

»Sorgen Sie dafür, dass sich jemand um die Katzen kümmert«, sagte ich.

Nolan antwortete nicht. Er stieg aus und entfernte sich zusammen mit Rattigan ein Stück. Offenbar sprachen sie darüber, was passiert war und was ich bisher gesagt hatte. Die Vorstellung, dass mich Rattigan nun über Kims Tod ausfragen würde, war eine betrübliche Aussicht. Ich war schon ohne ihn genügend erschüttert über ihre Ermordung. Gab es eine Möglichkeit, mich einer Unterhaltung mit ihm zu entziehen? Mit Gallagher Kontakt aufzunehmen, kam nicht infrage – ich hatte meinen Kredit bei ihm aufgebraucht.

Rattigan machte kehrt und kam zurück.

»Wenn ich recht verstehe, hatte Ihre Freundin etwas gegen einen geplanten Windpark. Ich dachte, ihr Hippies steht alle auf Windkraft?«

»Nicht, wenn die Landschaft verschandelt wird. Würden Sie einen Handymast in Ihrem Garten aufstellen lassen? Obwohl, wenn ich darüber nachdenke – ich will es gar nicht wissen.«

»Sie behaupten, Sie wollten hier etwas abholen. Wo ist es?«

»Ich kann es Ihnen zeigen.«

Ich stieg aus und ging zum Atelier hinüber, vor dem ein bewaffneter Polizist stand. Rattigan kam zu mir ans Fenster.

»Sehen Sie, dort?«, sagte ich und zeigte auf den Briefbeschwerer und den dazugehörenden blauen Behälter.

Rattigan sagte etwas zu dem Polizisten an der Tür, und wir gingen hinein. Mir fiel auf, dass weder der Herd noch der Brennofen, mit deren Hilfe Kim ihre Werke schuf, Wärme abstrahlten. Sie hatte heute Vormittag nicht gearbeitet.

»Haben Sie dafür bezahlt?«, sagte Rattigan und nahm die Glaskugel sowie ein darunter liegendes, gefaltetes Stück Papier.

»Ich habe eine Anzahlung geleistet, das hier ist wahrscheinlich die Rechnung für den Rest.«

Rattigan entfaltete das Blatt. Es war, wie ich vermutet hatte, eine handgeschriebene Rechnung mit meinem Namen in der obersten Zeile. Darunter waren die Anzahlung, der Preis und die noch ausstehende Summe aufgeführt. »Den Rest werden Sie jetzt wohl nicht mehr herausrücken müssen«, sagte er und gab mir das Dokument. Er hielt den Briefbeschwerer ins Licht und schüttelte ihn.

»Bitte nicht«, sagte ich.

»Wie – kein Schnee? Sehr sinnvoll, das Ding.« Er legte den Briefbeschwerer in die Schachtel. »Trotzdem behalte ich es wohl erst einmal.«

Ich hatte nicht die Energie, etwas dagegen einzuwenden.

Als wir das Atelier verließen, öffnete ich meinen Rucksack, um Kims Rechnung einzustecken. Dabei fiel mir auf, dass Rattigan das Blatt nicht vollständig auseinandergefaltet hatte. Ich strich heimlich die letzten Falze glatt. Kim hatte eine kurze Mitteilung an mich an den unteren Rand geschrieben.

Rattigan führte mich zu meinem Wagen und bedeutete mir, einzusteigen. »Jetzt haben wir Sie also mit dem Tod von zwei Frauen in Verbindung gebracht. Ich wusste gleich, dass Sie nichts als Ärger machen. Ich bin schon neugierig, wie Gallagher Sie diesmal heraushauen will.«

Er schlug die Tür hinter mir zu. »Fahren Sie in Ihr Hotel zurück und schlafen Sie ein bisschen. Für das, was auf Sie zukommt, sollten Sie möglichst ausgeruht sein. Ach ja, und übrigens haben wir Ihren Freund Kendrick noch nicht angeklagt, aber wir behalten seinen Pass und seinen Wagen ein, damit er nicht verschwindet. Am Dienstagvormittag tagt ein Bezirksgericht in Ennis, und ich möchte, dass Sie ebenfalls dort erscheinen. Elf Uhr, ja?«

Ich fuhr aus dem Tor und zurück nach Kilkee. Dienstag? Noch zwei Tage an einem Ort, der von einer Kraft des Bösen heimgesucht zu sein schien. Ich wollte nur noch nach Hause.

Als ich ein paar Kilometer zwischen mich und Rattigan gelegt hatte, hielt ich vor einem Farmhaus und holte Kims Rechnung aus dem Rucksack. Sie hatte darauf geschrieben: *Das Abrissgeld von HFH ging an HFH! Habe es früher schon gesehen, ohne es zu begreifen. Habe erst vor ein paar Minuten wieder darauf geschaut. Ruf mich an.*

Die Rechnung war auf den Vortag, Samstag, datiert, und es sah so aus, als hätte sie die Notiz zur gleichen Zeit geschrieben. Aber was bedeutete es? Falls Kims Tod mit ihrem erneuerten Interesse an dem Skandal um George's Heights stand, dann war diese Notiz von entscheidender Bedeutung, vorausgesetzt, man verstand, sie zu entschlüsseln.

Was hatte sie in ihrer Nachricht auf dem Anrufbeantworter gleich noch gesagt?

Ich holte mein Handy hervor und hörte sie an. »Ich glaube, ich habe einen Weg gefunden, HFH mit der Zerstörung der Klosteranlage in Verbindung zu bringen.« Ich schaute auf die Anruferliste. Die Nachricht war um 9.17 Uhr hinterlassen worden. Die Notiz las sich, als sei sie kurz danach geschrieben worden, wie eine Fußnote zu der Nachricht.

Alles zusammen ließ sich so interpretieren, dass die Person, die von HFH angeheuert worden war, um die Anlage zu zerstören, mit dem Geld eine Anzahlung auf eines der Ferienhäuser des Unternehmens geleistet hatte. Vermutlich beruhte diese Erkenntnis auf etwas, worauf Kim in der HFH-Akte gestoßen war – und die ihr Mörder offenbar mitgenommen hatte. Vielleicht auf etwas, das Lena Morrison zu ihr gesagt hatte.

Wenn Kim also schrieb, sie habe *es* erst vor ein paar Minuten wieder gesehen, hieß das, sie war nach George's Heights gefahren und hatte die Notiz dann nach ihrer Rückkehr geschrieben? Aber warum hätte sie sich das Haus ansehen müssen? Dort wohnte niemand außer – merkwürdig genug – Kendrick. Woher hätte sie überhaupt wissen sollen, welches Haus es war? Und außerdem, wenn Kim in der Stadt gewesen war, wieso hatte sie den Briefbeschwerer dann nicht im Hotel für mich abgegeben?

Ich überlegte, was ich tun sollte. Zu Rattigan zurückfahren? Ausgeschlossen, der Typ war schlimmer als Beine enthaaren. In der Zwischenzeit saß ich fest. Ich durfte die Gegend nicht verlassen, und nach Ansicht der Polizei machte ich nur Ärger. Ich würde die Ermittlung einfach ihren Lauf nehmen lassen und mich darauf konzentrieren müssen, mich aus der Lage zu befreien, in die ich mich mit Giles Kendrick gebracht hatte.

27

Ich war noch keine Stunde wieder im Hotel, als mein Handy läutete. Ich lag auf dem Bett, allerdings nicht, weil ich Rattigans »Rat« angenommen hätte – an Schlaf war nicht zu denken bei den Bildern, die mich verfolgten. Vielmehr hatte ich versucht, ein paar anspruchslose Artikel in den Sonntagsbeilagen zu lesen.

»Tut mir leid, dass ich heute Morgen so gereizt war«, sagte Fran ohne Einleitung. »Matt hat mir erzählt, dass sie dich freigelassen haben, aber seitdem mache ich mir die ganze Zeit Sorgen um dich. Ich hätte nicht so hässlich sein dürfen.«

»Schon in Ordnung, Fran, aber ausnahmsweise kann ich wirklich nichts dafür. Inzwischen ist jedoch etwas Furchtbares passiert.« Ich erzählte ihr von dem Fund von Kims Leiche, und nun endlich flossen auch meine Tränen.

»Himmel, du musst ja fix und fertig sein«, sagte Fran, als ich zu Ende erzählt hatte. »Am besten, du kommst nach Hause. Ich lasse Matt …«

»Nein, belästige ihn nicht. Dienstagmittag sollte ich zurück sein. Es gibt keinen Grund, mich länger festzuhalten, und wenn sie es versuchen, nehme ich mir einen Anwalt.«

»Weiß deine Mutter, was los ist?«

»Nein, und ich will nicht, dass sie es erfährt. Sie rechnet in Kürze mit mir, aber wenn ich jetzt anrufe, dass ich nicht komme, befürchtet sie das Schlimmste.«

»Wie wäre es, wenn ich bei ihr vorbeischaue und sage, wir

hätten telefoniert, aber dann war dein Akku leer – gerade als du mir erzählt hast, du würdest mit einem Mann, den du kennengelernt hast, zum Essen gehen. Das wird sie freuen. Und ich könnte noch andeuten, dass du eventuell länger bleibst.«

»Würdest du das tun? Normalerweise könnte ich ihr selbst so ein kleines Märchen auftischen, aber im Moment fühle ich mich dem nicht gewachsen. Und apropos Abendessen – falls du noch nicht gegessen hast, wird eine Kasserolle auf dich warten.«

»Von deiner Mutter? Lecker. Dann schaue ich auf jeden Fall vorbei.«

Fran tat, was sie konnte, um mich aufzuheitern. Aber ich fühlte mich mehr angeekelt als niedergeschlagen durch das, was Kim zugestoßen war. Es erschien mir besonders sadistisch, dass jemand, dessen Kunst so fein und zerbrechlich war, auf so brutale Weise ums Leben gebracht worden war.

Fran und ich verabschiedeten uns, und ich lag weiter auf dem Bett und versuchte, die Szene hinter Kims Häuschen aus meinem Kopf zu verbannen.

Nach einer Weile war mir klar, dass ich einen Ortswechsel brauchte, und ich brach zu einem Spaziergang am Strand auf. Es war schon halb Ebbe, was mich daran erinnerte, dass ich in etwa drei Stunden eigentlich mit Senan Costello tauchen wollte. Es war das Letzte, wonach mir der Sinn stand, und ich würde es absagen müssen, aber im Augenblick wollte ich mit niemandem sprechen.

Ich hatte schon ein Stück am Strand zurückgelegt und sah gelegentlich aufs Meer im Westen hinaus, wo die Sonne hinter ausgedehnten Wolken unterging; es war ein Effekt, als würde man frische Lava durch Ritzen in einer Vulkanlandschaft betrachten.

Das Meer unterhalb des Lavastroms war grau, seine Oberfläche wurde unaufhörlich von kleinen Wellen getüpfelt. Es wirkte eher wie ein Stück Stoff als wie eine Flüssigkeit. Und hier auf Meereshöhe am Strand war die Illusion, es sei nur Oberfläche und besitze keine Tiefe, umso stärker. Ich konnte mir nur schwer vorstellen, dass der Festlandsockel darunter immer weiter abfiel, bis in Tiefen, die erst in jüngster Zeit erforscht wurden.

Kein Wunder, dass es noch in der Kindheit meines Vaters merkwürdige Vorstellungen davon gegeben hatte, wie sich die See in solchen Tiefen verhielt. Da man wusste, dass das Gewicht des Wassers darüber unvorstellbar hoch wurde, hatte sich die Überzeugung entwickelt, auch die Dichte des Wassers müsse zunehmen, und alles, was ins Meer fiel, würde auf einem Niveau schweben, das der eigenen Dichte entsprach, und könne nicht tiefer sinken. Und so stellten sich die Menschen eine unterseeische Welt vor, in der alle möglichen Objekte für alle Zeit auf dem für sie bestimmten Level schwebten: hölzerne Galeeren, menschliche Skelette, Kanonen, spanische Dublonen. Das hatte Vater mir und meinem Bruder eines Abends erzählt, als wir genau an diesem Strand im Mondlicht spazieren gegangen waren. Aber er hatte so getan, als wäre es wahr. Er brachte uns gern zum Staunen.

Und doch war die Wahrheit nicht weniger staunenswert – und ähnelte merkwürdigerweise sogar diesem Gedankengang, wie wir später herausfanden: dass nämlich die Meerestiefen von seltsamen Lebewesen bevölkert wurden, die jeweils an das Leben in einer bestimmten Tiefe angepasst und mit den nötigen Mitteln dazu ausgestattet waren, selbst an ein Leben in ewiger Finsternis. Wie die Angelrute und der phosphoreszierende Köder des Anglerfischs, mit denen er unvorsichtige Beute in seinen wartenden Rachen lockte.

Ein Tier von einer sehr viel vertrauteren Art kam den Strand entlanggehüpft – ein Labrador, der ausgelassen herumtollte, die Flut anbellte und Wattvögel aufscheuchte, die nach Futter stöberten. Er schien allein unterwegs zu sein – von einem Besitzer war nirgendwo etwas zu sehen –, und sobald er mich bemerkte, ließ er sein Spiel sein und kam zu mir. Ich streckte die Hand aus, und er stieß sie mit dem Kopf an, damit ich ihn streichelte. Ich kniete nieder, kraulte ihn hinter den Ohren und redete gleichzeitig mit ihm. Er setzte sich in der für Hunde typischen Art, Entscheidungen zu treffen, aufrecht neben mich und blickte aufs Meer hinaus – mein neuer Gefährte. Ich legte ihm den Arm um den Hals und streichelte ihn mit der freien Hand. Die Berührung tröstete mich ein wenig, aber sie machte mir auch in aller Schärfe bewusst, dass mich seit einiger Zeit kein menschliches Wesen mehr umarmt hatte.

Ich schüttelte das Gefühl ab, strich dem Hund noch einmal über den Kopf und stand wieder auf. Mein Gefährte sah ein letztes Mal zu mir hoch, als wollte er überprüfen, wie es mir jetzt ging, dann trottete er davon und fing bald wieder an, Stelzenvögel zu jagen.

Die lebhaften Farben hinter den Wolken waren verblasst, die Wolken selbst waren dunkler und bedeckten einen größeren Teil des Himmels. Eine leichte Brise wehte vom Meer herein – der erste Hinweis auf die bevorstehende Wetteränderung. Die letzte Gelegenheit, relativ ungefährdet unter den Klippen in der Intrinsic Bay zu tauchen, würde in wenigen Stunden vorbei sein. Wollte ich sie wirklich verpassen? Der mögliche Gewinn war Wissen, schlicht und einfach. Ein vor langer Zeit verloren gegangenes Puzzleteil, das zu einer Einsicht in die Vergangenheit verhelfen würde, wenn man es wieder entdeckte.

Ich traf eine halbe Entscheidung. Ich würde das Treffen mit Senan Costello jetzt noch nicht absagen. Dann machte ich kehrt und ging den Weg zurück, den ich gekommen war. An der Bootsrutsche, wo ich Costello später treffen sollte, herrschte Betrieb. Ein schwarzes RIB mit einigen Tauchern in dunklen Nassanzügen an Bord war um die Pier herumgekommen und lag auf der Rutsche. Die Flut war inzwischen weit genug draußen, dass ich auf dem Rückweg zum Hotel ziemlich nahe an ihnen vorbeigehen konnte.

Zwei der Taucher standen auf dem Pier, als ich näher kam, und zwei ihrer Kollegen waren noch an Bord und reichten längliche Pakete zu ihnen hinauf, etwa so groß wie eine Sporttasche und in schwarze Plastikfolie verpackt. Als sie etwa zehn von den Paketen gestapelt hatten, verließen die letzten Taucher das Boot und trugen die Pakete alle miteinander zu einem Geländewagen, der neben dem Bootshaus für das Rettungsschiff von Kilkee stand.

Ich beobachtete sie aus einiger Entfernung und fragte mich, ob es sich um einen Drogenfang handelte – vielleicht war ein Schmugglerboot irgendwo an der Küste aufgebracht worden. Aber wenn ja, wieso wurden die Drogen dann nicht in einem Fahrzeug der Polizei oder Küstenwache weggebracht?

Zuerst glaubte ich, außer mir sei niemand in der unmittelbaren Nähe der Taucher. Aber als ich die Steintreppe zur Straße gegenüber vom Hotel hinaufstieg, sah ich einen Mann in einer Kapuzenjacke hinter dem Bootshaus hervorkommen und etwas zu den Männern sagen, die die Pakete verluden. Das blasse Gesicht in der Kapuze war unverkennbar. Die Jacke war offen, und darunter trug er einen schwarzen Anzug mit weißem Hemd. Jonas Zitaras war in seiner Arbeitskleidung gekommen.

28

Vor lauter Verwunderung über das, was ich gesehen hatte, hörte ich den Angestellten am Empfang des Hotels nicht rufen, als ich die Eingangshalle durchquerte. Ich hatte eben den Fuß auf die erste Treppenstufe gesetzt, als er mich einholte und mir einen Umschlag überreichte.

In meinem Zimmer setzte ich mich müde aufs Bett, um den Inhalt zu lesen. Ich erwartete eine Aufforderung, zu dem von Rattigan angekündigten Gerichtstermin zu erscheinen oder etwas Ähnliches. Das Kuvert enthielt einige DIN-A4-Seiten, an die ein von Hand geschriebener Zettel geheftet war.

Tut mir leid, dass ich Sie in Schwierigkeiten gebracht habe. Das hier wollten wir gerade holen. Giles K.

Die Papiere waren eine getippte Abschrift des Briefes von Charlotte Brontë an ihren Vater. Ich legte sie auf den Tisch und setzte den Kessel auf. Ich hatte keinen Appetit, aber eine Tasse Tee war in Ordnung.

Gestern kamen wir durch das East End, das in Wirklichkeit das Dorf ist, in dem die Einwohner von Kilkee leben; viele von ihnen dienen in den Unterkünften des West Ends, wo Leute wie wir uns in den Sommermonaten niederlassen. Über und hinter dem Dorf liegt George's Head, unser Ziel, wo man ein Picknick vorbereitet hatte und das

uns mit Ausblicken belohnte, die wie so viele an dieser Küste zugleich erhebend und düster zu schauen sind.
Ein Gentleman aus Limerick, mit dem mein Mann Bekanntschaft geschlossen hatte, begleitete uns mit seiner Frau, und während wir unser Mahl genossen, erzählten sie uns viele Dinge über die Gegend und ihre Geschichte, die wir bisher noch nicht gewusst hatten.
Uns war natürlich bekannt, dass die Hungersnot hier noch bis vor Kurzem gewütet hatte, aber von einigen der anderen Katastrophen, die sie begleiteten, hatten wir nichts gehört: von dem schrecklichen Unglück des Auswandererschiffs Edmond, *das mit fast einhundert Seelen unterging. Die sterblichen Überreste der Toten wurden an den Strand gespült, den wir von unserem Picknickplatz aus sahen. Des weiteren ertranken vierzig Hungernde im Jahr zuvor auf einer Fähre in der Shannon-Mündung; eins der Opfer, ein kleines Mädchen, trug zu meiner traurigen Überraschung den Namen Jane Eyre.*
Bestürzt vernahmen wir auch Behauptungen, protestantische Missionare würden die anhaltende Not der Menschen ausnutzen, indem sie Suppenküchen einrichteten und Essen gegen Konvertierung ausgaben. Wer sich darauf einlässt, wird von seinen Nachbarn verhöhnt, er habe »ein katholisches Herz und einen protestantischen Magen«.
Die Missionare provozieren die Menschen auch, indem sie ihnen vorwerfen, mit ihrer Anbetung von Brot und Wein und der Verehrung der Jungfrau Maria Götzendienst zu betreiben.
Der Gentleman erzählte uns auch, wie grausam die Leute eines Dorfs an der Flussmündung in Dingen ihrer Religionsausübung behandelt werden. Ein Grundstücksmakler namens Marcus Keane, durch Heirat mit dem einfluss-

reichsten Grundbesitzer der Gegend verbunden, verweigerte ihnen fortwährend das Recht, Land zu erwerben, auf dem sie eine Kirche errichten könnten. Als Folge davon nahm der Gemeindepriester zu einer findigen Lösung Zuflucht: Er ließ sich eine hölzerne Kapelle auf Rädern bauen, nicht unähnlich den Umkleidekabinen, die Damen benutzen, wenn sie im Meer bei Kilkee baden. Bei Ebbe wird die sogenannte »Arche« auf das »Niemandsland« des Strands hinausgezogen, und dort wird dann die Messe gelesen.
Mein Mann brachte an dieser Stelle zum Ausdruck, für wie schändlich er religiöse Intoleranz halte, auch wenn er sich noch so sehr wünschen möge, dass den Leuten die Augen über die Irrtümer Roms geöffnet würden.
Daraufhin machte die Frau des Gentlemans einige faszinierende Bemerkungen. Sie sagte, bei dem, was ihr Mann berichtet habe, handle es sich lediglich um einen bereits lange währenden Konflikt, der ein neues Ventil gefunden habe: dass nämlich protestantische Missionare auf der einen und bigotte Katholiken auf der anderen Seite schon mehr als ein Jahrzehnt vor der großen Hungersnot einen Krieg der Worte und Ideen gegeneinander geführt hätten, und zwar seit dem Tag, da ein Frachtschiff namens Intrinsic *während eines Sturms in einer nahen Bucht gesunken sei. Wenn ich Dir erzähle, dass Arthur mit einem der Passagiere auf dem unglücklichen Schiff – Sidney Hutchinson, der mit ihm zum Priester geweiht worden war – gut bekannt gewesen ist, wirst Du verstehen, warum er unverzüglich wissen wollte, welcher Zusammenhang da bestehen mochte.*

Nicht anders erging es mir. Doch der Kessel begann zu kochen, und ich unterbrach widerwillig, um den Tee zu machen. Von ein paar Kleinigkeiten abgesehen, stimmte der Bericht bisher weitgehend mit dem von Derry Costello überein. Außer dass die »Götzenanbetung«, die man den Leuten in den 1850ern vorwarf, mit ihrem Katholizismus zu tun hatte und nicht mit dem Gottesstein.

Von dem Fährunglück hatte ich noch nie gehört, und ich dachte, wie befremdlich es für Charlotte gewesen sein musste, den Namen ihrer berühmtesten Romanfigur auf der Liste der Opfer zu finden.

Ich trank gerade meinen ersten Schluck Tee, als das Telefon auf dem Nachttisch läutete. Es war Senan Costello.

»Tut mir wahnsinnig leid, Illaun, aber ich bin viel zu spät dran.«

War das die Lösung, auf die ich gehofft hatte – dass er derjenige sein würde, der absagte?

»Macht nichts«, sagte ich. »Dann vielleicht ein andermal.«

»Ich muss zu einem Freund nach Ennis fahren, um eine Auftriebsweste zu holen, die Ihnen passen könnte. Alles, was ich hier habe, ist viel zu groß. Aber ich bin immer noch mit von der Partie, wenn Sie wollen. Es müsste nur ein bisschen später sein.«

»Äh … wie viel später?« Meine letzte Chance, die Sache abzublasen.

»Na ja, wenn wir vor zehn da draußen sind, wäre es immer noch in Ordnung. Sagen wir, um halb zehn an der Bootsrutsche?«

Ich sog scharf die Luft ein. Das klang für mein Gefühl viel zu sorglos. »Ich glaube, ich lasse es bleiben, Senan. Heute ist viel passiert, und ich bin ein bisschen …«

»So eine Chance werden Sie die nächsten zwanzig Jahre

nicht bekommen. Die Gezeiten werden gerade wechseln, Sie würden es also immer noch bei Ebbe schaffen. Sie sagten, es sei nur ein kurzer Tauchgang, und wenn ich es für riskant halten würde, würde ich Sie sowieso nicht tauchen lassen. Okay?«

Ich konnte mir seine Begeisterung nicht erklären. Ging es ihm um das Geld? Jedenfalls entschied es die Sache.

»Also gut.«

Ich würde doch noch in der Intrinsic Bay tauchen. Nachts.

Ich widmete mich wieder Charlotte Brontës Brief zurück und brauchte nicht lange zu warten, bis vom Gottesstein die Rede war.

Offenbar hatten die Fischer von Kilkee und die kleinen Bauern in der Umgebung zur Zeit des Schiffbruchs und wer weiß wie viele Jahrhunderte davor schon einen gewissen Druidenstein abergläubisch verehrt, der auf George's Head stand und angeblich die Macht besaß, Stürme zu entfachen und vieles andere zu bewirken.

Als man entdeckte, dass die Intrinsic *eine eiserne Kirche an Bord gehabt hatte, die in der Stadt New Orleans errichtet werden sollte, beschuldigte ein erst kurz zuvor aus Dublin eingetroffener protestantischer Missionar namens Wylie die Einheimischen, mit diesem »Gottesstein«, wie er genannt wurde, den Sturm heraufbeschworen zu haben, der das Schiff vernichtete. Anscheinend war der Mann in seiner Bigotterie blind für die Tatsache, dass er dem Objekt genau die Kräfte zugestand, die er bei den einfachen Bauern als Aberglaube getadelt hätte. Das hielt ihn jedoch nicht davon ab, an die Zeitungen in Dublin und London über die götzendienerischen Praktiken der Bevölkerung von Loop Head zu schreiben. Nicht genug damit, zitierte er sogar einen von ihnen mit den Worten, der Gottesstein habe die* Intrinsic *tatsächlich in den Untergang gelockt, da er wie ein Leuchtturm gestrahlt habe und den Kapitän bei Nacht und Sturm glauben ließ, er sehe den Leuchtturm am Loop Head und sei deshalb an der richtigen Stelle, um in die Shannon-Mündung abzubiegen, wo er vielleicht Schutz finden würde. Stattdessen führte er ihn in die Katastrophe an der Felsenküste.*

Ich hatte mich gefragt, ob es zur Zeit des Schiffsuntergangs einen Leuchtturm auf Loop Head gegeben hatte, und jetzt wusste ich es – dank Charlotte Brontë. Ihr Brief war voller überraschender Fakten und Ereignisse.

Als Folge von Wylies Behauptungen tobten in den örtlichen Gazetten wilde Debatten. Auf der extremen katholischen Seite gab es jene, die behaupteten, der Stein sei kein Werkzeug der Druiden, sondern ein echtes christliches Symbol, und falls er tatsächlich das Schiff sinken und die Kirche untergehen ließ, dann deshalb, weil die Passagiere Protestanten gewesen seien und davon abgehalten werden sollten, »falsche Lehrmeinungen« in Amerika zu verbreiten. Und so ging es immer weiter: Vorwürfe des Götzendienstes und Aberglaubens auf der einen Seite sowie der Einmischung in den alten Glauben auf der andern. Am Ende unternahm die Geistlichkeit auf beiden Seiten Schritte, um die Angelegenheit einzudämmen. Dazu gehörten erst die Segnung und dann die Säkularisierung des Steins durch die katholische Kirche sowie die geräuschlose Entfernung Wylies durch seine Vorgesetzten in Dublin. Und bald war die Angelegenheit vergessen. Die Dame aus Limerick hatte alles selbst ganz vergessen, sagte sie, bis

die Schilderungen ihres Gatten von den jüngsten Ereignissen es ihr wieder in Erinnerung gerufen hätten.
Als sie darauf hinwies, dass wir nicht weit von der Stelle entfernt saßen, wo dieser Gegenstand des Aberglaubens angeblich gethront hatte, machten sie und ich uns auf, nach dem Stein zu suchen, konnten jedoch keine Spur von ihm finden. Ob er überhaupt existierte, oder ob man ihn nach dem Verlust der Intrinsic *etwa ausgegraben und ins Meer geworfen hatte, konnten wir nicht feststellen. Die Tatsachen sind den Einheimischen hier wahrscheinlich wohlbekannt, aber unter den derzeit herrschenden Umständen ist es vielleicht nicht verwunderlich, wenn sie gegenüber einem protestantischen Geistlichen und seiner Frau nicht gern darüber sprechen.*

Charlottes Brief gab Derry Costellos mündlicher Version zweifellos eine andere Form. Und er gewann an Glaubwürdigkeit dadurch, dass er näher an den fraglichen Ereignissen verfasst worden war – mitten in der Zeit der »Kleinen Arche«. Er bewies außerdem, dass die überlieferte Fassung der Gottessteingeschichte aus Ereignissen zusammengestrickt war, die ein Jahrzehnt auseinanderlagen. Charlottes Zeitangaben erklärten auch, warum die Kartografen von 1839 nichts von dem Stein gewusst hatten, der sie vielleicht zur Entdeckung des Klosters geführt hätte: Er war kurz nach dem Untergang der *Intrinsic* versteckt worden, wahrscheinlich vor Ende 1836.

Doch wieso hatte man es, nachdem man den Stein spirituell außer Dienst gestellt hatte – sodass er weder christlich noch heidnisch war –, immer noch für notwendig erachtet, ihn zu begraben? Diese Frage blieb weiter unbeantwortet.

Ich ging auf den Balkon, um meinen Nassanzug zu holen, der seit meinem letzten Badeausflug dort über dem Geländer hing. Ich konnte die glanzlose Oberfläche des Strands in der Dämmerung sehen. Die Flut war so weit draußen, dass er nun wie der Kopf einer riesigen Axt geformt war, mit dem oberen Strand als Schneide.

An dem näher zum Hotel gelegenen Ende des Strands sprang ein Mann auf und ab und winkte mir augenscheinlich mit beiden Händen. Ich ging ins Zimmer zurück und holte mein Fernglas, um zu sehen, ob ich recht hatte, rechnete allerdings damit festzustellen, dass es ein Vater war, der ein Kind aufforderte, ihm den Ball zuzuwerfen.

Doch der Mann versuchte tatsächlich, meine Aufmerksamkeit zu wecken. Es war Giles Kendrick. Ich deutete zum Kai, tippte auf meine Armbanduhr und spreizte zweimal alle zehn Finger, um zwanzig Minuten anzuzeigen.

29

Ich hatte mir den Nassanzug und die Tauchstiefel bereits angezogen, sodass ich nur noch Handschuhe, Flossen, Maske und Schnorchel in einer Sporttasche zur Bootsrutsche tragen musste. Vor Verlassen meines Zimmers hatte ich die zwei Bananen gegessen, die von meinem Lunch auf Bishop's Island übrig waren – ich würde den Energieschub brauchen. Costello wollte in etwa einer halben Stunde eintreffen, ich glaubte also, Kendrick genügend Zeit einzuräumen.

»Sie sehen verändert aus«, sagte er, als ich auf ihn zukam. Er lehnte an einem steinernen Spill und warf beiläufig Kiesel ins Wasser.

»Ich habe mir die Haare hochgebunden, ist es das vielleicht?«

Kendrick lächelte und nickte. »Das muss es sein.«

»Ich trage außerdem einen eng sitzenden Nassanzug, der bis zu den Knöcheln reicht und den man gut sieht, da meine Windjacke offen ist. Aber wahrscheinlich haben Sie recht – es muss das Haar sein.«

Kendrick lachte laut, seine Augen funkelten hinter einer anderen Brille als sonst. »Diese alten Gläser, die ich als Ersatz benutze, helfen nicht viel. Aber ich war noch nie ein guter Beobachter.« Seine Miene wurde wieder ernst. »Andernfalls hätte ich vielleicht früher bemerkt, was mit Sarah los war.« Er warf seinen letzten Kiesel mit einiger Wucht ins Meer. Dann stutzte er, betrachtete mich von Kopf bis Fuß und brachte den

Mund nicht mehr zu. »Ein Nassanzug! Soll das heißen, Sie gehen tauchen?«

»Sie sind vielleicht kein scharfer Beobachter, aber Ihre Schlussfolgerungen sind brillant«, sagte ich, setzte mich auf die Kaimauer und ließ die Beine über den Rand baumeln. Es war nett, zur Abwechslung ein wenig mit jemandem scherzen zu können. »Hat die Polizei Sie laufen lassen?«

»Nicht direkt. Sie haben mir einen Anwalt gestellt, der auf ein paar Löcher in Rattigans Beweiskette gegen mich – und Sie – hinwies. Darauf hatten wir uns plötzlich alle ganz lieb und beschlossen, die Sache bis zum Gerichtstermin am Dienstag in Ennis ruhen zu lassen.«

»Rattigan ist etwas herausgerutscht, als er mich heute verhört hat«, sagte ich. »Ihr Verdacht, dass Sarah auf Heroin war, trifft zu.«

»Ja, zum Glück – oder leider. Mein Anwalt hat eine Kopie der vorläufigen Autopsie und des toxikologischen Berichts erhalten.«

»Was war die Todesursache?«

»Sie ist nicht ertrunken, worüber ich froh bin. Nach Ansicht des Pathologen hat sie sich den Hals gebrochen, als sie auf das Wasser aufschlug, und war sofort tot. Nichts, was darauf hindeutet, dass sie vorher irgendwie verletzt wurde, kein Anzeichen eines Kampfs. Es gab zwar Prellungen im Gesicht, aber die passen zu einem Sturz aus beträchtlicher Höhe auf die Meeresoberfläche. Und die Einstiche an ihren Armen waren typisch für Drogenkonsumenten.«

»Es gibt also keine Indizien, die Sie mit ihrem Tod in Verbindung bringen.«

»Nein. Rattigan hat versucht, aus meinen blauen Flecken etwas zu konstruieren, aber es war ziemlich eindeutig, dass sie frisch sind. Falls es also tatsächlich ein Mord war, dann war es das perfekte Verbrechen. Rattigan wird sich sehr anstrengen müssen, wenn er den Richter überzeugen will, dass er einen Fall hat.«

»Außerdem hat er jetzt etwas anderes, womit er sich beschäftigen kann.« Ich berichtete Kendrick kurz, was passiert war.

»Wie schrecklich, dass Sie es entdecken mussten. Und was für ein Jammer, dass dieser fürchterliche Mensch an den Ermittlungen beteiligt ist.«

»Ja, ich muss sagen, es erfüllt mich nicht gerade mit Zuversicht.«

Ich hörte die Flut an den Beton unter mir schwappen. Die Gezeiten wechselten. Costello würde bald kommen müssen.

»Haben Sie übrigens Charlottes Brief bekommen?«

»Ja. Ich habe ihn gelesen.«

»Und?«

»Faszinierend. Mir sind jetzt auch ein paar Dinge klarer. Aber ich sehe nicht, wie er Sarahs Behauptung untermauern würde, der Gottesstein habe den Untergang der *Intrinsic* verursacht – außer natürlich, man glaubt an seine magischen Kräfte.«

Kendrick lächelte. »Hm. Sarah konnte leichtgläubig sein, da haben Sie recht. Und in letzter Zeit war sie ziemlich abergläubisch geworden. Sie las aus den banalsten Dingen irgendeine Bedeutung heraus.«

»Die Möwe. Oder der Umstand, dass ich klein bin wie Charlotte Brontë.«

»Ja. Aber nebenbei bemerkt, Charlotte war reizlos – das sind Sie nicht.«

»Danke, Giles, das ist sehr galant von Ihnen. Wie steht es dann mit dem Zeug auf der Plattenhülle von Gyna? Hat sie damals daran geglaubt? Oder überhaupt irgendwann einmal?«

»Sie hat religiöse Überzeugungen gesammelt wie andere Leute Plüschtiere. Und vielleicht aus demselben Grund – als Ersatz für etwas Tieferes. Aber was in die Tiefe geht, hat auch Ecken und Kanten. Und es erfordert, dass man sich bindet, was nicht ihre Stärke war. Ihre Hinwendung zu dem Göttinnenkult war allerdings beständiger als üblich. Sie hat eine Menge darüber gelesen. Pflichtete der Vorstellung bei, Frauen hätten antike Gesellschaften in Europa beherrscht. Vielleicht weil ihre Erfahrungen mit ihrem Vater sie an dem Gedanken des vertrauenswürdigen Familienpatriarchen zweifeln ließen. Wir haben tatsächlich ziemlich viel darüber gesprochen, wie mir scheint – natürlich waren wir nie einer Meinung. Nach meiner persönlichen Ansicht kommt es nicht zum Patriarchat, weil man die Frauen beherrschen will, sondern um die jungen Männer zu kultivieren. Man muss sich nur ansehen, was aus männlichen Teenagern in Wohngebieten wird, wo die Mütter sie alleine großziehen und die Väter sich vor jeder Verantwortung drücken.«

»Hört sich an, als hätten Sie viel über das Thema nachgedacht.«

»Das musste ich wohl. Ich habe Ihnen erzählt, dass ich Dozent bin. Mein Thema ist Verhaltenspsychologie.«

»Aha! Dann hat Ihr Interesse an den Brontës vielleicht mehr mit ihrer Familienkonstellation zu tun als mit ihren Schriften.«

»Das stimmt. Aber natürlich geben ihre Schriften Einblicke in die Brontës als Menschen, als Familie. Selbst Sarah hat Charlotte und Jane manchmal durcheinandergebracht, wenn sie über sie sprach. Weil Charlotte ziemlich viel Aufhebens darum macht, dass ihre Heldin klein und unscheinbar war wie sie selbst. Es wird für den heutigen Geschmack fast ein bisschen schlüpfrig, wenn sie einen Gastwirt Jane als körperlich

›beinahe wie ein Kind‹ beschreiben lässt. Und ein paar Seiten weiter lässt sie Jane auf Mr. Rochesters Schoß sitzen. Aber so wie Charlotte mithilfe von Jane ihre Ansichten über das Recht auf Unabhängigkeit von Frauen ausdrückte, wollte sie, glaube ich, auch darauf hinweisen, dass eine winzige, unscheinbare Person wie sie selbst zu großer Leidenschaft fähig ist.«

»Und war Sarah ebenfalls einer Ihrer Gegenstände?«

Kendrick antwortete nicht sofort. Als ich den Kopf wandte, war er damit beschäftigt, sich die Brille am Hemdzipfel abzuwischen. Er setzte sie wieder auf und lächelte schief. »In gewisser Weise ja. Aber sie wusste es. Es war vermutlich … nun ja, wenn man so viele langweilige Bücher über menschliches Verhalten gelesen und so viele langweilige Vorträge darüber gehalten hat, dann ist es wohl aufregend, jemandem zu begegnen, der ein lebendes soziales Experiment zu sein scheint – eins, das nicht von unfähigen Politikern und Stadtplanern ausgedacht wurde. Sarah wusste es nicht, als sie heranwuchs, aber genau das war sie – ein Experiment. Was passiert, wenn man großen Reichtum mit extremem Hedonismus mischt und dann Kinder in das Ganze wirft. Werden sie sich gegen ihre Erziehung wenden und puritanisch werden? Werden sie versuchen, ihre Eltern in deren Ehrgeiz, ohne moralischen Kompass zu leben, noch zu übertreffen? Werden brave Mittelklassemenschen mit normalen Jobs und normalen Kindern aus ihnen? Am Ende hat man sie und ihren Bruder nur versaut. Jetzt haben beide den Preis für die Zügellosigkeit ihrer Eltern bezahlt.«

Eine weitere Welle schwappte gegen den Kai. Wo zum Teufel blieb Costello?

»Sie sagten, sie glaubte an die Existenz einer vorpatriarchalischen Gesellschaft in Europa. Dann ist sie, wenn ich recht verstehe, wohl auf die Theorien von Marija Gimbutas gestoßen?«

Kendrick nickte. »Das ist diese feministische Archäologin, oder? Ja, sie war ganz begeistert von deren Ideen.«

»Sarah würde sich also gut mit jemandem verstanden haben, der behauptete, ein Gimbutas-Anhänger zu sein wie sie selbst?«

»Natürlich. Worauf wollen Sie hinaus?«

»Diese Kerle, die Sie verprügelt haben. Sie arbeiten für einen Litauer, der behauptet, Anhänger einer heidnischen Bewegung namens Romuva zu sein. Er ist mit Gimbutas' Ideen vertraut, und ich weiß, dass er Bernsteinschmuck mit Romuva-Symbolen verkauft. Wenn Sie sich das Halsband genau ansehen, werden Sie sie erkennen.«

»Ich habe es hier«, sagte er, zog es aus der Tasche und hielt es hoch, um es im Licht einer Laterne an der Straße über uns zu betrachten.

»Ich glaube, er und Sarah kamen ins Gespräch. Nach dem, was Sie erzählen, dürfte sie ziemlich angetan von ihm gewesen sein. Ich glaube, er hat ihr das Heroin verkauft. Und das Halsband.«

»Ich sehe die Symbole. Sie haben recht – jemand wie er dürfte sie ziemlich beeindruckt haben. Jemand, der ihre Bedürfnisse verstand, wie sie sagte.« Er steckte das Halsband weg und wackelte mit dem Kopf bei dem Versuch, mich scharf zu sehen. »Wer ist der Mann?«

»Er heißt Jonas Zitaras. Aber ich werde Ihnen nicht sagen, wo Sie ihn finden können. Da Sie Dienstag vor Gericht erscheinen müssen, wäre es wohl nicht klug, wenn Sie etwas tun würden, das Rattigan in die Hände spielt. Abgesehen davon könnte es gefährlich sein – wie Sie bereits entdeckt haben.«

»Stimmt vermutlich. Aber wir können dem Richter am

Dienstag erzählen, dass wir diesen Kerl verdächtigen, Sarah mit Heroin versorgt zu haben. Er wird gezwungen sein, Rattigan zu fragen, ob er irgendwelche Ermittlungen in diese Richtung angestellt hat.«

Scheinwerferlicht flammte auf. Senan Costellos Pick-up war von der Straße abgebogen und kam mit einem kleinen weißen Schlauchboot im Schlepptau die Bootsrutsche herunter.

Ich stand rasch auf.

Kendrick erhob sich ebenfalls. »Was den Gottesstein angeht – Sarah glaubte überhaupt nicht, dass er magische Kräfte besaß. Sie hatte eine viel praktischere Erklärung.«

»Und welche?«

»Dazu müssten wir zusammen diesen Hügel hinaufsteigen. Bei Tageslicht, vorzugsweise.«

»Ich war bereits oben.«

»Ach ja, natürlich. Dieser schreckliche Rattigan wollte uns ja unterschieben, Sie hätten mich mit sexuellen Hintergedanken besucht. Das war der Punkt, wo ich die Oberhand gewann.«

»Wie?«

»Ich erklärte ihm, dass er unter normalen Umständen bessere Chancen bei mir hätte als Sie. Das verwirrte ihn erst, und dann sagte ich: ›Aber glauben Sie mir, Detective Rattigan, wenn außer Ihnen nichts im Angebot wäre, würde ich zum begeisterten Hetero konvertieren.‹«

Ich lachte.

»Aber ich meine es ernst, dass Sie sich den Gottesstein noch einmal ansehen sollten, okay?«

»Sicher. Und rufen Sie nächstes Mal an, statt es mit Signalsprache zu versuchen.« Ich holte eine Visitenkarte aus einem Seitenfach der Sporttasche, die ich zusammen mit dem Geld für Costello eingesteckt hatte.

»Ist gut.« Er wandte sich zum Gehen. »Ich habe gar nicht gefragt, warum Sie um diese Uhrzeit tauchen gehen.«

Ich wollte ihm, um seine Gefühle zu schonen, nicht erzählen, dass ich in der Intrinsic Bay tauchte.

»Es ist ein nächtlicher Tauchgang. Man bekommt Dinge zu sehen, die bei Tageslicht nicht herauskommen.«

»Hört sich unheimlich an.«

»Keine Sorge. Das Unheimlichste da draußen werde wahrscheinlich ich sein.«

Kendrick entfernte sich, während Costello vorbeifuhr, wendete und dann mit dem Anhänger voran auf der Bootsrutsche hielt. Costello sprang aus dem Wagen, sagte rasch Hallo und begann dann, das Boot loszumachen. Wir trugen es zusammen zum Wasser hinunter, und während er den Außenbordmotor anbrachte, legte ich neben dem Pick-up die Ausrüstung an. Ich bemerkte mit Freuden, dass er mir ein erstklassiges Tauchermesser mitgebracht hatte, das ich an den Unterschenkel schnallte. Ich ging kein Risiko mit weggeworfenen Netzen ein.

Costello lud seine eigene Taucherausrüstung und ein paar Schwimmwesten aus dem Wagen und verstaute sie im Boot.

»Legen Sie Ihr Zeug nicht an?«, fragte ich und probierte die Taschenlampe aus, die er mir gegeben hatte. Er trug nur einen Nassanzug.

»Nein. Ich halte es für sicherer, wenn ich an Bord bleibe. Dann kann ich schauen, wo Sie auftauchen, statt dass wir beide nach dem Boot suchen.«

Es klang vernünftig, auch wenn solo tauchen gegen die Regeln verstieß, aber ich sagte mir, dass ich ja kaum tiefer als beim Schnorcheln gehen würde.

»Ach so, das hätte ich fast vergessen«, sagte ich und gab ihm das Geld.

»Danke.« Er nahm es und ging zur Vorderseite des Pickups. Nach einer Weile kam er zurück und half mir, die Sauerstoffflasche anzulegen.

Ich wollte ihn nicht mit der Frage in Verlegenheit bringen, warum er bezahlt werden musste, bevor wir hinausfuhren, aber irgendwie war mir nicht ganz wohl dabei.

Nach einer Reihe von Checks kletterte ich in das Schlauchboot, während sich Costello auf den hinteren Rand setzte, um den Außenborder anzulassen.

Das laute Heulen einer Polizeisirene lenkte ihn ab, und wir blickten beide auf, als ein ziviles Auto mit Blaulicht zur Bootsrutsche gerast kam.

Rattigan schälte sich aus dem Fahrersitz und kam mit ausgestrecktem Zeigefinger die Rutsche herab auf uns zu.

»Wo zum Teufel wollen Sie hin?«, sagte er, als er den Rand des Wassers erreicht hatte.

Senan murmelte etwas.

»Nicht Sie, Blödmann. Mit ihr rede ich.«

»Jetzt machen Sie aber mal halblang«, sagte ich. »Glauben Sie, ich setze mich mit dem Ding über den Atlantik ab?« Ich deutete auf das kleine Boot.

Rattigan lächelte selbstgefällig. »Ich wollte Sie nur wissen lassen, dass wir Sie und Ihren englischen Freund sorgfältig im Auge behalten.«

Ich spürte, wie die Flut das Boot schaukeln ließ.

»Wie bitte?«, sagte ich und hielt die gewölbte Hand ans Ohr.

Rattigan trat näher und öffnete den Mund, um seine Antwort zu wiederholen.

Die Flutwelle rollte über seine Schuhe.

»Oje«, sagte ich, »das tut mir aber leid. Aber ich bin froh, dass Sie ein Auge auf uns haben. Schön zu wissen, dass wir Ihnen etwas bedeuten.« Ich warf einen Blick zu Costello hinüber. »Fahren wir.«

Der Motor sprang an und ließ eine neue Woge Meerwasser auf Rattigan zuschwappen. Während wir losbrausten, trat er ein paar Schritte die Rutsche hinauf und machte eine obszöne Geste in meine Richtung.

30

Sobald wir das Riff passiert hatten, gab es keine Lichter oder andere von Menschen geschaffene Orientierungspunkte mehr, aber die Sicht war gut und wir hüpften wie ein flacher Kiesel über die leichte Dünung. Als wir in die Intrinsic Bay einbogen, brannte der Mond ein Loch durch einen dünnen Wolkenschleier, das an den Rändern braun war und wie verschmortes Papier aussah.

Als wir uns jedoch dem Abschnitt der Klippen näherten, zu dem ich Costello dirigierte, war der Mond plötzlich verschwunden, und wir befanden uns im Schatten des Kliffs. Costello verlangsamte sofort, schaltete mit der freien Hand eine starke Lampe ein und leuchtete in die Richtung, in die wir fuhren. Alles, was ich sah, waren die Wellenbuckel und eine undeutliche Form in der Ferne. Es war, als würden wir eine sternenlose Region des Alls mit nichts als einer kleinen Taschenlampe durchqueren. Ich dachte an den Anglerfisch in den Tiefen des Ozeans.

Als wir näher an die Klippen kamen, drosselte Costello den Motor. Wir hörten die Wellen an den Fels schlagen, aber man sah keine Gischtlinie. Er ließ die Lampe über die Klippen streichen. Mir sank der Mut, als ich die ungeheure Felsmasse zwanzig Meter vor uns aus dem Meer steigen sah.

»Schauen Sie nicht nach oben«, sagte Costello aus der Dunkelheit hinter mir.

Es war eine intelligente Umkehrung der üblichen Warnung

und brach ein längeres Schweigen. Was mich anging, führte ich dieses auf die Nervenanspannung und eine gewisse gedankliche Verwirrung zurück: Ich versuchte, nicht zu viel an das zu denken, was ich im Begriff war zu tun, während ich gleichzeitig sichergehen wollte, dass ich mir alles richtig zurechtgelegt hatte. Außerdem setzte mir Rattigans ungehobeltes Benehmen zu. Aber ich konnte mir nicht erklären, warum Costello so schweigsam war – er hatte mich nicht einmal gefragt, wieso der Detective am Kai aufgetaucht war.

Ich bat Costello um die Lampe und ließ den Strahl über den Fuß der Klippen wandern, bis ich den feucht glänzenden Bogen aus Riementang gefunden hatte. Die einsetzende Flut bewegte ihn bereits leicht.

»Da hinüber«, sagte ich. »Fahren Sie näher ran.«

Ich gab ihm die Lampe zurück, er manövrierte das Boot bis auf zehn Meter an die Klippen heran und stellte es parallel zu ihnen.

»Ich würde sagen, das ist tatsächlich eine Höhle«, sagte er. »Noch näher will ich nicht heran – ich bin sowieso schon zu nah an den Felsen. Außerdem schwimmen hier ein paar Markierungsbojen herum.« Er schwenkte den Strahl in einem Kreis zwischen Boot und Klippe. Ich sah mehrere helle Kugeln nicht weit entfernt. »Gus Carmodys Hummerkörbe. Die Leinen werden jetzt schlaff auf dem Wasser liegen, und der Propeller könnte sich leicht darin verfangen. Ein paar Meter unter uns liegt bis zum Kliff eine von den Wellen geformte Plattform, es hat also keinen Sinn, eine Leine nach unten abzusetzen – Sie werden nahe an der Oberfläche sein, sobald Sie aus der Höhle herauskommen – wenn es denn eine ist. Falls sie sich in mehrere Richtungen verzweigt, lassen Sie sich nicht zu einer Erkundung verleiten. Sie bräuchten eine Spule Schnur, um den Rückweg zu finden.«

Ich setzte mich mit dem Rücken zum Wasser auf den Bootsrand und schaltete meine Tauchlampe ein.

»Lassen Sie die Lampe an, wenn Sie nach oben kommen«, sagte er. »Sie müssten das Boot dann sehen. Aber ich werde sowieso nach Ihnen Ausschau halten.«

Ich steckte mir das Mundstück in den Mund und blies die Auftriebsweste ein wenig auf, dann legte ich die Hand flach über Maske und Atemschlauch und ließ mich rückwärts ins Wasser fallen. Sobald ich untergetaucht war, begann ich zu atmen und achtete nicht auf den anfänglichen Kälteschock – ich hatte genug zu überlegen. Ich tauchte auf und drehte mich, bis ich genau auf die Klippe schaute. Dann ließ ich nach einer raschen Überprüfung meiner Anzeigen Luft aus der Weste, richtete den Lampenstrahl auf die Felswand und sank senkrecht in Richtung der pulsierenden Dunkelheit der Höhlenöffnung, bemüht, nicht daran zu denken, was dort oder in dem vierzig Meter tiefen Tal hinter mir lauern mochte.

Und dennoch wurde ich, wie es unter Wasser so häufig der Fall ist, von kleinen Dingen abgelenkt, die genau vor mir passierten. Direkt vor meiner Brille trieb ein Trio Seestachelbeeren, fragilen Glasornamenten ähnlich, in denen jeweils elektrischer Strom in allen Farben des Spektrums pulsierte. Dahinter waren Simse an der Felswand mit Teppichen rosaroter Algen bedeckt, aus denen lila Perlen leuchteten – die Fühler von Korallenanemonen, die sich von dem Plankton nährten, der wie feiner Schnee um mich herum wirbelte. Dann bemerkte ich eine Reihe von Spalten, die von roten Funken gesäumt wurden. Ich hielt in meinem Abstieg kurz inne und entdeckte, dass es die Augen zahlloser Krabben waren, die aus ihren Verstecken schauten und die das Licht meiner Lampe reflektierten.

Aber ich wusste, dass ich auf all diese Dinge rings um mich achtete, weil ich das Unvermeidliche hinauszögern wollte: den Vorhang aus Riementang aufzuziehen, um zu sehen, was dahinter lag.

Ich hatte gehofft, der Tangwald würde sich bereits ein wenig ausgedünnt haben, wie es im Herbst immer geschieht, und obwohl er wahrscheinlich tatsächlich nicht mehr so dicht war wie sonst, bildete er immer noch eine wirksame Sperre vor dem Eingang, den ich nun auf drei Meter im Durchmesser schätzte. Als ich beobachtete, wie die olivgrünen Behänge in die Öffnung gesaugt und wieder hinausgedrückt wurden, sah ich, dass sie sowohl am oberen als auch am unteren Rand des Höhleneingangs befestigt waren. Das bedeutete, es musste ein Stück über dem unteren Rand eine Art Lücke zwischen ihnen geben.

Während ich zu dieser erhofften Lücke sank, kam mir eins der Tangbänder, das sich vom Fels gelöst hatte, mit gewundenen Bewegungen entgegen. Ich zuckte instinktiv zurück, da mir die Bewegung zu lebhaft erschien. Ein Conger-Aal strömte an meiner Taucherbrille vorbei und fixierte mich mit einem seiner schwarz-weißen Puppenaugen. Plötzlich machte er kehrt, um mich anzusehen, und ich konnte den ganzen torpedoförmigen Körper hinter dem spitzen Kopf sehen, die mächtigen, halb geöffneten Kiefer mit ihren sägeblattähnlichen Zahnreihen.

Ich hatte einmal gehört, dass diese nächtlichen Räuber aggressiv auf helles Licht reagieren. Deshalb schaltete ich meine Taschenlampe aus, sodass wir uns beide schlagartig im Dunkeln befanden. Und obwohl es sinnlos war, schloss ich die Augen. Ich wartete etwa zehn Sekunden, während mein Herz pochte wie ein Schiffsmotor, dann schaltete ich das Licht wieder ein. Der Conger war verschwunden.

Der Riementang rollte sich nun ein und aus wie die langen Bänder chinesischer Akrobaten. Die Flut drückte herein. Es war Zeit, dass ich in die Höhle kam.

31

Während ich gleichmäßig atmete, schlug ich mit den Flossen auf und ab und steuerte auf eine scheinbare Lücke in den hin und her wogenden Blättern zu. Doch wie sich herausstellte, hing dahinter noch ein dichter Baldachin aus Seegras von der Decke der Höhle, den ich beiseite schieben musste, um weiter hineinzukommen. Dann – es dauerte nur Sekunden, erschien mir jedoch wesentlich länger – war ich in offenem Wasser und schwamm einen breiten Kanal mit flacher Decke und ansteigendem Felsboden entlang. Als ich gerade dachte, die beiden würden sich weiter vorn treffen, und mich so nah wie möglich über dem Boden bewegte, tauchte mein Kopf plötzlich aus dem Wasser, während das Dach der Höhle gleichzeitig höher anstieg. Ich nahm den Atemschlauch aus dem Mund und leuchtete mit der Taschenlampe nach oben. Über mir erhob sich ein natürlicher Felsbogen wie das Gewölbe eines romanischen Bauwerks. Er war besetzt von Anemonen, grün, rot und gelb, wie Glühbirnen, die darauf warten, angeschaltet zu werden. Hinter dem Bogen verlor sich die Decke der Höhle in der Dunkelheit, der Boden stieg immer höher, und der Strahl der Lampe hob vereinzelte Felsen auf der Rückseite der Höhle hervor.

Ich zog Taucherbrille und Schnorchel nach unten um den Hals, kroch aus dem Wasser und stand auf. Hinter dem Bogen gab es kein Anzeichen von Leben – das Licht drang nicht so weit vor. Aber Wände und Decke glänzten vor Feuchtigkeit, und man sah, dass ich auf jeden Fall noch im Bereich von Ebbe und Flut stand. Ich zog die Flossen aus und trug sie die Schräge hinauf. Boden und Dach der Höhle schienen beinahe parallel anzusteigen, und die Decke war nirgendwo höher als drei Meter.

Ich hatte einen Punkt erreicht, an dem ich den hinteren Teil der Höhle ausmachen konnte, als mir etwas über meinem Kopf ins Auge sprang. Die Decke bestand aus großen Felsblöcken, die aussahen, als wären sie nahtlos zusammengefügt und dann geglättet worden, sodass die Oberfläche erstaunlich eben war. Keine menschliche Hand hatte jedoch an der Konstruktion mitgewirkt. Dagegen schien ein etwa einen Meter langes Muster, das in einen der Felsen gemeißelt war, menschlichen Ursprungs zu sein. Es sah aus wie das Rückgrat eines Fischs, aus dem in unregelmäßigem Abstand Rippen ragten. Die Wirbelsäule schien ursprünglich ein natürlicher Riss im Gestein zu sein. Mein Herz setzte für einen Schlag aus, als ich erkannte, dass es sich um Ogam handelte, eine antike Form der Schrift. Einige der Markierungen waren eingemeißelt worden, andere jedoch waren kleine Sprünge, die später aufgetreten waren und jeden Entzifferungsversuch von Haus aus schwierig machten. Man hätte sie zeichnen und fotografieren müssen, um eine Interpretation zu wagen. Wahrscheinlich war es etwas Einfaches wie ein Name. Ein Streifen Ogam konnte nicht viele Information übermitteln.

In den nächsten Abschnitt der Decke war ein Kreuz eingemeißelt. Alle Arme waren gleich lang und endeten in einer Art Knauf wie bei dem Kreuz auf George's Head. Jedes dieser Enden enthielt ein verschlungenes Muster ähnlich der Triquetra auf dem Motivstück, das ich auf Bishop's Island gefunden hatte, von den Umrissen her viel deutlicher als bei den Exemplaren von George's Head. Noch bedeutender war, dass eine kleine runde Scheibe in die Mitte des Kreuzes geschnitten war, dort wo sich die Arme trafen – sie spiegelte das Loch im Kreuz auf George's Head wider. In einem der durch die Kreuzarme bestimmten Quadranten waren die Buchstaben DNE in den Fels gemeißelt.

Ohne Zweifel war diese Höhle die dritte religiöse Stätte, auf die durch die Abbildung auf dem Motivstück hingewiesen wurde. Vermutlich handelte es sich um die Felsenhöhle eines Einsiedlermönchs, möglicherweise des Gründers der Klostergemeinschaft, der sich in späteren Jahren zum Rückzug entschieden hatte, um ein Leben in Gebet und Kontemplation zu führen.

Ich ließ den Lampenstrahl über den Rest der Decke wandern, sah jedoch keine weiteren Markierungen. Aber an der rückwärtigen Wand der Höhle stand etwas geschrieben. Um es besser sehen zu können, ließ ich meine Flossen auf den Boden fallen und kletterte über einige größere Steine. Die Wand enthielt eine Reihe dunklerer Vertiefungen; die Inschrift befand sich auf einem glatten Stück über einem Sims, unter dem eine etwa einen Meter tiefe Nische war. Mir kam der Gedanke, dass der Sims vielleicht als Altar gedient hatte. Ich konnte die Buchstaben OR DO CHE ausmachen.

Ich leuchtete in die Vertiefung auf der rechten Seite, sah aber nichts als nackten Fels. Als ich dasselbe auf der linken Seite machte, bekam ich einen Schreck. Ein Stapel halbrunder Hummerkörbe stand in einer Ecke der Nische. Die aus Holz und Netzen gefertigten Fallen waren ordentlich übereinandergestapelt, sie konnten also nicht zufällig in die Höhle gespült worden sein – tatsächlich gab es erstaunlich wenig von Menschen produzierten Müll, was vermutlich an dem Tangfilter vor dem Eingang der Höhle lag.

Als ich mich gerade an den Gedanken gewöhnte, dass die

Körbe hier gelagert wurden, wobei ich mich immer noch fragte, wieso, sah ich mit noch größerem Erstaunen eine Reihe kleiner Aluschalen auf einem Sims in einer der Nischen. Sie enthielten heruntergebrannte Kerzen, in einer roten Schachtel daneben lagen aber auch noch einige nicht gebrauchte. Warum sollte jemand in einer Höhle Kerzen anzünden? Wohl kaum, um die Umgebung auszuleuchten – sie wären nicht sehr effektiv. Wollte man die Atemluft überwachen? Oder hatte es einen religiösen Hintergrund? Alle Antworten kamen mir höchst unwahrscheinlich vor.

Doch es warteten noch mehr Fragen.

Unter dem tiefsten Sims war ein Hohlraum im Fels, ähnlich dem auf der rückwärtigen Wand, nur kleiner. Halb darunter versteckt stand eine gelbe, hochseitige Fischkiste. Ich zog sie heraus. Sie war leer bis auf eine gebogene Schere, und in dem Wasser, das sich in einer Ecke gesammelt hatte, schwamm etwas, das wie ein fingernagelgroßes Stück blauschwarzer Schale aussah. Ich zog meinen Handschuh aus, um sie aufzuheben, und betrachtete sie im Licht. Sie glänzte, war hart und mit winzigen feuchten Härchen besetzt. Aus dem breiteren Ende fehlte ein V-förmiges Stück. Ich ließ sie in meinen Handschuh gleiten und schob die Kiste wieder unter den Sims, wo sie gegen etwas stieß, was kein Fels war.

Ich ging in die Hocke und sah einen größeren Behälter – blau mit weißem Deckel –, der dahinter in die Vertiefung gezwängt war. Noch ehe ich ihn herauszog, erkannte ich ihn als eine jener Kühlboxen mit Schnappverschluss, in denen auf Tauchbooten Erfrischungen aufbewahrt werden. Bei dieser war auf der Vorderseite des Deckels außerdem ein kleines Schloss angebracht.

Ich beugte mich in den Hohlraum und zog die Box heraus. Ihr Inhalt war schwer.

Als ich sie draußen hatte, ließ ich die Verschlüsse aufspringen und versuchte, den Deckel zu öffnen, aber sie war abgesperrt. Ich setzte mich hin und überlegte, was sie wohl enthielt. Die naheliegende Antwort war Hummer. Die ruhigen Bedingungen hatten den Carmodys erlaubt, mehr als üblich zu fangen, und sie mussten sie in der Höhle zwischenlagern. Aber wenn Hummer in der Box waren, mussten sie am Leben gehalten, vielleicht in ein größeres Becken verlagert werden, bis sie verkauft oder zubereitet wurden. Und das hieß, es würde sehr bald jemand kommen, um sie zu holen.

Bisher war in der Höhle kein anderes Geräusch zu hören gewesen als Wasser, das gegen Stein schwappte. Nun kam mein Herzschlag hinzu.

Als Nächstes hörte ich Kiesel aneinander klicken.

Dann Atmen.

Da die Kapuze meine Ohren bedeckte, konnte ich nicht feststellen, woher die Geräusche kamen. Ich zog das Messer mit der freien Hand aus der Scheide, stand langsam auf und richtete den Strahl der Lampe in die Ecke, wo die Hummerkörbe gestapelt waren, weil ich damit rechnete, dass jemand von dort, aus dem hinteren Teil der Höhle, kam. Das Atemgeräusch wurde lauter. Zu spät erkannte ich, dass es hinter mir war.

Ehe ich mich umdrehen konnte, ließ mich ein Schlag auf den Hinterkopf vorwärtstaumeln und auf die Knie sinken. Die Lampe fiel mir aus der Hand, und als sie auf den Boden prallte, sausten zwei Schatten über die Decke. Dann ging ein zweites Licht an, und für einen Moment dehnte sich ein einzelner Schatten vor mir aus. Ich erkannte, dass es mein eigener war, als er auf mich zukam.

32

Ich kam auf dem Steinboden der Höhle in absoluter Dunkelheit zu mir. Kaltes Wasser schwappte mir ins Gesicht. Ich kroch weg davon und setzte mich auf. Ich war allein, wie ich spürte, und die Flut drückte herein. Meine Lampe! Ich tastete meine Umgebung ab, spritzte in dem Wasser herum, das meine Füße umspülte, aber ich fand sie nicht. Ebenso wenig wie mein Messer.

Mein Nacken tat höllisch weh. Ich drückte vorsichtig auf den Hinterkopf und fand die wunde Stelle unter der Kapuze. Ich spürte auch Nässe und betete, dass es nur Wasser war. Maske und Schnorchel hingen mir noch um den Hals, aber mein Rumpf fühlte sich unbelastet an, und ich wusste, noch ehe ich es überprüfte, dass man mir die Auftriebsweste und die Sauerstoffflasche abgenommen hatte. Ich schauderte bei dem Gedanken, dass jemand Hand an mich gelegt hatte. Noch beunruhigender war allerdings die Erkenntnis, dass dieselbe Person mich offenbar umzubringen versuchte, und ich begann unwillkürlich zu überlegen, was sie sich zu diesem Zweck womöglich ausgedacht hatte. Ich musste die Lampe finden.

Doch ein weiterer Schwall kaltes Wasser zwang mich, meine Gedanken auf das unmittelbar Notwendige zu konzentrieren. Und er verriet mir, wo der Ausgang war – oder zumindest, in welcher Richtung er lag. Ansonsten tappte ich buchstäblich im Dunkeln – es war das, was Höhlenforscher als klinische Dunkelheit bezeichnen. Dann kam mir der Gedanke, ich könnte zur Spitze der Höhle kriechen und bis Tagesanbruch dort bleiben. Aber das hieße, Unterkühlung zu riskieren oder zu ertrinken, falls die hereinkommende Flut von starken Winden begleitet war. Es würde mich außerdem weiter meinem Angreifer ausliefern, der mit Sicherheit wiederkam. Es blieb mir nichts übrig – ich musste ins Freie schwimmen.

Ich bewegte mich ein Stück weiter nach oben, um zu überlegen, wie ich genau vorgehen musste. Als ich mich rückwärts stieß, landete ich mit der rechten Hand auf einer meiner Flossen. Nach einigem Suchen fand ich auch die zweite und zog beide an. Das wurde ja immer besser, scherzte ich für mich. Der Fund half mir auch einzuschätzen, wie weit ich von der Öffnung der Höhle entfernt war. Und da die Flut diesen Punkt beinahe erreicht hatte, schätzte ich, dass ich mich seit einer halben Stunde oder länger in der Höhle befand.

Etwas, das ich in der Taucherausbildung gelernt hatte, fiel mir nun ein, und es stimmte mich nicht gerade zuversichtlich: Springfluten führen zu höheren und tieferen Gezeitenständen als normal, zu kürzeren Stillwasserzeiten als im Durchschnitt und *zu stärkeren Gezeitenströmungen.* Und die Strömung würde am stärksten sein, wenn die Flut halb hereingekommen war. Ich musste schleunigst hier raus.

Dann wurde mir bewusst, dass ich keinen Gewichtsgürtel hatte – die Gewichte befanden sich in den Taschen der fehlenden Jacke. Nichts würde also dem Auftrieb des Neoprenanzugs entgegenwirken, und ich würde mich diesem zusätzlich entgegenstemmen müssen, während ich durch den Tunnel schwamm. Ich überlegte kurz, den Nassanzug auszuziehen, entschied aber, dass es mich in noch größere Gefahr bringen würde.

Wenn das Wasser bis oben in dem Bogen stand, wo ich die Anemonen gesehen hatte – was wahrscheinlich der Fall war –, dann würde ich von dort bis zum Ausgang unter Wasser schwimmen müssen, ohne auftauchen zu können. Ich würde nur eine Chance haben. Und wenn ich draußen ankam, würde ich wahrscheinlich so dringend Luft brauchen, dass mir nichts anderes übrig blieb, als direkt am Fuß der Klippen aufzutauchen. Aber diesem Problem würde ich mich stellen, wenn ich dort war – falls ich so weit kam.

Ich stand auf und watete vorsichtig ins Wasser. Als es mir bis zu den Knien reichte, traf mich eine neue Welle von der Seite – ich schaute mit dem Gesicht zu einer Seitenwand der Höhle, korrigierte meine Richtung, kauerte mich nieder und warf mich vorwärts. Nur mit den Flossen paddelnd und die Arme vorgestreckt, glitt ich unter die Oberfläche, bis meine Hände auf festen Fels trafen. Eine heftige Flut spülte mich jedoch zurück, und eine gleichermaßen starke Strömung zog mich Sekunden später unter den Fels hinaus, aber es gelang mir, mich an die Decke zu drücken, bis der Sog nachließ. Das brachte mich auf eine Idee.

Während eine Reihe kleinerer Wellen in die Höhle und wieder hinausschwappten, schwamm ich zurück, bis ich aufrecht im Wasser stehen konnte, und wartete auf die nächste große Welle. Ich steckte das Mundstück zwischen die Lippen – den Schnorchel würde ich brauchen, um gefahrlos einatmen zu können, wenn ich auftauchte – und begann tief und langsam zu atmen, um möglichst viel Sauerstoff in mein Blut zu pumpen. Die Taucherbrille hatte ich ebenfalls aufgesetzt, auch wenn ich in der Höhle mit ihr so wenig sah wie ohne sie, aber wenn ich ins offene Meer kam, würde ein wenig Sicht nicht schaden.

Als die Welle hereinkam, traf sie mich an der Brust und warf mich beinahe um. Ich hörte, wie der Schaum vom Kiesstrand hinter mir zurückgesaugt wurde, fand gerade noch rechtzeitig mein Gleichgewicht und warf mich in die hinauslaufende Welle. Ich zählte bis drei, holte noch einmal Luft und tauchte unter. Dann spürte ich, wie der Schnorchel am Höhlendach kratzte. Ich schlug so stark ich konnte mit den Beinen und ging gegen den Auftrieb in meinem Anzug tiefer. Ich bemühte mich, nicht an die Tausende Tonnen Gestein über mir zu denken. Ich spürte, wie der Schwung der zurücklaufenden Welle nachließ, und gleichzeitig berührten meine Arme den Tangvorhang am Eingang. Dann glitten die unsichtbaren Wedel über mein Gesicht und wickelten sich um meinen Hals. Dass ich sie nicht sehen konnte, machte die Sache nicht besser. Noch schlimmer aber war, dass mein Körper nach Sauerstoff lechzte. Mit einigen letzten verzweifelten Beinschlägen erreichte ich den Höhleneingang und stieg rasch zur Oberfläche, wobei der Anzug nun von Vorteil war. Ich atmete langsam aus und widerstand dem überwältigenden Drang, alle verbrauchte Luft gleichzeitig auszustoßen und Wasser einzuatmen.

Dann sah ich Blasen rings um mich. Ich war knapp unter der Oberfläche. Ich ließ meine Lungen leer werden, und das löste den Atemreflex aus. Derart gewaltsam holte ich Luft, dass ich fast das Mundstück verschluckt hätte. Ich durchbrach die Wasseroberfläche und rang keuchend nach mehr Luft, aber schon wurde ich von einer Welle gegen die Klippen geschleudert. Es riss mir den Schnorchel aus dem Mund, und der letzte Rest Luft blieb mir weg. Ich sank unter Wasser und wäre fast ohnmächtig geworden vor Sauerstoffmangel. Aber dann erfasste mich die zurücklaufende Strömung und wälzte mich wieder an die Oberfläche, wo ich hastig Luft holte und mit hektischen Beinschlägen versuchte, den brechenden Wellen zu entkommen, die mit jedem Augenblick stärker zu werden schienen.

Wo in Gottes Namen war Costello?

Hinter dem Wogen der Dünung sah ich in der Ferne das

Mondlicht auf dem Meer glänzen. Aber keine Spur von einem Schlauchboot.

»Senan!«

Meine Stimme war schwach, und der Lärm der Wellen, die sich an den Klippen brachen, verschluckte seinen Namen, sobald ich ihn gerufen hatte.

Vielleicht war er ebenfalls angegriffen worden. Oder er war derjenige, der mich bewusstlos geschlagen hatte.

Ich rief seinen Namen noch einmal, aber mit wenig Hoffnung auf Antwort.

Ich schwamm weiter gegen Wellengang und Flut an, war aber bereits erschöpft, als ich kaum zehn Meter Abstand zum Fuß der Klippen geschafft hatte. Wenn mich eine große Welle erfasste, würde ich umgehend zurückgespült werden, und ich wusste, wenn mich niemand rettete, würde ich zuletzt an die Felswand geschmettert werden.

Und das war der Moment, in dem ich schließlich den Mut zu verlieren begann. Meine Lage war hoffnungslos – allein im offenen Meer, müde und frierend, Wellen und Flut gegen mich. Ich dachte sogar: So war es mir bestimmt. Und dass ich es immer schon gewusst hätte, aber die Signale lieber ignorierte, wie den Zwischenfall am Riff, als ich fünfzehn war, oder Brian Penders Verschwinden und seine Rückkehr aus der Tiefe, um mich zu warnen.

Und die Person, die es so aussehen lassen wollte, als sei ich bei einem Unfall ertrunken, würde nun Erfolg haben. Sie würde nicht nur bestimmt haben, wie mein Leben endete, sondern auch, wie man meinen Tod interpretieren würde. Das durfte ich nicht zulassen.

Ich trat Wasser. Vielleicht würde ich in ruhigere See gelangen, wenn ich es noch einmal versuchte. Ich begann wieder zu schwimmen, und als ich eben einen Wellenkamm überquert hatte, sah ich ein Blinklicht und dann in dem vom Mond beschienenen Bereich außerhalb des Klippenschattens ein weißes Schlauchboot.

»Hier drüben!«

Ich sank in ein Wellental und verlor das Boot aus den Augen. Bei der nächsten Welle sah ich es wieder, an derselben Stelle, wie es schien. Mit letzter Kraft schrie ich noch einmal. Ich konnte nicht mehr weiterschwimmen.

Dann hörte ich den Außenbordmotor. Kam er, um mich zu erledigen? Es kümmerte mich nicht mehr.

Plötzlich war der Himmel voller Licht. Das Wasser um mich begann zu leuchten, ehe es langsam verblasste, die Wellen blinkten auf und ab wie synchronisierte rote Neonstreifen.

Alles, was danach kam, sind in meiner Erinnerung nur undeutliche und zusammenhanglose Bilder. Costello, der mich ins Boot zieht. Die Fahrt in einem Auto, während Straßenlampen über mir aufleuchten. Ein bellender Hund. Die beruhigende Stimme einer Frau und ein warmes Handtuch. Der Geruch eines fremden Kissens.

33

Ich erwachte von Busters Gebell im Hof. Tageslicht schien durch die freundlichen gelben Vorhänge, aber der Wind rüttelte am Fensterrahmen. Ich befand mich in einem Schlafzimmer, das gerade genügend Platz für ein Einzelbett, eine Kommode und einen einteiligen Schrank bot. In dem Schrank hing ein türkisfarbener Bademantel. Ich schlug die Bettdecke zurück und entdeckte, dass ich einen dazu passenden Pyjama trug, der viel zu groß war und dessen Beine sich um meine Füße wickelten.

Ich hörte irgendwo ein Radio spielen und eine Frau ein Lied mitsingen. Der Duft von gebratenem Speck stieg mir in die Nase. In Costellos Haus, wie ich annahm, wurde Frühstück zubereitet. Von seiner Mutter? Ich konnte mich nicht erinnern, jemanden gesehen zu haben, aber ich erinnerte mich an ihre Stimme. Ich dröselte den Pyjama von meinen Füßen und wollte die Beine aus dem Bett schwingen, stöhnte aber unwillkürlich auf, da mir jeder Muskel wehtat. Den Kopf zu drehen oder zu heben, war beinahe unmöglich, deshalb saß ich am Bettrand und starrte geradeaus vor mich hin, während ich mir Waden und Oberschenkel massierte. Costello hatte mich offenbar mit zu sich nach Hause genommen, und die Frau hatte mich zu Bett gebracht. Wie viel hatte ich ihm erzählt? Hatte er die Polizei verständigt? Hoffentlich nicht – ich wollte weder mit Hynes noch mit Rattigan zu tun haben. Ich wusste ohnehin nicht, was ich ihnen erzählen sollte. Die letzte Nacht war wie ein halb erinnerter Traum, mit einigen Szenen von realistischer Schärfe, während andere eher wie das Produkt eines fiebrigen Hirns wirkten. Eine Höhle unter dem Meer, mit einem in die Decke gemeißelten Kreuz, auf einem Steinsims aufgereihte Kerzen, eine verschlossene Kühlbox unter einem Felsvorsprung. Jemand hinter mir. Ich fröstelte, als würde mir eiskaltes Wasser in einem schlecht sitzenden Tauchanzug über den Rücken laufen.

Ein leises Klopfen an der Tür riss mich aus meinen Gedanken.

»Ja?«, sagte ich.

»Möchten Sie Frühstück?« Dieselbe Frau.

»Ja, danke, sehr gern.«

»Ich mache ein Pfannenfrühstück. Wollen Sie auch ein wenig Haferflocken?«

»Nein, danke«, sagte ich. »Wie spät ist es?«

»Viertel vor zehn. Schlüpfen Sie in den Morgenmantel und kommen Sie in die Küche herunter. Das Badezimmer liegt auf dem Weg, falls Sie es benutzen wollen.«

»Danke.«

Es gab ein Paar Frotteepantoffeln mit dem verblassten Logo eines Hotels, und ich zog sie an, nachdem ich die Pyjamabeine hochgekrempelt hatte. Dann stand ich ächzend auf und angelte mir den Morgenmantel aus dem Schrank. Er reichte mir bis zu den Pantoffeln hinunter. Ich raffte ihn mithilfe des Gürtels ein wenig hoch und den Pyjama darunter ebenfalls.

Die Frau, die am Herd in der Küche stand, war hochgewachsen und dunkelhaarig und wäre von der Generation meiner Mutter als hübsch bezeichnet worden. Sie summte eine neue Melodie im Radio mit, während sie die Speckscheiben wendete.

»Guten Morgen«, sagte ich.

»Ach, da sind Sie ja«, sagte sie fröhlich und stellte das Radio leiser. »Möchten Sie Tee oder Kaffee?«

»Tee, bitte.«

»Ich bin Marion, Senans Mutter.« Sie zog mir einen Stuhl unter dem Kieferntisch heraus. »Er ist nach Spanish Point gefahren, um Mr. Mahon zu treffen.« Sie schaltete einen Wasserkocher ein und öffnete eine Teedose.

»Verstehe«, sagte ich und setzte mich. »Ich weiß wirklich zu schätzen, was Sie für mich getan haben. Übrigens heiße ich Illaun.«

»Das hat uns Senan schon gesagt. Ein ungewöhnlicher Name. Eins oder zwei?« Sie hielt ein Ei in die Höhe.

»Eins, danke.«

»Von heute Morgen«, sagte sie stolz.

»Wunderbar. Der Name bedeutet Insel. Er ist in Ortsbezeichnungen an der Küste ziemlich gebräuchlich.«

»Ach ja, natürlich. Wie Illaunadoon.«

»Richtig. Dort gibt es die Reste einer Felsenfestung, direkt hinter Bishop's Island, nicht wahr?«

»Ganz recht.« Sie schlug das Ei am Pfannenrand auf. »Und Sie waren gestern Abend draußen in der Intrinsic Bay tauchen.«

»Ja. Senan hat mich hinausgebracht.«

»Sie sind Archäologin, soviel ich weiß.«

»Ja. Ich habe nach der Höhle eines Einsiedlers gesucht.«

»Unter Wasser? Weich oder hart?«

»Äh… weich, bitte. Sie war nicht immer unter dem Meeresspiegel.«

»Und haben Sie sie gefunden?« Sie ließ das Ei in die Pfanne gleiten.

»Ich glaube ja. Aber ich werde weitere Nachforschungen anstellen müssen.«

»Keine einfache Sache da draußen, denke ich mir.« Sie goss kochendes Wasser in eine Teekanne, um sie anzuwärmen.

»Nein. Das ist das Problem dabei.«

Das Ei spuckte und zischte, als wollte es an der Unterhaltung teilhaben.

»Senans Onkel Derry behauptet, es würde hier in der Gegend eine Menge verborgene Geschichte geben.«

»Ich habe ihn letzten Freitag getroffen. Er hat mir von dem Gottesstein oben auf George's Head erzählt.«

»Ah, ja. Aber der wurde ja wohl *absichtlich* versteckt, nicht wahr?« Sie leerte die Teekanne, löffelte Teeblätter in ein Sieb und hängte es in die Kanne. Dann füllte sie heißes Wasser auf, deckte die Kanne mit einem Warmhalter ab und stellte sie auf den Tisch. »Aus Scham darüber, was sie getan hatten.«

Draußen fing Buster zu bellen an.

Marion sah aus dem Fenster. »Da kommt ein Mann etwas holen, das Senan für ihn hergerichtet hat.« Sie legte den Schaber beiseite, wischte sich die Hände an einem Tuch ab und sagte: »Holen Sie das Ei heraus, wenn es fertig ist. Der Teller steht im Ofen warm, der Tee ist gemacht, und auf dem Tisch finden Sie Brot und Butter. Bedienen Sie sich.«

Erst jetzt bemerkte ich, dass der Tisch nur für eine Person gedeckt war.

»Ich habe schon mit Senan gefrühstückt«, sagte sie. Aus irgendeinem Grund verrutschte ihre fröhliche Maske in diesem Moment, und eine unauslöschliche Traurigkeit trat in ihre Augen.

Kaum war Marion aus der Tür gegangen, fiel mir ein, dass ich nichts davon gesagt hatte, dass Senan mich gerettet hatte. Ich führte es auf eine gewisse Orientierungslosigkeit zurück. Ich ging zum Herd und holte den Teller aus dem Backrohr, auf dem sich Bacon, Würstchen und Black Pudding türmten.

Nachdem ich das Ei hinzugefügt hatte, setzte ich mich an den Tisch.

Sofort schwand mir der Appetit. Es lag nicht an dem Essen, es war, weil ich mich urplötzlich sehr schwach und einem Zusammenbruch nahe fühlte. Ich stützte mich am Tisch ab und schenkte mir eine Tasse Tee ein, weil ich hoffte, sie würde mir guttun. Dann lehnte ich mich zurück, mir wurde schwarz vor den Augen. Die Tasse erschien mir so schwer, dass ich sie kaum an den Mund setzen konnte, aber ich gab nicht auf.

Die heiße Flüssigkeit verhinderte, dass ich umkippte, und nach einigen weiteren Schlucken fühlte ich mich kräftiger. Zweifellos litt ich unter einer Art verzögerter Reaktion auf die Ereignisse des vorangegangenen Tages und Abends, und mein Zustand war sicherlich mehr psychisch als körperlich bedingt.

Ich butterte gerade eine Scheibe Toast, als Marion zurückkam und ein paar lose Haarsträhnen zurechtstrich. »Es ist ziemlich windig geworden«, sagte sie. »Nur gut, dass sie nicht tauchen.«

Sie holte eine Tasse aus dem Schrank und setzte sich zu mir an den Tisch. »Ich trinke einen Tee mit Ihnen.« Als sie sich einschenkte, sah sie mich besorgt an. »Alles in Ordnung?«

»Ich fühl mich nur ein bisschen schwach. Aber das wird schon wieder.« Ich biss in eine Speckscheibe. »Das hilft bestimmt.«

»Machen Sie sich keine Gedanken, wenn Sie nicht aufessen können. Nach allem, was Sie hinter sich haben, ist Ihr Kreislauf wahrscheinlich noch durcheinander.«

»Ich versuche, mich zu erinnern, was genau passiert ist. Ich weiß kaum noch, wie ich gerettet wurde, nur dass es Senan war, der mich herausgezogen hat.«

»Er sagte, Sie müssen in Schwierigkeiten geraten sein, als Sie an die Oberfläche kamen. Er konnte Sie zuerst nicht finden, aber schließlich hat er Sie um Hilfe rufen hören. Sie hatten Glück.«

»Ich bin ihm sehr dankbar. Sie sagen, er ist nach Spanish Point gefahren?« Ich stocherte noch ein wenig in meinem Essen.

»Er beendet den Einsatz mit Mr. Mahon heute dort, gibt den Landrover zurück und so weiter.«

»Er arbeitet nicht mehr weiter an der Erkundung der Schiffswracks?«

»Nein. Sie haben jetzt einen Experten für Wracks der Armada an Bord. Er macht später in St. Joseph eine Präsentation für das Tauchteam.«

»St. Joseph?«

»Das ist eine höhere Schule. Die Jungs haben heute frei. Senan sagte, er würde bis zu der Präsentation bleiben und sich dann nach Hause fahren lassen. Ich setze Sie am Hotel ab.« Sie sah etwas in meinen Augen, das sie lächeln ließ. »Keine Angst. Ich habe einen alten Trainingsanzug von Breda, den Sie anziehen können. Der ist eher Ihre Größe.«

»Breda? Ihre Tochter?«

»Ja. Sie ist verheiratet und lebt in Ennis. Ich habe nur die beiden, und Senan wohnt hier, wie Sie wissen. Er hatte bereits einen Job als Taucher auf einem schottischen Ölbohrturm sicher, als mein Mann vor sechs Jahren starb. Senan wollte mich nicht allein hier lassen, deshalb beschloss er, sich selbstständig zu machen und von zu Hause zu arbeiten. Es ist nicht immer so leicht für ihn, aber er wird es schon schaffen.«

»Davon bin ich überzeugt.« Ich legte Messer und Gabel neben den Teller. Ich hatte etwa ein Drittel meines Frühstücks gegessen. »Das hat mir sehr gut getan. Vielen Dank.«

Marion stand auf und begann abzuräumen.

Ich musste etwas mit ihr klären, bevor ich es vergaß. »Als

wir vorhin von dem Gottesstein sprachen, sagten Sie, er wurde versteckt, weil sich jemand schämte für das, was ›sie getan hatten‹. – Wen meinten Sie?«

»Ich meinte diejenigen, die die Tat begangen haben, und diejenigen, die dazu schwiegen.«

»Welche Tat? Was haben sie angestellt?«

»Derry geht gern an sein Grab, ohne dass es jemand weiß. Aber er ist der geborene Geschichtenerzähler, deshalb kann er nicht anders, als es doch halb zu erzählen. Das kann er nur tun, indem er Teile aus verschiedenen Puzzles zusammenzwingt. Aber er vergisst, dass die Wahrheit an jede Generation der Costellos und Gott weiß wie vieler anderer Familien hier in der Gegend weitergegeben wird. Was natürlich bedeutete, dass mein Mann sie erfuhr. Und ehe er starb, hat er sie mir erzählt, damit ich sie an Senan weiterreiche, wenn ich glaubte, er sei verantwortlich genug und in der Lage, sie für sich zu behalten.«

»Aber Sie haben es noch nicht getan.«

»Nein, aber das ist eher Zufall als Absicht. Glauben Sie mir, es ist inzwischen keine sehr weltbewegende Nachricht mehr, und ich bin neuerdings der Ansicht, sie sollte einfach bekannt gemacht werden und basta. Außerdem schadet es niemandem mehr, der heute lebt, wenn sie bekannt wird. Wir leben in einer Zeit, in der schuldbeladene Geheimnisse ans Licht gezerrt werden, und das ist auch gut so, finden Sie nicht?«

Ich sah ihr erwartungsvoll in die Augen und drängte sie lautlos, weiterzusprechen.

Marion begegnete meinem Blick, überlegte.

Dann sah sie zur Seite. »Aber da Derry der Ältere in unserer Familie ist, finde ich es fair, wenn ich es ihm überlasse, Ihnen alles zu erzählen.«

Zurück im Schlafzimmer, setzte ich mich auf den Bettrand

und rieb mir wieder die Wadenmuskeln, als ich etwas auf dem Boden glänzen sah. Ich hob es auf. Es war das Stück Schale, das auf dem Boden der Fischkiste gelegen hatte. Es musste aus dem Handschuh gefallen sein, als ich ihn auszog, auch wenn ich mich daran gar nicht erinnern konnte.

Ich ging ans Fenster und zog den Vorhang auf. Ich sah, dass die winzigen Härchen an der Außenseite des Bruchstücks getrocknet waren und orangefarben schimmerten. Keine Härchen säumten jedoch die v-förmige Kerbe, die man aus einer der Platten in dem fächerartigen Schwanz eines Hummers geschnitten hatte, wie ich nun erkannte. Die Schnittränder der Einkerbung sahen nicht frisch aus, anders als der Schnitt an der Spitze. Die Schere, die ich gesehen hatte, war dazu benutzt worden, die Platte am Schwanz des Krustentiers zu entfernen.

34

Als ich in mein Hotelzimmer hinaufging, fasste ich einen Entschluss: Nie wieder würde ich ohne einen kompletten Satz Kleidung zum Wechseln irgendwohin fahren. Nur ein Reservehöschen in der Handtasche – das gehörte der Vergangenheit an. Von jetzt an würde mich eine komplette Garnitur Ersatzkleidung überallhin begleiten.

Ich war gewiss von kleiner Statur, aber Breda musste etwa zehn gewesen sein, als sie die dünnen, ausgeblichenen Sachen getragen hatte, in die ich mich unter der Gefahr zwängte, die Blutzufuhr zu wichtigen Körperteilen abzuschnüren. Auf der Fahrt in Marions Wagen hatte ich mit einer Hand am Kragen gezerrt und mit der anderen das Oberteil über einem kleinen Speckröllchen nach unten gezogen, das sich über Nacht um meine Hüfte gebildet hatte. Zu meiner Erleichterung verschwand es wieder, als ich das Unterteil des Trainingsanzugs vom Leib geschält hatte.

Ich zog meinen Bademantel an und ging auf den Balkon hinaus, um meinen Nassanzug gewendet aufzuhängen. Er würde rasch trocknen in der Brise, die über die Bucht fegte und die hereinbrechenden Wellen mit feinen Sprühnebelfahnen krönte. Die Sonne war zwischen Wolkenfetzen noch zu sehen, aber die Temperatur war um rund fünf Grad gesunken. Die Brecher beim Riff an den Pollock Holes spuckten Gischt wie Granatenexplosionen in den Himmel. Ohne Frage sah es am Lookout Cliff nicht anders aus.

Ich hängte den Kleiderbügel an das Balkongeländer und meinen Taucheranzug darüber. Gerade noch rechtzeitig, ehe er davonflog, sah ich meinen hellblauen Badeanzug aus einem der Ärmel schauen. Ich hatte vergessen, dass ich ihn getragen hatte. Jetzt war meine Demütigung komplett. Ich hatte mir vorgestellt, dass ich – wenn auch benommen – irgendwie im Badezimmer der Costellos meinen Nassanzug ausgezogen und mich abgetrocknet hatte, um dann in Marions Pyjama zu schlüpfen. Aber als ich sah, wie ordentlich der Badeanzug aufgeräumt war, wusste ich, dass jemand anderer mich ausgezogen und auch angekleidet haben musste.

Dann fing ich zu lachen an. Ich erkannte die schüchterne Person nicht wieder, zu der ich anscheinend geworden war. Das wiederum ließ mich daran denken, wie sehr viel selbstbewusster wir mit unserem Körper und unserer Nacktheit umgehen, wenn wir wissen, dass eine geliebte Person davon erregt wird. Diesbezüglich war in letzter Zeit nicht viel bei mir los gewesen, vielleicht zerbrach ich mir deshalb über Dinge den Kopf, die mich normalerweise nicht allzu sehr beunruhigen würden.

Oder aber ich ersetzte sehr viel ernstere Sorgen durch diese belanglosen. Kaum war mir der Gedanke gekommen, traf mich die Tragweite all dessen, was in den letzten vierundzwanzig Stunden geschehen war, wie eine der Wellen, die gegen das Riff donnerten.

Man hatte mich der Komplizenschaft in einem Mordfall bezichtigt. Eine Freundin von mir war brutal ermordet worden, und ich hatte ihre Leiche gefunden. Man hatte mich bewusstlos geschlagen und liegen gelassen, damit ich ertrinken sollte.

Ich fühlte mich plötzlich benommen, ging ins Zimmer zurück und legte mich aufs Bett. Ich schloss die Augen, aber sofort drehte sich alles in meinem Kopf, und mir drohte, übel zu werden, deshalb öffnete ich sie schnell wieder. Dann begannen meine Gedanken zu rotieren. Wer hatte mich angegriffen? Was versteckten sie wirklich in dieser Höhle? Hatte Senan Costello mich töten wollen und dann die Nerven verloren? Würde Kim Tyrell noch leben, wenn ich nicht nach Kilkee gekommen wäre?

Reue und Bedauern durchfluteten mich, und aus meinen Augenwinkeln liefen Tränen. »Es tut mir so leid, Kim«, flüsterte ich.

Ich lag da, bis das Gefühl irgendwann nachließ, nicht ohne einen harten Klumpen in meinem Magen zu hinterlassen. Meine Haut war aufgeschwollen vor Tränen. Ich ging ins Bad und spritzte mir Wasser ins Gesicht, holte einige Male tief Luft und versuchte, mich zusammenzureißen. Dann fiel mir ein, dass ich inmitten all der Geschehnisse eine Entdeckung gemacht hatte, die sich als archäologisch bedeutsam herausstellen konnte. Aber das würde vorläufig warten müssen.

In der Zwischenzeit musste ich jemandem mitteilen, was ich in der Höhle gesehen hatte, jemandem, der mich ernst nehmen würde und die Autorität besaß, etwas in der Sache zu unternehmen. Aber an wen konnte ich mich wenden? Hynes und Rattigan hatte ich bereits ausgeschlossen. Was war mit diesem Detective aus Ennis… Nolan? Es hatte wenig Sinn – Rattigan hätte sofort die Finger mit drin. Gallagher? Er wäre noch der aussichtsreichste Kandidat, auch wenn es hieße, seine Geduld auf die Probe zu stellen. Ich spielte in Gedanken durch, was ich ihm sagen würde. Es erschien mir nicht überzeugend. Es gab noch einige Lücken in dem Skript, die ich erst füllen musste.

Ich hatte gerade die Website des Fischereiverbands auf meinem Laptop aufgerufen, als mein Handy in der Schublade läutete, in der ich es liegen gelassen hatte. Es war Giles Kendrick.

»Wie war Ihr Tauchgang gestern Abend?«

»Das ist eine lange Geschichte. Ich erzähle sie Ihnen, wenn wir uns treffen.«

»Genau deshalb rufe ich an. Würden Sie es für eine gute Idee halten, wenn wir uns treffen, bevor wir morgen vor Gericht erscheinen?«

»Gericht? Ach so, ja. Ich hatte ganz vergessen, dass Rattigan mich dorthin bestellt hat.«

»Uh. Dieser fürchterliche Mensch. Er hat mich gestern Abend gesehen, als ich von der Bootsrutsche heraufkam. Er war hier beim Haus gewesen, um zu überprüfen, wo ich stecke. Ich habe ihm nicht erzählt, dass ich mit Ihnen gesprochen habe.«

»Das änderte nichts. Er kam trotzdem zur Bootsrutsche hinunter. Der Typ erinnert mich an eine Bremse – hartnäckig, unangenehm, keine Wesenszüge, die einen versöhnlich stimmen könnten.«

»Außer dass eine Bremse Teil eines Lebenskreislaufs ist. Aber genug von Rattigan – ich habe alles arrangiert, damit Sarahs Leichnam nach Hause geflogen wird.«

»Oh? Wann?«

»Sobald der Totenschein ausgestellt ist.«

»Kann ich Ihnen helfen?«

»Nein, aber nett, dass Sie fragen. Ich habe mich in die fähigen Hände eines Bestattungsunternehmers begeben, der mir erzählte – wohl um mich zu beruhigen –, er habe viel Erfahrung darin, Ertrunkene zurückzuführen.«

»Wie ermutigend. Hatten Sie mit Sarahs Familie Kontakt?«

»Ich habe mit ihrer Mutter gesprochen. Mein Eindruck war, dass Sarahs Tod zu einem ungünstigen Zeitpunkt kam. Ich glaube, sie hat gerade einen neuen Lustknaben einem Härtetest unterzogen.« Ich hörte die Verachtung in seiner Stimme.

»Sarah wäre erfreut, wenn sie wüsste, dass sie ihrer Mutter Unannehmlichkeiten bereitet hat.«

»Was machen Sie gerade?«

»Nicht viel.«

»Ich muss die Küste hinauffahren. Ich würde mich sicherer fühlen, wenn jemand bei mir wäre.«

»Sicherer?«

»Ich erkläre es. Was halten Sie davon?«

»Es ist wahrscheinlich gegen die Vereinbarung mit Rattigan. Aber klar, ich komme mit. Wohin fahren wir?«

»Haben Sie die Wellen am Spanish Point schon einmal gesehen?«

»Nein.«

»Dann lade ich Sie dazu ein.«

35

Wir hatten etwa dreißig Kilometer zurückzulegen, und unterwegs beschloss ich, mit Kendrick über die Vorfälle der vergangenen Nacht zu reden.

»Als wir uns gestern Abend an der Anlegestelle trafen, war ich auf dem Weg, in der Intrinsic Bay zu tauchen. Ich befürchtete, Sie könnten mich für unsensibel halten, deshalb habe ich es nicht erwähnt.«

Kendrick tat es mit einer Handbewegung ab. »Das Leben geht weiter. Und wenn es ein guter Platz für einen nächtlichen Tauchgang ist, wo liegt das Problem?«

»Das war nicht ganz die Wahrheit. Ich hatte etwas anderes im Sinn. Es fing an, als mich die Neugier wegen der klösterlichen Stätten auf George's Head und Bishop's Island packte. Mir war aufgefallen, dass man direkt auf die Insel blickt, wenn man durch das Loch im Kreuz auf der Landspitze schaut. Das war erkennbar beabsichtigt.«

»Das hatten wir auch bemerkt.«

»Danach ergriff ich die Gelegenheit, per Hubschrauber auf die Insel zu fliegen. Und dort fand ich ein weggeworfenes Motivstück – einen Tierknochen, auf dem ein Mönch ein Muster ausprobiert hat. Und da er schon dabei war, hat er rasch eine Skizze eingeritzt, die nicht zwei, sondern drei klösterliche Stätten zeigte. Dann fiel mir ein, dass der ursprüngliche Name der Bucht in etwa ›die Höhle der Kirche‹ bedeutet. Außerdem war mir beim Flug aufgefallen, dass das Seegras bei extrem niedriger Ebbe eine Öffnung am Fuß des Lookout Cliffs einzurahmen schien. Wenn man dann noch den Anstieg des Meeresspiegels während der letzten tausend Jahre berücksichtigt plus die Legende einer versunkenen Kirche in diesem Gebiet, dann wusste ich alles in allem, es bestand die Chance, dass es am Fuß der Klippen eine Höhle geben könnte. Und nicht irgendeine, sondern eine, die als Einsiedelei benutzt worden war.«

»Und haben Sie sie gefunden?«

»Ja. Und nicht nur das.«

Ich beschrieb die Schnitzereien an der Decke und der Rückwand. Kendrick hatte schon von Ogam gehört, wusste aber nicht genau, was es war. »Eine Art Runensymbole?«

»Nicht direkt. Es war eine irische Schrift zu Beginn der christlichen Zeit. Sie basiert auf dem lateinischen Alphabet – Buchstaben wurden durch Striche dargestellt, die entlang einer Mittellinie angebracht waren, meist die Kante eines stehenden Steins, aber nicht immer. Man benutzte es für kurze Inschriften, und das Ogam in der Höhle stellt höchstwahrscheinlich einen Namen dar, und zwar denselben wie auf der Rückwand – jedenfalls glaube ich, dass es ein Name ist. Zusammen mit dem Stil des Kreuzes, das in die Decke geritzt ist, ergibt sich eine Zeitspanne von mehreren hundert Jahren, in der die Behausung im Fels benutzt wurde.«

»Von wann bis wann?«

»Es ist nicht ganz leicht zu bestimmen, aber es könnte sich um einen Zeitraum von 500 bis 1000 n. Chr. handeln.«

»Aber was ist mit dem Tsunami? Sagten Sie nicht, er geschah 800?«

»Daran habe ich auch gedacht. Wenn er tatsächlich stattgefunden hat, dann könnte er die Höhle überflutet haben, er könnte sogar den Meeresgrund oder die Küstenlinie verändert haben, aber als das Wasser wieder ablief, könnte die Höhle immer noch zugänglich gewesen sein, wenn auch vielleicht nur in den Sommermonaten. Danach war es nur eine Frage des allmählichen Anstiegs des Meeresspiegels, der schon seit Jahrtausenden im Gang war, bis die Höhle irgendwann aufgegeben werden musste.«

»Und welche Verbindung bestand zwischen den verschiedenen Orten?«

»Ich glaube, sie gehörten zusammen, aber jedes diente einem anderen Zweck. Bishop's Island war für diejenigen, die getrennt vom Rest der Menschheit ein Leben in Gebet und Kontemplation führen wollten. In der Felsbehausung wohnte möglicherweise der Gründer oder heiligste Mann des Klosters bis ans Ende seiner Tage; danach wurde sie wahrscheinlich von einzelnen Asketen benutzt. Damit wäre die Gemeinschaft selbst auf George's Head angesiedelt gewesen, und da das Kloster auf dem Festland lag, dürften die Mönche auch der Dorfgemeinde dort gedient haben. Sie dürfen nicht vergessen, dass es bis zur Wikingerzeit keine Städte im eigentlichen Sinn in Irland gab, deshalb gab es außerhalb der Klöster auch kaum Kirchengebäude.«

»Und wie sah die Landschaft in dieser Zeit aus?«

»Außerhalb der menschlichen Siedlungen herrschten Wald und Sümpfe vor, es gab Flüsse und Seen. Reisen waren schwierig. Küstengebiete wie dieses waren abgelegene Orte, und die Mönche, die hierherkamen, ahmten die ägyptischen Einsiedler nach, die in die Wüste gingen. Man findet sogar Ortsnamen mit ›dysert‹ – Wüste – darin. Ich kenne zwei hier in Clare – Killadysert und Dysert O'Dea.«

»Den zweiten habe ich auf einem Wegweiser gesehen. Ich dachte, so heißt jemand.«

Ich lachte. »Dysert O'Dea – wäre ein toller Name für einen Einsiedler.«

»Und wie stehen die Chancen, dass die Höhle richtig erkundet wird?«

»Unter Bedingungen, wie sie dieses Wochenende herrschen, wäre es vielleicht möglich. Aber das passiert womöglich erst in einem Jahrzehnt wieder, deshalb werden wir uns in der Zwischenzeit mit kurzen Abstechern begnügen müssen, bei denen man ein paar Fotos machen kann.«

»Vorläufig weiß also niemand außer Ihnen, was es dort unten gibt.«

»Das ist das Komische dabei. Die Höhle scheint benutzt zu werden.«

»Benutzt?«, fragte Kendrick überrascht.

»Ich habe etwas gefunden.« Ich erzählte ihm von der Kühlbox unter dem Felsvorsprung. »Vollgepackt mit Hummer vermutlich. Aber es kommt noch merkwürdiger. Da standen diese heruntergebrannten Kerzen, wie wir sie heutzutage benutzen, um Duftöl zu erwärmen, auf einem Felsvorsprung.«

»Hm. Und Sie haben nicht in die Kühlbox geschaut?«

»Nein, dazu kam ich nicht. Jemand hat mich niedergeschlagen, bevor ich sie öffnen konnte.«

Ich sah zu Kendrick hinüber. Seine Augen kreisten nun hinter der Brille. »Das ist nicht Ihr Ernst, oder? Haben Sie gesehen, wer es war?«

»Nein. Der Schlag kam von hinten. Ich glaube, der Angreifer ist mir in die Höhle gefolgt.«

Kendrick nickte. Es schien eine Theorie weiter zu untermauern, die er sich zurechtlegte. »Vielleicht schmuggeln diese Typen eine ganz andere Ware. In diesem Fall wären Kerzen in der Höhle gar nicht so abwegig, wie Sie glauben …« Er verfiel in Schweigen und blickte geistesabwesend aus dem Fenster.

Aus irgendeinem Grund schweiften meine Gedanken zu Derry Costello ab und zu seiner Erinnerung daran, wie mein

Vater Shakespeare zitiert hatte. Es gab da ein Stück, das er oft rezitierte und das ich mit meinem Aufenthalt in diesem Teil der Welt in Verbindung brachte. Aber es wollte mir partout nicht einfallen, und ich würde es nachschauen müssen, wenn ich wieder zu Hause war.

Eine Schwelle in der Straße riss Kendrick aus seinen Gedanken. »Tut mir leid. Ich habe gerade an Sarah gedacht. Hat denn Ihr Tauchpartner nichts gesehen?«

»Senan ist nicht getaucht, er sollte mich herausfischen, wenn ich wieder nach oben kam. Aber das Boot war nicht dort, wo es hätte sein sollen. Er hatte es zu der Seite der Bucht hinübergefahren, wo das Riff ist. Aber er kam zurück, als er mich um Hilfe rufen hörte – zumindest glaube ich, dass es sich so abgespielt hat.«

»Sie haben ihn nicht als Täter in Verdacht?«

»Nein. Es ergibt keinen Sinn, mich niederzuschlagen, mir Atemgerät und Tauchlicht wegzunehmen, damit ich dort unten ertrinke, und mich dann zu retten und zu sich nach Hause mitzunehmen, wie er es getan hat.«

»Es sollte also so aussehen, als wären Sie ertrunken.«

»Das dachte ich zuerst, ja. Aber jetzt frage ich mich, warum ich nicht gleich totgeschlagen wurde. Ich bezweifle, dass ein Gerichtsmediziner noch einen Unterschied festgestellt hätte, nachdem ich ein paar Tage in der Höhle herumgeschleudert worden wäre – vorausgesetzt, man hätte meine Leiche überhaupt gefunden. Und warum ließ man mir Maske und Schnorchel? War es ein Versehen, oder sollte ich noch eine Chance haben?«

»Hat unsere Fahrt nach Spanish Point etwas mit der ganzen Geschichte zu tun?«

»Ich hätte einmal mehr von vornherein aufrichtig zu Ihnen sein sollen: Ja, hat sie. Aber wir *werden* die Wellen sehen, versprochen.«

»Darauf kommt es mir nicht an. Ich genieße die Gesellschaft.«

»Ich auch. Ich wollte Ihnen außerdem noch sagen, dass ich heute Morgen von Senan Costellos Mutter etwas über den Gottesstein erfahren habe. Anscheinend wurde er aus Scham versteckt, wie sie es nannte. Alte Familien in Kilkee wissen, was passiert ist, behalten es aber für sich. Sie war nahe dran, es mir zu sagen, aber dann tat sie es doch nicht.«

»Dann passt alles zusammen. Es tut mir leid, dass Sarah nicht hier ist, um mit der Frau zu reden. Sie hätte es im Handumdrehen aus ihr herausgekitzelt.«

Wir fuhren den Rest des Wegs schweigend, beide dachten wir auf unsere Weise an einen Verlust, den wir erlitten hatten.

36

Als wir uns Spanish Point näherten, verlangsamte ich, damit wir nach St. Joseph Ausschau halten konnten. Wir entdeckten die Schule beide gleichzeitig. Sie lag auf einer Anhöhe und war eine Ansammlung verschiedener Architekturstile, darunter ein langweiliger Kasten von Gebäude mit grün gerahmten Klassenzimmerfenstern.

Als wir oben am Ende der steilen Zufahrt ankamen, sahen wir Leute in Autos steigen, die hinter zwei Basketballplätzen parkten. Ich entdeckte Theo Mahons grauen Schopf, er beugte sich gerade zu jemandem hinunter, der in einem Wagen saß und im Begriff war, wegzufahren. Sally Hurst und Senan Costello stiegen nicht weit entfernt in ein anderes Auto. Wir waren gerade noch rechtzeitig gekommen.

Ich hielt neben Sally, die rückwärts ausparken wollte. Sie sah mich, und ich machte ihr ein Zeichen, zu warten. Ich sprang aus dem Wagen und ging zu ihrem offenen Fenster.

»Seid ihr fertig hier?«

»Ja. Theo und ich führen unseren Senan später zum Essen aus – vorausgesetzt, Theo fühlt sich dazu in der Lage. Aber erst bringe ich Senan nach Kilkee zurück.«

»Ich fahre selbst nach Kilkee.« Ich sah zu Costello in den Wagen. »Ich verdanke Ihnen mein Leben, Senan. Das Mindeste, was ich tun kann, ist, Ihnen eine Mitfahrgelegenheit anzubieten.«

Costello zeigte sein Zahnlückenlächeln.

»Einverstanden, Senan?«, fragte Sally.

»Natürlich«, sagte er und löste seinen Sicherheitsgurt.

Sally wandte sich wieder an mich. »Das erspart mir einen Weg. Danke, Illaun.«

Costello stieg hinten in meinen Wagen, und ich stellte ihn Kendrick vor. Während Sally aus dem Parkplatz fuhr, sah ich Theo Mahon zu seinem Cherokee gehen. Ich raffte meinen Skizzenblock vom Armaturenbrett, entschuldigte mich und sprang aus dem Fahrzeug.

»Theo, haben Sie einen Moment Zeit?«

Er drehte sich um und sah mich an. Im ersten Moment erkannte er mich nicht, dann schüttelte er den Kopf, als es ihm dämmerte. »Illaun! Du meine Güte, diese Lebensmittelvergiftung hat anscheinend auch das Gehirn angegriffen. Setzen wir uns in den Wagen, mir ist es zu windig hier.«

Er trug seine Mütze nicht, und die steife Brise peitschte sein ausgedünntes Haar in die Höhe wie Gischt an einem Felsen. Er schien in nur wenigen Tagen stark gealtert zu sein, und als er in den Wagen stieg, sah ich, dass es ihm Mühe machte.

»Das Falsche erwischt, was?«, sagte ich, als ich auf der anderen Seite einstieg.

»Himmel, ich dachte schon, ich hätte japanischen Kugelfisch abbekommen. Es begann mit einem Kribbeln im Gesicht, dann konnte ich mich nicht bewegen. Danach kam totale Übelkeit, und der Rest – Mann, da bewegte ich mich dann plötzlich sehr schnell. Aber ich hatte noch Glück – bei meiner letzten Muschelvergiftung lag ich einen Monat im Krankenhaus.«

»Es war nicht zufällig Hummer daran schuld?«

»Nein, ich glaube, es waren die Muscheln. Warum fragen Sie?«

»Ich muss immerzu an Hummer denken, seit ich gestern eine Meereshöhle unter dem Lookout Cliff gefunden habe.«

»Senan sagte etwas, dass Sie nach einer Höhle suchen. Er war sich nicht sicher, ob Sie sie gefunden haben. Er sagte, Sie kamen ziemlich erschöpft nach oben.«

»Ja. Aus Gründen, die ich noch erklären werde. Aber erst habe ich ein paar Fragen. Gus Carmody verstaut dort zusätzliche Hummerfallen, oder? Damit er seinen Fang während der Saison steigern kann, ohne entdeckt zu werden – vor allem bei ruhigen Bedingungen. Macht zwei Ausflüge zu seinen Körben pro Tag, aber eine nachts im Schutz der Dunkelheit.«

Mahon warf die Arme in die Höhe. »Und wer könnte es ihm verübeln? Was sind ein paar Hummer mehr hie und da, wenn kommerzielle Fischer wider besseres Wissen zu Tausenden Hummer heraufholen, die noch nicht die richtige Größe haben.«

»Aber warum?«

»Daran ist der Lachs schuld.«

»Lachs? Was hat der mit Hummer zu tun?«

»Früher gab es um diese Zeit massenhaft Hummer, weil die Fanggründe im Sommer Ruhe hatten, wenn die Boote nach Lachs fischten. Aber seit es verboten ist, mit Schleppnetzen nach Lachs zu fischen – wegen der drohenden Überfischung –, halten sich die Fischer an den Hummer. Die Folge ist, dass er immer seltener wird.«

»Was Sie nicht davon abhält, welchen zu essen.«

Mahon sah mich trotzig an. »Und wenn es der letzte Hummer auf Erden wäre, ich würde ihn essen, keine Frage. Da heißt es: Jeder für sich.«

Er hörte sich an, als sei das Ende der Welt nahe.

»Hm. Der Hummer, den Sie im Crabshell gegessen haben…« Ich schaute in meine Notizen. »Das war ein weibliches Tier, das Eier trug, richtig?«

»Ja. Sie kleben an der Unterseite des Körpers.«

»Ich hörte Gus Carmody sagen, dass es nicht verboten ist, sie zu fangen.«

»Na ja, das ist ein bisschen vertrackt. Hummerfischer werden, sagen wir, ermutigt, Eier tragende Weibchen wieder ins Meer zu entlassen, damit die Population stabil bleibt. Bevor sie es tun, wird ihnen eine V-förmige Kerbe in den Schwanz geschnitten, damit sie beim nächsten Mal, wenn sie in eine Falle geraten, als trächtige Weibchen identifiziert werden können. Es ist allerdings sehr wohl verboten, ein markiertes Weibchen zu fangen, zu verkaufen oder zu servieren, ob es trägt oder nicht.« Er machte eine wegwerfende Handbewegung. »Sie sehen, was für eine Farce das Ganze ist.«

Ich gab ihm das Notizbuch, damit er das Schwanzstück sehen konnte, das ich mit durchsichtigem Klebeband auf eine Seite geklebt hatte. »Dann wissen Sie, was das hier ist.«

Er hielt den Block ins Licht. »Das ist vom Schwanz eines markierten Hummers. Mutmaßlich ein brütendes Weibchen. Nicht gekocht, wie ich vielleicht anfügen darf«, sagte er mit gespielter Missbilligung und gab mir den Notizblock zurück. »Woher haben Sie das?«

»Aus Carmodys Höhle. Es lag neben einer Kiste, in der wahrscheinlich der Hummer, der einmal daran hing, gelagert war – zusammen mit ich weiß nicht wie vielen anderen. Aber ohne die Kerbe würde es einem Fischereiinspektor, der an der Anlegestelle auftaucht, schwerfallen, den Hummer als geschütztes Weibchen zu erkennen.«

Mahon zuckte mit den Achseln. »Ich heiße illegale Praktiken nicht gut. Aber ich glaube, Sie machen vielleicht eine größere Sache daraus als nötig.«

»Sie ziehen geschützte Weibchen aus dem Verkehr. Was genauso kurzsichtig ist wie Überfischung. Und für Gus Carmody ist die Sache groß genug, dass er versucht hat, das Gebiet rund um die Höhlen zum Sperrgebiet zu erklären.« Ich blätterte eine Seite um. »Ich habe seinen Beitrag zum Online-Tauch-Führer für diese Gegend erst heute Morgen gelesen: ›Die Intrinsic Bay eignet sich nur bei schönem Wetter zum Tauchen. Sie ist bei schwerer See oder Gischt zu meiden. Die Abriebplattform unter dem Lookout Cliff sollte immer gemieden werden. Die Kombination aus Turbulenzen über ihr und aufsteigenden Strömungen aus der tiefen Senke darunter macht das Tauchen gefährlich, selbst bei scheinbar ruhigen Bedingungen.‹ Ich denke, damit will er eindeutig zum Ausdruck bringen: *Denkt nicht mal dran.* Finden Sie nicht?«

»Sicher. Aber so ist Gus eben. Er kann bei manchen Dingen etwas zwanghaft sein. Er wollte die Lage der Höhle geheim halten – was verständlich ist –, und es ist ja tatsächlich ziemlich gefährlich dort.«

»In welcher Weise noch zwanghaft?«

Mahon runzelte die Stirn. Er wusste nicht, worauf das Gespräch zusteuerte. »Sie haben ihn im Restaurant gesehen. Er liebt Ordnung. Macht sich Sorgen, wenn Dinge nicht an ihrem Platz sind.«

»Und wenn er sich nicht, sagen wir, um die Zahl und Art der Hummer sorgt, die er fängt, ist er dann ein religiöser Mensch?«

Mahon sah mich befremdet an. »In gewisser Weise wohl schon. Als seine Frau starb, lehnte er Religion für eine Weile ab. Aber dann ist etwas passiert, ich weiß nicht, was, und er fing wieder an, seinen Glauben zu praktizieren. Aber bei Gus geht es immer darum, gewisse Dinge richtig zu machen, peinlich genau richtig, aber den größeren Zusammenhang sieht er nicht, wenn Sie wissen, was ich meine.«

»Wann gewann er seinen Glauben wieder? War das vor etwa fünf Jahren?«

Mahon nickte. »Ein paar Jahre nachdem Dympna starb, ja.«

»Und wie ist seine Beziehung zu Michael?«

»Gut. Ich finde allerdings, er muss ihn von der Leine lassen. Behandelt ihn immer noch wie ein Kind. Was soll das alles eigentlich?«

»Jemand hat mich gestern Abend in der Höhle niedergeschlagen und liegen gelassen, damit ich ertrinke.«

Mahon machte große Augen. »Großer Gott! Sind Sie in Ordnung? Wer sollte so etwas tun?«

Ich gab ihm Zeit, selbst darüber nachzudenken.

Er schüttelte vehement den Kopf. »Ausgeschlossen. Nicht die Carmodys. Jedenfalls nicht wegen ein paar Hummer.«

»Wofür dann?«

Mahon sah erstaunt drein. »Ich … ich habe keine Ahnung, worauf Sie hinauswollen.«

»Mein Leben wurde in Gefahr gebracht, damit ich in dieser Höhle etwas nicht finde. Wenn es nicht illegal gefangene Schalentiere waren, was dann?«

Er schüttelte langsam den Kopf. »Ich habe ehrlich keine Ahnung. Aber ich bezweifle, dass einer der Carmodys Sie angegriffen hat.«

»Vielleicht haben Sie recht«, sagte ich und langte nach dem Türgriff. »Ich würde gern glauben, dass wir beide wieder im Crabshell zu Abend essen können.« Ich öffnete die Tür. »Dabei fällt mir ein – haben Sie Senan am Samstagnachmittag Bargeld gegeben? Als Trinkgeld für Jonas für den Abend zuvor?«

Mahon schob die Unterlippe vor und strich sich über das Kinn. »Nein. Ich bin mir ziemlich sicher, dass ich es beim Bezahlen mit auf meine Kreditkarte gesetzt habe.«

37

Spanish Point ist berühmt für seine Wellen, selbst an ruhigeren Tagen. Kendrick und ich standen auf einer windgepeitschten Sandsteinklippe über der Bucht – die drei-, viermal größer ist als die von Kilkee –, während kolossale Brecher auf den Strand krachten und Tonnen von Sand lösten, der in den glasartigen Wasserbogen sichtbar war und ihre zerstörerische Kraft erhöhte. Wie pyroklastische Wolken im Meer wälzten sie sich auf uns zu.

»Sehr beeindruckend«, sagte Kendrick, und der Wind schluckte seine Worte beinahe.

»Noch viel mehr Spaß macht es, wenn man da draußen ist«, rief ich. Ich konnte Salz auf meinen Lippen schmecken.

»Beim Surfen?« Seine Augen zuckten hin und her.

»Nein. Ich meine am Strand, wenn man von den Wellen umgeworfen wird.«

Seine Augenbrauen hoben sich über den Rand der Brille.

»Heute ist es zu rau«, sagte ich. »Aber als ich ein Kind war, kamen wir gern hierher.«

Kendrick nickte. *Von exzentrischen Familien habe ich eigentlich genug,* sagte sein Blick. »Kaum vorstellbar, wie es bei einem Sturm hier aussieht«, sagte er und wölbte die Hände dabei um den Mund. »Kein Wunder, dass eins der Armadaschiffe hier auf Grund lief. Und die Überlebenden wurden alle umgebracht. Wenn nicht von englischen Soldaten, dann von einheimischen Strandräubern.«

»Interessieren Sie sich für das Thema, Giles?«

»Nicht für die Armada als solche. Sarah und ich haben ein wenig über Piraterie und Strandraub an dieser Küste geforscht.« Er nahm die Hände vom Mund und sagte noch etwas, das ich aber nicht verstand.

Er benutzte Zeichensprache. Er wollte zum Wagen zurückgehen, der auf der anderen Straßenseite stand.

»Gehen Sie nur. Ich komme gleich.«

Die Erinnerung an die Kindheit hatte weitere Gedanken an meinen Vater aufgewühlt, und ich dachte daran, wie er an einem windigen Tag wie diesem mit uns auf dem Riff gestanden war, wie er die Arme um Richard und mich gelegt hatte und mit seiner kräftigen Stimme Shakespeare gegen das Getöse von Wind und Wasser zitierte, als wäre er selbst eine Naturgewalt.

Etwas stieg so unerbittlich in mir auf, wie die Wellen auf den Strand trafen. Es war nicht dasselbe Gefühl wie zuvor wegen Kim Tyrell, sondern ein heftiger Stich, schmerzhafter als alles, was ich in den drei Monaten seit dem Tod meines Vaters empfunden hatte. Fran hatte mich vor dieser Art Trauer gewarnt. »Sie schleicht sich an, wenn du es am wenigsten erwartest, an einem Ort, wo du vielleicht nicht damit rechnest. Aber sie hat ihren Grund, deshalb lass es geschehen.«

In Kims Fall war es ein Foto von ihrem Mann gewesen, das diesen Gefühlsausbruch auslöste, bei mir die Erinnerung, wie mein Vater am Strand Shakespeare zitierte. Ich weiß nicht, wie lange ich dort stand, aber es genügte, damit der Schmerz nachließ, unterstützt dadurch, dass ich den Tränen freien Lauf ließ wie von Fran empfohlen. Es würde nicht das letzte Mal sein, das wusste ich. Aber ich spürte, dass die Last, die ich trug, ein wenig leichter geworden war, und ich fühlte mich besser gerüstet für alles, was vor mir liegen mochte.

Ich ging gerade auf die andere Straßenseite zu Kendrick und Costello, als mein Handy im BH vibrierte, in den ich es gesteckt hatte. Es war Dominic Usher vom Stadtrat in Castleboyne.

»Hallo, Dominic.« Ich musste jetzt lächeln. Usher war ziemlich prüde, und ich stellte mir unwillkürlich seine Reaktion vor, wenn er gewusst hätte, wo ich mein Handy hervorholte.

»Soviel ich weiß, sind Sie immer noch unterwegs, aber heute Abend findet die Stadtratssitzung statt, und ich muss wissen, wie Sie sich entschieden haben. Man bietet Ihnen den Job an und ist mit Ihren Bedingungen einverstanden. Wir engagieren Sie zunächst als Beraterin und besprechen nach der Aufbauphase dann die personelle Ausstattung des Projekts. An diesem Punkt werden Sie sich dann vielleicht offiziell für die Stelle als Kuratorin bewerben wollen, die öffentlich ausgeschrieben wird.«

Usher war ein Bürokrat, wie er im Buche stand. Was er meinte, war: »Bringen Sie den Laden zum Laufen, dann können Sie sich um Ihren eigenen Posten bewerben.«

Durchaus fair. So lief es eben.

»Warten Sie einen Moment, Dominic. Ich muss aus dem Wind gehen.« Ich ging zur Rückseite des Freelanders.

Ich wusste, dass es an Aberglauben grenzte, aber ich hatte das Gefühl, es war kein Zufall, dass Ushers Anruf zur selben Zeit kam wie die Gefühlsaufwallung wegen des Todes meines Vaters. Es war die Verbindung zwischen zwei Brennpunkten, geografisch wie emotional. Es half mir, eine Entscheidung zu treffen. Möglicherweise würde ich diese Entscheidung in den nächsten Tagen als unvernünftig einstufen, aber die Vor- und Nachteile hielten sich so sehr die Waage, dass etwas Unerwartetes nötig gewesen war, um mich in die eine oder andere Richtung zu stoßen.

»Wann sollte ich mit der Arbeit an der Sache beginnen?«

»Wir stellen uns Mitte November vor. Es wäre nett, wenn vor Jahresende noch einige grundlegende Dinge erledigt wären. Ich rechne damit, dass wir – ich meine Sie, natürlich – sich einige Museen hier und im Ausland ansehen müssen.«

Die Zufälle häuften sich rasant. Ich wurde am 13. November vierzig, und Peters Konferenz begann am 10. Ich könnte mühelos durchsetzen, dass ich nach Teneriffa flog, um das archäologische Museum und Thor Heyerdahls Pyramidenpark zu besuchen. Muriel Blunden wäre natürlich entsetzt – nicht weil ich mit Peter Groot auf die Insel fliegen würde, sondern weil ich immer noch das Feigenblatt anderer Gründe dafür brauchte. »Einer der Vorzüge des Alterns ist, dass man niemandem mehr Rechenschaft über sein Verhalten abgeben muss«, hatte sie einmal zu mir gesagt. Sie kannte meine Mutter noch nicht.

»Sie können auf mich bauen, Dominic. Ich würde es gern versuchen.«

38

Als ich mich in den Wagen setzte und die Tür schloss, war es im Vergleich zum Tosen von Wind und Meer draußen, als würde ich eine Welt der Stille betreten.

»Was genau ist denn nun gestern Abend passiert, Senan?«, sagte ich. Ich hatte beschlossen, bis nach dem Besuch von Spanish Point zu warten, ehe ich das Thema anschnitt.

»Das Gleiche wollte ich Sie fragen.«

»Meine Erinnerung setzt stellenweise aus. Vielleicht hilft es mir, die Lücken zu füllen, wenn ich Ihre Version der Dinge höre.« Ich ließ den Motor an und parkte aus.

»Nachdem etwa fünfzehn Minuten vergangen waren, wurde ich nervös«, sagte er. »Da sah ich plötzlich ein Licht unter Wasser. Es bewegte sich vom Boot fort. Es konnte nur ein Taucher sein, und natürlich nahm ich an, dass Sie es seien. Ich verstand nicht, warum Sie nicht auftauchten, und machte mir Sorgen, Sie könnten verwirrt sein. Ich ließ den Motor aufheulen, damit Sie ihn hörten, und leuchtete mit meiner Lampe aufs Wasser. Aber Sie – oder wer immer es war, besser gesagt – schwammen einfach weiter. Ich holte das Licht ein, aber dann ging es aus. Ich drosselte den Motor und wartete, dann sah ich es wieder angehen. Es war nicht allzu weit entfernt, der Taucher bewegte sich offenbar ziemlich langsam, aber dann wurde die hereinkommende Strömung stärker. An diesem Punkt kam mir der Gedanke, dass das vielleicht doch nicht Sie waren.«

»Sie haben also den Motor abgeschaltet – und was dann?«

»Ich nahm die Ruder und folgte dem Licht. So würde mich der unbekannte Taucher wahrscheinlich nicht bemerken.«

»Und wohin schwamm dieser Taucher?«

»Zur Nordseite der Bucht, dort gibt es eine Felsplatte, die Taucher manchmal zum Einstieg von Land benutzen.«

»Es war also kein Boot in der Nähe.«

»Ich glaube nicht. Aber die Dünung wurde immer höher, und man sah nicht sehr weit. Und da hörte ich Sie dann sehr schwach hinter mir um Hilfe rufen. Wenn der Motor gelaufen wäre, hätte ich Sie nicht bemerkt. Ich hatte ein paar Leuchtraketen an Bord und feuerte eine in Ihre Richtung ab, um Ihnen zu zeigen, dass Hilfe unterwegs ist. Dann fuhr ich schnell zurück und zog Sie heraus.«

»Mein Glück. Aber das heißt, Sie haben nicht gesehen, wer dieser andere Taucher war.«

»Nein, aber ich habe meine Vermutungen. Was ist Ihnen denn nun passiert?«

Ich machte es kurz: Im hinteren Teil der Höhle, der über dem Meeresspiegel liegt, hatte ich eine Fischkiste und ein abgeschnittenes Stück Hummerschwanz mit einer Kerbe darin entdeckt. Dahinter war eine verschlossene Kühlbox mit schwerem Inhalt versteckt. Plötzlich hörte ich hinter mir jemanden atmen. Bevor ich mich umdrehen konnte, wurde ich niedergeschlagen. Als ich zu mir kam, entdeckte ich, dass man mir die Ausrüstung gestohlen hatte und ich in absoluter Dunkelheit aus der Höhle entkommen musste.

»Hört sich an, als hätte jemand einen illegalen Hummerfang beschützt«, sagte Costello. »Ich frage mich nur, ob Ihr Angreifer schon vor Ihnen in der Höhle war. Ich habe kein Licht gesehen, nachdem Sie ins Wasser gegangen waren.«

»Da beschließt also einmal in all der Zeit, eine Archäologin nach dieser Höhle zu suchen, und zufällig kommt sie im selben

Moment dort an wie jemand, der seinen Abendfang beendet? Wie wahrscheinlich ist das? Und hätte dann nicht ein Boot irgendwo gewartet? Dasselbe gilt für den Fall, dass jemand die Hummer holen wollte. Denken wir es also durch. Ist es nicht viel wahrscheinlicher, jemand wusste, dass ich nach der Höhle suche, und kam mir hinterher, damit ich nicht entdecke, wofür sie benutzt wird? Und dieser Jemand schwamm vom Riff zur Höhle und zurück, weil er hoffte, dass Sie ihn dann nicht bemerken. Und vielleicht haben Sie recht, er könnte tatsächlich vor mir dort gewesen sein, aber dann, um auf mich zu warten.«

»Er hoffte vielleicht, Sie würden die Box nicht finden, aber als Sie es doch tun, brät er Ihnen eine über, wahrscheinlich mit seiner Tauchlampe«, sagte Costello. »Doch jetzt sieht er sich vor das Problem gestellt, wie es weitergehen soll.«

Kendrick nahm den Ball auf. »Wenn er nicht vorhatte, Sie zu töten, musste er den Behälter entfernen, der vermutlich zur vorübergehenden Lagerung des Hummerfangs diente. Aber durch die ruhigen Bedingungen der letzten Tage konnte er rund um die Uhr Körbe leeren, und die Box ist unglaublich schwer. Er hat also ein neues Problem – wie schafft er sie von dort weg, ehe Senan nach Ihnen suchen kommt.«

Costello schnippte mit den Fingern. »Giles hat recht. Und er löst das Problem, indem er Ihre Weste und die Sauerstoffflasche nimmt, nicht damit Sie ertrinken, sondern um die Kühlbox mithilfe des Auftriebs aus der Höhle und quer durch die Bucht zu schaffen.«

»Aber warum hat er Illaun dann die Lampe nicht gelassen?«, sagte Kendrick, der nicht überzeugt war, dass der Angreifer keine mörderischen Absichten hatte.

»Vielleicht hat er sie mir ja gelassen, und ich habe sie nur nicht gefunden«, sagte ich.

»Er hat jetzt also ein Unterwasserfloß«, fuhr Costello fort, der uns gar nicht zugehört hatte. Er schnippte wieder mit den Fingern. »Was ihn stark aufhält. Deshalb hatte ich keine Mühe, sein Tempo mitzuhalten.«

»Jemand muss am Riff auf ihn gewartet haben«, sagte Kendrick. »Der ihm half, die Box zum Parkplatz zu schleppen.«

»Wieder richtig, Giles«, sagte Costello. »Womit ich kaum noch Zweifel habe, um wen es sich hier handelt.«

Unsere Blicke trafen sich im Rückspiegel. »Sagen Sie es.«

»Gus und Michael Carmody.«

Ich ließ es einwirken.

»Theo ist nicht dieser Ansicht«, sagte ich dann. »Er meint, sie hätten wegen ein paar Hummer nicht mein Leben in Gefahr gebracht.«

»Theo ist ein Freund von den beiden«, sagte Costello. »Und er drückt gern einmal ein Auge zu, wenn es um seine liebste Delikatesse geht.«

»Gourmets können so sein«, sagte Kendrick. »Je schwieriger etwas zu erhalten ist, desto mehr wollen sie es essen. Und je rarer die bedrohte Art ist, desto mehr Risiko sind diejenigen bereit einzugehen, die sie beschaffen.«

Ich nickte. »Jetzt muss ich nur noch herausfinden, woher sie wussten, dass wir da hinausfahren.« Ich begegnete Costellos Blick wieder im Rückspiegel.

»Nicht von mir, ich schwöre es.«

»Ich meine nicht absichtlich. Obwohl ich sagen muss, die Tatsache, dass Sie mich um das Geld baten, bevor wir losfuhren, kam mir schon ein wenig verdächtig vor.«

Ich sah wieder in den Spiegel. Senan errötete. »Ich habe es gebraucht, weil ich jemandem Geld schuldete. Ich habe es unter den Scheibenwischer des Pick-ups geklemmt, damit es abgeholt werden kann.«

»Für wen war es? Für denselben Mann, den ich Sie am Samstag bezahlen sah?«

»Jonas Zitaras, meinen Sie? Ich habe Ihnen doch gesagt, das war ...«

»Ich habe Theo gefragt. Es war kein Trinkgeld. Es war Ihr eigenes Geld, oder?«

Er sagte nichts.

»War es eine Drogenschuld, Senan?«

Kendrick drehte sich zu ihm um. »Wir wissen, dass er mit Drogen handelt.«

»Es hat nichts mit Drogen zu tun«, sagte Costello knapp. »Ich besorge mir nur hin und wieder ein bisschen Gras von ihm.« Er sah mich grollend an und wandte dann den Blick ab.

Niemand sagte etwas.

»Ich habe ein Darlehen abbezahlt«, sagte Costello schließlich.

»Nun, das geht uns nichts an«, sagte ich. »Aber aus gewissen Gründen versuchen wir, so viel Informationen wie möglich über Zitaras zu bekommen.«

»Ich erzähle es Ihnen gern. Als sich vor einigen Monaten die Aussicht auf einen Job für Mahon ergab, musste ich neue Tauchausrüstung beschaffen. Jonas lieh mir das Geld. Die einzige Bedingung war, dass ich es Ende August zurückzahle. Ich behaupte nicht, dass er ein Robin Hood oder so ist, aber er ist grundanständig. Und er erwartet, dass man seinen Teil eines Handels einhält.«

»Sie kennen ihn also gut?«, sagte Kendrick.

»Er ging eine Weile mit meiner Schwester aus. Bis sie entdeckte, dass er verheiratet ist.«

Kendrick schnalzte missbilligend mit der Zunge. »Grundanständig, was?«

»Breda, nicht wahr?«, erinnerte ich mich.

»Ja, Breda. Es war ihre Tauchausrüstung, die ich mir gestern Abend für Sie geliehen hatte.«

Breda war offenbar aus ihrem Trainingsanzug herausgewachsen, seit sie nicht mehr zu Hause wohnte.

»Bevor ich Sie zu Hause absetze, würde ich gern im Tauchladen vorbeischauen und ersetzen, was fehlt.«

»Nicht nötig, sie taucht nicht mehr.«

»Gut, dann bezahle ich, was es gekostet hätte. Wenn Sie es wissen, sagen Sie Bescheid, und ich gebe Ihnen einen Scheck. Nur eines noch – wenn Sie mit Zitaras vereinbart hatten, dass Sie das Geld an der Anlegestelle lassen, dann haben Sie ihm doch sicher erzählt, wieso Sie überhaupt dort sind.«

»Äh ... könnte sein, dass ich es erwähnt habe. Aber ich glaube nicht, dass er ...«

»... es den Carmodys erzählt hat? Ich würde sagen, er weiß genau, wie sie ihr Geschäft betreiben. Und es wäre zu seinem Vorteil, wenn er dafür sorgte, dass sie nicht auffliegen.«

Costello biss sich auf die Lippen. »Es tut mir leid. Ich hatte keine Ahnung, was vor sich geht.«

»Wie sollten Sie auch. Aber wenigstens wissen wir jetzt, dass Zitaras zu den beiden hält, wenn es ihm gelegen kommt.«

Wir gestatteten uns eine Pause in der Unterhaltung, während ich vor dem Dorf Doonbeg hinter zwei grün gekleideten Radfahrern herkroch, bis ein entgegenkommender Lkw vorbei war. Als ich die beiden überholte, erkannte ich sie als das Paar Vogelbeobachter, das ich von Bishop's Island aus gesehen hatte.

»Das ist die beste Art, rund um Loop Head zu reisen«, sagte Costello zu Kendrick. »Weil es flach ist, nicht wie Kerry oder West Cork.« Er leistete seinen Beitrag zum örtlichen Tourismus. »Ich habe Sie gar nicht gefragt, Giles, aber ich nehme an, Sie sind auf Urlaub hier ...«

Kendrick sah zu mir herüber. *Hilfe.*

Am besten nichts komplizieren. »Er war es«, sagte ich und schaltete das Radio an.

Vom Regen in die Traufe. Ein Reporter berichtete von dem Mangel an Fortschritten im Fall Kim Tyrell. Sein Bericht schloss eine Beschreibung der Art und Weise mit ein, wie sie getötet wurde.

»Warum sollte jemand die Frau töten wollen?«, sagte Costello.

Es klang nach einer harmlosen Frage, und ich wollte schon etwas über die Zerstörung der Stätte auf George's Head sagen, hielt aber rechtzeitig inne. Leichtsinniges Gerede ist gefährlich. »Keine Ahnung«, sagte ich. Ich beschloss, nicht einmal zu erwähnen, dass ich ihre Leiche gefunden hatte.

»Ich weiß, es ist ein schwacher Trost«, sagte er. »Aber der Typ, der Ihnen eine über den Schädel gezogen hat, spielt nicht in derselben Liga wie dieser Hurensohn.«

Da war was dran.

Ich setzte Costello vor seinem Haus am anderen Ende der Stadt ab und fuhr dann zurück zum East End in der Absicht, Kendrick oben bei George's Heights herauszulassen. Aber als wir am Ocean Cove vorbeikamen, fiel ihm ein, dass er noch zu einer Bank musste, um finanzielle Dinge für Sarahs Überführung nach England zu regeln. Er wollte dann gern einen Spaziergang nach Hause machen, deshalb fuhr ich auf den Hotelparkplatz.

»Eins wollte ich Sie noch fragen, Giles«, sagte ich. »Wie kommt es, dass Sie oben in George's Heights wohnen?«

»Ach so. Das geht auf einen der Tage zurück, an denen Sarah und ich uns dort oben umgesehen haben, und sie sagte, so eine leere Ferienanlage wäre ein wunderbarer Ort, um sich zu verstecken, wenn man auf der Flucht ist.«

»Außer dass es der Wachmann natürlich mitbekommt, wenn jemand dort wohnt. Er hat sogar die Tatsache gemeldet, dass ich oben bei der Kreuzsäule war, womit er meiner Ansicht nach ein bisschen zu weit geht in seiner Berufsauffassung.«

»Ich glaube, das kann ich erklären. So ein Bursche mit Koteletten, richtig? Er ist uns dort oben ebenfalls über den Weg gelaufen. Und seither sieht er mich das Haus verlassen. Er dachte vielleicht, wir wollten den Stein ausgraben oder etwas mit ihm anstellen. Vermutlich hat er seinen Verdacht der Polizei gemeldet.«

»Ja, da könnten Sie recht haben. Man vergisst leicht, wie klein der Ort ist. Wie sieht es mit morgen aus? Wollen Sie mit mir nach Ennis fahren?«

»Der Anwalt meinte, ich könnte mit ihm fahren. Dabei sollten wir es dann wohl belassen, denke ich.«

»Gut. Ist er zuversichtlich, Sie auf Kaution freizukriegen?«

»Nicht ganz. Rattigan wird behaupten, ich könnte flüchten, wenn sie mich nicht in Haft nehmen.«

»Was Sie bisher aber nicht getan haben.«

»Ich weiß nicht, ob sich das Gericht davon beeindrucken lässt.«

Ich hatte noch eine Frage im Hinterkopf. »Ich weiß nicht, ob Verhaltenspsychologen solche Dinge studieren, aber als ich Theo Mahon fragte, ob Gus Carmody religiös sei, antwortete er, Carmody könne bei manchen Dingen zwanghaft genau sein, aber den größeren Zusammenhang nicht sehen. Was könnte er damit gemeint haben?«

»Ich nehme an, er meinte, der Mann konzentriert sich auf unbedeutende Aspekte seiner Religion, statt auf die wesentlichen Grundsätze zu achten. Sie haben sicher schon von Fällen wie der Frau gehört, die sich ständig die Hände wäscht, bis sich sogar die Haut abschält. Aber das heißt nicht unbedingt, dass sie denselben Hygienestandard in ihrem restlichen Leben zugrunde legt. Tatsächlich ist manchmal das Gegenteil der Fall. Sie kann sogar in völliger Verwahrlosung leben. Aber ihre Hände sind immer sauber, wenn Sie verstehen, was ich meine.«

»So etwas nennt man Zwangsstörung, oder?«

»Ja, aber dieser Carmody ist wahrscheinlich nur an der Grenze. Kann sein, dass er Dinge in einer bestimmten Reihenfolge tun oder kleine Rituale ausführen muss, die ihm helfen, sein Leben im Griff zu behalten – aber die meisten Leute würden ihn wohl nur ein bisschen pedantisch finden.«

39

Das Erste, was ich bemerkte, als ich die Tür zu meinem Zimmer aufmachte, war der schwere Geruch, der in der Luft hing. In einer Vase auf dem Schreibtisch stand ein gewaltiger Strauß weißer Lilien mit aufgerollten Blütenblättern, die gelbe Stempel mit Pollen sehen ließen. Der Raum ertrank nachgerade in ihrer feuchten Süße. Meine Nase begann zu jucken. Ich bin nicht allergisch auf Parfüm oder Pollen, aber der Duft musste sich mehrere Stunden in dem relativ kleinen Raum konzentriert haben. Ich öffnete erst die Balkontür, dann ging ich zurück und las eine Karte, die an der offenbar vom Hotel zur Verfügung gestellten großen Vase lehnte.

Habe mit Bedauern die traurige Nachricht von Ihrer Freundin gehört. Ich will nicht aufdringlich sein, aber wenn es Ihnen hilft, darüber hinwegzukommen, dann steht mein Angebot noch. Barry

McGanns Geste war typisch zu viel des Guten, aber sie war aufmerksam. Und sie brachte mich zum Lächeln. Er mochte ein Halunke sein, aber im Augenblick war das für mich in Ordnung. Ich musste mein Vertrauen in die menschliche Natur zurückgewinnen.

Und ich musste unbedingt mit jemandem außerhalb des geschlossenen Universums reden, in dem ich mich anscheinend endlos im Kreis drehte.

Muriel Blunden war in ihrem Büro. »Hallo…?« Ich hörte sie an einer Zigarette ziehen.

»Rauchen Sie bei der Arbeit?«

»Mein Büro ist der einzige Ort in dem verdammten Gebäude, wo ich es ungestraft tun darf«, sagte sie.

Ich erzählte ihr vom Fund des Motivstücks auf Bishop's Island.

»Das war aber unartig von Ihnen. Sie wissen, dass Sie nicht einfach in so einer Fundstätte herumstochern dürfen.«

»Ich weiß. Sie werden mir eine zurückdatierte Genehmigung ausstellen müssen.«

»Ha, ha. Bringen Sie das Stück einfach so schnell wie möglich ins Museum. Was für eine Art Arbeit ist darauf?«

Ich beschrieb die Triquetra und die Kreuze. »Ich dachte, zwei davon könnten die klösterlichen Gemeinschaften auf George's Head und Bishop's Island darstellen, deshalb tauchte ich, um nach dem dritten Ort zu suchen, in einer Bucht namens Intrinsic Bay. Ich fand eine versunkene Felsbehausung. Und einige Schnitzereien im Fels.«

»Sie meinen, buchstäblich unter dem Meer?«

»Ja. Schwer zugänglich. Aber man sollte sie erkunden. Ogam-Schrift und irische Inschriften. Ein Kreuz mit erweiterten Enden, die jeweils eine Triquetra enthalten. Und ich war nur kurz dort. Es könnte noch mehr geben. Ich halte es für mehr als wahrscheinlich, dass die drei Stätten zusammengehörten.«

»Faszinierend. Ich kann mich an keine andere solche Klostergründung erinnern. Aber traurig, dass eine der Stätten zerstört wurde. Sagen Sie – war Theo Mahon mit Ihnen tauchen?«

»Nein, ich war allein.« Ich widerstand dem Drang, ihr die Geschichte zu erzählen. Nur nichts unnötig verkomplizieren, war mein neuer Leitspruch.

»Wie geht es ihm denn so?«

Ich war mir nicht sicher, ob sie es hören wollte.

»Er hatte eine üble Schalentiervergiftung, aber es geht schon wieder.«

Sie schnaubte. »Das überrascht mich nicht. Ich dachte früher, Champagner und Kaviar gehörten zu seinem Verführungsritual, aber im Grunde geht es ihm nur darum.« Sie saugte an ihrer Zigarette. »Deshalb war er so glücklich, als Gus Carmody dieses Restaurant eröffnete.«

»Die beiden scheinen sich tatsächlich sehr gut zu kennen.«

»Natürlich, sie sind schließlich Schwager. Theos Schwester Dympna war mit Gus Carmody verheiratet.«

Aha.

»Aber um auf die Stätte auf George's Head zurückzukommen – ich treffe morgen Abend jemanden, der früher ein Architekturbüro in der Grafschaft Clare hatte. Ich wette, dass er etwas über den Hintergrund dieses Bauprojekts weiß.«

»Wenn ich recht verstehe, treffen Sie ihn aber nicht meinetwegen.«

»Nein. Aber wenn uns der Gesprächsstoff ausgeht, ist es ein hübscher Lückenfüller.«

»Na, vielen Dank. Ich verstehe schon, welchen Stellenwert meine Anliegen haben.«

Ich legte das Telefon beiseite. Mir war zumute wie einer Fliege, die gegen ein Fenster fliegt.

Ich hatte nicht die Energie, es gleich noch mal zu versuchen, und streckte mich auf dem Bett aus. Die Ereignisse der vorangegangenen Tage paradierten unaufgefordert durch meinen Kopf, immer im Kreis wie die eingeschlossene Fliege, zu der ich geworden war. Ab und an versuchte ich, eines zu fassen, zu verstehen, warum es passiert war. Aber wenn ich glaubte, es in die Enge getrieben zu haben, entwischte es mir und begann wieder zu kreisen.

Ein Bild tauchte häufiger auf: die Kerzenreihe in der Höhle. War es eine religiöse Geste? In Anerkennung der Tatsache, dass sie früher ein heiliger Ort gewesen war? Oder wurde sie aus anderen Gründen als solcher behandelt?

Und war es nicht merkwürdig, dass eine Kirche nur wenige Meter von derselben Höhle entfernt in einem Sturm gesunken war und dass es schon lange zuvor Geschichten von einer versunkenen Kirche in der Gegend gegeben hatte? Ich konnte sie jetzt sehen – sie war aus Bernstein. Sie stieg aus den dunklen Wassern des Meeresgrunds auf, ihre glasig grünen Türme und Spitzen reichten fast bis zu dem silbernen Baldachin der Wasseroberfläche.

Während ich durch die trüben Tiefen schwamm, kam eine Frau in einem hellblauen Kleid aus der Kirche und stieg die Stufen zu mir herab. Das lange Haar wirbelte um ihren Kopf und verbarg ihr Gesicht vor mir. Sie machte gurgelnde Geräusche, es schien, als versuchte sie, mit mir zu sprechen.

»Das geht unter Wasser nicht«, dachte ich und legte den Maßstab nüchterner Logik an meine surrealen Umstände.

Als ich näher kam, änderte die Strömung ihre Richtung und fegte das Haar aus dem Gesicht der Frau. Ich konnte sehen und hören, dass sie mir etwas zu sagen versuchte, aber die Zunge quoll ihr aus dem Mund, und bei jedem Versuch, Worte zu formen, schlängelte sie umher wie ein Aal. Doch es war sinnlos – sie hatte keine untere Gesichtshälfte, keinen Kiefer.

Ich schloss erschrocken die Augen. Aber als ich sie wieder öffnete, schwamm ich durch einen dunklen Tunnel voll Wasser, verzweifelt um Luft ringend und unfähig, noch weiter zu schwimmen.

Ich erwachte in panischer Angst.

Jemand drückte ein Kissen auf mein Gesicht. Ich konnte es sogar riechen.

Ich wehrte mich, bekam endlich Luft und fand mich wild um mich schlagend auf dem Bett wieder.

Es war Nacht. Kalte Luft wehte vom Balkon herein, und ich fröstelte. Ich sah auf die Uhr. 21:30. Wie lange hatte ich geschlafen? Vier oder fünf Stunden?

Ich setzte mich auf den Bettrand. Der Duft der Lilien traf mich, und ich begriff, dass ich ihn in meinem Traum mit dem Kissen assoziiert hatte. Und ich hatte Kopfweh davon bekommen. Oder vielleicht lag es daran, dass ich seit dem Frühstück nichts mehr gegessen hatte, und selbst da nur eine Portion, von der ein Laufstegmodel satt geworden wäre.

Ich schloss die Tür zum Balkon und zog die Vorhänge zu, dann nahm ich zwei Aspirin. Anschließend stellte ich mich so lange unter die Dusche, bis mir wieder warm war. Ich wickelte mich gerade in ein Handtuch, als ich mein Handy piepsen hörte. An der langen Nummer erkannte ich, dass es Kendrick war.

»Ich habe es mir anders überlegt wegen morgen. Ich fahre doch mit Ihnen, wenn es recht ist.«

Irgendetwas sagte mir, dass er es tat, weil er glaubte, ich würde mich immer noch verletzlich fühlen. Er hatte recht.

Das Telefon auf dem Nachttisch läutete, ehe ich antworten konnte.

»Warten Sie einen Moment, Giles. Ich schaue mal lieber, wer das ist.«

»Hallo, meine Hübsche …«

»Wer ist da?«

»Barry McGann. Sagen Sie nicht, Sie haben mich bereits vergessen.«

»Ich telefoniere gerade auf meinem Handy, Barry. Ich rufe Sie zurück.«

»Nein, warten Sie. Ich muss Sie treffen. Wir müssen reden.«

»Ich weiß Ihre Blumen wirklich zu schätzen, Barry. Aber im Moment bin ich nicht in der Verfassung, Ihr Angebot anzunehmen.«

»Das ist nicht der Grund, warum ich anrufe.«

»Ach so?«

»Hier sind eine Menge Sachen passiert, und Sie müssen wissen, was dahinter steckt. Und es gibt Informationen, die dieser Engländer haben sollte, bevor er zum Gericht geht.«

»Giles? Er ist gerade am anderen Telefon.«

»Giles, ja. Das ist ja wunderbar – dann können Sie ihm sagen, ich möchte Sie beide morgen um zehn Uhr in Ennis treffen. Wenn Sie auf das Gelände des Gerichts fahren, werden Sie eine alte Kanone links auf dem Grasstreifen sehen. Parken Sie so nahe wie möglich bei ihr.«

»Ich verstehe nicht, was die ganze Geschichte mit Ihnen zu tun hätte.«

»Sie werden es verstehen. Ich muss Schluss machen. Bis morgen.«

Ich legte auf und meldete mich wieder bei Kendrick. »Ich weiß nicht, ob Sie das eben mitgehört haben. Barry McGann will uns morgen in Ennis treffen, bevor der Gerichtstermin anfängt. Er sagt, es gibt Informationen, die Sie kennen sollten, bevor Sie vor Gericht gehen.«

»Ach ja? Wer ist der Mann? Anscheinend hat er Ihnen Blumen geschickt und Ihnen irgendein Angebot gemacht – so viel habe ich verstanden.«

»Er ist der Typ mit dem Hubschrauber, der mich auf Bishop's Island gebracht hat. Und er will einen großen Rundflug mit mir machen. Ich habe keine Ahnung, was Ihr Fall mit ihm zu tun hat, aber ich bin neugierig.«

»Ich schließe mich Ihnen an.«

»Es kann sicher nichts schaden, wenn wir uns anhören, was er zu sagen hat. Ich hole Sie um neun ab.«

40

Das Gericht, ein imposantes Kalksteingebäude mit ionischen Säulen, war durch ein Asphaltmeer von der Außenwelt abgeschnitten. Ich sah die große Kanone sofort und hielt mich links. Es war noch früh, deshalb waren mehrere Parkplätze neben ihr frei.

McGann kam aus der Richtung des Gerichts auf uns zu. Er trug einen offenen schwarzen Regenmantel, der wie ein Umhang um ihn flatterte. Ein gut geschnittener dunkler Anzug und eine Sonnenbrille vervollständigten seinen Secret-Service-Look.

Ich ließ das Fahrerfenster hinunter.

»Na, sehen Sie«, sagte er. »Sie sind also doch noch in Kilkee geblieben.«

»Nicht, weil ich es wollte.«

»Ich weiß. Es tat mir leid, zu hören, was Kim Tyrell zugestoßen ist. Es war gestern in allen Zeitungen. Aber ich fürchte, zu dem Grund, warum sie ermordet wurde, kann ich nichts beisteuern. Ich bin hier, um über Jonas Zitaras mit Ihnen zu reden.«

Er nahm seine Sonnenbrille ab und blinzelte Kendrick zu. »Hallo. Ich bin Barry. Sie sind Giles, richtig?«

Kendrick nickte.

McGann ging zur hinteren Tür und öffnete sie. »Darf ich einsteigen?«

»Willkommen an Bord«, sagte ich, als er saß.

Kendrick und ich drehten uns zu ihm um.

»Also, was ist mit Zitaras?«, fragte ich.

McGann sprach Kendrick an. »Sie verdächtigen ihn, Ihre Freundin mit Heroin versorgt zu haben, richtig?«

Kendrick sah mich an. »Ich bin mir ziemlich sicher, dass er das getan hat.«

»Was wollen Sie deswegen unternehmen?«

»Wir werden vor Gericht aussagen, wir hätten Beweise, dass Zitaras Sarah mit Heroin versorgt hat, dass sie dadurch seelisch aus dem Gleichgewicht geriet und dass Detective Rattigan nachlässig gehandelt hat, weil er diesem Umstand bei seinen Ermittlungen nicht nachgegangen ist.«

»Beweise? Welche Beweise?« McGann sah mich herausfordernd an.

»Beweise, die ein Richter wohl ernst nehmen wird.«

McGann wandte sich an Kendrick. »Was wäre, wenn man Rattigan überreden könnte, die Sache gegen Sie fallen zu lassen, bevor sie überhaupt vor Gericht kommt?«

Kendrick schaute skeptisch drein. »Das ist unwahrscheinlich. Aber selbst dann würde ich gegen Zitaras vorgehen. Es ist mir egal, ob er nur ein kleines Rädchen in der Maschine ist, falls Sie mir das erzählen wollen.«

McGann seufzte. »Ich bin nicht im Namen von Zitaras an sich hier. Ich bin hier, um Sie beide ins Bild zu setzen. Und es ist ein ziemlich großes Bild, deshalb haben Sie Geduld mit mir. Sie wissen vielleicht, dass Drogenhandel zu einem großen Geschäftszweig in Osteuropa geworden ist. Ehemalige kommunistische Staaten haben Länder wie Holland als Produzenten synthetischer Drogen überholt und werden außerdem mehr und mehr als Transitrouten für Heroin aus Afghanistan benutzt – vor allem die baltischen Staaten, da sie Zugang zum Meer haben. Tatsächlich trifft dort so viel Heroin ein, dass zum

Beispiel in Lettland mehr Leute Heroin nehmen als Cannabis rauchen. Habe ich jedenfalls gehört. Wie auch immer – nun ein Schnitt zur Südwestküste Irlands. Zerklüftete Küstenlinie, entlegene Strände, unbewohnte Inseln – wirklich schwer zu überwachen für Marine und Küstenwache. Dazu kommt, dass durch den Niedergang der Fischereiindustrie der eine oder andere Trawlerbesitzer nach neuen Einkommensquellen Ausschau hält und bereit ist, sich auf Drogenschmuggel einzulassen.

Wenn Sie das alles zusammennehmen, haben Sie bereits einen Teil des Bilds, den Hintergrund, sozusagen. Und dieser Hintergrund wird von unserer Drogenfahndung, der Küstenwache und einer Reihe EU-Behörden genauestens überwacht. Man weiß, dass vor etwa einem Jahr eine Drogenbande in Litauen eine vermeintlich zuverlässige Schmuggelroute nach Irland und Großbritannien aufgebaut hat. Es funktioniert folgendermaßen: Ein Frachtschiff mit einer Lieferung Drogen an Bord lädt diese weit draußen auf See auf einen Trawler um. Der Trawler steuert dann Küstengewässer an, aber keinen Hafen. Stattdessen trifft er sich mit einem oder mehreren schnellen Schlauchbooten, die die Ladung an Land bringen. Sie tun es unter Umständen nicht sofort, die Ware wird etwa auf Inseln oder in Höhlen gelagert, bis sie gefahrlos transportiert werden kann. In den letzten Monaten wurde eine Reihe von Probeläufen durchgeführt, um die Gewässer zu testen, sozusagen – vielleicht haben Sie sogar selbst ein merkwürdiges Kommen und Gehen in den letzten Tagen bemerkt. Jedenfalls ist der Schauplatz jetzt für eine große Lieferung bereitet – und ich meine richtig groß. Aber es ist eine Falle. Und Jonas Zitaras ist ein Teil davon.«

»Ein Teil der Falle oder des Schmuggelunternehmens?«, fragte ich.

»Beides. Was die Schmuggler angeht, unterhält er ein Netz von Straßenhändlern, die sowohl hier die Drogen verteilen als sie auch weiter nach Nordirland und ins Vereinigte Königreich transportieren. Wenn diese Lieferung also abgefangen wird, haben sich die Verbrecher in Litauen eine blutige Nase geholt, und sie werden Jahre brauchen, bis sie einen anderen Weg gefunden haben, die Drogen nach Irland zu schaffen.«

»Dann steht Zitaras also kurz vor der Verhaftung?«, fragte Kendrick.

»Sie verstehen es noch immer nicht, Giles. Er hat von Anfang an bei der ganzen Sache mitgewirkt. Aber die Typen in Vilnius würden ihn sofort als Verräter erkennen, wenn er nicht mit Drogen handeln würde. Deshalb musste die Polizei hier bei uns wegsehen. Sie brauchen einen Insider – so läuft dieses Geschäft nun einmal. Der entscheidende Punkt ist, dass die Operation in dieser kritischen Phase nicht gefährdet werden darf. Zitaras muss normal weitermachen dürfen. Die Abmachung sieht also folgendermaßen aus.« Er sah Kendrick direkt an. »Wenn Sie einverstanden sind, nicht gegen Zitaras vorzugehen, wird man Rattigan beiseite nehmen, ehe er das Gerichtsgebäude betritt, und ihm sagen, er soll die Sache gegen Sie fallen lassen.« Jetzt sah er mich an. »Und Ihnen wird er auch vom Hals bleiben.«

Ich war perplex. Ebenso sehr wegen McGanns Rolle als Vermittler bei der ganzen Geschichte wie über das, was ich gerade gehört hatte.

Kendricks Blick drückte alles aus. *Kann man dem Kerl trauen?*

Ich weiß nicht, gab ich mit einem Achselzucken zurück.

Kendrick sah aus dem Fenster und fasste die Kanone ins Auge.

»Sie ist russisch«, sagte McGann. »Ein Souvenir aus dem Krimkrieg. Als wir noch zum Empire gehörten. Jetzt machen wir nur noch Friedenssicherung.«

»Es tut mir leid«, sagte ich schließlich, »wenn ich ein bisschen skeptisch bin, auch wenn ich alles geben würde, um diesen schrecklichen Menschen los zu sein. Aber ich hätte ein paar Fragen.«

»Klar. Schießen Sie los.«

»Warum reden *Sie* – Barry McGann, Inhaber eines Hubschraubercharterunternehmens – mit uns über das alles? Warum nicht die Polizei, jemand aus dieser Operation, von der Sie uns erzählen?«

»Glaubhafte Abstreitbarkeit, wie die CIA vielleicht sagen würde. Sie würden nicht einmal jemanden von diesen Leuten dazu bringen, für mich zu bürgen. Was Sie aber feststellen werden, ist, dass Rattigan«, er sah auf die Uhr, »in einer halben Stunde aus Ihrem Leben verschwindet. Vorausgesetzt, Sie sind einverstanden, Giles.«

Kendrick sah ein wenig verwirrt aus. »Mein Einverständnis jetzt würde mich aber nicht davon abhalten, etwas gegen ihn zu unternehmen, wenn die Operation vorbei ist, oder?«

McGann zuckte mit den Achseln. »Vermutlich nicht.«

»Dann überlasse ich Illaun die Entscheidung.«

McGann machte mir ein Zeichen, noch einen Moment zu warten. »Ich sollte hinzufügen, Giles, dass Sie Ihren Pass sofort zurückerhalten. Und Sie bekommen unverzüglich einen Totenschein, damit Sie Ihre Freundin nach Hause überführen können.«

Er drückte auf alle richtigen Knöpfe bei Kendrick.

Ich stellte eine naheliegende Frage. »Zitaras neulich mit Ihnen im Hubschrauber – hatte das mit dieser Sache zu tun?«

»Ja. Ich hatte ihn zu einem Treffen mit einem Trawler aufs

Meer hinausgeflogen. Ein Testlauf. Wir stellten Funkkontakt mit ihnen her, schwirrten ein bisschen um sie herum – alles, um Eindruck zu machen.«

»Sie stecken also von Anfang an mit drin?«

»Nur als Gelegenheitsarbeiter. Bis gestern Abend war mir das ganze Szenario nicht klar.«

Es fiel mir schwer, das zu glauben. »Ich wüsste gern, wer – außer Zitaras selbst – wusste, dass ich bereit sein würde, mit Ihnen zu reden.«

»Wer mich geschickt hat, meinen Sie? Okay, da er nur indirekt beteiligt ist, gefährde ich wohl nichts und niemanden, wenn ich Ihnen sage, dass es Gus Carmody war.«

So, so. Da stolpere ich in Carmodys Höhle, und nun tischt man mir diese komplizierte Abenteuergeschichte auf.

»Ich war übrigens nicht seine erste Wahl«, fuhr McGann fort. »Er hätte lieber diesen Typen geschickt, der die Wracks erkundet – Mahon –, aber der war krank und nicht in der Lage dazu. Deshalb hat Gus gestern Abend mit mir Kontakt aufgenommen. Die Mannschaft hinter der ganzen Falle macht sich Sorgen, dass alles den Bach runtergeht, wenn Zitaras durchleuchtet wird. Und Gus ist eine Art inoffizieller Berater. Er war außerdem für die Rekrutierung Zitaras' verantwortlich. Es geht auf die Zeit zurück, als er bei der Wasserschutzpolizei gearbeitet und eine Operation gegen Drogenschmuggel in der Shannon-Mündung geleitet hat. Damals fuhren Trawler die Mündung hinauf und luden Ware auf gemietete Ausflugsboote um, die dann weiter flussaufwärts tuckerten und das Zeug an Dealer in Städten am Fluss verteilten. Gus erwischte Zitaras in Lough Derg mit einem Laderaum voll Cannabis. Aber wie Sie wissen, ist Jonas der geborene Geschäftsmann. Er tauschte einige sehr nützliche Informationen dagegen ein, dass die Vorwürfe gegen ihn fallen gelassen wurden. Als sie daraufhin einen der beteiligten Drogenringe zerschlugen, rechnete man es Gus als dessen Verdienst an.«

»Und ist Zitaras auf diese Weise im Crabshell gelandet? Er arbeitet doch bestimmt nicht umsonst als Kellner.«

»Jonas und umsonst arbeiten? Niemals. Aber er ist nicht wirklich als Kellner angestellt – das gehört alles zum äußeren Schein. Außerdem kann ihn Gus so im Auge behalten.«

McGann malte ein sehr rosiges Bild. Der pensionierte Staatsdiener Gus Carmody, der immer noch seine Pflicht tut. Sicherlich konnte man angesichts solch mustergültigen Verhaltens über ein paar illegal gefangene Hummer hinwegsehen. Das war die Botschaft, die bei mir ankam. Sollte ich mir aber schmeicheln wollen, in etwas Aufregenderes verstrickt zu sein, dann hatte ich die Möglichkeit, mein Erlebnis in der Höhle auf das »Kommen und Gehen« zurückzuführen, das mit dem Drogenplan einherging. McGann hatte meinen Ausflug in die Intrinsic Bay nicht erwähnt, aber er wusste zweifellos davon. Und es war unwahrscheinlich, dass mein Überleben Gus Carmody entgangen war.

Aber im Augenblick war nichts dabei zu verlieren, wenn ich auf McGanns Vorschlag einging. Es würde mir Rattigan vom Hals schaffen und letzten Endes – es war kein unfreundlicher Gedanke, sagte ich mir – Giles Kendrick ebenfalls. Es würde mir außerdem Zeit verschaffen, wenn Carmody glaubte, ich hätte mich ablenken lassen.

»Okay, machen wir es so«, sagte ich.

»Gute Entscheidung.« McGann legte mir die Hand auf die Schulter. »Ich melde mich.« Er stieg aus dem Wagen und sprach bereits in sein Handy, als wir ihn auf dem Parkplatz aus dem Blick verloren.

»Na, da soll mich doch der Teufel holen«, sagte Kendrick. »Drogenschmuggel, hm? Das erklärt, was Sie in der Höhle gesehen haben – und warum Sie niedergeschlagen wurden. Sie wurde benutzt, um Drogen zu verstecken, vielleicht sogar Waffen. Ich muss zugeben, der Gedanke kam mir vorher schon, als Sie die Kerzen erwähnt haben. Jeder Heroinkonsument benutzt hin und wieder eine Kerze, um den Löffel für einen Schuss anzuwärmen. Ich stelle mir vor, dass die Alubehälter für diese Lichter ideal dazu sind, sie dienen also einem doppelten Zweck, wenn man so will.«

»Heroin nehmen, während man taucht? Bestimmt nicht.«

»Na ja, wenn man süchtig ist...«

Ich sah skeptisch zu Kendrick hinüber.

»Sie glauben, ich denke es mir aus? Ich habe Junkies schon merkwürdigere Dinge tun sehen, das kann ich Ihnen versichern.« Er wirkte nachdenklich. »Es wäre nett, die ganze Angelegenheit endlich klären zu können. Ich möchte Sarah nach England zurückbringen.«

»Das verstehe ich, Giles. Und ich glaube, genau darauf hat McGann gebaut. Sind Sie von seiner Drogenrazzia-Geschichte wirklich überzeugt?«

»Absolut. Sie glauben doch nicht ernsthaft, dass Sie wegen ein paar Hummer bewusstlos geschlagen wurden?«

Ich antwortete nicht. Weil ich glaubte, dass der Angriff auf mich weder mit einem illegalen Hummerfang noch mit einem Drogenversteck zu tun hatte.

Ich warf einen Blick auf die Uhr am Armaturenbrett. Es war 10.50 Uhr. Zeit, zum Gerichtsgebäude hinüberzugehen.

Kendricks Handy begann, eine barocke Melodie zu spielen. Er meldete sich. »Hallo?... Ja... Ich *verstehe*...« Er sah mich mit leicht hochgezogenen Augenbrauen an.

Der Anrufer sagte noch etwas.

»Das ist eine gute Nachricht«, sagte Kendrick. »Danke für alles. Ich melde mich später in Ihrem Büro.« Er steckte das

Handy weg. »Ihr Freund McGann hat Wort gehalten. Die Anklage wurde fallen gelassen. Ich kann mir den Totenschein holen.«

Ich ließ wortlos den Motor an.

41

Ich setzte Kendrick am Krankenhaus ab und fuhr in die Stadtmitte, wo ich das Auto in einem Parkhaus am Marktplatz ließ.

Rund eine Stunde lang lief ich kreuz und quer über kleine Plätze, durch schmale Gassen, vorbei an schicken Schuh- und Kleidungsboutiquen neben altmodischen Eisenwarenhandlungen, in deren Schaufenstern sich Waren wie Brotkästen aus weißem Email und verspiegelte Öllampen stapelten. Neben einem Kunsthandwerksladen mit exquisitem Schmuck war ein Souvenirladen, in dem ich eine Statue des heiligen Herzens hätte kaufen können. Die Stadt war noch nicht von den üblichen Hauptstraßenläden kolonialisiert, und das war erfrischend. Vielleicht sollte ich Fran vorschlagen, dass wir unsere Weihnachtseinkäufe in Ennis machten. Und um ihr zu zeigen, was ich meinte, kaufte ich ihr einen bunten Kerzenleuchter aus klobigem Kunstglas. Falls mir Rattigan den Briefbeschwerer zurückgab – und ihn nicht aus Rachsucht behielt –, wollte ich ihn in Erinnerung an Kim selbst behalten.

Ich wollte gerade nach einem Café Ausschau halten, als mir im Fenster einer Boutique ein schwarzes Kleid ins Auge sprang. Es war Liebe auf den ersten Blick. Das Kleid hatte einen ausgestellten Rock mit vollständig geöffneten roten Mohnblüten und blauen Kornblumen, die an langen, anmutig gebogenen Stängeln vom Saum aufwärts wuchsen. Es war mit einer leuchtend roten, taillierten Jacke kombiniert, das es vom Dinnerpartykleid in ein halboffizielles Outfit verwandelte.

Es war eine der schnellsten Entscheidungen, die ich je getroffen hatte, und als ich den Laden verließ, fragte ich mich, was mich dazu gebracht hatte, es zu kaufen. Ich trage nicht oft Schwarz oder Rot, aber ich stelle häufig fest, dass ich mich meiner physischen oder emotionalen Umgebung anpasse, meist ohne darüber nachzudenken. In der letzten Zeit waren Blau, Weiß und Sand meine Farbtöne gewesen, deshalb war ich wohl übersättigt von ihnen. Aber es beunruhigte mich, dass die gewählten Farben etwas Prophetisches haben könnten. Bis ich Kendrick vom Krankenhaus abholen sollte, war noch etwas Zeit. Eine Tasse guter Kaffee war eindeutig in Ordnung.

Ich kam auf einen kleinen Platz mit ein paar attraktiv aussehenden Cafés, einem Laden namens Chocolat und einer Wäscheboutique. Hier konnte man seiner Kreditkarte – und seiner Figur – als Frau auf engstem Raum ernsten Schaden zufügen, dachte ich.

Auf der anderen Seite des Platzes war ein Bürogebäude mit dem Schriftzug *Clare Champion*. Ich hatte im Online-Archiv der Zeitung keinen Bericht über Lena Morrison finden können – vielleicht konnte ich ihn hier nachschlagen. Aber wenn ich einen Kaffee trank, würde mir dann noch Zeit für die Zeitung bleiben? Ich beschloss, es andersherum zu machen, und überquerte den Platz. Die Dame mittleren Alters am Empfang beschied mir höflich, das Archiv des *Champion* befinde sich auf Mikrofiche in der Bezirksbibliothek, aber als sie mir den Weg dorthin erklärte, wurde mir klar, dass ich die Zeit dafür nicht haben würde. Als die Frau meine Enttäuschung bemerkte, fragte sie, wonach ich suchte. Ich erklärte es, und sie erbot sich, mit jemandem in der Bibliothek Kontakt aufzunehmen und es für mich nachschlagen zu lassen. Während sie das tat, ging ich auf die andere Seite des Platzes und ergötzte mich am Schaufenster des Chocolat mit seinen hausgemachten Köstlichkeiten. Ich kaufte eine Geschenkschachtel davon als Mitbringsel für meine Mutter, dazu ein kleines Dankeschön für die Dame am Empfang und ein weiteres für Marion Costello. Als ich zurück in das Zeitungshaus kam, waren bereits zwei Faxe für mich eingetroffen. Das erste enthielt eine kurze Meldung über Lenas Verschwinden und die nachfolgende Suche.

STUDENTIN VERMUTLICH VON KLIPPE IN TOD GESTÜRZT

Der Bericht ähnelte dem im *Examiner*, den ich online gefunden hatte. In der Woche darauf war ein gehaltvollerer Artikel erschienen. Ich ging in das Café, das mir die Empfangsdame empfohlen hatte, bestellte einen doppelten Espresso und las den längeren Artikel.

HOFFNUNG FÜR VERMISSTE STUDENTIN SCHWINDET

Die Polizei, die nach der Studentin Lena Morrison aus Limerick sucht, hat nur noch wenig Hoffnung, sie lebend zu finden. Lena (22) wurde zuletzt gesehen, als sie nachts nahe den Klippen in Kilkee spazieren ging, wo sie den Sommer über gearbeitet hat. Ein Armband, das ihr gehörte, wurde später in der Nähe des Lookout Cliffs gefunden, des höchsten Punkts in der Gegend. Laut Polizei gibt es jedoch keine Anhaltspunkte für ein Verbrechen. Nach Aussage von Freunden hatte Lena ihr Handy stets bei sich, und als Spürgeräte der Polizei kein Signal ausmachen konnten, wurde dies zunächst als Hinweis darauf gewertet, dass es sich nicht in dem Gebiet befand, in dem danach gesucht wurde. Det. Sgt. Dermot Rattigan teilte dem *Clare Champion* jedoch mit, es bestätige eher, dass sie das Handy bei sich trug, als sie ins Wasser stürzte. Doch trotz einer umfangreichen Suche zu Land und Wasser durch Polizei und Freiwillige wurde Lenas Leiche bisher nicht gefunden.

Lenas Eltern sind überzeugt, dass sie entführt wurde. Und in einem Fernsehappell, in dem potenzielle Zeugen, die sie am fraglichen Abend möglicherweise gesehen haben, aufgefordert wurden, sich zu melden, sagte ihre Mutter: »Lena hat am Samstag mit uns telefoniert und es ging ihr prächtig. Sie freute sich darauf, eine Karriere als Profimusikerin zu starten, sobald sie den Sommerjob in Kilkee beendet hatte. Wir glauben nicht, dass sie sich das Leben genommen hat.«

Angestellte in dem Pub, in dem Lena von Montag bis Freitag arbeitete, hatten keine Erklärung für ihren augenscheinlichen Selbstmord, während Restaurantbesitzer Gus Carmody sie als »selbstbewusste, offene Persönlichkeit« beschrieb, »die unsere Gäste hier im Crabshell am Wochenende unterhielt. Es ist unfassbar für mich, dass ich jetzt an der Suche nach ihrer Leiche teilnehme.« Personal des Crabshell half der Polizei auch, das Armband der vermissten Studentin zu identifizieren. Det. Sgt. Rattigan sagte, die Polizei habe das abgelegte Armband als Hinweis auf einen Angriff ausgeschlossen. »Die Glieder des Kettchens waren alle intakt. Der Verschluss war offen, aber wir wissen nicht, ob er absichtlich geöffnet wurde oder zufällig aufging. Es gibt jedoch keinerlei Hinweise darauf, dass das Armband gewaltsam oder bei einem Kampf entfernt wurde.«

Mein Herz schlug heftig, und es lag nicht nur am Koffein in meinem Kaffee. Ich las den Bericht noch einmal.

... Personal des Crabshell half der Polizei auch, das Armband der vermissten Studentin zu identifizieren.

Ich zahlte und verließ das Café. Dann zog ich mein Handy hervor und bat die Vermittlung, mich mit der Polizeistation in Ennis zu verbinden.

»Ist Detective Sergeant Rattigan da?«

»Nein. Er ist heute am Gericht.«

Genau das wollte ich hören. Ich hatte darauf gebaut, dass sich Rattigan Zeit lassen würde, wieder in seiner Dienststelle zu erscheinen. Denn ich beabsichtigte, mit seinem Kollegen zu plaudern und wollte ihn nicht in der Nähe haben.

»Dann bitte Detective Nolan.«

»Hier ist Illaun Bowe«, sagte ich, als sich Nolan meldete. »Wir haben uns am Samstag bei Kim Tyrells Cottage getroffen. Es geht um diesen Fall.«

»Ach ja?«

»Kim hat mir eine Notiz geschrieben, die helfen könnte, ihren Mörder zu finden.«

»So? Bitte erzählen Sie.«

Ich war jetzt interessant für ihn.

»Das Problem ist, ich kann mich nicht mehr genau erinnern, was darin stand. Und da könnten Sie mir vielleicht behilflich sein.«

»Sie können sich nicht erinnern? Sie meinen, Sie haben die Notiz verloren?«

»Nicht direkt. Ich habe sie nur im Augenblick nicht bei mir.«

»Worum geht es denn nun eigentlich, Miss Bowe?«

»Sie bearbeiten auch den Fall Lena Morrison?«

»Und wenn ich es tue?«

»Ich brauche Informationen über ihr Verschwinden. Aus der

damaligen Polizeiakte. Es könnte meinem Gedächtnis auf die Sprünge helfen.«

»Ich sehe den Zusammenhang nicht. Und außerdem bin ich nicht befugt, solche Informationen herauszugeben. Wenn Sie mich jetzt bitte…«

Ich musste ein bisschen Druck ausüben. »Es ist Ihnen vielleicht nicht klar, aber ich bin diejenige, die die Fotos von dem Kiefer gemacht und Ihnen geschickt hat. Ich habe schon bei früheren Fällen mit der Polizei zusammengearbeitet…« Das strapazierte die Wahrheit zwar ein wenig, aber es stimmte theoretisch.

Nolan seufzte. »Okay, aber es kommt trotzdem nicht infrage, dass ich Sie die Akte sehen lasse. Ich kann sie höchstens für Sie zusammenfassen. Lena war Musikstudentin und hat den Sommer über in Kilkee gearbeitet. An dem Sonntagabend, an dem sie verschwand, hatte sie im Restaurant Crabshell Klavier gespielt. Danach war sie zu der Wohnung an der Straße zum Loop Head gegangen, die sie mit einem anderen Mädchen teilte. Ein Augenzeuge, der nach Kilkee hineinfuhr, hat sie die Straße hinaufgehen sehen, aber er war sich nicht sicher, ob sie zu diesem Zeitpunkt schon an den Appartements vorbei war. Bei der Suche in der Gegend wurde ein Armreif gefunden, der ihr gehörte. Er lag direkt neben dem Pfad, nicht weit vom höchsten Punkt des Lookout Cliffs. Von ihrer Leiche oder der Kleidung fand man nie eine Spur, und von ihrem Handy ließ sich kein Signal auffangen, da es unter Wasser lag und nicht mehr funktionierte. Man nahm damals an, dass sie Selbstmord begangen hatte.«

»Warum?« Ich war in den Marktbereich eingebogen und kam an den Ständen vorbei, die Kendrick vor ein paar Tagen überwacht hatte.

»Unsere Nachforschungen ergaben, dass Depressionen in

ihrer Familie aufgetreten waren. Lena selbst hatte verschiedentlich psychologische Beratung wegen seelischer Probleme in Anspruch genommen, und wir konnten Aufzeichnungen ihrer Psychologin einsehen. Obwohl sie nach außen hin eine selbstbewusste Person zu sein schien, hatte sie offenbar Probleme mit ihrem Selbstwertgefühl und setzte Sex als Mittel ein, Zuneigung zu gewinnen.«

»Wann hatte sie diese Beratung?«

»Während sie die höhere Schule besuchte.«

»Hört sich für mich eher nach Teenagerproblemen an – nicht nach einer Selbstmordkandidatin. Kim Tyrell wurde damals von Detective Rattigan befragt. Sie erzählte ihm von einem Gespräch, das sie mit Lena Morrison geführt hatte. Steht davon etwas in der Akte?«

Nolan schnalzte mit der Zunge, während er die Akte durchging. »Ich sehe Aufzeichnungen einer Befragung, die von der Polizistin Pauline O'Sullivan durchgeführt wurde… und hier ist eine kurze Decknotiz angefügt… da steht, weiter wurde nichts unternommen, da nichts auf eine Verbindung zwischen Lenas Selbstmord und der Zerstörung der Klosterruinen hindeutet, die man betrunkenen Jugendlichen zuschrieb. Man hatte den Eindruck, Ms. Tyrell verfolge ihre eigenen Ziele und versuche den Bauträgern des HFH eins auszuwischen, indem sie sie mit dem Verschwinden der jungen Frau in Verbindung brachte.«

»Wer hat die Notiz geschrieben?«

»Dermot Rattigan.«

Rattigan hatte jede Chance zunichte gemacht, dass Kims Bedenken nachgegangen wurde. Aber war sein Handeln verdächtig oder einfach nur dumm? Ich war am Parkplatz angekommen und stand vor dem Eingang, von wo ich den Markt noch sehen konnte. »Okay, Ivor, ich darf Sie doch so nennen?

Es ist Zeit, Sie auf Trab zu bringen. HFH hat die Ferienhäuser auf George's Heights in Kilkee gebaut. Die Klosteranlage wurde zerstört, damit das Bauprojekt über die Bühne gehen konnte. Lena Morrison warnte Kim, dass es passieren würde, aber als es dann tatsächlich geschah, konnte man nicht beweisen, dass die Bauentwickler verantwortlich waren. Zum einen, weil Lena verschwunden war. Als in der letzten Woche nun ans Licht kam, dass Lena ermordet wurde, sagte Kim, sie würde in ihren Unterlagen über Aktivitäten von HFH nachsehen – die fehlende Akte, die Sie bestimmt nicht im Haus gefunden haben, oder?«

Nolan räusperte sich. »Nein. Sie ist nicht aufgetaucht. Und ich glaube, inzwischen dürfte Ihnen wieder eingefallen sein, was in der Notiz stand.« Er wusste, dass ich ihn ausgehorcht hatte.

»Ich sage es Ihnen sofort. Aber erst will ich wissen, wie lange Kim bereits tot war, als ich sie fand.«

Nolan schnalzte mit der Zunge, sagte nichts.

»Nun?«

»Ich bin mir nicht sicher, ob ich …«

»Sie dürfen.«

»Mindestens vierundzwanzig Stunden.«

»Dann wurde die Notiz kurz vor ihrer Ermordung geschrieben.« Es konnte sogar passiert sein, während ich die Luftansicht der Küste aus McGanns Hubschrauber genossen hatte. Ich schauderte. »Aber sie hatte zuvor am Samstagmorgen eine Nachricht auf meinem Handy hinterlassen. Bevor sie die Notiz schrieb. Sie sagte, sie habe einen Weg gefunden, HFH mit der Zerstörung der Klosterstätte in Verbindung zu bringen. In der Notiz stand dann, das Geld, das HFH für die Zerstörung der Anlage bezahlte, sei an HFH selbst gegangen.«

»Was zum Teufel soll das heißen?«

»Ich glaube, Kim war überzeugt, dass der Kerl, der für die Zerstörung der Anlage angeheuert wurde, das Geld, das er dafür bekam, in eins der Ferienhäuser gesteckt hat. Wenn das zutrifft, sollte es möglich sein, ihn zu identifizieren. Vielleicht hatte es Kim selbst schon versucht.«

Nolan ließ ein leises Pfeifen hören.

»Und während Sie darüber nachdenken«, sagte ich. »Welche Details über das Armband, das Lena getragen haben soll, als sie verschwand, sind in der Akte vermerkt?«

»Äh … Details? Moment.«

Aus dem Augenwinkel sah ich einen weißen Lieferwagen auf der Straße neben einem der Marktstände halten. Der Fahrer, ein Jugendlicher im Trainingsanzug, ließ den Motor laufen, sprang heraus und ging zu dem Stand, um mit dem Händler, einem kräftigen Mann mit rasiertem Schädel, zu sprechen.

»Da ist es«, sagte Nolan. »Hier steht: Bernsteinarmband für Damen mit dreiarmigem Papstkreuz.«

»Ein Papstkreuz?« Einen Moment lang war ich verdutzt.

»Es ist jedenfalls nicht das im Phoenix Park«, scherzte er lau.

»Das ist kein Papstkreuz, es ist eine Eiche«, sagte ich. »Wo ist das Armband jetzt?«

»Keine Ahnung.«

»Und stimmt es, dass es von jemandem aus dem Crabshell identifiziert wurde?«

»Sie scheinen so viel über die ganze Sache zu wissen wie ich. Worauf läuft das alles eigentlich hinaus?«

»Ich will wissen, wer Rattigan erzählt hat, das Armband würde Lena Morrison gehören. Es ist wichtig.«

»Warten Sie.« Zungenschnalzen. Rascheln von Papier.

Der Glatzkopf sah zu dem Lkw und sagte etwas zu einem Beifahrer, dessen Gesicht ich nicht sehen konnte. Die Antwort brachte Fahrer wie Händler zum Lachen. Der Glatzkopf gab dem Fahrer etwas, der ihm auf die Schulter schlug und zum Führerhaus zurücklief.

»Ähm… ich hab's. Es wurde von Michael Carmody identifiziert, dem Koch des Crabshell. Er sagte, er habe es ihr selbst geschenkt. War anscheinend scharf auf sie.«

»Hat man das Armband irgendwelchen Freundinnen von Lena gezeigt?«

»Nicht dass ich wüsste.«

Der Lieferwagen fuhr los, umkurvte am Ende der Straße eine Verkehrsinsel und kam in meine Richtung zurück. Jetzt konnte ich den Beifahrer sehen. Es war Jonas Zitaras. Auf seiner Runde, wie es aussah.

»Eine letzte Frage. Was ist aus den Katzen geworden?«

»Katzen? Welche Katzen?«

»Kim Tyrells drei Katzen. Ich bat Sie, sich um sie zu kümmern.«

»Ich habe keine Ahnung, was aus ihnen geworden ist. Und ehrlich gesagt, interessiert es mich auch nicht die Bohne.«

»Na, großartig«, sagte ich und beendete das Gespräch. Ich würde etwas unternehmen müssen.

Auf dem Weg, Kendrick aus dem Krankenhaus abzuholen, versuchte ich in Gedanken den Fäden zu folgen, die nicht nur die Tode von Lena Morrison und Kim Tyrell, sondern auch noch den von Sarah Baxter miteinander zu verknüpfen schienen.

Jonas Zitaras war zweifellos die Quelle des Schmucks, der in zwei fünf Jahre auseinanderliegenden Fällen in der Nähe des Lookout Cliffs gefunden wurde. Dem wäre eine bizarre Symmetrie zu eigen gewesen, wenn sowohl Lena als auch Sarah in der Intrinsic Bay Selbstmord begangen hätten. Doch Lena Morrison war weder dort gestorben noch hatte sie

Selbstmord begangen. Wenn man aber einräumte, dass es dennoch eine Art Zusammenhang zwischen beiden Todesfällen gab, dann führte dieser Faden zu Jonas Zitaras zurück. Und er hatte Sarah mit Heroin versorgt. Hatten Drogen womöglich auch bei Lena Morrisons Tod eine Rolle gespielt? Und war das ein weiterer Grund, warum Zitaras tabu war?

Und was war von Michael Carmodys Behauptung zu halten, er habe Lena das Armband geschenkt? Er konnte es bei Zitaras für sie gekauft haben – das war absolut plausibel. Aber warum war außer dem Personal des Crabshell niemand gebeten worden, zu bestätigen, dass es tatsächlich Lena gehörte?

Lag es an Rattigans Inkompetenz oder an Gus Carmodys Einfluss? Desselben Gus Carmody, der Zitaras' Drogenhandel vielleicht schon lange vor der Operation geduldet hatte, von der McGann sprach. Schon zu der Zeit von Lena Morrisons Ermordung.

42

Kendrick wartete vor dem Eingang zum Krankenhaus. Er hatte Sarahs Totenschein ausgehändigt bekommen und im Leichenschauhaus von ihr Abschied genommen, ehe der Bestattungsunternehmer kam, um den Sarg für den Transport zu versiegeln.

»Ich verlasse Kilkee am Donnerstag«, sagte er.

»Sie werden bestimmt nicht traurig sein darüber.«

»Einerseits, nein. Andererseits, durchaus. Der Ort hat etwas an sich, das mich fasziniert. Ein durchschnittlicher Ort ohne viel Architektur oder Charme, eingezwängt in eine unerwartet großartige Landschaft. Es ist, als hätten die Bewohner schon vor langer Zeit erkannt, dass sie mit der Natur nicht konkurrieren können, und es deshalb sein lassen. Ich glaube, Sarah war von diesem Kontrast ebenfalls angetan. Sie musste nichts weiter tun, als einen Spaziergang von der gewohnten langweiligen Welt da hinauf zu machen, und schon stand sie am Rand der Erde, eine Metapher für das Ende ihrer eigenen Existenz. Dort spürte sie wohl, dass die Antwort auf das Rätsel des Lebens jenseits ihrer selbst da draußen lag. Es war zu viel für sie, sie konnte nicht widerstehen.«

»Eine ziemlich drastische Entscheidung.«

Er seufzte. »Wenn wir Kinder ohne Grenzen aufwachsen lassen, enthalten wir ihnen einen Kompass vor, an dem sie sich später orientieren können. Freiheit bedeutet nicht, tun zu können, was man will. Menschliche Gesellschaften haben das instinktiv immer gewusst. Aber aus vielerlei Gründen haben wir den Kontakt zu unseren Instinkten verloren. Und wir haben den Eindruck, mehr zu wissen als unsere Vorfahren – in jeder Beziehung. Aber Sie als Archäologin wissen, dass das nicht stimmt.«

Ich wusste, was er meinte. Vergangene Gesellschaften zu studieren, kann eine demütigende Erfahrung sein.

Wir fuhren schweigend weiter.

Wir hatten weniger als die Hälfte der Strecke nach Kilkee zurückgelegt, als ich merkte, dass wir hinter einem weißen Lieferwagen fuhren. Ich hatte mir zwar Fabrikat oder Nummernschild nicht gemerkt, aber er sah aus wie der, in dem ich Jonas Zitaras gesehen hatte.

Kurz vor einer Kreuzung verlangsamte der Lieferwagen und bog nach links in Richtung Killadysert.

»Hey, da ist dieser andere Ort, den Sie erwähnt haben«, sagte Kendrick plötzlich lebhaft.

Ich fuhr an den Straßenrand, sah in den Rückspiegel und wendete.

»Das muss aber nicht sein«, sagte Kendrick.

»Wir sind hier nicht aus touristischen Gründen, Giles. Ich folge jemandem.«

Der Lieferwagen war die schmale Landstraße mit hohem Tempo hinuntergefahren. Ich jagte ihm hinterher, während sich Kendrick verbissen an dem Griff über der Tür festhielt.

»Wer ist das?«, fragte er.

»Zitaras. Man macht sich so viel Mühe, ihn mit einer Flugverbotszone zu umgeben, dass ich neugierig bin, was er in ihr treibt.«

»Ist das klug?«

»Wir halten Abstand. Die Straße führt uns letzten Endes zur Shannon-Mündung hinaus.«

Aber der Lieferwagen fuhr nicht so weit. Nach etwa drei Kilometern bog er in eine schmale, von hohen Hecken gesäumte Seitenstraße ein und wurde langsamer. Ich blieb ein gutes Stück zurück, denn wenn sie hielten, würde ich überholen müssen, und der Name meines Unternehmens prangte auf der Tür des Freelanders. Dann wurden die Hecken spärlicher, und ich sah den Lieferwagen in der Ferne vor einem Bauernhaus halten, das zwischen den einzigen Bäumen in der unmittelbaren Umgebung stand. Auf der anderen Straßenseite war ein kleiner See. Ich hielt und wartete, bis die beiden Männer ausstiegen und hinter dem Blattwerk verschwanden.

»Wenn ich vorbeifahre, schauen Sie, was die dort treiben.«

Ich gab Gas und hielt den Blick auf die Straße gerichtet. Dennoch fiel mir das Schild vor dem Haus auf, als wir uns näherten. LAKESIDE RESTAURANT.

Kendrick begann zu kommentieren. »Sie kommen heraus ... Hey, da ist einer von den Typen, die mich verprügelt haben!« Wir fuhren am Haus vorbei. »Er trägt ein paar Kühlboxen. Sie sind vermutlich leer.«

Im Rückspiegel sah ich den Fahrer mit dem Stapel blauweißer Kühlboxen zum Heck des Lieferwagens gehen, während Zitaras auf den Beifahrersitz stieg. Ich bog in die nächste Seitenstraße ein, an die wir kamen. Der Lieferwagen musste entweder zur Hauptstraße zurückfahren oder weiter auf dieser Strecke und über Kilrush an der Shannon-Mündung nach Kilkee zurückkehren.

»Was haben die da gemacht?«, sagte Kendrick.

»Das Leergut abgeholt. Sieht aus, als würde Zitaras noch ein weiteres Restaurant mit Gus Carmodys Hummern versorgen. Kommt der Kerl denn mit allem durch?«

»Ich dachte, Drogen sind sein Ding.«

»Er macht alles, was Geld bringt.«

»Was Sie in der Höhle gesehen haben, wäre dann also doch ein Versteck für Schalentiere gewesen – nicht für Drogen?«

»Ich weiß nicht mehr, was ich glauben soll – wenn mir jemand erzählen würde, die verdammten Hummer seien mit Heroin vollgestopft, würde es mich auch nicht wundern. Aber irgendetwas sagt mir, dass es weder Drogen noch essbare Krustentiere waren.«

»Was dann?«

»Sie würden mich für verrückt halten. Schauen wir uns dieses Restaurant mal an.«

»Was? Sie sind tatsächlich verrückt.«

»So viele Dinge sind nicht das, was sie zu sein scheinen. Ich will sehen, ob es zumindest echt ist.«

Ich wendete vor einem Gatter und vergewisserte mich an der Kreuzung, dass der Lieferwagen nicht mehr vor dem Restaurant stand.

Als wir davor hielten, sagte ich zu Kendrick: »Barry McGann hat das Lokal erwähnt, als ich mit ihm im Crabshell war. Ich hatte den Eindruck, dass Zitaras hier irgendwann einmal gearbeitet hat.«

Das Restaurant befand sich im Erdgeschoss eines aufwändig renovierten Bauernhauses. Mauer und Tor zur Straße waren entfernt worden, um Parkplätze zu schaffen. Wir stiegen aus und sahen uns genauer um. Die Eingangstür war zu, und der ganze Laden machte den Eindruck, als sei er geschlossen – die Tische im Speisesaal waren leer, die Stühle an der Wand gestapelt. An anderen Fenstern waren die Rollläden heruntergelassen.

»Sie hatten am Sonntagabend das letzte Mal auf«, las Kendrick von einem Zettel im Schaukasten für die Speisekarte ab. »Jetzt ist den Winter über geschlossen.«

Ich ging zu ihm und versuchte, die angebotenen Gerichte auf der Karte zu entziffern, die teils verblasst und teils hinter der Notiz verborgen war. Hummer und andere Schalentiere kamen vor, genau wie weniger edle Süßwasserfische wie Karpfen, Rotfeder oder Hecht – Arten, die mehr dem osteuropäischen Geschmack entsprachen.

»Ich gehe zur Rückseite«, sagte ich.

Kendrick stieß ein leises Stöhnen aus. »Ich komme mit«, sagte er resigniert.

Nur bei einem Fenster auf der Rückseite war die Jalousie oben, und man sah in die Küche. Bei einem zweiten war sie nicht ganz heruntergelassen, und ich spähte unter ihr in einen Vorratsraum. Es gab Säcke mit Mehl und Reis, Dosen mit Anchovis, Olivenölflaschen. Und unter einem Kieferntisch, auf dem sich Pappkartons stapelten, stand eine weitere blauweiße Kühlbox.

Wenn sie die leeren abgeholt hatten, warum dann nicht diese hier? Was wurde darin aufbewahrt? Keine Schalentiere, das stand fest. Sie wären in kürzester Zeit tot und würden zum Himmel stinken.

»Wir müssen da hinein«, sagte ich.

Kendrick hörte mich nicht. Er war mit Jammermiene herumgeschlichen, hob nun vorsichtig den Deckel einer großen Mülltonne an und sah hinein. »Gott, was für ein Gestank«, sagte er.

»Machen Sie sie bitte noch einmal auf.«

»Muss das sein?«

»Ich will mich nur von etwas überzeugen.«

Kendrick hielt sich die Nase mit Daumen und Zeigefinger zu und hob den Deckel an.

Ich nahm den ekelerregenden Geruch von verwesendem Fisch und darunter die unverkennbare Note toter Schalentiere wahr – eine toxische Ausdünstung, für die das Wort Gestank noch beschönigend ist.

Ich überwand den Drang, den Kopf abzuwenden, und sah hinein.

Teile der Außenskelette von Krabben und Hummern lagen wie Tonscherben herum. Häufchen schwarzer Muschelschalen und Gehäuse von Garnelen schmorten in einer widerlichen Brühe aus nicht gegessenem Fleisch, abgenagten Rückgraten und rohen Fischköpfen.

Ich wich zurück, machte Kendrick ein Zeichen, den Deckel zu schließen, und holte tief Luft, da ich unwillkürlich den Atem angehalten hatte. Ich beugte mich vor, stützte die Hände auf die Knie und hoffte, mich nicht übergeben zu müssen.

»Was zum Teufel sollte das?« Kendricks Kopf ruckte vor und zurück wie ein außer Kontrolle geratenes Metronom.

»Ich habe nachgesehen …«

»Was?«

»Ob es wirklich nur Fisch ist.«

Kendrick sah sich um, als rechnete er damit, dass jemand mit Kamera und Mikrofon auftauchte und ihm eröffnete, das alles sei nur ein abgekarteter Streich.

»Nur Fisch?«, sagte er. »Was haben Sie erwartet? Das ist immerhin ein Fischrestaurant hier.« Er versuchte, so rational wie möglich mit der Situation umzugehen.

Ich begann zu kichern.

»Ich möchte in das Restaurant gehen«, sagte ich, als ich wieder gerade stehen konnte.

»Kommt nicht infrage. Ich beteilige mich nicht an einem Einbruch.«

Wir hörten das Geräusch beide gleichzeitig.

Wir befanden uns auf der Giebelseite des Gebäudes, die von der Straße aus zu sehen war, und eine schwitzende Frau mittleren Alters war von ihrem Fahrrad gestiegen und schob es über den Parkplatz auf uns zu.

»Es hat nicht offen«, sagte sie hilfsbereit.

»Äh … ach so, danke«, sagte Kendrick, berührte seine Brille und lächelte.

Wir gingen zu der Frau, um mit ihr zu reden. Ich bemerkte, dass sie einen Plastikeimer auf dem Gepäckträger hatte, über dessen Rand etwas wie ein gekräuseltes, gelbgrünes Salatblatt schaute.

»Ist das Irisch Moos?«, fragte ich.

»O ja. Ich musste weit radeln, um es zu sammeln. Aber jetzt bin ich gleich zu Hause.« Sie nickte in Richtung der anderen Straßenseite, wo kaum hundert Meter entfernt ein Häuschen stand, das ich vorhin beim Vorbeifahren nicht bemerkt hatte.

Kendrick sah in den Eimer. »Was machen Sie damit?«

»Ich bleiche es. Dann bereite ich ein Mus daraus zu, das ein bisschen wie Pudding ist. Sehr gut für die Brust und für Erkältungen im Winter.«

»Bestimmt ein altes Rezept«, sagte ich.

»Ich habe es von meiner Großmutter. Und die von ihrer. Aber ich bezweifle, dass sich meine Enkeltöchter noch mit so etwas abgeben werden.« Sie seufzte. »Heutzutage ändert sich so vieles. Der Laden da«, sie sah zu dem Restaurant hinüber, »gehört zum Beispiel Ausländern.« Sie lächelte Kendrick süßlich an. »Ich meine echten Ausländern.«

Der Engländer erwiderte ihr Lächeln.

»Wissen Sie, wie der Besitzer heißt?«, fragte ich.

»Nur, dass der Name mit einem Z beginnt. Ich erinnere mich nämlich, dass die Frau auf der Post gesagt hat, früher gab es in Irland keine Namen, die mit dem letzten Buchstaben des Alphabets anfingen.«

»Könnte es zufällig Zitaras sein?«

»Ja, so hat er sich ungefähr angehört. Und sein Vorname ist Jonas. Er wohnt den Sommer über in Kilkee. Den Winter über ist er größtenteils hier.«

»Na, jedenfalls danke für die Auskunft«, sagte Kendrick und bewegte sich in Richtung des Freelanders mit der verräterischen Aufschrift und meiner Telefonnummer an der Tür. Er hatte recht. Ein Einbruch wäre jetzt keine gute Idee.

43

Wenn man Kim Tyrells Nachricht auf dem Anrufbeantworter und ihre schriftliche Notiz zusammennahm, dann lag die Vermutung nahe, dass die Person, die HFH zur Zerstörung der archäologischen Stätte angeheuert hatte, das Geld im Grunde an das Unternehmen zurückgegeben hatte, indem sie eines der Ferienhäuser kaufte. Aber es war nicht völlig klar, ob sie das gemeint hatte. Möglicherweise deutete ich sie auch falsch.

In einer unserer früheren Unterhaltungen über das Thema hatte sie vermutet, der Betreffende könnte das Geld als Anzahlung für ein Haus oder als Startkapital, um sich selbstständig zu machen, verwendet haben.

In diesem Fall gab es einige naheliegende Kandidaten: Michael Carmody, der als Küchenchef anfing; Senan Costello mit seinem Tauchausrüstungs- und Bootsverleih; Barry McGann, bei dem man Hubschrauberflüge buchen konnte. Und jetzt Jonas Zitaras, der sein eigenes Restaurant aufmachte.

Und Zitaras wäre der ideale Mann für das Zerstörungswerk gewesen, wenn ich darüber nachdachte. Er war für alles zu haben, was ihm Geld einbrachte, er hegte keine sentimentalen Gefühle hinsichtlich Irlands kulturellem Erbe, und er arbeitete genau dort, wo Lena das Gespräch der Bauträger mitgehört hatte. Und vor allem: Lena dürfte ihn gut genug gekannt haben, um zu versuchen, ihm die Sache auszureden, wie sie es Kim gegenüber angekündigt hatte.

Bei Zitaras schienen alle Fäden zusammenzulaufen. Das Verwunderliche dabei war, wie dreist und offenbar ungehindert er seine zweifelhaften Aktivitäten entfaltete. Er musste etwas gegen die anderen in der Hand haben. Wenn er nicht die Spinne in der Mitte des Netzes war dann war er das giftige Insekt, das in das Netz geflogen war und von dem man sich unter allen Umständen fernzuhalten hatte.

Aber es war kaum vorstellbar, dass er einen solchen Schutzengel hatte, weil er eines Tages ausplaudern könnte, dass er die Drecksarbeit für die Baugesellschaft gemacht hatte.

»Woran denken Sie?«, sagte Kendrick.

Ich hatte fast vergessen, dass er neben mir im Wagen saß.

»Ich versuche mir nur über verschiedene Dinge klar zu werden.«

Er nickte. »Dabei fällt mir ein, ich wollte Ihnen noch erzählen, zu welchem Schluss Sarah und ich gelangt sind.«

»Bezüglich was?«

»Warum der Stein auf George's Head versteckt wurde. Was halten Sie davon, wenn wir jetzt da hinauffahren?«

»Offen gestanden passt es mir jetzt nicht, Giles. Ich muss erst noch etwas anderes erledigen.«

»Na gut, es wird wohl warten können. Schließlich wartet es seit fast zweihundert Jahren.«

Ich war froh, dass Kendrick seine Enttäuschung nicht verbarg. Er wurde immer offener und entspannter, und das konnte ihm nur guttun.

»Was ich vorhabe, könnte ein wenig riskant sein, deshalb verlasse ich mich auf Ihre Unterstützung.«

»Aha. Ich bin also wieder Ihre Kavallerie?«

»Wie wär's mit meinem Ritter?«

Ich setzte Kendrick bei seinem Anwalt ab und fuhr zu

dem Stadtteil rund um die katholische Kirche. Nachdem ich durch ein paar Seitenstraßen gekurvt war, sah ich den weißen Lieferwagen vor dem Wohnhaus stehen, in dem Zitaras wohnte. Als ich am Straßenrand hielt, kam der Fahrer aus dem Gebäude und ging in Richtung Stadtmitte. Wenn Zitaras in der Wohnung war, dann war er jetzt wahrscheinlich allein.

Ich blieb eine Weile im Wagen sitzen und probte, was ich sagen würde, wenn er mir die Tür öffnete. Dann sah ich auf die Uhr – 16:35 –, legte mein Handy ins Handschuhfach und stieg aus.

Zitaras trug inzwischen seine Kellnerkluft. Das weiße Hemd war erst halb zugeknöpft. Er blinzelte mich an, aber ansonsten war sein Gesicht ausdruckslos.

»Na, geht im Crabshell alles seinen gewohnten Gang?« Es war nicht das, was ich hatte sagen wollen. »Anders als im Lakeside. Das hat schon Winterpause, wie ich höre.«

»Was soll das? Kann ich Ihnen helfen?«

»Das können Sie tatsächlich. Sie müssen mir helfen, ein Rätsel zu lösen.«

»Rätsel? Was für ein Rätsel?«

»Als Lena Morrison starb, wurde ein Bernsteinarmband auf den Klippen über der Intrinsic Bay gefunden. Als Sarah Baxter ihr Leben beendete, entdeckte man eine Halskette aus Bernstein dort oben. Zwei Frauen springen von derselben Klippe und lassen jeweils Bernsteinschmuck – Ihren Bernsteinschmuck – zurück. Es wäre ein unglaublicher Zufall, wenn es stimmen würde. Tatsache ist aber, dass nur eine dort in den Tod sprang, und zwar Sarah. Wir wissen inzwischen, dass Lena nicht Selbstmord beging, und ich bin überzeugt, sie wurde in der Flussmündung ermordet und ihre Leiche anschließend zerstückelt und weggeschafft. Das Rätsel ist also: Wie fand das Armband – Ihr Armband – den Weg auf die Klippen?«

Zitaras runzelte die Stirn. »Kommen Sie herein.«

44

Ich folgte Zitaras in die Wohnung und schloss die Tür hinter mir. Eine kleine Diele führte in sein Wohnzimmer. Es war sauber, aber karg möbliert. Zwei schwarze Ledersessel. Ein Fernsehgerät von bescheidener Größe. Ein gerahmtes Schwarzweißfoto über einem falschen Kamin. Keine Gemälde, kein Zierkram oder Drogenutensilien. Spartanisch.

Er bedeutete mir mit einer Handbewegung, in einem der Sessel Platz zu nehmen, setzte sich selbst in den anderen und knöpfte sein Hemd fertig zu.

»Meines Wissens sollte ich von Ihnen oder dem Engländer nicht belästigt werden.«

»Ich möchte Ihnen nur ein paar Fragen stellen. Der Polizeiakte zufolge bekam Lena das Armband von Michael Carmody geschenkt, der es mutmaßlich von Ihnen gekauft hat oder bekam. Aber Lena hat es nie getragen, oder?«

»Warum sollte ich mit Ihnen über all das reden?«

»Weil Sie doch sicher Ihre Unschuld beteuern wollen, wenn Sie Lena Morrison und Kim Tyrell nicht getötet haben. Und mir vielleicht verraten, wer es dann war.«

»Sind Sie vollkommen wahnsinnig?«

»Wahnsinnig, hierherzukommen oder solche Dinge zu sagen?«

»Wenn ich sie getötet hätte, warum sollte ich Sie dann nicht töten?«

»Weil das aus einer Reihe von Gründen unklug wäre, einer

davon ist ihre bevorstehende Drogenfalle. Außerdem sind Sie laut Senan Costello kein ganz schlechter Mensch, und darauf baue ich. Und davon abgesehen habe ich mein Handy im Wagen gelassen. Falls ich mich nicht melde, wenn mein Freund Giles in zwanzig Minuten anruft, wird er mit der Polizei hier eintreffen.«

Zitaras lachte höhnisch. »Falls ich Sie umbringen wollte, würde das alles keinen Unterschied machen. Sie glauben also, dass ein und dieselbe Person für den Tod der beiden Frauen verantwortlich ist?« Er schüttelte langsam den Kopf. »Sie irren sich. Ich weiß nicht, wer Ihre Freundin getötet hat. Aber es hatte nichts mit Lena Morrisons Tod zu tun. Weil Lenas Tod ein Unfall war.«

»Ein Unfall?«

Er stand auf und streckte die Arme aus. »Es stört Sie hoffentlich nicht, wenn ich stehen bleibe? Ich bin es eher gewohnt, so mit Leuten zu reden. Möchten Sie etwas trinken?«

»Nein, danke.«

»Ich auch nicht. Ja, ich bin überzeugt, ihr Tod war ein Unfall. Aber da es schwer zu beweisen gewesen wäre, war es am besten, alle Hinweise auf das Geschehen verschwinden zu lassen.«

»Sie sind *überzeugt*? Das heißt, Sie wissen es nicht genau?«

»Ich war nicht dabei. Ich kann nur von dem ausgehen, was man mir erzählt hat. Ich habe an jenem Abend lange gearbeitet, weil die Geschäftsleute von George's Heights gefeiert haben. Die Stätte war …« Er machte eine Handbewegung, die eine glatte Oberfläche anzeigte. »… platt gemacht. Keine alten Gebäude übrig. Jetzt konnten sie ihr Vorhaben umsetzen. Aber Lena war nicht glücklich, und sie ist gegangen, ohne etwas zu Gus oder mir zu sagen.

Die Geschäftsleute haben das Restaurant gegen Mitternacht

verlassen. Gus, ich und ein paar Angestellte aus der Küche haben noch etwas getrunken, dann gingen die anderen und Gus zog sich ins Haus zurück. Ich räumte auf und machte mich an die Abrechnung. Es war noch etwas von einem guten Wein übrig, also bediente ich mich, und um zwei Uhr morgens war ich am Tisch eingeschlafen. Dann höre ich die Jungs ins Haus kommen. Und schließlich kommt Gus nach unten, und sie reden.«

»Jungs?«

»Michael Carmody und Barry McGann. Ich gehe an die Tür und höre genug, um zu wissen, dass Lena Morrison etwas Schlimmes zugestoßen ist. Dann scheppern Gus und Michael in der Küche herum, und kurz darauf fahren sie mit Gus' Wagen fort. Danach kommt Barry ins Restaurant, um sich etwas zu trinken zu holen. Ich frage ihn, was passiert ist. Er sagt, es hat einen Unfall gegeben, drüben an der Flussmündung. Dass Lena tot ist. Er sagt, sie und Michael hätten eine Auseinandersetzung gehabt, und er habe sie geschlagen. Sie sei im Dunkeln ins Wasser gefallen, und bevor sie sie fanden und herauszogen, sei sie ertrunken gewesen. Ich frage, wo ist die Leiche, und Barry sagt, Gus und Michael seien zur Mündung zurückgefahren, um sie irgendwie loszuwerden. Dass Gus es aussehen lassen wollte, als sei sie verschwunden.«

»Warum ist Barry nicht mit ihnen gefahren?«

»Er sagte, er hat nicht den Mumm dafür.«

»Er wusste also, was sie vorhatten?«

»Vermutlich. Jedenfalls warten wir, bis die Carmodys zurückkommen, und ich schlage vor, das Armband auf dem Weg zu den Klippen zu deponieren, damit man glaubt, sie sei da hinaufgegangen und abgestürzt oder habe Selbstmord begangen. Wir müssten nur sagen, dass es Lena gehörte. Aber Gus meinte, dass Männern so etwas normalerweise nicht auffällt, und es würde verdächtig klingen, wenn man uns befragt, deshalb sollte Michael sagen, er habe es ihr geschenkt.«

»Was haben sie mit Lenas sterblichen Überresten gemacht?«

Zitaras schüttelte den Kopf. »Ich habe nicht nach den Einzelheiten gefragt. Ich wusste nur, dass Gus … Er ist Polizist. Er braucht nicht CSI zu gucken. Er weiß außerdem, dass es ohne Leiche fast unmöglich ist, einen Mord zu beweisen. Deshalb habe ich auch kein Problem, Ihnen das zu erzählen. Weil es nur ein Stück Knochen gibt und Ihr Wort gegen meines.«

»Andererseits könnten Sie die Carmodys jederzeit verpfeifen, wenn Sie wollten. Deshalb geben sie sich solche Mühe, Sie bei Laune zu halten.«

Er sah auf die Uhr. »Ich muss zur Arbeit. Wir haben unsere Abmachung. Ich habe Ihnen mehr Informationen gegeben, als gut ist. Und Ihr Handy wird jede Minute läuten.«

»Ich habe noch eine Frage. Haben Sie die Klosteranlage auf George's Head demoliert?«

»Nein. Wieso?«

»Weil ich glaube, wer immer es war, könnte auch der Mörder von Kim Tyrell sein.«

Zitaras warf die Arme in die Luft. »Wieso wollen Sie unbedingt einen Zusammenhang zwischen ihrem Tod und diesen Ereignissen sehen? Glauben Sie wirklich, dass sie umgebracht wurde, weil sie wusste, dass irgendwer ein paar alte Steine umgeworfen hat? Suchen Sie lieber nach einem betrogenen Geliebten. Das sind die brutalsten.«

»Ich verstehe nicht, wieso ein Mann mit solchen Einsichten in die menschliche Natur mit Drogen handelt. Stört es Sie nicht, dass Sie das Leben von so vielen Menschen ruinieren?«

Zur Abwechslung schaute Zitaras drein, als wäre ihm nicht ganz wohl in seiner Haut. »Falls es Sie tröstet, nach diesem

Projekt steige ich aus. Ich hole meine Frau und die Kinder herüber, sie wird das Restaurant führen, ich mache meine Marktstände. Ich höre bei den Carmodys auf, und wir werden gut verdienen, unsere Kinder auf anständige Schulen schicken und zusehen, wie etwas aus ihnen wird.«

Er ging zu dem Pseudokamin und deutete auf das Foto. Ich sah eine Gruppe Soldaten in Uniform, die auf einer Waldlichtung herumstanden. »Erst kürzlich sagte eine Frau, die im Crabshell essen war, zu mir: ›Wissen Sie, seit so viele von euch Ausländern hier sind, habe ich Albträume. Ich gehe eine Straße entlang und kenne niemanden. Ich laufe zum Haus zurück, aber es wurde von Fremden übernommen, und sie setzen meine Kinder gerade auf die Straße. Ich versuche, mit ihnen zu reden, aber sie sprechen meine Sprache nicht. Ich wache schreiend auf‹.«

Er nahm das Foto und betrachtete es. »Alle Leute in meinem Teil Europas haben ähnliche Albträume. So viele Male ist man bei uns einmarschiert, hat uns das Land geraubt, uns entrechtet.«

Er gab mir das Bild.

Die Soldaten in der Mitte der Gruppe studierten eine aufgeschlagene Karte, wie es schien, während der Rest herumstand und rauchte.

»Das ist mein Vater.« Er zeigte auf einen der Soldaten, die sich um die Karte scharten. Der Mann drehte sich in diesem Moment zur Kamera, was seinen Körper unscharf werden ließ, aber nicht sein Gesicht. Der junge Mann hatte ein Gewehr über der Schulter hängen und trug eine Mütze. Die Ähnlichkeit zwischen Vater und Sohn war verblüffend.

»Nach dem Ende des Zweiten Weltkriegs kämpfte er gegen die Sowjets. Fast zehn Jahre lang widersetzten sich Zehntausende von litauischen Partisanen der Besatzung. Die ganze

Zeit glaubten sie, ihr Land wird von den Westmächten befreit werden. Sie wussten nicht, dass Churchill und Roosevelt sie auf der Konferenz von Jalta verraten hatten. Ebenso wenig wussten es die Leute im Westen. Und so wurden Zehntausende Litauer unter Stalin getötet, darunter mein Onkel, ein katholischer Priester – nachdem sie ihn gefoltert hatten. Mit seinem Bruder verlor mein Vater auch seinen Glauben, und nachdem er sechs Jahre in einem sibirischen Gulag verbracht hatte, war er ein harter und verbitterter Mann geworden. Und er machte mich sehr hart. Er sagte, das Rad des Schicksals sei das, was über das Leben eines Menschen bestimme, und das Rad würde sich immer drehen. Wenn du also auf dem Weg nach oben bist, nimm dir alles, was du kriegen kannst, denn du wirst es auf dem Weg nach unten brauchen.«

»Und wie passt Romuva zu alldem?«

Zitaras lachte verächtlich. »Ich habe Ihnen erzählt, ich sei Heide, weil es mich in diesem Land im Augenblick interessant macht. Hätte ich gesagt: ›Guten Tag, ich bin Katholik‹, wären Sie weitergegangen. Wenn ich den Leuten erzähle, ich sei ein Anhänger dieser alten Religion, scheinen sie zu glauben, dass ich besondere Kräfte habe, dass die Zeichen auf den Bernsteinen diese in Zauberamulette verwandeln. Sie glauben sogar, ich kann ihre Krankheiten heilen, nicht nur die des Körpers, sondern auch die der Seele. Es gab eine Zeit, da hatte ihre Religion diese Funktion für sie, aber jetzt haben sie keine mehr. Aber sie suchen trotzdem Antworten, wollen trotzdem geheilt werden. Was gut fürs Geschäft ist. Macht es leichter, ihnen allen möglichen Müll zu verkaufen.« Seine Augen leuchteten, es mochte einmal Schalkhaftigkeit gewesen sein, war nun aber nur noch Zynismus.

Er hängte das Foto wieder an die Wand und drehte sich zu mir um. »Gehen Sie lieber zu Ihrem Handy.«

Ich erhob mich. »Eine letzte Frage. Geben Sie zu, Sarah Baxter mit Heroin versorgt und ihr das Halsband gegeben zu haben?«

»Versorgt? Gegeben? Was soll diese Ausdrucksweise? Ich habe ihr diese Dinge *verkauft*. Auf diese Weise verdiene ich mein Geld. Dann ist die Beziehung sehr klar.«

»Okay. Sie haben ihr die Drogen und das Halsband also verkauft. Das ist alles, was ich wissen muss.«

»Nein. Es gibt noch etwas, das Sie wissen müssen. Das Heroin, das im Augenblick aus Afghanistan eintrifft, ist von sehr hoher Reinheit. Ich habe sie darauf hingewiesen, ich habe gesagt, sie soll mit der Dosis aufpassen. Sie sagte, sie habe verstanden. Ich glaube aber nicht, dass sie verstanden hat.« Er machte eine Kurbelbewegung neben seiner Schläfe. »Es hat sie verrückt gemacht.«

»Oh, ich glaube, sie hat Sie schon verstanden.«

Zitaras fragte nicht, was ich damit meinte. Seine Augen hatten ihr Funkeln verloren. Und er das Interesse an mir.

45

Als Kendrick anrief, setzte ich mich gerade hinters Steuer. Er war sogar ein wenig vor der verabredeten Zeit dran, aber ich führte es auf Nervosität seinerseits zurück.

»Alles in Ordnung?«

Ich hatte ihm in etwa gesagt, was ich vorhatte, und dann seine Proteste übergehen müssen.

»Ich weiß nicht. Es ist, als würde ein Teil von mir sagen, es war richtig, der Sache nachzugehen, aber ein anderer Teil ist fix und fertig von dem, was ich entdeckt habe. Ein bisschen wie bei Schalentiervergiftung.«

Oder lag es daran, dass ich dem giftigen Insekt im Netz so nahe gekommen war?

»Nun, dann wollen wir die mal aus Ihrem Organismus spülen. Als Erstes schlage ich vor, wir treffen uns am Kreisverkehr hier in George's Heights und sehen uns den Stein an. Dann lade ich Sie zum Essen ein, hier bei mir. Keine Schalentiere, überhaupt kein Fisch. Um die Wahrheit zu sagen, könnte ich sterben für ein schönes Filetsteak, und noch dazu hat mir mein Anwalt aus irgendwelchen Gründen eine Flasche Wein geschenkt, die einen ganz anständigen Eindruck macht. Und obendrauf gibt es Schokoladeneis. Einverstanden?«

»Wunderbar.«

Es war genau das Richtige. Eine Ablenkung. Aber auch eine Gelegenheit, alles mit der einzigen Person durchzusprechen, der ich glaubte, trauen zu können.

Schon auf der Treppe von Zitaras' Wohnung zur Straße hatte ich beschlossen, nicht weiter Amateurdetektiv zu spielen, sondern mich möglichst schnell mit Matt Gallagher zu treffen, wenn ich nach Hause kam, und ihm alles darzulegen. Er konnte sich dann sein eigenes Bild machen und handeln, falls er es für nötig hielt.

Auf dem Schreibtisch in meinem Zimmer stand eine Flasche Sekt. Daneben eine weitere Mitteilung von Barry McGann.

Falls Sie morgen Vormittag eine Runde drehen wollen, rufen Sie mich an. Keine Hintergedanken diesmal.

Er gab nicht auf, aber ich fand McGanns Beteiligung an der Vertuschung von Lena Morrisons Tod unentschuldbar und war nicht allzu scharf auf seine Gesellschaft. Dann kam mir aber der Gedanke, dass ich möglicherweise Zitaras' Behauptungen auf ihren Wahrheitsgehalt überprüfen konnte, wenn ich seine Einladung annahm – und vielleicht sogar noch weitere Informationen erhalten würde. Was wiederum meine Geschichte für Gallagher glaubhafter machen würde. Wie würde McGann reagieren, wenn ich ihm eröffnete, dass ich über seine Rolle bei der Vertuschung von Lenas Tod Bescheid wusste? Ich beschloss, es lieber früher als später in Erfahrung zu bringen.

»Danke noch mal für die Blumen«, sagte ich, als er sich meldete. »Aber bevor ich weiterrede – ich weiß, was Lena Morrison zugestoßen ist. Ich weiß, Sie waren dabei, als Michael Carmody sie schlug, Sie ließen zu, dass sein Vater die Leiche beseitigte, und waren einverstanden, es geheim zu halten.«

Es folgte ein langes Schweigen.

»Nun?«

Eine halbe Minute später begann er zu reden. »Okay, ich

leugne es nicht, und ich schäme mich für das, was wir getan haben. Das Einzige, was ich für Michael geltend machen kann, ist, dass es ein Unfall war und dass er unter dem Einfluss von Alkohol und Drogen stand. Und was nachher passierte – nun, wir waren jung und hatten Angst, und als Gus die Sache in die Hand nahm, machten wir mit. Er war Polizist, er kannte sich aus, er wusste, was er tat. Es vergeht kein Tag, an dem ich nicht an diese Nacht denke und mir wünsche, ich könnte die Uhr zurückstellen.«

»Aber was ist mit Lenas Familie, Barry? Oder damit, dass sie nie ein anständiges Begräbnis bekommen hat? Und wenn es wirklich ein Unfall war, hätte Michael sich nicht stellen können, als er später Zeit gehabt hatte, darüber nachzudenken? Es drauf ankommen lassen?«

»Zum einen würde es Michael nicht wagen, seinem Vater zu widersprechen. Hören Sie, warum reden Sie nicht mit ihm? Ich könnte ihn morgen auf unseren kleinen Küstenrundflug mitnehmen. Falls Sie den machen wollen, meine ich.«

»Sie stellen es hin, als ginge es um einen gemütlichen Plausch bei einem Picknick. Offen gestanden habe ich nicht das Verlangen, mit Michael zu reden. Und es käme mir seltsam vor, mit Ihnen in der Gegend herumzufliegen und zu wissen, dass Lenas sterbliche Überreste noch irgendwo da unten vergraben sind und dass Sie möglicherweise wissen, wo.«

Eine weitere lange Pause.

»Ich kann Ihnen zeigen, wo sie begraben liegt, wenn Sie es unbedingt wollen. Aber Gus oder Michael dürfen nie erfahren, dass ich es Ihnen gezeigt habe. Sie müssten mich an der Flussmündung treffen. Sehr früh. Es gibt dort eine Anlegestelle, wo ich landen kann.«

»Ist das Ihr Ernst?«

»Sie werden schon sehen.«

McGann beschrieb mir den Weg zu der Anlegestelle, und wir verabredeten uns für halb sieben.

»Da ist noch etwas, Barry. Ich werde Giles Kendrick erzählen, dass ich Sie treffe. Nur zur Sicherheit. Das verstehen Sie bestimmt.«

46

Als wir zu dem Säulenkreuz auf George's Head hinaufstiegen, hatte sich der Wind gelegt, und oben angekommen, konnten wir direkt in den roten Sonnenball blicken, der hinter einem leichten Dunstschleier über dem Meer stand.

»Sie werden sich erinnern, dass Charlotte in ihrem Brief davon sprach, der Gottesstein habe die *Intrinsic* ins Verderben gelockt«, sagte Kendrick. »Dass er in der Nacht leuchtete und der Kapitän ihn irrtümlicherweise für den Leuchtturm auf Loop Head hielt. Nun, es stimmt beinahe. Wir sind zu dem Schluss gekommen, dass einige der Einheimischen hier oben ein Feuer in der Absicht angezündet haben, das Schiff auf das Riff zu locken, wo es Schiffbruch erleiden würde, damit sie es am nächsten Tag bei Ebbe plündern konnten. Haben Sie die Brandspuren an dem Stein gesehen?«

»Ja, die habe ich allerdings bemerkt. Lassen Sie mich nur rasch etwas überprüfen.«

Ich ging einige Meter von dem durchlöcherten Stein entfernt in die Hocke und schnitt in die Grasnarbe, die ich zurückklappte, um etwas von der losen Erde darunter hervorzukratzen. Darunter lag eine härtere, kompaktere Schicht von rötlicher Farbe – feuergehärteter Lehm.

»Diese Verfärbung weist auf starke Hitze hin«, sagte ich.

Kendrick machte einen kleinen Luftsprung. »Ja! Damit ist für mich alles klar.«

»Nicht so schnell. Das zeigt uns nur, dass es hier oben ein

Feuer gab. Aber es kann sich um einen zufälligen Brand des Ginsters gehandelt haben oder viel früher oder auch später gewesen sein. Es beweist nicht, dass in der Nacht, in der die *Intrinsic* sank, Strandräuber am Werk waren.«

»Stimmt. Aber wir haben ein wenig geforscht. Wie es scheint, waren Piraterie und Strandräuberei in der ersten Hälfte des 19. Jahrhunderts ein beliebter Zeitvertreib an der Westküste. In den Zwanzigerjahren des 19. Jahrhunderts beschuldigte man Fischer in der Gegend von Kilkee, Feuer auf den Klippen anzuzünden, um Schiffe im Sturm auf das Riff zu locken. Schmuggel war eine weitere Nebeneinnahme, deshalb wurde eine Küstenwache für den Bezirk eingerichtet, die sich um diese Dinge kümmern sollte – zwei Jahre vor dem Untergang der *Intrinsic*, um genau zu sein. Aber in der Sturmnacht, in der das Schiff die Küste herunterkam, war der Wächter von Kilkee anscheinend nach Loop Head gefahren, weil der dortige Leuchtturmwärter krank daniederlag. Da die Wache fort war, errichteten die Strandräuber einen Haufen aus Torf und Ginsterbüschen, zündeten das Ganze an und unterhielten es die Nacht über. Ich bezweifle, dass sie den Stein absichtlich versengt haben, das wird wohl der Wind getan haben, der die Flammen weitertrug.«

»Hätte ein Schiffskapitän nicht nach einem Leuchtturm mit Öllampen Ausschau gehalten?«

»Richtig. Allerdings war es noch nicht so lange her, dass der Leuchtturmwärter auf Loop Head Torf und Ginster in einem Kohlebecken verbrannte. Überdies hatte sich in genau diesem Jahr die Handelskammer von Limerick beklagt, die Öllampen seien zu schwach. Und außerdem rechnete der Kapitän der *Intrinsic* nicht damit, sich vor der Küste von Clare wiederzufinden, seine Karten waren möglicherweise alt, und das Wetter war scheußlich. Stellen Sie sich vor, Sie sind der Kapitän des

Schiffs. Wie hätten Sie gehandelt? Werfen wir mal einen Blick von dort drüben aufs Meer.«

Wir gingen bis ans Ende der Landspitze hinaus. Die Sonne, die bisher von einem Dunstschleier gedämpft worden war, schlüpfte darunter hervor und schien grell aufs Wasser.

Vor uns im Süden lag das Riff und ein Stück weiter die Küste hinab die Poulatemple Bay, wie sie in jener Schicksalsnacht noch genannt wurde. Ich verstand, wie ein verantwortungsbewusster Kapitän, der die Landspitze, auf der ich stand, irrtümlich für Loop Head hielt, ausreichend Meer zwischen sich und der Felsenküste lassen würde, ehe er vermeintlich in die Shannon-Mündung einbog. Er konnte die Klippen oberhalb der Bucht nicht sehen, als er einbog, weil es Nacht war und der Sturm ihm die Sicht raubte. Aber er konnte immer noch das Licht sehen, das er im Norden gerade hinter sich gelassen hatte, das Torffeuer, das nicht weit von der Stelle, an der ich jetzt stand, angezündet worden war, um das Schiff auf das Riff zu locken. Und so war die *Intrinsic* in der tödlichen Umarmung der von den Wellen gepeitschten Bucht gelandet, alle Menschen an Bord ertrunken und die Strandräuber um ihre Beute gebracht worden.

»Ich glaube, ich verstehe die Entscheidung des Kapitäns«, sagte ich.

Die Sonne streifte den Horizont. Wir sahen, wie sie ins Meer zu schmelzen schien und sich wie verschütteter Sirup über die Oberfläche ausbreitete.

Während wir darauf warteten, dass sie ganz verschwand, fuhr Kendrick fort. »Die Küstenwache sah das Schiff am nächsten Morgen, als sie von Loop Head zurückkehrte, und schlug im Dorf Alarm. Uns fiel auf, dass in den Berichten sehr betont wurde, wie die ganze Gemeinde herauskam und auf den Klippen kniete und der Ortspfarrer sie im Gebet leitete. Dann gibt es die Geschichte von der jungen Frau und dem Handschuh und wie tapfer sie und ihr Mann waren. Wir fanden sogar den Text einer am folgenden Sonntag gehaltenen Predigt, in der die junge Frau von jeder Sünde freigesprochen wurde. Dass sie ihrem Mann ins Meer folgte, sei kein Selbstmord gewesen. All das schien dazu zu dienen, die Schuldgefühle der Dorfgemeinde zu kompensieren. Aber sie unternahmen auch praktische Schritte, um sicherzustellen, dass für Außenstehende kein Hinweis auf die Wahrheit zu finden war.«

Hier hakte ich ein: »Sie vergruben das Säulenkreuz und seine unmittelbare Umgebung unter einer Schicht Erde und Grasnarbe. Um die Beweise für das Feuer zu verdecken, aus Scham, wie Marion Costello gesagt hatte. Deshalb gab es kein Monument zu verzeichnen, als die Landvermesser 1839 hierherkamen, und folglich auch keinen Hinweis auf Klosterruinen in der Nähe.«

Es wurde dunkler. Wir machten kehrt und gingen den Hügel wieder hinunter.

»Aber das Merkwürdige ist«, sagte ich, »dass in einer anderen Version der Gottessteingeschichte behauptet wird, er habe bei religiösen Spannungen hier in den 1850ern eine Rolle gespielt.« Ich fasste Derry Costellos Erzählung zusammen, wonach der Vorwurf des Aberglaubens und der Götzenanbetung dazu geführt hatte, dass man den Stein außer Dienst stellte.

»Ich glaube, das hängt mit der Art und Weise zusammen, wie Gemeinschaften an ihren eigenen Legenden stricken. Dabei wird oft überliefert, dass etwas Schlimmes passiert ist, aber es wird anders erzählt, sodass sie es gleichzeitig einräumen und unschädlich machen können.«

»Nun, ich glaube, die Wahrheit wird bald ans Licht kommen. Senans Mutter sagte, sie habe das Gefühl, die Sache liege so weit zurück, dass man sie nun kundtun könne. Und vielleicht kommt es so – dank Charlottes Brief.«

»Ja. Arme Charlotte. Wenn man sich vorstellt, dass sie im Jahr darauf gestorben ist.«

»Aber sie hat ihre Geschwister überlebt, nicht wahr?«

»Ja. Anne, Emily und ihr Bruder Branwell starben alle 1848, Charlotte sieben Jahre später im Alter von neununddreißig.«

Dasselbe Alter, in dem Kim Tyrells Leben endete. Dasselbe Alter, in dem ich jetzt war. Aber in ein paar Monaten würde ich älter sein, als sie alle wurden. Ich hatte eine dieser plötzlichen Eingebungen, einen Blick auf die Wahrheit durch einen Spalt in der Alltagsrealität. Etwas darüber, wie absurd das Leben ist, aber die durchdringende Klarheit des Augenblicks verpuffte, und der Spalt schloss sich fast im selben Moment, in dem er sich aufgetan hatte.

Auf dem Rückweg in der Dämmerung war ich bestürzt, welch anderen Anblick die Ferienhäuser von George's Heights von hier gesehen boten. Selbst im Zwielicht standen die weißen, scharfkantigen Blöcke in starkem Kontrast zu dem ausladenden Bogen des Landes, das hinter ihnen anstieg, und man hatte das Gefühl, als würde die ursprüngliche Wildheit der Begegnung zwischen Klippen und Meer in der Nähe wesentlich verringert. In der Ferne standen vereinzelt Bauernhöfe und Ferienhäuser; die Landschaft hier war in keiner Weise unberührt. Aber ihre Kolonialisierung durch die Ferienhausanlage ging einen Schritt zu weit.

Aus archäologischer Sicht war eine unersetzbare Stätte des frühchristlichen Klosterwesens ausgelöscht worden, um einer Zusammenballung von Teilzeithäusern Platz zu machen, die man überall in der Gegend hätte bauen können. Und meine Entdeckung in der Meereshöhle bewies, dass es tatsächlich drei Zentren spiritueller Aktivität nahe beisammen gegeben hatte, die vielleicht jeweils einem anderen Zweck dienten, was vorläufig aber nur Spekulation sein konnte. Auf Bishop's Island mochten eines Tages Ausgrabungen stattfinden, die Einsiedlerhöhle mochte erkundet werden, aber die Stätte auf der Landspitze war für immer verloren.

Jede Generation hat ihre Strandräuber.

47

Während des Abendessens bei Kendrick berichtete ich von meiner Unterhaltung mit Zitaras. Das Einzige, was ich vorsätzlich ausließ, waren seine Erklärungen über die Reinheit des Heroins, das Sarah genommen hatte. Es hätte nichts mehr genutzt, es Kendrick jetzt zu sagen.

»Glauben Sie Zitaras' Behauptung, dass Michael Carmody das Mädchen getötet hat?«

»Barry McGann hat es mir inzwischen bestätigt. McGann behauptet außerdem zu wissen, wo Lena begraben liegt. Er wollte aus irgendeinem Grund sogar, dass ich Michael Carmody treffe.«

»Da wäre ich vorsichtig.«

»Das war ich. Aber ich habe eingewilligt, McGann morgen früh zu treffen. Und einmal mehr wäre ich dankbar, wenn Sie mir den Rücken freihalten würden.«

»Natürlich. Sagen Sie, dieser Michael Carmody – wie sieht er aus?«

»Schwarze Locken, nicht unähnlich meinen eigenen. Rundliches, weiches Gesicht. Kleiner Schmollmund. Züge, die ich bei einem Kleinkind attraktiv finden würde, aber nicht bei einem erwachsenen Mann.«

»Hm. Ich glaube, ich habe ihn an dem Abend, an dem ich Zitaras' Leuten nachgeschlichen bin, in der Bar gesehen. Er hat sie begrüßt, als er zur Tür hereinkam, und einer von ihnen hat seinen Namen gesagt.«

Das war der Abend gewesen, an dem Michael mit mir vom Crabshell in die Stadt spaziert war. Er hatte gesagt, er würde noch auf einen Drink gehen.

»Hat er sich mit Zitaras' Männern getroffen?«

»Nein. Er hat sich allein an die Bar gesetzt. Und die ganze Zeit, die er dort saß, hat er mir schöne Augen gemacht.«

»Sie meinen, er ist schwul?«

»Jede Wette.«

Laut Barry McGann war Michael auf Lena scharf gewesen. Und in der Polizeiakte stand, dass er ihr das Armband geschenkt hatte. Warum gab man sich solche Mühe, ihn als heterosexuell hinzustellen?

Kendrick räumte unsere Teller ab und holte eine Packung Schokoladeneis aus dem Kühlschrank.

Während wir das Eis aßen, bemerkte ich, dass mein Handy blinkte. Ich hatte es auf stumm gestellt.

»Was ich Sie noch fragen wollte«, sagte Kendrick und kratzte den letzten Rest Eiscreme aus seiner Schüssel. »Was war mit den anderen Inschriften in der Höhle, von dem Ogam abgesehen? Können Sie sich an die noch erinnern?«

»Damit habe ich kein Problem, denn es war die übliche Art von Formulierung auf Steinmonumenten jener Zeit.«

»Zum Beispiel?«

»Ich zeige es Ihnen.«

Ich stellte meine Schale beiseite, holte Skizzenbuch und Stift hervor und begann zu schreiben. »Das hier war an der Decke, neben einem Kreuz.« Ich hielt es ihm hin.

»DNE?«

»Ja. Und die hier fanden sich an der rückwärtigen Wand der Höhle.« Ich schrieb OR DO CDHE.

»Ich versuche es lieber nicht auszusprechen. Was bedeutet das?«

»Es ist ein bisschen wie SMS, unter gleichzeitiger Verwendung von Latein und Irisch.«

»Und was sagt es uns?«

»DNE ist eine Zusammenziehung von ›Domine‹, ist gleich ›Herr‹, es ist also ein Gebet zu Gott. OR ist kurz für ›Oroit‹, was ›beten‹ bedeutet, und DO heißt ›für‹. Die Inschrift fordert uns also auf, für die Person zu beten, die im dritten Wort des Satzes genannt wird.« Ich deutete auf die Buchstaben CDHE. »Ich bin mir fast sicher, das lässt sich zu CAOIDHE strecken, dem Heiligen, nach dem Kilkee benannt ist – ›Kil‹ bedeutet ›Kirche‹, und ›Kee‹ ist die englische Version seines Namens.« Ich schrieb den Satz aus: ORoit DO CaoiDHE.

»Betet für Kee«, sagte Kendrick. »Ganz exakt.«

»Was ich wirklich interessant finde, ist, dass nie Reste einer Kirche oder eines Klosters, die mit dem Gründungsheiligen in Zusammenhang stehen, in der Gegend gefunden wurden.«

»Bis jetzt jedenfalls.«

Ich legte den Block beiseite und aß mein Eis auf. Während Kendrick Tee machte, warf ich einen Blick auf mein Handy. Es gab mehrere Anrufe von Muriel Blunden.

»Entschuldigen Sie mich kurz«, rief ich Kendrick zu.

»Was treiben Sie«, sagte Muriel zur Begrüßung. »Ich versuche die ganze Zeit, Sie zu erreichen.«

»Ich sitze gerade mit jemandem beim Abendessen.«

»Da haben Sie es besser erraten als ich. Bei mir ist es bei einem Drink geblieben. Beim zweiten Glas Wein fing er an, vom mangelnden Interesse seiner Frau an Sex zu sprechen. Also habe ich ihn zu ihr nach Hause geschickt. Wie sich herausstellte, kannte er jedoch die Namen der Investoren, die diese Ferienhäuser am George's Head gebaut haben – und eine Menge anderer an der Westküste, wie es aussieht.«

»Aha.«

»Sie waren zu fünft in der HFH-Partnerschaft. Drei der Namen sagten mir nichts, aber zwei kannte ich sehr wohl. Und das waren – passen Sie auf – Theo Mahon und Gus Carmody.«

Bumm. Es traf mich wie ein gut gezielter Faustschlag.

»Na, das ist mal eine Überraschung. Oder auch nicht. Danke für die Mitteilung, Muriel. Ach ja, da ist noch etwas, das Sie wissen sollten. HFH hat diese Plakette auf dem Hügel nie angebracht. Sie werden sie das sicherlich korrigieren lassen. Ich bin wie gesagt in Gesellschaft, deshalb mache ich für den Augenblick Schluss.« Ich schaltete das Handy aus.

Theo Mahon und Gus Carmody. So, so.

Ich sah es deutlich vor mir. Nicht zwei namenlose Männer, die sich an einem Tisch verschwören, sondern der Eigentümer des Restaurants, der einen Plan mit seinem besten Kunden schmiedet. Es würde erklären, warum Lena Morrison gezögert hatte, sie zu nennen. Der eine war ihr Arbeitgeber und der andere dessen Schwager.

48

Als ich am nächsten Morgen bei Tagesanbruch am Haus der Costellos vorbeikam, fiel mir ein, dass sich Senan noch nicht gemeldet hatte, um mir zu sagen, wie viel ich ihm schuldete. Ich würde ihn später daran erinnern, wenn ich mit der Schokolade für Marion vorbeischaute.

Während der ganzen unruhigen Nacht hatten mich die Folgerungen daraus beschäftigt, dass Theo Mahon und Gus Carmody die Bauherren waren, die höchstwahrscheinlich den Abriss der Klosterstätte organisiert hatten. Wie weit wären sie wohl gegangen, um ihre Aktivitäten geheim zu halten? Es erschien mir als zu großer Zufall, dass Lenas Verschwinden und die Zerstörung der Stätte etwa zur selben Zeit passiert waren. Aber wenn Zitaras' Schilderung der Dinge zutraf, dann war es nichts weiter als Zufall. Deshalb musste ich McGanns Version der Dinge hören. Um sicherzugehen.

Und ich bezweifelte, dass Theo Mahon etwas mit Mord zu tun hatte. Ich hätte gern geglaubt, dass er sich außer der Zerstörung der Stätte nur den Namen Head for Heights zuschulden kommen ließ, der ganz so klang, als könnte er von ihm stammen.

Als ich mich der Flussmündung näherte, ließ die aufgehende Sonne die farbenfrohen Bauernhäuser hervortreten, die über die Halbinsel verstreut lagen. Sie leuchteten wie eine Lakritzmischung. Die Landschaft sah bei diesem Licht anders aus, und ich war mir nicht sicher, ob ich McGanns Wegbeschreibung noch korrekt im Kopf hatte. Die zweite links nach der Kreuzung – oder war es die dritte? Dann sah ich etwas, das ich kannte – den keilförmigen Baum, der mir gezeigt hatte, wo ich links zu Kim Tyrell abbiegen musste.

Ich war verwirrt. War es die? Ich verlangsamte und bog ab. Mein Herz schlug heftig, während ich die Straße entlangfuhr. Dann fiel es mir wieder ein – ich sollte immer geradeaus fahren, bis ich den Shannon sah, dann links. Ich war sehr erleichtert – ich entfernte mich von einem Schauplatz, an den es mich nicht zurückzog. Erst dann fielen mir die Katzen ein. Vielleicht hatten Freunde oder Verwandte von Kim sie abgeholt. Aber ich durfte es nicht dem Zufall überlassen. Ich würde später zum Cottage fahren und sie einfangen müssen, falls sie noch da waren.

Knapp zehn Minuten später fuhr ich auf einer schmalen Straße, die parallel zu einer Mauer verlief, über die man auf Watt und Salzmarschen hinaussah. Bis jetzt war mir kein einziges Fahrzeug begegnet, und ich bezweifelte, dass es in diesem Teil des Mündungsgebiets überhaupt viel Verkehr gab. Ich fuhr in etwa nach Osten, und die Sonne blendete mich. Und obwohl ich, ohne es zu merken, auf einen Kai mit offenen Seiten hinausrollte, fuhr ich aus diesem Grund so langsam, dass ich trotzdem nicht Gefahr lief, über den Rand zu stürzen. Dennoch bremste ich sofort und nahm meine Umgebung in Augenschein. Ich befand mich auf einer Betonschürze, die groß genug für fünf oder sechs Autos war. Ich hielt es allerdings für das Beste, meines draußen an der Straße zu lassen, damit der Hubschrauber sicher landen konnte.

Ich wendete den Freelander und parkte ihn direkt neben dem Kai am Straßenrand. Wie lange würden wir unterwegs sein? Es würde möglicherweise davon abhängen, wie McGann auf das reagierte, was ich zu sagen hatte.

Sobald ich die Wagentür aufstieß, hörte ich die Schreie der Stelzvögel. Ich schlenderte zum Rand des Kais und sah mich um. Je nach Art sprenkelten Vögel einzeln oder in Trauben den flachen Küstenstreifen. Andere waren dabei aufzufliegen oder landeten gerade. Himmel und Küste wimmelten vor Vögeln. Am anderen Ende des Kais war ein mit Gras bewachsener sandiger Kamm, der zum Ufer hin langsam abfiel. Ich ging ein paar Meter daran entlang und versuchte, die verschiedenen Rufe zu unterscheiden. Eine Schar lärmender Stare, die hinter der Sandböschung in ein paar Brombeerbüschen landete, machte meine Bemühungen zunichte. Ich stand still und beobachtete, wie die Vögel sich über die Brombeeren hermachten. Dann flogen sie so plötzlich auf, wie sie gekommen waren. Gestörte Stare, versuchte ich mich aufzuheitern. Mir war nicht ganz wohl in meiner Haut. Ich hatte das Gefühl, als würde ich beobachtet.

Ich machte mich auf den Weg zurück zum Auto und hatte etwa die halbe Strecke zum Kai zurückgelegt, als ich jemanden husten hörte. Ich begann zu laufen, und im selben Moment tauchten zwei Gestalten aus den Brombeersträuchern auf, wo die Stare gewesen waren. Sie schienen etwas von der mit Gras bewachsenen Böschung mitzunehmen.

»Hallo«, ertönte eine Männerstimme. »Keine Angst, wir sind es nur.«

Ein Mann und eine Frau in grüner Allwetterkleidung standen zwischen mir und dem Kai und hielten eine Art grünes Tarnzelt in den Händen. Ich sah ein Fernglas, ein Teleskop.

»Wir wollten Sie nicht erschrecken, nicht wahr, Doris?«

»Nein, natürlich nicht«, sagte die Vogelbeobachterin.

»Wie lange sind Sie schon hier?«, fragte ich, noch immer klopfenden Herzens.

»Seit vor Tagesanbruch, nicht wahr, Doris?« Es war die korrekte Antwort auf eine ziemlich dämliche Frage.

»Es war wundervoll«, sagte Doris.

Ich erkannte sie jetzt.

»Wo sind Ihre Fahrräder?«

»Wir haben sie in einer Wiese oben an der Straße gelassen«, sagte sie.

»Wir wollten alles vermeiden, was die Vögel aufschrecken könnte«, sagte der Mann. »Deshalb tarnen wir uns auch.«

»Alec hat es gebaut«, sagte Doris und klopfte stolz auf ihren tragbaren Unterschlupf.

»Habe ich Sie nicht letzten Samstag drüben bei Bishop's Island gesehen?«

Sie sahen einander an.

»Ja, richtig«, sagte Doris. »Wir waren ein paar Stunden lang hier und tranken gerade Tee aus einer Thermoskanne, als ein Hubschrauber kam und die Vögel aufscheuchte.«

»Tausende Vögel.«

»Danach haben wir eingepackt und sind zu den Klippen geradelt.«

Samstagmorgen.

»War er zufällig rot – der Hubschrauber?«

»Ja«, sagte Alec.

»Muss ziemlich tief geflogen sein«, sagte ich.

»Tief geflogen? Das verdammte Ding ist hier gelandet«, sagte Alec.

Genau in diesem Moment hörte ich den Hubschrauber in der Ferne. Wir blickten alle drei auf und sahen ihn über die Flussmündung auf uns zukommen. Weiter draußen auf dem flachen Strand flogen ganze Wolken von Vögeln auf.

»Sieht aus, als käme er schon wieder«, sagte Doris und faltete das Versteck zusammen.

»Zeit, zu gehen«, sagte Alec.

Sie gingen in Richtung Kai, und ich folgte ihnen.

»Einen Moment, bitte. Es würde mich interessieren, ob es derselbe Hubschrauber ist.«

Sekunden später schwebte der kirschrote Helikopter über uns und begann zu sinken.

»Das ist er«, sagte Alec nach einem Blick durch sein Fernglas. »Und derselbe Pilot. Wir hielten uns in unserem Versteck still, deshalb sahen wir ihn. Aber er hat uns nicht gesehen.«

»Hat er jemanden abgeholt?«

»So lange haben wir nicht gewartet«, sagte Doris, die jetzt lauter sprechen musste.

»Er ging zu Fuß die Straße hinauf, und wir haben unsere Zelte hier abgebrochen, sozusagen. Und genau das tun wir jetzt auch – auf Wiedersehen!«

Ich winkte ihnen nach, als sie sich entfernten. Dann drehte ich mich wieder zum Kai um und sah, wie McGann sich auf seine Bedienungshebel konzentrierte, während er den Hubschrauber aufsetzte.

Er musste hierhergeflogen sein, nachdem er mich auf Bishop's Island abgesetzt hatte. Kim Tyrells Haus lag nur ein paar Kilometer entfernt. Mein Herz klopfte heftig, und es lag nicht daran, dass mich der Rotorwind und der Lärm des Hubschraubers durchschüttelten.

49

Als der Hubschrauber aufgesetzt hatte, nahm McGann seine Kopfhörer ab und lächelte zu mir heraus. Er deutete zu den Rotorblättern hinauf, um mich daran zu erinnern, vorsichtig zu sein.

Ich spürte den Drang, zu fliehen wie die Vögel, die jetzt in einem anderen Teil des Mündungsgebiets landeten.

Er winkte mich zu sich.

Ich schüttelte den Kopf und blieb, wo ich war.

Er schaute verwundert, dann runzelte er die Stirn und stellte den Motor ab.

Ich verschränkte die Arme und ging steif auf den Hubschrauber zu.

McGann hielt mir die Tür auf. Er trug einen blauen Pilotenoverall.

»Ich steige nicht ein«, sagte ich.

»Was ist los?«

»Sie haben die Klosteranlage auf George's Head platt gewalzt, hab ich recht?«

»Waaas?« Er blinzelte wiederholt, scheinbar erstaunt über die Behauptung.

»Sie haben Dinge für Gus Carmody erledigt. Und ich habe gestern Abend erfahren, dass er und Theo Mahon zu den Investoren gehörten. Ich bin mir ziemlich sicher, die beiden haben die Zerstörung geplant und Sie dafür angeheuert.«

McGann starrte eine Weile ins Leere. Dann klopfte er auf

den Sitz neben sich, ohne den Kopf zu mir zu drehen. »Wie wäre es, wenn Sie einstiegen und wir reden darüber?«

»Sagte die Spinne zur Fliege.«

»Hmpf.« Er warf die Arme verärgert in die Luft.

»Abgesehen davon müssen wir noch über vieles mehr sprechen.«

Endlich drehte er sich zu mir um. »Was halten Sie dann davon…« Er beugte sich vor, zog einen Schlüssel aus der Armaturentafel und gab ihn mir. »Das ist der Hauptzündschlüssel. Ohne ihn kann ich die Maschine nicht starten. Sie nehmen ihn an sich. Werfen Sie ihn weg, wenn Sie glauben, es tun zu müssen. Aber steigen Sie um Himmels willen ein!«

Ich nahm den Schlüssel und ließ ihn in die Tasche meiner Jeans gleiten. Ohne auf die offene Cockpittür zu achten, öffnete ich die hintere Tür und kletterte auf den äußeren Sitz.

»Ganz wie Sie wollen«, sagte er und drehte sich zu mir um. »Und – wo sollen wir anfangen?«

»Gehen wir chronologisch vor. Erst der Abrissjob.«

»Nun, Sie haben recht. Es waren Gus und Theo, die mit dem Vorschlag zu mir kamen. Damals fiel es mir aus verschiedenen Gründen – aus einem vor allem – gerade schwer, Mittel aufzutreiben. Ich hatte bereits einen privaten Pilotenschein, aber ich musste jeden Euro zusammenkratzen, um die Ausbildung zum gewerblichen Piloten zu machen. Meine Familie hatte ich schon zu oft angepumpt – diese Quelle war versiegt, und wir verstanden uns ohnehin nicht sehr gut. Dann wurde mir auf einen Schlag genug angeboten, dass ich meine Ausbildung bezahlen und mir einen Anteil an einem Zweisitzer auf dem Shannon Airport kaufen konnte.« Er sah sich im Cockpit um. »Jetzt gehören mir zwei von diesen Babys, und den Zweisitzer benutzen wir zum Pilotentraining. Es hat also funktioniert, wie Sie sehen.«

Ich blieb auf Kurs. »Aber Lena wollte nicht, dass Sie es tun, oder? Sie redete Ihnen zu, aber Sie ließen sich nicht abbringen. Am nächsten Abend im Restaurant ertrug sie die ganzen Leute nicht, die Ihr Werk feierten, deshalb brach sie früher auf. Und sie wurde nie wieder gesehen. Zitaras hat mir so viel erzählt, wie er wusste. Oder zumindest so viel, wie man ihm erzählt hat. Aber ich würde es gern von Ihnen selbst hören.«

McGann hob den Arm und zeigte auf seine Uhr. »Darf ich rasch einwerfen – wir haben uns aus einem bestimmten Grund so früh am Morgen getroffen. Je später es wird, desto schwieriger wird es, Ihnen zu zeigen, was Sie sehen wollten.«

»Lassen Sie uns noch fünf Minuten bei dieser Geschichte bleiben. Dann fliegen wir los.«

»Okay. Wo soll ich anfangen? Wir waren alle Freunde, aber nicht mehr. Ich habe Lena vielleicht ein paar Mal geküsst, aber es lief nie irgendwas Ernstes zwischen uns. Und zwischen ihr und Michael schon gar nicht, weil er …«

»Schwul ist, ich weiß. Fahren Sie fort.«

McGann zeigte mir den erhobenen Daumen. »Ich sehe, Sie haben gut recherchiert. Ich werde mein Bestes geben müssen. Jedenfalls ist es wichtig zu wissen, dass keinerlei sexuelle Spannung oder Eifersucht im Spiel war. Was passiert ist, war nämlich so simpel und bescheuert, dass ich es noch immer nicht glauben kann.

Michael hatte an jenem Abend frei, und wir beide waren in einem Pub in der Stadt. Wir hatten außerdem ein wenig Ecstasy und Kokain von Jonas gekauft und vor, zu einem Volksfest nach Carrigaholt zu fahren. Sie dürfen nicht vergessen, wir waren Anfang zwanzig, wollten uns amüsieren, und es war eine warme Nacht Ende des Sommers. Wir fuhren die Straße zum Loop Head hinauf und entdeckten Lena, die vom Crabshell nach Hause ging. Wir plauderten ein bisschen, sie stieg ein und fuhr mit uns nach Carrigaholt, aber das Volksfest hatte schon dichtgemacht. Also kurvten wir eine Weile in der Gegend herum und parkten schließlich an einer Stelle mit Blick auf die Flussmündung. Wir hatten bereits Ecstasy genommen, und jetzt koksten wir alle ein bisschen. Es war, wie gesagt, eine warme Nacht, es war Vollmond, und das Meer war sehr ruhig.

Ich schlug vor, schwimmen zu gehen. Michael war nicht allzu glücklich darüber, aber schließlich willigte er ein, und wir gingen zum Strand hinunter. Lena zieht sich bis auf die Unterwäsche aus, und wir legen Hosen und Hemden ab. Dann fordert sie uns auf, nackt ins Wasser zu gehen, und wir sagen, okay, wenn sie es auch tut. Sie sagt ja, aber sobald wir nackt sind, zieht sie ihr Fotohandy heraus, fängt an, Bilder von uns zu machen, und sagt, sie stellt sie ins Internet. Ich lief nur lachend ins Wasser, aber Michael war wegen seines Übergewichts sehr empfindlich in dieser Beziehung, er ist ausgerastet, hat ihr das Handy entrissen und es ins Meer geschleudert …« Er hielt inne. »Gus war so besorgt, das verdammte Ding könnte gefunden werden … Jedenfalls rannte Lena hinter dem Gerät her, und Michael ging ebenfalls ins Wasser und fing an, sie zu bespritzen und zu schubsen. Sie schlug nach ihm und erwischte ihn mit den Fingernägeln im Gesicht, er schlug zurück, und sie fiel seitlich ins Wasser. Michael kann ziemlich unangenehm sein, wenn man ihn ärgert.«

»Und was haben Sie in dieser Zeit getan?«

»Ich habe im Meer herumgeplanscht. Bis ich den Schlag hörte, mit dem Michael sie traf. Deshalb ging ich Lena helfen, während er den Strand hinauflief. Aber ich fand sie einfach nicht. Ich rief ihren Namen, bekam jedoch keine Antwort. Michael merkte, dass etwas nicht stimmte, er kam zurück, und schließlich sahen wir sie mit dem Gesicht nach unten im Wasser treiben. Wir zogen sie heraus und versuchten, sie wiederzubeleben, aber es gelang uns nicht. Michael war inzwischen völlig panisch. Ich sagte, wir sollten zurückfahren und es seinem Vater erzählen, er würde wissen, was zu tun sei. In der Zwischenzeit versteckten wir die Leiche in der Wiese hinter dem Strand. Den Rest kennen Sie.«

»Warum haben Sie mir im Restaurant erzählt, dass Michael auf Lena stand?«

»Ach das. Das ist mir einfach so rausgerutscht. Gus hat uns gedrillt, weil er wusste, wir würden über das Halsband befragt werden. Wir mussten die Geschichte auswendig lernen. Ehrlich gesagt, glaube ich, Gus nutzte die Gelegenheit, um seinen Kollegen bei der Polizei den Eindruck zu vermitteln, dass Michael hetero ist. Er hat die sexuelle Neigung seines Jungen immer geleugnet.«

McGann wies wieder auf seine Uhr. »Kann ich den Schlüssel jetzt haben?«

»Gleich. Warum waren Sie letzten Samstag bei Kim Tyrell?«

Falls er überrascht war, ließ er es sich kaum anmerken.

»Wie haben Sie *das* denn herausgefunden?«

»Ein Vögelchen hat es mir gezwitschert.«

Er sah mich an, lächelte leicht. Dann wandte er den Kopf wieder ab. »Okay, es stimmt. Ich war bei ihr. Aber sie war nicht da, deshalb bin ich wieder gegangen.«

»Sie haben nicht gesagt, warum Sie bei ihr waren.«

»Lena hatte gedroht, Kim Tyrell zu erzählen, dass ich derjenige war, der für die Zerstörung der Stätte angeheuert wurde. Ich machte mir keine allzu großen Sorgen deswegen – Gus hätte sich darum gekümmert. Und als Lenas Verschwinden als Selbstmord gedeutet wurde, gab es natürlich nichts mehr, was mich damit in Zusammenhang brachte, es bestand also überhaupt kein Grund zur Sorge. Aber das hat sich letzte Woche geändert. Ich begriff, dass Kim vielleicht glauben würde, dass ich doch etwas mit ihrem Verschwinden zu tun gehabt hätte. Für diesen Fall wollte ich für Klarheit sorgen. Aber wie gesagt, sie war nicht da. Und nichts deutete darauf hin, dass jemand anderer dort gewesen war.«

»Aber Sie haben die HFH-Akte gefunden.«

»Was für eine Akte?«

»Erzählen Sie mir nicht, Sie wurden nicht von Kims Katze gekratzt, als Sie die Unterlagen durchsuchten. Sie haben mir erzählt, er stamme von Gus Carmodys Rosen. Aber ich erkenne den Kratzer von einer Katze, wenn ich einen sehe.«

Er schüttelte ungläubig den Kopf. »Sie sind mir wirklich eine. Ja, ich habe den Aktenschrank entdeckt. Die Schublade war herausgezogen, sie muss selbst etwas darin gesucht haben. Ich nahm – trotz der Katze – den Ordner heraus und las die Notizen durch, die sie sich nach dem Gespräch mit Lena gemacht hatte.«

»Und stand etwas darin, das Sie hätte identifizieren können?«

»Nein«, sagte er und schüttelte den Kopf, als wäre er immer noch erstaunt darüber. »Es war eine ziemliche Erleichterung. Dann wollte ich nur noch weg, bevor sie mich entdeckte.«

»Und haben Sie es geschafft?«

»Ja, wie ich schon sagte.«

Es war, als würden wir ein Spiel spielen. Er hätte nichts von sich aus zugegeben, wenn ich ihn nicht unter Druck gesetzt hätte. Aber sobald es aussah, als hätte ich ihn in die Enge getrieben, gestand er alles und stellte sein Handeln als beinahe harmlos hin. Die Zerstörung der Klosteranlage, seine Beteiligung an der Vertuschung von Lenas Tod, seine Anwesenheit in Kims Haus.

»Hören Sie, Illaun, wenn wir diesen Flug machen wollen,

dann müssen wir jetzt aufbrechen. Ich kann es mir nicht leisten, dabei gesehen zu werden. Es sind Leute im Spiel, die mehr zu verlieren haben als ich.«

Ich hatte ebenfalls eine Menge zu verlieren. »Warum können Sie mir nicht einfach sagen, wo Lena begraben liegt? Wieso müssen wir mit dem Hubschrauber fliegen?«

McGann seufzte schwer. »Glauben Sie mir, es gibt keine andere Möglichkeit, es Ihnen zu zeigen.«

Ich wog das Für und Wider ab. McGanns Version der Ereignisse brachte ihn verdächtig nahe an den jeweiligen Schauplatz beim Tod der beiden Frauen, aber er bestritt es auch gar nicht. Andererseits könnte ich der Polizei erzählen, wo sich Lena Morrisons sterbliche Überreste befanden, wenn ich es in Erfahrung brachte. Wieso war McGann bereit, es mir zu verraten? Der einzige Schluss, zu dem ich gelangte, war, dass er keine weitere Aufmerksamkeit auf sich lenken oder eine Art Schlussstrich ziehen wollte. Und dass er nicht bereit war, Michael Carmody direkt zu verpfeifen.

»Okay, fliegen wir«, sagte ich und gab ihm den Schlüssel. Ich schob die Tür zu und schnallte mich an.

Nachdem wir aufgestiegen waren, schwebten wir ein paar Sekunden über dem Kai. Ich erwartete, McGann würde die Flussmündung entlang nach Westen fliegen, aber stattdessen flogen wir über die Halbinsel in Richtung Atlantikküste.

50

Nachdem er tief über Bishop's Island geflogen war, wendete McGann und schwebte ein paar Sekunden lang über der Insel. Dann landete er.

»Nicht nötig, dass wir dieselbe Nummer noch mal abziehen«, sagte er und schaltete den Motor aus. »Ich komme mit Ihnen.«

»Wohin gehen wir?«

»Sie werden schon sehen.«

Wir kletterten aus dem Hubschrauber, und ich ließ McGann vorausgehen. Er schlug den Weg zu den Ruinen ein. Ich dachte kurz nach. Welche Wahl hatte ich jetzt noch, da wir wieder hier gelandet waren? Ich konnte nicht viel tun, als ihm zu folgen. Ich wusste, dass ich ein Risiko einging, aber jetzt musste ich die Sache durchziehen.

Nach einigen Schritten blieb ich stehen und sah zum Hubschrauber zurück. Auf einer unterbewussten Ebene war eine Wahrnehmung in meinen Kopf gedrungen, eine kleine Entdeckung, die irgendetwas in mir in Bewegung gesetzt hatte.

Die an ein Urzeitinsekt erinnernde Form des Helikopters und sein harter metallischer Glanz wirkten fehl am Platz in dieser Umgebung aus zerfallendem grauem Stein und grasbewachsenen Hügeln, die nun in das sanfte Licht des frühen Morgens getaucht waren. Vielleicht war es das.

Oder vielleicht war es die grelle Aufschrift am Heckausleger, die für McGanns Firma warb. *Helicopters for Hire.* Ein Reklameschriftzug an einem heiligen Ort.

Dann begriff ich. Es war nicht die Unangemessenheit des Slogans. Es war die Art, wie ich ihn gedanklich erfasst hatte, wobei wohl meine Demonstration für Kendrick vom Vorabend noch hineinspielte. Denn anstatt jedes Wort ganz zu lesen, hatte ich den Schriftzug als Akronym gesehen. HFH.

Head for Heights. Helicopters for Hire.

McGann war inzwischen ein ganzes Stück voraus und rief mir zu, ihm zu folgen.

Das Abrissgeld von HFH ging an HFH! Habe es früher schon gesehen, ohne es zu begreifen. Habe erst vor ein paar Minuten wieder darauf geschaut. Ruf mich an.

»Worauf haben Sie da gestarrt?«, fragte er, als ich ihn eingeholt hatte.

»›HFH‹. Sie haben Ihrer Firma dieselben Initialen gegeben wie das Unternehmen, das Ihnen zu Ihrem geschäftlichen Start verholfen hat.«

»Reiner Zufall.« McGann wirkte gereizt. Er hatte den Satz schon einmal gehört, begriff ich schlagartig. Kim hatte den HFH-Hubschrauber oft vorbeifliegen sehen. Und sie hatte ihn am Samstagmorgen in der Nähe gesehen. Kurz vor ihrem Tod.

»Kim Tyrell war nicht dieser Ansicht, oder?«

»Nein, sie …« Er hielt inne und murmelte noch etwas über ihre Akte. »Da entlang«, sagte er dann und hoffte wohl, dass ich nichts bemerkt hatte.

Ich sagte nichts und schaute auf meine Armbanduhr. Es war schon nach halb acht. Warum rief Kendrick nicht an? Ich wollte eben mein Handy überprüfen, als es mir einfiel – es gab kein Netz auf der Insel.

Vor der kleinen, dachlosen Kirche blieb McGann stehen. »Da sind wir«, sagte er.

Konnte das wahr sein? Hatte ich einen angenehmen Tag auf der Insel verbracht, gezeichnet und mich gesonnt, während Lena Morrisons Knochen die ganze Zeit nur wenige Meter entfernt gelegen hatten?

»Sie vergessen, dass ich bereits hier war, Barry.« Es musste dort sein, wo ich die Steinplatte gefunden hatte, unter der grabende Vögel das Erdreich gelockert hatten, wie ich es mir zumindest erklärt hatte.

»Ich denke, Sie werden feststellen, dass heute alles anders aussieht«, sagte er. Er trat zur Seite, um mich vorbeigehen zu lassen. »Sie werden verstehen, dass ich nicht mit Ihnen hineingehe.«

»Ja, sicher.« Ich war erleichtert, auch wenn ich nicht wusste, was er vorhatte. Ich tat, als würde ich hineingehen, trat aber einen Schritt zurück, als er außer Sicht war, und nutzte die Gelegenheit, zu verstehen, was unser Gespräch gerade ans Licht gebracht hatte.

Er konnte nur dann wissen, dass Kim – durch Zufall, wie es nun schien – die Verbindung zwischen HFH und seinem Hubschrauberunternehmen hergestellt hatte, wenn er an jenem Morgen mit ihr gesprochen hatte.

Sie hatte ihn wahrscheinlich im Cottage überrascht. Nachdem nicht lange zuvor der Hubschrauber über sie hinweggeflogen war, dürfte sie erraten haben, wer er war. Und warum er hier war. Und sie wird wohl gesagt haben: »Nein, Lena hat mir nie erzählt, wer Sie sind.« Und er wird gesagt haben: »Tja, aber jetzt wissen Sie es.«

Aber warum wurde er dadurch zur tödlichen Gefahr für sie? Sicher, er hatte die Klosterruinen niedergewalzt, aber es war sein Freund Michael, der Lena getötet hatte.

Ich beschloss, in die Kirche zu gehen. Ich bahnte mir einen Weg an Nesseln und Brombeersträuchern vorbei und stieg über grasbedeckte Mauersteine, bis ich im Innern der Ruine war.

Mein Herz schien zu Eis zu werden, als ich einen Mann mit Kapuze mit dem Rücken zu mir stehen sah. Und es taute nicht auf, als er sich umdrehte. Es war Michael Carmody.

51

Ich dachte schon, Sie kommen nie mehr«, sagte Carmody. »Ich bin halb am Erfrieren.«

Er trug einen schwarzen Anorak über einem grauen Kapuzenshirt und hatte beide Hände in den Taschen stecken. Sein weicher Schmollmund wirkte noch röter als sonst, weil sein Gesicht weiß von der Kälte war.

Ich blieb, wo ich war, und warf einen Blick über die Schulter, um mich zu vergewissern, dass mir McGann nicht den Fluchtweg abschnitt. »Was zum Teufel ist hier los?« Mein Herz war wieder in Gang gekommen, es raste nun.

»Barry hat mich hier abgesetzt, bevor er Sie geholt hat. Er fand, wir beide müssten reden.«

»Reden? Worüber?«

»Da liegt Lena jetzt begraben«, sagte er und blickte zu der Steinplatte hinunter. »Es war die Idee meines Vaters. Er sagte, seines Wissens sei dieser Ort nie säkularisiert worden, weshalb sie in geheiligter Erde liege.«

Selbst von meinem Standort aus sah ich, dass die Grabplatte angehoben und der Grund darunter aufgefüllt worden war.

»Und das sollte das Ende der Geschichte sein, wenn es nach Ihnen geht. Sie hoffen, mein Schweigen zu erkaufen, indem Sie das Geheimnis mit mir teilen.«

»Das liegt an Ihnen.«

»Und wenn ich nicht verspreche, den Mund zu halten, werde ich diese Insel nie mehr verlassen, richtig?«

Carmody nahm die rechte Hand aus der Tasche und zeigte mir die Waffe, die er darin hielt.

Der eisige Ring, der um mein Herz herum taute, wurde zu spitzen Eiszapfen. »Großer Gott, Michael …«

»Es war Barrys Idee. Falls Sie nicht kooperieren, meine ich. Was Sie bestimmt tun werden.«

»Dann stecken Sie das Ding weg, Michael. Sie brauchen mich nicht zu bedrohen.« Ich starrte unablässig auf die Waffe, als könnte mir irgendein Detail daran verraten, was ich tun musste, damit sie mich nicht tötete. Aber alles, was ich feststellte, war, dass sie schwarz und klobig war und dass Carmody den Finger am Abzug hatte.

»Ich weiß … es ist nur … Schauen Sie, Lenas Tod war ein Unfall. Trotzdem habe ich ihn seither an jedem Tag meines Lebens bedauert. Aber ich … ich konnte mir nicht vorstellen, ins Gefängnis zu gehen. Mein Vater hat zu viele Feinde da drin. Nicht auszumalen, was …« Er schauderte und schloss bei dem Gedanken entsetzt die Augen.

»Aber warum sollten *Sie* derjenige sein, der ins Gefängnis geht?«

Er riss die Augen auf und fuchtelte mit der Waffe, als hätte ich gerade versucht, ihn anzuspringen. »Wie meinen Sie das?«

Seine Nervosität machte mir Angst. Ich bemühte mich, nicht mehr auf die Waffe zu schauen. »Ich glaube nicht, dass Sie Lena getötet haben.«

»Ich verstehe nicht. Ich …«

Ich hob die Hand, um ihn zum Schweigen zu bringen. »Nachdem Sie Lena geschlagen hatten und sie ins Wasser fiel, was geschah da als Nächstes?«

»Ich rannte den Strand hinauf.« Er hielt die Pistole weiter auf mich gerichtet.

»Und überließen es Barry allein, ihr zu helfen, richtig?

Aber sie hatte ihn angegriffen, nicht wahr? Sie war verärgert, weil er die Klosterruinen dem Erdboden gleichgemacht hatte. Sie drohte damit, es Kim Tyrell zu erzählen. Vielleicht wollte sie ihn damit nur ärgern, aber er nahm es nicht allzu gut auf, oder?«

»Nein. Er war ziemlich sauer auf sie. Ich glaube, deshalb hat er nicht eingegriffen, als wir gekämpft haben. Aber glauben Sie nicht, es sei mir nicht in den Sinn gekommen, dass Barry ihr etwas angetan haben könnte, sie unter Wasser gedrückt, bis sie ertrank, oder so. Aber wie immer war er mit seiner Version der Ereignisse als Erster zur Stelle. Und jetzt lässt sich nichts mehr daran ändern.«

»Außer dass ich Barry für den Mörder von Kim Tyrell halte.«

Carmody war bestürzt. »Aber warum sollte er das tun?«, fragte er und schüttelte den Kopf.

Ich antwortete nicht sofort.

»Warum?« Er ließ die Waffe halb sinken, da seine Neugier die Oberhand gewann.

»Sobald man Lena nicht mehr als Selbstmordfall einstufte, musste die Frage auftauchen, wer ein Motiv hatte, sie zu ermorden – und Barry befürchtete, Kim könnte über Informationen verfügen, die ihn in den Fokus rücken ließen. Deshalb suchte er sie in ihrem Cottage auf. Aber sie entdeckte ihn, wie er ihre Akte über George's Heights durchging. Ironischerweise deutete nichts darin auf ihn hin, aber die Tatsache, dass er es glaubte, bewies seine Schuld. Sie muss im selben Moment gewusst haben, dass er sie töten würde.«

Carmody schüttelte wieder den Kopf, ungläubig diesmal. »Ich bin nicht überzeugt.«

Da musste noch etwas sein. Etwas, das ich übersehen hatte.

»Die Akte«, sagte ich. »Er hat sie nicht zurückgestellt. Und behauptete auch nicht, es getan zu haben. Er sagte einfach nichts darüber. Weil er weiß, dass sie fehlt.«

»Aber warum sollte er sie nehmen, wenn er nicht darin vorkommt?«

»Warum? Weil seine Fingerabdrücke daran sind. Die Akte hätte die Polizei zu der HFH-Partnerschaft geführt, und irgendwann wäre er identifiziert worden. Und seine Fingerabdrücke würden mit denen auf dem Hammer übereinstimmen, mit dem er…«

»Ich kann es nicht glauben…« Carmody sah mich aufrichtig entsetzt an. »Zwei Morde?« Er ließ die Waffe sinken.

»Ja. Zwei Frauen, die wegen Informationen getötet wurden, die sie nie ausgetauscht haben.«

»Um Himmels willen.« Er steckte die Pistole in die Tasche. »Was machen wir jetzt?«

»Nichts. Wir tun, als hätten wir Einvernehmen erzielt. Deshalb hat er uns ja hier allein gelassen, nicht wahr? Er hat sich aus dem Bild genommen, um zu unterstreichen, dass das Ganze eigentlich nichts mit ihm zu tun hat.«

52

Als Carmody und ich aus der Ruine kamen, stand McGann an den Hubschrauber gelehnt da. Als wir bei ihm waren, sagte er: »Sie wären nicht mitgekommen, wenn ich Ihnen gesagt hätte, dass Michael hier ist, oder?«

»Wahrscheinlich nicht.«

»Und habt ihr alles geklärt zwischen euch?«

»Sicher. Ich kann verstehen, was Michael bewegt. Aber er hätte mich nicht mit einer verdammten Waffe bedrohen müssen.« Ich musste wütend klingen, sonst würde er vielleicht Verdacht schöpfen.

»Sie meinen die Glock? Ja, wir haben es ein bisschen übertrieben mit der Feuerkraft. Daran ist Jonas schuld – er verkauft einem nichts Billiges, wenn er etwas Teures verkaufen kann. Aber verstehen Sie mich nicht falsch, für ihn war es eine rein geschäftliche Angelegenheit, nichts Persönliches.«

»Ich habe die Einstellung des Mannes zum Leben aus seinem eigenen Mund gehört, ich brauche die Karaoke-Version nicht.«

»Autsch! Aber ich verstehe, dass Sie sauer auf mich sind. Hoffentlich geben Sie mir die Gelegenheit, es wiedergutzumachen.« Ich unterdrückte den Drang, mich zu übergeben.

Er drückte die Schiebetür auf und sah uns beide abwechselnd an. »Dann können wir jetzt also in dem sicheren Wissen aufbrechen, dass das Leben seinen gewohnten Gang weitergehen wird?«

»Natürlich, Barry«, sagte Carmody und stieg an Bord. »Trotz der Tatsache, dass du dachtest, das Spiel sei aus, als Leichenteile von Lena auftauchten.«

»Für dich, meinst du?«, sagte McGann, der mir gerade in den Hubschrauber helfen wollte.

»Oder vielleicht für dich«, sagte Carmody.

Ich zuckte innerlich zusammen. War der Mann total bescheuert?

McGann nahm die Hand von meinem Arm. »Moment mal«, sagte er. »Wir fliegen nirgendwohin, bevor du erklärt hast, wovon du redest.«

»Keine große Sache, Barry. Die Dame hier hat nur erzählt, dass du mit Kim Tyrell gesprochen hast, das ist alles.« Jetzt wurde er tollkühn.

McGann ließ die Information einen Moment einwirken.

»Gib mir die Waffe zurück, Michael.« Er gab den Befehl nüchtern, in dem Wissen, auf keinen Widerstand zu stoßen.

Carmody übergab ihm demütig die Pistole.

»Und jetzt bleib hier!«, bellte er und schlug die Cockpittür vor Carmodys Nase zu.

Er packte mich wieder am Arm, aber diesmal tat er mir weh.

»Und was Sie angeht, die Sie sich verdammt noch mal in alles einmischen müssen – lassen Sie uns die Sache ein für alle Mal klären.« Er drückte mir die Pistole an den Kopf und begann, mich zurück in Richtung Ruine zu schleifen. Ich hatte keinen Zweifel, was er zu tun gedachte.

Ich schlug und trat nach ihm, bis er mir den Knauf der Waffe hart an den Schädel schlug. Benommen ging ich zu Boden, aber er zerrte mich auf die Beine, drehte mir den Arm auf den Rücken und stieß mich vorwärts. Wir waren bis zur Kirche gekommen, als er über loses Mauerwerk stolperte und ich mich von ihm losriss. Während er versuchte, mich erneut zu packen, bekam ich einen großen Stein zu fassen, den ich ihm an die Stirn schlug. Er stöhnte und sank sofort benommen auf alle viere.

Ich rannte zu dem Teil der Insel, der dem Festland gegenüberlag. Im Kopf war ich das Szenario bereits durchgegangen, auch wenn ich nicht wusste, ob es machbar war. Aber ich musste es versuchen. Ich erreichte den Rand und schaute nach unten. Links von mir fiel ein langer, mit Gras bewachsener Hang in Richtung Meer ab. Darunter sah ich im Schatten der gegenüberliegenden Klippe einen Streifen dunkles Wasser, unterbrochen von Schaum in der Mitte, wo die Felsen in den Kanal hineinragten.

Ich hörte Schüsse von hinten, und neben mir schlugen Kugeln im Gras ein.

Ich ließ mich auf Hände und Knie fallen und begann mit den Beinen voran den Hang hinunterzukriechen. Mein Plan war, so weit nach unten zu klettern, bis ich von oben nicht mehr zu sehen war. Zunächst war es nicht schwer, auf der schwammigen Vegetation Halt zu finden, aber je steiler der Hang wurde, desto mehr dünnte sie aus. Ich wagte es nicht, direkt nach unten zu blicken, aber ich bemerkte, dass sich die Ränder meines Gesichtsfelds auf beiden Seiten mit Ozean füllten, und als ich nach oben blickte, sah ich nur Himmel. Es ermutigte mich dazu, mich auf den Bereich genau vor meinen Augen zu konzentrieren, dem einzigen stabilen Ort in meinem Universum.

Dann hörte ich McGann meinen Namen rufen. »Komm raus! Komm raus, wo du auch steckst!«

Ich drückte mich an den Hang. Links und rechts von mir war nackter Fels – ich klammerte mich an den letzten Flecken Gras. Ich warf einen Blick nach unten und sah, dass unterhalb von mir kein Hang mehr übrig war, es ging senkrecht in die Tiefe. Ich war so weit gekommen, wie es ging.

Als der erste Felsbrocken über meinen Kopf segelte, dachte ich, ich hätte ihn selbst auf dem Weg nach unten gelöst. Aber rasch folgte ein beträchtlich größerer Steinblock, der aus den Ruinen oben stammte. Trotz der Gefahr, in der ich mich befand, ertappte ich mich dabei, dass ich mich über die Beschädigung ärgerte.

Etwa drei Meter rechts von mir ragte ein überhängender Felsturm aus dem Hang. Ich begann, mich zentimeterweise hinüberzuschieben, während Steine und Felsbrocken von oben herunterregneten, die meisten weit daneben – McGann wusste nicht, wo ich war. Die Felswand, die ich überquerte, war stark geschichtet, und durch die Verwitterung waren die einzelnen Lagen getrennt worden. Es gab ausreichend Halt für Hände und Füße, aber ich hatte einige Schrecksekunden durchzustehen, wenn sich Steine lösten oder unter meinen Füßen zerfielen. Als ich die relative Sicherheit des Überhangs erreicht hatte, stellte ich fest, dass ich nicht mehr auf dem Hang lag, sondern senkrecht in einer Felswand hing.

Dann hörte ich Stimmen. Ich lugte unter dem Sims hervor und sah rund zehn Meter rechts über mir Carmody und McGann auf einem Felsvorsprung, der wie der Wehrturm einer Burg aus der Felswand ragte. McGann hatte offenbar dort gewartet, weil er wusste, dass ich irgendwann auftauchen musste. Aber nun hatte er mir den Rücken zugewandt, während er und Carmody um den Besitz der Waffe kämpften. Carmody hatte beide Hände um McGanns Handgelenk geschlossen und drückte ihn mithilfe seines größeren Gewichts in Richtung des Rands. Aber McGann hatte die freie Hand in Carmodys Gesicht gekrallt und presste ihm die Finger in die Augen. Carmody sah nichts, und McGann schwankte mit dem Rücken zum Abgrund.

Ich hörte ein Zischen, und genau über den beiden zog eine

Leuchtrakete mit einer roten Rauchfahne über den Himmel. Carmody war so überrascht, dass er losließ und rückwärts taumelte. McGann brauchte nur ein paar Sekunden, bis er sich gefangen hatte und die Waffe auf Carmody richtete. Dann ertönte ein Ruf von unten, der McGann für einen Augenblick ablenkte.

Ich wagte einen Blick in die Tiefe und sah ein weißes Schlauchboot im Kanal tanzen. Es hatte zwei Leute an Bord: Kendrick und Costello. Die beiden hatten die Leuchtrakete abgefeuert.

Ich schaute wieder nach oben und sah, dass McGann Schwierigkeiten hatte, die Pistole ruhig auf Carmody zu richten. Und dann entdeckte ich, warum. Der Boden unter seinen Füßen gab nach. Erst rieselte ein Rinnsal von Kieseln die Felswand herunter, dann wurde es ein Sturzbach aus Erde und Steinen. McGann feuerte einen Schuss ab, aber Carmody war rechtzeitig zurückgewichen. McGann versuchte, wieder Tritt zu fassen, aber binnen Sekunden gab der ganze Felsvorsprung nach, und er rutschte abwärts. Die immer schneller werdende Lawine riss ihn mit sich, bis er von einer massiven Felsenschulter abprallte, sich überschlug und nach unten fiel.

Ich schaute ihm nach und sah, wie er auf den teilweise von Wasser bedeckten Felsen am Fuß der Insel aufschlug. Die Flut überspülte ihn mit blauweißer Gischt, und als sie seinen Kopf erreichte, nahm sie eine blutrote Blüte auf und begann, sie über dem tintenblauen Meer zu öffnen.

Ich wandte mich ab und drückte mich an den Fels. Meine Arme und Beine brannten schmerzhaft. Ich konnte auf keinen Fall wieder nach oben klettern, aber zu bleiben, wo ich war, würde mir auch nicht mehr lange gelingen.

»Halten Sie durch, halten Sie durch«, hörte ich zwei schwache Stimmen von unten.

Ich vernahm das Knattern eines Hubschraubers in der Nähe, und einen Moment lang stellte ich mir vor, McGann sei irgendwie entkommen, und es sei nicht er, der dort unten in der Flut schaukelte. Dann wurde der Radau immer lauter, als die Maschine über das Festland hinter mir hinausflog und schließlich genau über mir schwebte. Ich sah nach oben und erkannte die Streifen auf dem Rettungshubschrauber der Küstenwache. Ich schwor mir, falls sie mich wohlbehalten an Bord brachten, sollte es mein letzter Hubschrauberflug für lange Zeit sein.

53

Am nächsten Tag, dem Donnerstag, standen Kendrick und ich zur Mittagszeit auf dem Lookout Cliff, während Senan Costellos weißes Schlauchboot am Riff vorbeifuhr und in die Intrinsic Bay einbog.

Kendrick war am frühen Morgen des Vortags auf George's Head gewesen, um im Licht des Sonnenaufgangs Bilder von dem Gottesstein zu machen, als er in der Ferne einen Hubschrauber auf der Felsensäule im Meer landen sah. Es war kurz vor der Zeit, zu der er mich anrufen sollte, und als er nicht durchkam, spähte er mithilfe seines Zooms zu dem Hubschrauber hinüber und erkannte das HFH-Logo darauf. Er erriet, dass ich auf Bishop's Island war, und machte sich Sorgen, deshalb fuhr er zu Costello und bat ihn, mit dem Boot zur Insel zu fahren.

»Ich dachte, falls Sie im Wasser landen, könnten wir wenigstens etwas unternehmen.«

Aber nicht die beiden hatten die Küstenwache alarmiert. Die Vogelbeobachter, denen ich in der Flussmündung begegnet war, hatten gesehen, was passierte, und die Notrufnummer gewählt. Der Rettungshubschrauber war von Shannon gekommen, hatte mich mit der Winde nach oben geholt und dann Michael Carmody aufgegabelt.

»Wo waren die Vogelbeobachter übrigens?«, fragte mich Kendrick jetzt. »Auf der anderen Seite? Ich habe sie nämlich nicht bemerkt.«

»Nein, sie waren ein Stück weiter die Küste abwärts. Auf einer Landspitze namens Illaunadoon.«

Kendrick lächelte. »Illaunadoon. Klingt wie dieses Musical mit dem verwunschenen Dorf, das alle hundert Jahre auftaucht. Und komischerweise behauptet Westropp, er habe von genau dieser Stelle aus eine geheimnisvolle Insel am Horizont gesehen. Es wurde auch von einem Geistlichen bezeugt, der Einzelheiten wie weiße Gebäude und im Wind schwankende Palmen anfügte.«

»Könnte eine Art Luftspiegelung aus der Karibik gewesen sein, eine Fata Morgana.«

»Ich frage mich, ob Sarah irgendetwas da draußen gesehen hat«, sagte er wehmütig.

Costellos Boot hatte die Bucht halb durchquert und hielt auf uns zu.

Kendrick riss sich von seinen Gedanken an Sarah los. »Glauben Sie, dass McGann die ganze Zeit beunruhigt war wegen Ihnen?«

»Er wusste, dass ich mit Kim gesprochen hatte, und vermutlich hat er auch meinen Namen auf der Schachtel in ihrem Atelier gesehen. Deshalb hielt er Kontakt zu mir – er wollte mich im Auge behalten. Er achtete auf Anzeichen, dass ich ihn verdächtigte, und er war auf meine Fragen gut vorbereitet. Aber als er aus Versehen preisgab, dass er mit ihr gesprochen hatte, war ihm wohl klar, dass ich mir früher oder später alles zusammenreimen würde. Wie es die arme Kim getan hatte. Und er hatte in ihrem Fall ebenfalls sein eigenes Verderben herbeigeführt. Sie hatte den Zusammenhang zwischen ihm und HFH hergestellt – und zwar, wie ich glaube, dank seiner Aktivitäten am Samstagmorgen. Sie sah den Hubschrauber auf dem Weg nach Kilkee und bemerkte die Initialen. Ohne dass es ihm klar war, hatte er sich selbst identifiziert. Das war der Moment, als sie die Nachricht auf meinem Handy hinterließ. Als er dann auf dem Weg zur Flussmündung war, sah sie ihn wieder, näher diesmal, und sie schrieb ihre Notiz an mich.«

»Selbst wenn er nicht zu ihr ins Cottage gekommen wäre, hätte sie also herausgefunden, wer er war.«

»Nur würde sie dann noch leben.«

»Was, wenn Sie ihn nicht als den Mörder entlarvt, sondern die Insel verlassen hätten, wie er es plante? Er wird doch nicht ernsthaft geglaubt haben, dass Sie Ihr Wort gegenüber Carmody halten.«

»Das hätte keine Rolle für ihn gespielt, wenn Carmody gestanden hätte, Lena getötet zu haben. Und genau das sollte ich glauben. Damit wäre McGann in Lenas Fall aus dem Schneider gewesen und hätte zudem kein Motiv gehabt, Kim zu töten.«

»Hat irgendetwas in seinem Leben darauf hingedeutet, dass er zum Mörder werden sollte?«

»Detective Nolan hat mir gestern Abend erzählt, er sei ein paar Jahre, bevor Lena starb, in einen tödlichen Unfall mit Fahrerflucht verwickelt gewesen. Er hatte ein junges Mädchen mit hoher Geschwindigkeit überfahren. Als die Sache vor Gericht kam, stellte der Richter fest, dass McGann keine Reue zeigte, und schickte ihn ins Gefängnis. Das war einer der Gründe, warum es ihm schwerfiel, Geld aufzutreiben.«

Costello war jetzt so nahe, dass wir ihn deutlich sehen konnten. Er winkte.

»Haben Sie herausgefunden, wer Sie in der Höhle angegriffen hat?«

»Gus Carmody. Er hatte Lenas sterbliche Überreste dort aufbewahrt, weil er wusste, dass sie früher ein heiliger Ort gewesen war. Von Zeit zu Zeit hat er eine Kerze für sie angezündet. Wenn ich die Box nicht gefunden hätte, hätte er mich wohl nicht niedergeschlagen.«

»Und Sie in Lebensgefahr gebracht. Was sein Sohn durch sein Gerede gegenüber McGann auf der Insel ebenfalls getan hat. Was hat sich Michael dabei gedacht?«

»Der Mann war so lange von seinem Vater und seinem besten Freund eingeschüchtert worden – er war wohl wütend auf sie, aber es lag sicher auch an dem Hochgefühl, weil seine Schuldgefühle wegen Lenas Tod von ihm abfielen.«

»Sie sollten kommen und eine Vorlesung an meiner Hochschule halten.«

Als Costello so weit gekommen war, wie ich es für passend hielt, machte ich ihm ein Zeichen, anzuhalten. Er bückte sich und hob drei Blumenkränze auf. Während er sie der Reihe nach auf das Wasser legte, sprachen Kendrick und ich laut die Namen aus.

»Für Lena.«

»Für Sarah.«

»Für Kim.«

Die Kränze tanzten in der Dünung auf und ab.

Costello winkte uns wieder zu und machte sich auf den Weg zurück über die Bucht.

Ehe wir uns zum Gehen wandten, warf ich eine weiße Rose, die ich in der Hand hielt, über die Klippe. Sie fiel in Richtung Wasser. Ein plötzlicher Aufwind erfasste sie und ließ einige Blütenblätter wie Schmetterlinge über uns hinwegtanzen.

Für zwei von den drei Katzen Kims hatte ich ein neues Zuhause gefunden, aber ich hatte keinen Abnehmer für den schwarzen Kater. Boo und Danger, wie ich ihn getauft habe, scheinen eine Form des Zusammenlebens gefunden zu haben, indem sie sich bis auf ein gelegentliches Fauchen absolut ignorieren. Aber das wird sich ändern im Lauf der Monate und Jahre. Beziehungen zwischen Katzen werden über lange Zeiträume hinweg ausgehandelt.

Rund einen Monat nach meiner Rückkehr sah ich im Fernsehen einen Bericht über eine große Drogenlieferung, die man an der Westküste von Clare abgefangen hatte – Aufnahmen eines Marineschiffs, Polizisten, die Tüten mit Heroin und eine Auswahl erbeuteter Waffen vorzeigten, und Männer mit Decken über dem Kopf, die in das Gerichtsgebäude von Ennis geführt wurden. Der Beitrag hätte aus Archivmaterial zusammengestellt worden sein können und schien mein Gefühl zu bekräftigen, dass die ganze Operation irgendwie unwirklich war.

Bis ich ein bekanntes Gesicht in der Menge vor dem Gericht sah. Es war Jonas Zitaras.

»Der wahre Meister unter den Thrillerautoren!«

Publishers Weekly

480 Seiten. ISBN 978-3-442-37676-6

Als Napoleon 1821 starb, nahm er sein größtes Geheimnis mit ins Grab: den Standort seines Privatschatzes. Selbst in seinem Testament wird er nicht erwähnt. Oder vielleicht doch? Nach einer blutigen Schießerei wird Ex-Spezialagent Cotton Malone von seinem Freund Henrik Thorvalsen kontaktiert, der die heimtückischen Pläne des elitären Paris Clubs aufgedeckt hat. Mit Hilfe von Napoleons legendärem Schatz wollen die Klubmitglieder die Weltwirtschaft zum Kollabieren bringen. Um diese Pläne zu vereiteln, muss Malone Napoleons Vermächtnis als Erster finden, doch ihm bleibt nicht viel Zeit: Ein international gesuchter Attentäter wurde damit beauftragt, Paris in die Luft zu jagen …

Lesen Sie mehr unter: **www.blanvalet.de**

Die einzige Frau, die es ernsthaft mit Dan Brown aufnimmt!

448 Seiten. ISBN 978-3-442-37498-4

Bereits im Mittelalter gab es Gerüchte und Hinweise auf einen mysteriösen Heiligen Text – die sogenannte Smaragdtafel. Angeblich sollte der Text das Geheimnis der Schöpfung enthüllen. Lange Jahre war weder bekannt, wo die Smaragdtafel zu finden war, geschweige denn, wer sie verfasste. Nun steht der Archäologe Dr. Jason Lovett kurz davor, den Text zu entschlüsseln. Er will sich Agent Caedmon Aisquith anvertrauen, doch vor dem entscheidenden Treffen wird der Archäologe ermordet …

Lesen Sie mehr unter: **www.blanvalet.de**